어느 날, 너의 심장이 멈출 거라 말했다

어느 날, 너의 심장이 멈출 거라 말했다

클로에 윤
장편소설

목차

프롤로그 그녀가 죽기 전날   007

1. 첫 만남   014
2. D – 100   025
3. 그녀의 버킷리스트   035
4. 녹여 먹다   049
5. 그녀와의 거리, 1미터   064
6. 사랑의 도시락 배달   079
7. 300만 원   091
8. 물에 빠진 각설탕   100
9. 비밀 이야기   108
10. 짝사랑의 애환   120
11. 팝콘과 영화   130
12. 페이크 웨딩   139
13. 결혼반지   148
14. 약속   156
15. 예상치 못한 방문   164
16. 별이 떨어지는 순간   183
17. 어느 평범한 하루   198
18. 칸쵸의 생일   205

19. 그녀의 부탁 213

20. 일출 228

21. 유자차가 식기 전에 235

22. 리시안셔스 242

23. 프리 허그 247

24. 두서없는 유언장 254

25. 판타지 로맨스 266

26. 별 헤는 밤 275

27. 심장이 멎다 291

28. 50%의 확률 303

29. 빠져 죽을 각오 311

30. 최후의 만찬 320

31. 작별 인사 344

32. 고백 358

33. 단 하나의 버킷리스트 367

34. 그녀가 남긴 것 377

35. 제이의 일기장 390

에필로그 1 마지막 일기 417

에필로그 2 세렌디피티 423

작가의 말 436

그녀가 죽기 전날

우주에 어떤 깊은 의미가 있는지 모른다.
적어도 인간에게는 행복해야 할 책무가 있다는 것만 안다.
—달라이 라마

메스로 빗질을 하듯 살가죽을 살살 그어 내리자, 겹겹이 붙어 있던 피부 조직들이 팽팽하게 뜯겨나가며 양쪽으로 벌어졌다. 흉골은 의외로 손쉽게 열렸다. 쩍 벌어진 흉골 사이를 수술용 메스가 천천히 지나갔다. 자를 댄 듯 섬세한 칼질로 서너 겹 발라낸 끝에 이윽고 심장이 모습을 드러냈다.

　리듬에 맞춰 뛰던 심장은 한껏 겁을 먹었는지 소심하게 움찔거렸다. 어쩌면 평생 보일 일 없을 날 것의 심장이 처음으로 세상에 자신을 드러내는 순간이었다. 갑작스러운 스포트라이트에 놀란 것도 잠시. 혈액을 순환시켜야 한다는 막중한 임무를 제대로 소화해내지 못한 무능한 중추 기관은 곧바로 능지처참당했다. 팔다리가 잘려나가고 모가지가 잘렸다.

"귤 하나만 더 까줘."

화면 가득 난도질당하는 시뻘건 심장을 보면서 귤이 넘어간다고? 비위가 좋은 건지 아니면 당장 귤을 먹어야 하는 어떤 서사적 이유라도 있는 건지···.

여기서 서사적 이유라는 건 예를 들면 이런 거다. 사람이 일생 동안 먹어야 할 귤의 양이 정해져 있어서 어쨌든 죽기 전에 해치워야 한다는 것.

나는 고분고분 귤을 까서 그녀 손에 건넸다. 노트북 화면에는 여전히 붉은 핏덩어리가 정교한 가위질에 숭숭 구멍이 뚫리고 있었다. 볼 자신도 없고, 보지 않을 만큼 무신경하지도 않은 나의 눈은 화면에서 떨어질 줄 몰랐고 그런 이유로 내 입에서는 연신 "으으, 으으." 하는 신음이 새어 나왔다.

피가 몽땅 빠져버린 채 건져 올려진 고장 난 심장은 축 처진 문어 대가리 같았다. 그로테스크한 느낌을 받기보다는 중력을 거슬러 빌딩 벽을 타고 오르는 자동차를 본 것 같은 기분이었다. 저게 가능한가 싶은 의심과 내가 모르는 사이 눈부시게 발전한 의학 기술에 대한 놀라움, 삶의 가능성에 대한 일말의 기대, 희망.

옆에 대기하고 있던 또 다른 문어 대가리가 뻥 뚫려 있는 자리를 비집고 들어가자 대대적인 바느질이 시작되었다. 바이올린 협주곡과 바느질의 절묘한 조화. 낚싯바늘과 검은색 실은 봉합해야 할 곳을 꼼꼼하게 감침질했다. 보는 사람의 승모근이 뻣뻣해질 정도로 숨 막히는 바느질이었다.

심장에 박혀 있던 호스를 빼내는 순간 꿀렁꿀렁 피가 들어찼다. 늘어져 있는 심장을 손가락 끝으로 툭툭 건드리자 꿈틀꿈틀 움직이는가 싶더니 이내 힘찬 박동을 시작했다.

다시 태어나는 순간이었다.

"역시 난 '생 조르쥬'를 듣겠어."

심장 이식 수술을 하루 앞둔 그녀는 수술 동영상을 재생시켜 놓고 우물우물 귤을 먹으며 수술실 안에서 들을 음악을 골랐다. 어차피 심장을 꺼내 놓은 상태에서 그게 다 무슨 소용인가 싶었지만 그녀는 '생 조르쥬'를 들어야 하는 이유에 대해 설명했다.

"피아노 곡도 좋지만 너무 마음이 차분해지는 건 별로야. 어느 정도 긴장감을 유지하고 있어야 온몸의 세포들이 정신을 바짝 차릴 수 있을 테니까. 끊어질 듯 아슬아슬한 바이올린 곡이야말로 활력을 유지하는 데 효과적일 거라고 생각하지 않아? 숨 막히게 연주하는 역동적인 바이올린 소리가 세상과 나를 이어주는 탯줄인 거지."

"넌 평소에도 붕 떠 있는데 몸통까지 열어 놓고 활력을 유지할 필요가 있어?"

"몸통을 열어? 오 마이 갓, 땡큐 지저스. 그런 상식 밖의 표현을 할 수 있는 사람이 내 주위에 너 하나라는 사실에 매우 감사하는 중이야. 소리는 귀로만 듣는 게 아니라 온몸으로 느끼는 거라는 걸 모르니? 내 정신은 무의식을 헤매고 있을지라도 조르쥬의 곡은 분명 내 혈관을 타고 들어와 나를 깨울 거야. 그 우아한 선율은 내가 태어나기 전 엄마 심장 소리와 함께 들었던 거거든. 울 엄마가 조르쥬 곡으로 태교를 했다는 걸 말했던가?"

조르쥬가 누군지 모르겠지만 은제이의 인격 형성에 어느 정도 책임이 있다는 것을 통감할 의무가 있다고 본다.

안타깝게도 그녀의 이야기는 청각 신경에 닿지 못하고 귓바퀴에서 맴돌다 사라졌다. 나의 모든 신경은 이불 속에 작은 텐트를 치고 있는 내 무릎과 그녀의 무릎에 쏠려 있었기 때문이다. 닿아 있는 두 무릎을 모른 척 그냥 대고 있을까 아니면 자연스럽게 떼어낼까 고민하는 와중에 동영상은 끝이 났다. 그녀가 다리를 쭉 뻗으면서 멍청한 고민도 텐트와 함께 푹 꺼졌다.

나는 노트북을 닫으며 자리에서 일어났고 최소 열두 개 이상의 귤껍질을 두 손으로 끌어모아 쓰레기통에 버렸다. 쓰레기통 안에서 상큼한 귤 냄새가 푹 터졌다. 세면대로 가서 끈적거리는 손을 씻고 보송보송한 타월에 물기를 닦았다. 가습기에 물을 채워 넣은 뒤 유칼립투스 오일을 한 방울 떨어트렸다. 비염에 효과가 있다고 하지만 우리 중 누구도 코가 막힌 사람은 없었다.

그녀는 정오인 10분 후부터 금식해야 한다. 그것보다… 괜찮은 건가? 방금 화면에서 본 그 장면은 내일 아침 8시 흉부외과 수술실에서 실제로 벌어질 예정이었다. 막상 당사자인 그녀는 창밖을 보고 서서 요즘 유행한다는 '외계인 춤'을 추고 있었다. 한 걸음 한 걸음 앞으로 걸어가면서 골반을 앞뒤로 움직이는 춤이었는데 그 모습이 귀엽고, 바보 같고, 정신이 나간 것 같았다.

"지금 춤이 추고 싶냐?"

"응, 되게 추고 싶어. 지금 안 추면 언제 출 수 있을지 모르잖아."

그녀는 대답하면서도 앞뒤로 움직이는 골반은 멈추질 않았다. 쟤는 나를 뭘로 보는 걸까? 내 앞에서 우스꽝스러운 춤을 형편없이 추고 있는 그녀를 보며 할 말을 잃었다.

나는 침대에 걸터앉아 무덤덤하게 물었다.

"그래서 오늘은 뭘 할 예정이야?"

"음, 일단 이 춤을 완전히 마스터한 후에 이를 닦고 메추리알 장조림 만드는 방법을 유튜브로 볼 거야. 너의 메추리알 트라우마를 날려버릴 환상적인 장조림을 만들어 줄게."

살아날 확률이 50%인 수술을 앞둔 여자의 일과란 대체로 이렇게 흘러갔다. 그리고 내가 볼 땐 그녀가 메추리 알 장조림 만드는 방법을 유튜브로 볼 확률은 50%도 되지 않았다. 그 말인즉슨 추고 있는 춤을 마스터할 확률도 후하게 봐야 그 정도밖에 되지 않는다는 뜻이다. 확실히 전문가의 도움이 필요해 보였다. 나는 휴대폰으로 음악을 재생시켰다. 아무래도 무반주로 추는 것보다는 나을 것 같았다.

우리 두 사람은 창밖을 향해 나란히 서서 그 해괴망측한 춤을 추었다. 내가 "자 봐봐. 이렇게 하는 거야." 하며 시범을 보이자 그녀의 웃음소리가 병실 가득 메아리쳤다. 이 춤은 반한 여자 앞에서 출 만한 춤이 결코 아니었다. 그러나 이렇게 해서라도 아까 본 피범벅 동영상을 머릿속에서 지울 수 있다면, 그녀의 두려움과 공포를 조금이나마 가라앉힐 수 있다면, 나는 기꺼이 내 골반과 멋짐을 포기할 의사가 있었다.

공연이 클라이맥스에 다다랐을 때 그녀의 감탄이 터졌다.

"와, 너 잘 춘다. 진짜 인버뤄−브뤠이트 같아."

일단 웃었다. 마이클 잭슨이나 엘비스 프레슬리 정도의 칭찬으로 들었다. 인버뤄브뤠이트가 '무척추동물'이라는 영어 단어라는 것을 나중에 알았다.

어쨌든 이 춤은 그런 의미였다. '매우 큰 충격'을 '더 큰 충격'으로 잊어버리게 만들려는 시도. 결과를 알 수 없기에 더 무시무시하게 다가오는 내일의 공포를 다른 식으로 잊는 방법을 확실히는 모른다. 다만 내일은 우리의 끝이 아니며 우리의 끝은 그녀의 죽음이 아니라는 것만 생각할 뿐이다.

"그럼, 작별 인사를 해볼까?"

그녀는 호흡을 가다듬으며 흘러내린 앞머리를 귀 뒤로 깔끔하게 넘기고 내 앞에 섰다. 나는 손을 뻗어 빙긋 웃는 그녀의 턱에 말라붙어 있는 귤껍질을 떼어주었다.

벌써 일주일째 매일같이 작별 인사를 해왔다.

"그동안 즐거웠어. 고마워. 안녕."

오늘이라고 해서 특별할 것도 없는 작별 인사였지만 인사를 끝내고 나면 언제나 할 말이 더 남아 있는 것처럼 한참이나 뜸을 들였다.

듣고 싶지만 듣지 못할 걸 알고 있었다. 그렇다고 해서 조급하거나 안달 날 것도 없었다. 그녀가 말을 아끼는 이유는 아마 우리에게 내일이 남아 있는 까닭이며 슬픔은 그보다 더 깊고 비밀스러운 곳에 있을 것이기 때문이다.

　그녀 정수리에 손을 얹었다. '힘내.'라든가 '잘 될 거야.'라든가 '응원할게.' 같은 말은 지금 내 기분을 조금도 전달할 수 없었다. 물에 빠진 각설탕처럼 내일이면 단물만 남긴 채 사라질 것만 같아서 나는 매일 그녀의 흔적을 같은 방식으로 잡아두었다. 정수리에 손바닥을 올리는 방식.

　냄새는 음악처럼 순간을 기억한다. 그녀가 나의 시도를 눈치채지 못하도록 정수리에 올렸던 손바닥을 코에 대고 숨을 들이마셨다. 순식간에 밀려들어 온 체향(體香)은 아스라이 멀어지는 그녀를 내 앞에 데려다 놓았다.

　"지금 뭐 하는 거야?"

　나만의 경건한 의식을 그녀에게 들키고 말았다. 붉어지는 얼굴, 여덟 팔 자를 점점 짙게 그리기 시작하는 눈썹. 그녀가 뭐라고 한마디 쏘아붙이기 전에 내가 먼저 말했다.

　"가자, 머리 감겨 줄게."

1
첫 만남

오늘은 당신의 남은 인생 중 첫 번째 날이다.
— 영화 「아메리칸 뷰티」

진눈깨비가 날리기 시작했다. 우중충한 대기에 건조한 칼바람. 전형적인 한국의 겨울 날씨였다. 이런 날씨에 집 밖으로 나온 이유는 별거 없었다. 지난주 내내 집에만 처박혀 있었기 때문에 오늘도 나가지 않으면 수돗물을 받아 마셔야 할 상황에 이른 것이다.

입고 있던 트레이닝팬츠에 후드 점퍼를 꺼입고 동네 편의점으로 나섰다. 사실 어제까지는 아무렇지 않게 수돗물을 받아 마셨다. 그냥 바람이나 쐴 겸 나온 길인데 바람이 이런 식으로 불 줄은 몰랐다. 매서운 눈바람에 이목구비가 얼어붙었다.

집 밖으로 나온 걸 즉각 후회하며 편의점 냉장고에서 세계 맥주 네 캔을 골라 손에 들었다. 차가운 알루미늄 캔이 손목에 닿자 닭

살이 돋았다. 그러다 문득 오늘의 '약속'이 생각났다. 맥주는 집에 오는 길에 들러 사기로 하고 다시 제자리에 갖다 놓았다. 편의점에서 나와 택시를 탔다.

도착한 곳은 뭐라 설명하기 힘든 고상한 인테리어의 카페였다. 카페 안은 춥고 음울한 날씨와 대조적으로 따뜻하면서 안락했다. 흘러나오는 클래식 음악이 베토벤인지 모차르트인지 모르겠지만 (아마 둘 다 아닐 가능성이 높았다) 하품이 저절로 나왔다.

2층 창밖으로 내다보는 경치가 꽤 운치 있음에도 불구하고 손님이 한 테이블밖에 없는 이유는 아메리카노 한 잔에 18,000원이나 하는 바가지요금 때문일 거라고 생각했다. 내 취향과는 거리가 먼 낯선 공간이 어색해서인지 왼쪽 다리가 가만히 있질 못하고 달달달 떨렸다. 묘하게 불안했다.

"주디."

"네, 아가씨."

"내 그림 가져와."

내 눈을 뚫어지게 쳐다보던 여자의 목소리를, 그녀와 마주 앉은 지 10분 만에 처음 들었다. 물론 나에게 건넨 말은 아니었다. 그녀의 개인 비서에게 내린 명령이었다. 식상한 표현으로 말하자면 그녀의 목소리는 레모네이드만큼이나 상큼했다. 탄산이 기준치를 초과한 레모네이드. 적잖이 건방졌고, 야무졌다. 새빨간 벨벳 헤어밴드가 찰떡같이 잘 어울렸다. 그게 그녀의 첫인상이었다.

'주디'라고 불린 그레이스 켈리 스타일의 세련된 30대 여성이 1층에서 벽걸이 TV만 한 크기의 캔버스를 들고 올라오는 동안, 내 맞은편에 앉은 그녀는 혐오스럽다는 표정으로 나를 아래위로 훑어보았다. 그녀의 시선이 테이블 밖으로 뻗어나간 내 다리 끝에 멈췄을 때 조던 하이드로 슬리퍼 사이로 삐져나온 발가락들이 보였다. 불안함의 정체를 알았다. 맨발에 슬리퍼 차림으로 너무 멀리 나온 것이다.

나를 어떻게 대해야 할지 감을 잡지 못하는 듯한 그녀의 표정은 마치 조카 시온이가 내 무릎 위에 토했을 때 지었던 나의 표정과 흡사했다. 약속을 잊고 있었던 건 실수다. 이럴 줄 알았다면 약속을 펑크 내 버릴 걸 그랬다. 그랬다면 그녀가 지금 짓고 있는 것보다 더 재미있는 표정을 지었을 텐데. 나에게 바람맞은 그녀의 모습을 상상하니 왠지 기분이 좋아졌다.

그레이스 켈리는 캔버스 한 귀퉁이를 테이블 위에 아슬아슬하게 걸쳐놓고 내 눈높이에 맞게 반대쪽 귀퉁이를 들었다. 기함할 정도로 화려한 색감을 자랑하는 그림이 괴기스럽게 보였다. 본인이 그렸다고 말하진 않았지만 그녀가 직접 그린 그림이라는 걸 느낌으로 알 수 있었다.

'내가 발로 그려도 이것보다는 낫겠다.'

"이게 뭘로 보여?"

그녀는 꼬아 올린 다리를 까딱거리며 물었다. 나에게 던진 첫 질문이었다. 나는 시야 전체를 가린 괴상한 그림의 정체를 파악해 보려 애썼지만 전혀 무엇인지 알 수 없었다. 추상화인지 풍경화인지 최소한의 힌트도 없이 맞혀보라는 건 가위를 낼지 바위를 낼지 맞혀보라는 것과 수준이 비슷해 보였다. 어떤 대답을 해도 틀렸다고 할 것 같아서 아무 말이나 했다.

"히드라야? 잘 그렸네."

한마디 툭 뱉고는 앞에 놓인 아메리카노를 후후 불었다. 18,000원 짜리 커피라면 해장국처럼 뚝배기에 한 그릇 나와야 하는 거 아닌가? 양도 더럽게 적은데 설마 맛까지 없는 건 아니겠지.

커피 잔에 조심스럽게 입술을 대고 공기와 닿아 있는 층을 한 겹 걷어내듯 후루룩 들이마셨다. 소리가 너무 컸다. 테이블 위엔 정적이 흘렀다. 고개를 들자 그녀의 또랑또랑한 목소리가 고막을 때렸다.

"뭐? 히드라아? 그쪽 시력에 문제가 있는 거 아니야? 이게 어딜 봐서 자포동물이야? 이건 꽃병에 꽂힌 우아한 일곱 송이의 알핀로제스라구. 예술에 대한 조예가 전혀 없군."

실소가 터졌다. 시력에 문제가 있는 게 아니라 개념 파악에 문제가 있는 거겠지. 히드라를 히드로 본 것이 예술과 무슨 상관이 있다는 말인가? 일곱 송이 꽃을 일곱 개의 촉수가 달린 히드라로 그려놓은 그녀의 예술적 재능, 아니면 조그만 몸뚱이에 달린 양팔과 열 손가락에 더 큰 문제가 있는 게 분명했다. 나는 소심하게 반박했다.

"나도 알아, 예술. 인생은 짧고 뭐 그런 거 아니야?"

"흥, 훌륭한 미술 작품을 감상하는 안목이 없다는 건 여자 보는 눈도 터무니없다는 뜻이야. 미적 감각 제로. 나랑은 수준이 맞지 않아."

꽤 귀엽게 들려서 피식 웃음이 났다. '여자 보는 눈'이 어떤 의미인지도 모를 법한 어린 여자에게 그런 소리를 들으니 같잖다는 생각이 들었다. 미술 작품을 감상하듯 여자를 대한다면 그거야말로 인류의 종말이다.

나는 느긋하게 커피를 마시며 히드라인지 꽃병에 꽂힌 꽃인지 모를 그림을 파리 쫓듯 손으로 휙휙 쫓아냈다. 커피 맛은 그냥 그랬다.

"내 여자는 내가 알아서 고를 테니까 히드라 좀 저리 치워줄래? 면접이라면서 이게 끝이야?"

새초롬하게 눈을 한번 흘긴 그녀는 단호하게 말했다.

"나랑 일하게 되면 그런 말은 금지야."

"어떤 말?"

"내 여자니 어쩌니 하는 말. 경박스러운 단어 사용은 피해주길 바라."

내 여자라는 말이 어딜 봐서 경박스럽다는 건지…. 애초에 그녀가 그림을 보여준 특별한 이유는 없어 보였다. 처음부터 예상했듯이 그 그림이 무엇이든 내가 뭐라고 대답했든 대화의 방향은 이런 식으로 흘러갔을 가능성이 컸다.

어쨌거나 나는 이 비정상적인 만남이 공식적으로 '면접'이라는 걸 다시 한번 상기하며 삐딱한 자세를 바로잡았다.

그녀가 야무지게 물었다.

"흠, 일단 허우대는 멀쩡하니 외모는 합격. 지병은 있어?"

"없어."

"병역은?"

"갔다 왔어."

"전과는?"

"없어."

"전동 칫솔 사용해?"

"아니."

대답해 놓고 질문이 뭐였는지 다시 짚어보았다. 이상한 여자네. 그게 중요해?

뭘 그딴 걸 물어보냐는 내 표정에 그녀는 으쓱하며 대수롭지 않게 대답했다.

"치석이 있는 사람과 대화하는 걸 좋아하지 않는 편이라서. 신분증 이리 내. 주디! 경찰청 사이트 들어가서 이 남자 성범죄 이력 조회 좀 해줘."

나는 지갑에서 신분증을 꺼내다 말고 어이가 없어서 동작을 멈췄다. 대화할 때 상대방의 치아에 치석이 있는지 없는지 관심을 갖는 편집증 환자에게 취조당하듯 하니 이 자리에 아무 생각 없이 나를 데려다 놓은 두 다리가 한심하게 느껴졌다.

어쨌든 신분증을 테이블 위에 던지듯 내려놓고 손을 내밀었다. 면접을 보러 나온 이상, 내가 하게 될 일에 대해서도 자세히 알아야겠다는 생각이 들었다. 어차피 거기서 거기겠지만….

"계약서나 꺼내봐."

준비한 계약서를 꺼내놓으라는 내 요구에 그녀의 비서인 그레이스 켈리('주디'라고 불리는 여성)가 커다란 서류 봉투에서 서너 장의 A4 용지를 꺼내 테이블 위에 펼쳐놨다. 나는 심드렁하게 그것을 집어 들고 낮은 목소리로 읽기 시작했다.

"단기 고용 계약서. 갑과 을은 아래의 고용 조건을 성실히 이행할 것을 약정하고 근로 계약을 체결한다. 제1조 근로 장소. 을은 지역과 장소를 불문하고 갑이 원하는 곳에서 근로해야 하며, 해외여행 결격의 사유가…."

읽는 걸 멈췄다. 해외라니…. 여권이 없는 건 둘째 치고 이렇게 막무가내로 광범위한 건 곤란하다. 비즈니스를 삶에 끌어들이지 않는 건 나만의 철칙이다. 다시 말해, 앞에 앉은 여자와 '지역과 장소'를 불문하면서까지 함께할 수 있다고 장담 못 한다는 얘기다. 나의 사적인 영역을 침범하려 한다든지 내 기준에서 통상적이지 않은 장소, 특히 사람이 많은 곳이나 야외에서의 일은 사절이다.

애초에 선은 확실하게 그어야 빠져나올 때 유리하다.

그녀가 나에게 물었다.

"할 거야, 말 거야?"

"조금만 더 읽어보고. 제2조 계약 기간. 계약일로부터 100일. 다만 갑이 계약 종료 이전 사망할 경우 계약은 종료되며 계약금은 반환하지 않는다."

'사망할… 경우?'

계약서를 읽다 말고 다시 한번 멈췄다. 일반적으로 계약서에 갑이 사망할 경우에 관한 내용도 명시되는 건가? 계약서를 써봤어야 알지…. 대학생, 공시생, 취준생, 지망생 뭣도 되어본 적 없는 나로서는 난생처음 보는 이 면접이 맞선인지 소개팅인지도 헷갈린다. 그런데 그것보다 더 거슬리는 건….

"네가 왜 갑이야? 요즘은 갑, 을 계약서 안 쓰고 동등한 입장으로 작성하는 거 몰라?"

"다시 한번 묻는데 할 거야, 말 거야?"

그녀는 턱을 괸 채 빨대를 입에 물고 뭐가 그리 재미있는지 꼬아 올린 다리를 까딱까딱하며 "할 거야, 말 거야?" 하는 말만 되풀이했다. 마치 얄미운 샴고양이 같았다.

앳되고 하얀 얼굴에 저절로 시선이 갔다. 객관적으로 보자면 예쁜 얼굴이었다.

나는 누군가의 얼굴을 볼 때 눈의 크기, 속눈썹의 길이, 코의 높이 등 구체적인 생김새보다는 뭐라고 규정할 수 없는 분위기를 중요하게 여긴다. 색깔보다는 톤, 직접적인 자극보다는 미약하면서 지속적인 무드, 살이 닿았을 때의 온도, 숨결의 향 등에 더 민감하지만 모든 조건에 앞서 일단 그녀는 탈락이었다. 나를 불편하게 만드는 여자와는 어떤 관계도 맺고 싶지 않았다.

"제3조 임금. 계약과 동시에 계약금 3억 원을 지불하며, 10일 기준으로 300만 원씩 추가 지급…."

계약서를 들고 있던 손에 힘이 들어갔다. 계약금 3억? 이 여자가 진짜 정신이 나갔나. 흘러나오는 클래식 음악에 심취한 듯 눈을 지그시 감고 있던 그녀는 내 시선을 느꼈는지 살며시 속눈썹을 들어 올리고 "왜? 돈이 적어?" 하고 물었다. 나는 뭐라고 대꾸하려다가 입을 다물어 버렸다. 300만 원을 껌값 취급한다면 이쪽에서도 그렇게 여길 작정이다.

구겨진 계약서를 들고 마저 읽어 내려갔다.

"제4조 근로 범위. 갑의 남자 친구 역할로서 연인 관계에 이루어지는 모든 일을 함께한다. 단, 갑이 허락하지 않은 스킨십을 할 경우 계약 위반으로 처리….."

또다시 읽는 걸 멈추고 앞에 앉은 여자를 빤히 보았다. 이 부분은 도저히 그냥 넘어갈 수가 없다.

"너 뭔가 잘 모르나 본데. 연인 관계를 전제로 이루어지는 일이란 오직 스킨십밖에 없어. 스킨십을 제외한 다른 모든 일은 연인관계가 아니어도 할 수 있거든? 이거 계약 내용이 엉망진창인 거알아?"

"별로 중요하지도 않아. 할 거야, 말 거야?"

그 후로도 계약서는 온통 진흙탕이었다. 곳곳에 발이 빠져 매끄럽게 읽어나갈 부분이 거의 없었다. 근로 시간이 24시간이라고 명시되어 있는 부분에서 다섯 번째로 읽는 것을 멈췄을 때 목덜미가 뻣뻣해지는 걸 느꼈다. 을사조약 이래 가장 불합리한 계약이었다. 휴일도 없었다. 아니, 있었지만 갑의 재량에 따른다는 부분까지 읽고 없다는 의미로 해석을 마쳤다.

"그래서, 할 거야? 말 거야?"

마음 같아서는 손에 들고 있는 종이를 찢어버린 뒤 밖으로 나가고 싶었지만 일단 사인하면 계약금 3억 원, 열흘에 300만 원이다. 감정에 치우치지 않고 이성적으로 생각을 해본다면 못 할 것도 없었다. 비위 맞추기 까다로워 보이긴 해도 나는 전문가니까. 눈 딱 감고 100일만 버텨보기로 마음먹었다.

"오케이, 콜!"

여자는 손때 하나 묻지 않은 명품 백에서 몽블랑 펜을 꺼냈다. 계약에 동의하면 사인하라는 말에 계약서 마지막 장을 마저 훑었다. "계약에 대한 일체 내용은 비밀을 유지한다. 을이 계약 내용을 위반하거나, 일방적 해지를 원할 경우 계약금을 세 배로 반환한다."라는 내용이 적혀 있었다. 끝이 아니었다. 제일 마지막에 인쇄된 글자가 아닌 손 글씨로 적힌 문장이 눈에 띄었다.

'을이 갑에게 마음을 뺏기는 경우 계약은 해지되고, 계약금은 100% 반환한다.'

흠칫 놀랐다. 야무진 글씨체를 보니 직접 쓴 것 같았다. 마지막 조항을 보고 전혀 동요하지 않았다고 하면 거짓말이다. 찰나의 순간이지만 망설임이 분명히 있었다. 그러나 내색하지 않았다. 그럴 일은 절대로 없을 거라며 스스로에게 다짐하고 계약서에 주저 없이 사인했다. 계약서를 받아 든 여자는 그제야 내 이름을 확인했다.

"전세계? 이름이 전세계야? 좋아, 그럼 연습 한번 해보자. 이제 이 그림을 다시 봐. 사랑하는 여자의 그림을 본 남자 친구의 반응. 레디 액션!"

"와아, 멋지다. 어, 야, 잘 그렸네. 누가 봐도 꽃병에 꽂힌 꽃이다. 야, 어떤 미친놈이 히드라 따위를 갖다 대? 어?"

하란다고 그걸 하고 있는 내 행동은 자본주의 사회의 병통과 폐단을 보여준다. 돈에 휘둘리는 건지 이 여자에게 휘둘리는 건지 한 순간 자아가 무력해짐을 느꼈다. 앞으로의 100일을 몹시 빠른 속도로 상상해 보았다. 무언가 불길한 예감이 스쳤다. 온갖 방식으로 나를 괴롭히는 그녀와 속수무책으로 당하는 내 모습이 머릿속에 그려지자 잉크도 마르지 않은 계약을 당장이라도 물리고 싶은 심정이었다.

그녀는 긴 생머리를 사르르 쓸어 넘기며 웃었다.

"내 이름은 제이야, 은제이. 이건 내 연락처. 계좌 번호 문자로 보내. 계약금 입금되는 순간부터 계약은 효력이 발생하는 거고. 개인적인 연락은 금지야!"

연락하지 말라면서 이름과 연락처가 적힌 메모지를 테이블에 올려놓은 그녀는 가방에 펜을 넣었다. 자리에서 일어서는 그녀에게 공식적인 첫 질문을 건넸다.

"하나만 묻자. 너 몇 살인데 초면에 반말이냐?"

"하핫. 미안. 외쿡에 오래 살다 와서 존댓말을 제대로 못 배웠어. 스물하나."

그녀는 당당하게 웃으며 대답해 버리고는 장갑과 핸드백을 챙겨 들더니 한마디 덧붙였다.

"숙녀에게 나이를 묻는 건 굉장한 실례라는 걸 알아뒀으면 좋겠어. 내일 출근할 땐 매너도 챙겨서 오도록 해. 그럼 이만…."

나는 움직이길 포기한 채 자리에 앉아서 또각또각 계단으로 사라지는 그녀의 뒷모습을 멍하니 바라보았다.

2
D-100

인생의 즐거움이란
내가 쓴 에너지만큼 그것을 돌려받는 일이다.
— 오프라 윈프리

창문에 걸린 커튼은 여전히 빛을 가리고 있었다. 해는 진작에 떴지만 잠에 취한 눈은 도무지 떠지지 않았다. 휴대폰 진동이 지겹게 울리다가 끊기기를 반복했다. 나는 눈을 감은 채 베개 근처를 손으로 더듬었다. 간신히 손에 잡힌 휴대폰 화면에는 수십 통의 부재중 전화와 메시지가 빈집 우편함의 우편물처럼 가득 쌓여 있었다. 한쪽 눈꺼풀을 들어 올려 화면에 띄워진 메시지를 읽었다.

[너 같은 놈을 사랑하느니 차라리 네가 죽은 꼴을 보는 게 낫겠어!]

앞줄만 보아도 내용을 대충 알 것 같은 장문의 문자 메시지는 읽지도 않고 삭제 버튼을 눌렀다. 사랑한다는 말의 반대말이 언제부터 '죽어버려'가 되었는지 알 수 없지만 이런 메시지를 종종 받다 보니 익숙해졌다. 사랑 아니면 죽음을 달라는 여자들의 극단성에 일일이 반응하는 건 제 뺨에 앉은 모기를 손바닥으로 때려서 잡는 것과 비슷하다. 잡아도 바보, 못 잡아도 바보.

사랑을 돈으로 환산해 주지 않는 여자와는 만나지 않는다. 사랑도 무던한 노력의 결과니까. 사랑, 그 별것 아닌 걸 하기 위해 바치는 고뇌와 체력도 만만치 않다는 걸 여자들은 모른다. 사랑이 어디에서 그냥 생겨나는 줄 아는지.

[너 그러다 칼 맞는다. 밤길 조심해라.]

자유로의 문자. 엄지로 슥 밀어서 삭제. 휴대폰을 덮으려는 찰나 또다시 진동이 울렸다. 모르는 번호였다. 통화 버튼을 눌러 귀에 댔다. 전화기 너머에서는 8월 한낮의 태양처럼 쨍쨍한 목소리가 들려왔다.

"나야. 입금 확인했지?"

어제 만났던 '갑'이다.

단 한 번의 만남으로 혼을 쏙 빼놓은 그녀는 어젯밤 내 통장에 3억 원을 입금하는 기행(奇行)을 저질러 새벽까지 잠을 설치게 만든 장본인이다. 300억도 아니고 겨우 3억 원에 호들갑 떨 만큼 배짱 없는 놈도 아닌데, 자려고 누우면 한 가지 의문이 끊임없이 머릿속을 맴돌아 잠을 잘 수가 없었다. 도대체 3억이나 주고 이런 계약을 맺은 이유가 뭐지?

"엠파이어 호텔로 와."

호텔로 오라는 그녀의 말에 몽롱하던 정신이 맑아졌다.

"아침부터 호텔이라니. 그렇게 안 봤는데 꽤나 저돌적이네."

잠에서 덜 깬 목소리는 의도치 않게 착 가라앉아 버렸다.

"호텔에 도착하면 오늘 일정과 해야 할 일을 알려줄게. 10시까지 늦지 말고 와."

내가 한 말을 못 들었는지 아니면 대꾸할 가치도 없다고 판단했는지 딱따구리 나무 쪼듯 용건을 전달한 그녀는 바로 전화를 끊어버렸다.

끊긴 전화를 물끄러미 보았다. 어젯밤 실제로 3억 원이 입금된 걸 확인한 후 '3'자 뒤에 찍힌 동그라미가 몇 개인지 몇 번이나 세어 보았다. 장난이 아니었다. 세 가지 가능성이 있었다. 미쳤거나, 돌았거나, 혹은 둘 다이거나.

재벌이 아닌 이상 스물한 살에게 이렇게 큰돈이 있을 리가 없다. 설령 있다고 해도 이런 식으로 쓰는 건 돈에 대한 예의가 아니다. 나는 나름대로 '최고의 서비스'라든가 '고객의 만족' 같은 걸 관리하는 편이었고 그래야 받은 돈을 당당하게 쓸 수 있었다. 그런데 어제 들어온 3억 원은 감히 손댈 용기가 나지 않았다.

그러고 보니 그 여자에 대해 아는 게 너무 없었다. 살인 청부업을 시키는 사이코패스는 아니겠지. 그래 놓고 계약을 제대로 이행하지 못했다면서 다짜고짜 계약금을 3배로 토해내라는 미친년은 아닐 거야. 아무렴. 사이코패스라면 제 손으로 직접 하지 남의 손을 빌리진 않을 테니 그 부분에서는 약간 안심이 되었다. 어째서 그런 부분에 안심해야 하는 건지 알 수 없지만 일어날 수 있는 최악의 가능성들에 대해 밤새 고민하느라 어디 붙어 있는지도 모르는 후두엽이 지끈거렸다.

　이제야 의심스러운 계약서에 덜컥 사인한 것이 조금은 후회되었다. 일단 오라니까 가기는 하는데 호텔로 향하는 발걸음이 무거웠다. 엠파이어 호텔 로비를 지나 가장 안쪽 엘리베이터에 탔다. 그녀가 지시한 대로 'P'라고 표기된 버튼을 누르자 엘리베이터는 빠른 속도로 올라가기 시작했다.

　쏘아 올린 듯 수직 상승하던 엘리베이터는 건물 꼭대기 층에 다다라서야 멈추었다. 번쩍이는 골드 장식과 예상치 못한 속도 때문에 멀미가 났다. 띵 하는 경쾌한 소리와 함께 스르륵 문이 열렸다. 어지러운 몸과 마음을 추슬러 한 발 내딛자 엄청나게 밝고 호화로운 거실이 눈앞에 나타났다. 말로만 듣던 펜트하우스.

　바닥에는 우아한 크림색 대리석이 깔려 있었고 높은 천장에는 조명이라고 하기엔 하나의 예술 작품 같은 샹들리에가 매달려 있었다. 곳곳에 걸려 있는 그림들은 갤러리를 방불케 했다. 신발을 벗어야 하나? 어디까지가 현관이고 어디부터가 거실인지 경계가 모호했다. 남의 집 거실에 신발을 신고 들어가려니 오는 길에 흙이나 똥을 밟진 않았는지 별게 다 신경 쓰였다.

　이렇게 넓은 집이 청소가 가능한가 하는 생각을 하며 두리번거리고 있을 때 베이지색 카펫이 깔린 나선형 계단을 따라 그녀가 내려왔다. 그녀는 거실 한가운데 멀뚱멀뚱 서 있는 나를 보고 눈살을 찌푸렸다.

"내가 준 돈 어쨌어? 부동산 재테크라도 할 생각이야? 동네 복덕방 가기 전에 백화점을 먼저 가야 할 것 같다. 검정색 후드 티라니, 패션에 대한 모독이야. 안 되겠어. 옷부터 사 입으러 가자. 내 남자친구라면 적어도 슈트가 잘 어울렸으면 좋겠다구."

도도하고 낭랑한 목소리에 기죽지 않고 받아쳤다.

"뭐래. 후드 티가 어때서. 멋있기만 한데."

"한심한 소리 한다. 인간의 머리에서 나온 최초의 창조물이 뭔지 알아? 그건 바로 패션이야. 뗀석기로 맘모스 때려잡을 때 발가벗고 잡았을 것 같니? 아니, 전혀. 옷을 먼저 만들어 입었다고. 디자이너들의 열정에 찬물 붓는 소리 하지 말고 따라와. 도로타! 나 전세 계랑 백화점부터 가. 덕평엔 오후에 가는 거로 스케줄 다시 잡아."

거실 건너 주방 쪽에서 "네, 아가씨." 하는 대답이 들려왔다. 그 대답보다 더 크게 들린 건 덕평에 간다는 얘기였다. 내 통장에 들어와 앉은 3억 원의 출처와 고용 의도도 밝혀지지 않은 상황에서 그녀가 하는 모든 말에 극도로 예민하게 반응하는 건 당연했다. 덕평엔 왜? 궁벽한 곳에 나를 묻으러 가는 건가? 그동안 원한 살 만한 일이 있었던가? 여자를 울리긴 했지만 죽을 만큼 잘못한 기억은 없었다.

"덕평엔 왜?"

"일단 옷부터 사 입고 얘기하자. 시커먼 후드 티 입고 있는 너에겐 그 어떤 스케줄도 말하고 싶지 않거든."

그녀는 나를 위아래로 훑어보더니 엘리베이터로 향했다.

내가 원래 자랑을 좋아하는 인간이긴 하지만 자랑이 아닌 사실을 하나 이야기하자면 어디 가서 외모로 꿀린 적은 없다. 패션의 완성은 얼굴이라는 걸 모르는 건가. 검정 후드 티만 입어도 '한 번만 만나주세요.' 하는 여자들이 줄을 섰다. '검정 후드 티에 대한 그녀의 혐오는 그야말로 내 인생템에 대한 모독이다.'라는 생각을 한 것도 잠시, 백화점 명품관에서 옷을 갈아입으며 다른 생각 할 정신 따윈 사라져버렸다.

"바지 핏이 촌스러워."

"…."

"어깨가 타이트한 것 같은데."

"…."

"컬러가 안 맞아."

품평하는 그녀의 표정은 사뭇 진지했다.

셔츠를 여덟 번째 갈아입은 나는 땀으로 젖은 앞머리를 대충 헝클어트리며 휘적휘적 피팅 룸을 나왔다. 마음에 드는 옷이 있기는 한 건지 의문스러웠다. 나를 엿 먹이려는 수작으로밖에 생각되지 않았다.

그녀는 슈트를 빼입고 서 있는 나를 천천히 훑어보았다. 안 그래도 더운데 익숙하지 않은 시선을 온몸으로 받아내자니 열기가 훅 올라왔다. 목을 조르는 답답한 셔츠 단추를 두어 개쯤 풀어 헤쳤다. 그녀는 "스탑!" 하고 외치며 손으로 해를 가리듯 손바닥을 들어

3
그녀의 버킷리스트

사랑은 온 우주가 단 한 사람으로 좁혀지는 기적이다.
— 줄리아 로버츠

밥을 먹은 후 1시간 정도 차를 타고 이동한 곳은 한적한 수목원이었다. 겨울 시즌에는 수목원을 운영하지 않는다는 이유로 3만 평의 대지는 잠든 듯 고요하고 평화로웠다. 하얗게 덮여 있는 눈 위에 최초의 발자국을 찍으며 수목원 입구로 걸어갔다. 어디선가 수탉 울음소리가 들렸다. 숲 관리인이 나와 반갑게 인사를 건넸다.

"동쪽으로 1킬로미터 정도 걸어가시면 어린 전나무들이 있어요. 마음에 드는 걸로 고르시면 됩니다."

우리는 천천히 숲 안쪽으로 걸어 들어갔다. 빼곡하게 서 있는 굵고 곧은 나무들은 하늘을 향해 쭉쭉 뻗어 있었다. 가지마다 눈을 얹은 풍경이 절경이었다. 오솔길을 따라 편백 조각들이 깔려 있어서 발걸음을 옮길 때마다 아작아작 소리와 함께 향긋한 나무 냄새가 났다.

초속 10센티미터로 걷는 그녀와 보폭을 맞추려다 보니 허공에 발이 떠 있는 시간이 길어졌다. 느긋하게 산책을 즐길 날씨가 결코 아니어서 약간 짜증이 났다. 그녀는 두 팔을 벌리고 숨을 크게 들이마셨다.

"아, 좋다. 너도 피톤치드가 느껴져?"

추워 죽겠는데 피톤치드라니.

"아니, 그냥 존나 춥다는 것밖에 안 느껴져."

사주려면 구스다운 패딩이나 사주든가. 멋 부릴 생각도 없었는데 얼어 죽게 생겼다. 그래서 들으라고 일부러 '존나'라는 단어를 뱉어버리고 바지 주머니에 두 손을 찔러 넣은 채 가던 방향으로 몸을 돌렸다. 예상했던 대로 즉각적인 반응이 날아왔다.

"그런 천박한 단어 사용 금지라고 했어. 삼갔으면 좋겠어."

"뭐라고? 안 들려. 추워서 감각이 마비됐는지 귀도 잘 안 들린다."

"웅크리지 말고 몸에 긴장을 풀어봐. 나무들이 너에게 말을 건네잖아. 인사해. 전나무들이야. 안녕? 안녕!"

나는 앞서가다 말고 다시 그녀를 보았다. 그녀는 시가행진하는 공주라도 되는 양 나무들에게 한들한들 손을 흔들고 있었다. 나무 기둥을 한번 걷어찰까? 눈을 뒤집어쓰면 정신이 돌아올지도 모른다.

사회적 약자에 대한 배려가 부족한 질문이라고 생각되었지만 하지 않고는 못 견딜 것 같아서 조금은 순화한 언어로 물어보았다.

"아까부터 궁금했는데. 너 약간 망상증 있어?"

"음, 아마 그럴지도? 너랑 나는 세상을 보는 눈이 다를 거야. 넌 기적을 경험한 적 있니? 아마 없을 거야. 기적이 일어났어도 기적이라고 믿지 않았을 테니까. 그렇지만 나는 매일 기적을 경험하고 있어. 이렇게 땅을 밟고 두 다리로 서 있을 수 있는 건 나에게 기적이거든. 이 기적이 100일 후에도 이어졌으면 좋겠지만."

미쳤냐는 질문에 그럴지도 모른다고 대답한 그녀는 애매한 여운을 남긴 채 씁쓸하게 웃었다. 두 다리로 서 있을 수 있는 게 기적이라니….

"인어 공주인가? 너도 걔처럼 다리를 받고 뭔가를 줬어? 예를 들면… 개념이나 청력? 그래서 남의 말 안 듣냐?"

"푸하하하. 바보."

"웃을 일 아니잖아. 사람 진지한데."

"만약 내가 인어 공주처럼 다리 대신 심장 하나를 얻을 수 있다면 기꺼이 목소리를 줄 거야. 에리얼은 자신의 사랑을 말로 표현하지 못해 물거품이 되고 말았지만 사실 사랑은 말로 하는 게 아니라 마음으로 하는 거거든. 사랑한다고 말하지 않아도 상대방은 분명히 알 수 있었을 텐데 안타깝게도 남자 보는 눈이 형편없었던 거지."

더 이상 묻지 않기로 했다.

인간은 누구나 복잡하고 사정이 있는 존재니까. 안 그래도 자의식을 상실해 가는 중이었기 때문에 그녀의 망상이 어디에서부터 시작되었는지 그런 것을 깊이 생각할 인내심이, 더 구체적으로 말하자면 관심이 없었다.

그녀는 3미터 남짓한 전나무 사이를 왔다가 갔다가 하며 꼼꼼히 나무를 살폈다. 그러더니 기운찬 목소리로 나에게 말했다.

"자, 전세계! 자신 있는 걸 골라봐. 1번 삽질. 2번 도끼질. 3번 톱질."

나는 멀찍이 서서 아무 생각 없이 구두 끝으로 나무뿌리를 차다 말고 고개를 번쩍 들었다.

"뭐? 다시 말해봐."

"어휴, 잘 들어. 1번 삽질…."

잘못 들은 게 아니었나 보다.

"여기 체감 온도 영하 20도야. 삽질이라니…."

"그래서 보기가 있잖아. 2번 도끼질, 3번 톱질."

듣자 하니 가관이었다. 농담이겠지. 멍한 얼굴로 서 있자 그녀가 재촉했다.

"내 맘대로 골라? 삽질할래?"

그녀의 말은 진심이었다. 주변을 둘러보았지만 이 상황을 설명해 줄 사람도, 내 처지를 딱하게 여길 사람도 없었고 느슨하게 빠져나갈 빈틈도 전혀 보이지 않았다. 간단히 말하자면 피할 수도 없고 즐길 수도 없는 거지 같은 상황인 것이다. 땅이 얼어서 삽질은 불가능해 보였다. 도끼질했다가는 어깨가 나갈 것 같고. 톱질이 그나마….

"톱."

대답해 놓고도 내 입에서 나온 말이 맞는지 의심스러웠다. 짐수

레에 실려 있던 목장갑을 끼고 톱을 들었다. 어설프게 나무 밑동에 대고 슬쩍 밀어봤지만 단단한 껍질에 톱이 튕겨 나왔다. 옆에 서서 보고 있던 그녀가 깔깔깔 웃었다. 자존심 같은 건 전혀 상하지 않았다. 톱질을 잘해서 매력적인 남자로 보일 생각은 눈곱만큼도 없었다. 보시다시피 톱질과는 인연이 없으니 굳이 나무를 잘라야겠다면 네가 직접 하라는 무언의 반항 같은 거였다. 눈치마저 없는 그녀는 활짝 웃으며 두 주먹을 씩씩하게 쥐어 보였다.

"아직 어린 나무를 잘라내는 건 마음이 아프지만, 우리 집으로 함께 가서 멋진 크리스마스트리가 될 수 있다면 이 아이에게도 더 없이 영광일 거야. 파이팅!"

이제야 여기 온 이유를 확실히 알았다. 세계 평화와 인류의 행복? 숭고하고도 아름다운 축복의 행위? 완전히 잘못 걸렸다. 사람을 불러내서 280만 원짜리 슈트를 사 입히고 톱질을 시키다니. 그러면서 리얼리티를 운운하는 제대로 미친 여자.

옷이 영 불편했다. 슈트 재킷을 벗어서 바닥에 아무렇게나 패대기치고 다시 톱을 들었다. 톱과의 싸움인지 나무와의 싸움인지 오기가 생겼다. 톱이 나무껍질에 생채기를 내었다. 한번 터놓은 길을 따라 슬금슬금 움직이기 시작하자 생각보다 연하게 잘려나갔다. 하얀 톱밥들이 눈밭에 우수수 떨어졌고, 진한 나무 냄새가 났다.

어느새 추위가 가셨다. 오랜만에 몸을 움직여서 그런지 긴장했던 근육들이 풀어지고 몸을 움직이는 것에 대한 어떤 희열마저 느껴졌다. 톱질이 상당히 재미있다는 사실은 왠지 나를 서글프게 했다. 이런 식으로 길들여지는 건가? 뭔가 조련당하고 있다는 느낌에 사로잡혔으나 톱질은 멈출 수가 없었다.

톱질이 손에 익숙해지고 이마에 맺혔던 땀방울이 관자놀이를 따라 흘러내릴 때쯤 숲 직원이 전동 톱을 들고 나타났다.

"허허. 그렇게 톱질했다가는 해가 져도 다 못 베요."

전동 톱은 순식간에 나무를 쓰러트렸고 나무는 질질 끌려 소형 트럭에 실렸다.

커다란 자루에 담긴 전나무가 엠파이어 호텔 안으로 옮겨지는 걸 본 그녀는 콧노래까지 흥얼거리며 크리스마스트리를 장식할 장식품들을 잡상인처럼 거실에 줄줄이 늘어놓았다.

"이건 물에 담그면 오그라들었다가 말리면 활짝 펼쳐지는 진짜 솔방울이고, 이건 빛을 받으면 색깔이 영롱하게 변하는 유리구슬, 이건 내가 직접 나무를 깎아 만든 눈꽃 결정이야. 이것 봐, 진짜 예쁘지? 이 나뭇가지는 리얼 노르웨이 가문비."

"노르웨이 나뭇가지가 어째서 너희 집 거실 바닥에 널브러져 있냐? 차라리 까치 둥지를 갖다 얹는 게 낫겠다."

"지금부터 네가 할 일은 이 전구들을 트리에 적절하게 감는 일이야. 할 수 있지?"

"할 수 있는지 없는지 따져가면서 일 시키는 스타일 아니잖아."

나는 안도의 한숨을 쉬며 커다란 상자 안에 둘둘 감겨 있는 엄청난 길이의 꼬마전구를 꺼내 어깨에 둘러멨다. 남의 말을 들어주는 애였다면 나는 지금쯤 까치 둥지를 구하러 나가는 길이었을지도 모른다. 이럴 땐 말을 씹어주는 게 도움이 된다. 어디서 재생되는지 모를 크리스마스 피아노 연주곡이 펜트하우스 전체에 울려 퍼졌다.

"도로타! 나무 영양제 스프레이 좀 갖다 줘!"

단정한 복장을 한 풍채 좋은 아주머니가 푸근하게 웃으며 스프레이를 들고 왔다. 나는 의자에 올라서서 3미터짜리 전나무에 전구를 감다 말고 도로타에게 꾸벅 인사를 했다. 다정한 큰어머니처럼 정겹게 인사를 받은 도로타는 다시 주방으로 돌아갔다. 도로타가 있었던 자리에서 크로켓 냄새가 났다.

"부모님은 안 계셔?"

혹시나 하는 마음에 물어보았다. 딸내미의 3억짜리 남자 친구를 반길 부모는 없을 것 같았다.

"고아 아니야."

"집에 안 들어오시냐고. 나랑 이러고 있는 거 보면 어떻게 생각하실지 궁금해서."

"여행 가셨어. 3일 뒤에 오셔."

"너 혼자 두고?"

"내가 부탁한 거야. 그것도 내 버킷리스트 중 하나거든. 단 며칠만이라도 엄마의 간섭에서 벗어나는 거."

생소한 단어에 저절로 질문이 나갔다.

"버킷리스트는 뭔데?"

그녀는 그것도 모르냐는 듯한 눈길로 나를 보며 간단하게 설명했다.

"버킷리스트도 몰라? 죽기 전에 꼭 하고 싶은 일들을 적은 리스트잖아. 지금 그것들 중 하나를 하는 중이고."

죽기 전에 하고 싶은 일이라니…. 생각해 본 적도 없지만 그게 겨우 크리스마스트리를 장식하는 일이라는 건 상식 밖이었다.

"그래서 넌? 죽기 전에 하고 싶은 일이 겨우 크리스마스트리 장식하는 거야?"

"어떤 행위를 하느냐가 중요한 게 아니라 어떤 마음으로 하느냐가 더 중요하니까."

"죽기 전에 어떤 마음이라는 게 생길 겨를이 있냐? 그냥 할 수 있는 걸 하는 거지. 크리스마스트리 장식 따위만 빼고."

"모두들 죽는다는 걸 알면서도 정작 자신이 하고 싶은 일을 하는 사람은 많지 않아. 그게 참 안타까워."

"하긴 너처럼 부모 잘 둬서 돈 많은 애들은 하고 싶은 것만 실컷 하면서 살 수 있지. 대한민국 평범한 스물셋은 대학이니 취업이니, 해야 할 일들을 먼저 하느라 그런 쓸데없는 일에 한눈 팔 상황이 아니거든? 지금 뭘 해야 하는지도 모르는데 죽기 전에 할 일까지 생각하기엔 너무 고달프다."

낮은 사다리에 두 계단 올라서서 장식품을 달고 있던 그녀는 무심하게 말했다.

"뭘 해야 하는지 모르면 당연히 하고 싶은 일부터 하는 게 순서 아니야?"

느긋한 소리에 저절로 발끈했다.

"자본주의 사회에 태어난 흙수저들은 누가 시키지 않아도 본능적으로 알아. 하고 싶은 일만 하면서는 절대 살아남을 수 없다는 거. 규칙을 벗어나면 생존의 위협을 느낀다는 걸 알긴 하냐?"

"그거 말이지, 수저 얘기 나와서 하는 말인데 우리 저녁 뭐 먹을까?"

문득 어두워진 창밖을 보았다. 안 그래도 금방 지는 해가 언제 졌는지도 모르게 이미 사라지고 없었다.

"나 퇴근은?"

밥은 굶어도 좋으니 집에나 보내줬으면….

"계약서에 퇴근 시간 명시되어 있지 않은 거 몰라? 크리스마스 트리가 멋지게 장식되면 트리 아래에서 바닷가재 샌드위치를 먹고 싶어. 도로타!"

그녀가 도로타를 부르기 위해 몸을 돌리는 순간 사다리가 덜컥 흔들렸다.

"꺄악!"

의자에서 잽싸게 뛰어내린 나는 넘어지려는 그녀의 허리를 잡았다. 내 순발력에 나도 놀랐다. 쓸데없이 멋있고 난리다. 가까이에서 그녀와 눈이 마주쳤다. 샹들리에 불빛에 반사된 눈동자는 나를 꽉 움켜잡았다. 그녀는 놀란 가슴에 손을 얹었다.

"와, 고마워. 죽는 줄 알았어."

"보통 이 정도로 죽지는 않아."

나는 시선을 피하지 않고 그녀를 보았다. 저 안에 도대체 뭐가 있는 걸까? 그녀의 눈동자는 깊이가 가늠되지 않는 샘 같았다. 인간의 안구에 이토록 호기심을 갖고 들여다본 건 처음이었다.

눈동자 색깔이 확실히 이상했다. 까맣기도 파랗기도 한 검푸른

색. 바다를 담은 눈. 빠져 죽을 수도 있을 것만 같다는 생각이 들었다. 애는 어떻게 이런 눈으로 태어난 거지? 그녀의 눈에 내 얼굴이 선명하게 비쳤다. 동공이 커졌다가 작아졌다 했다. 거참 신기하네.

"저기… 이제 그만 놓아줘."

그녀 목소리에 정신이 들었다. 그제야 허리를 받치고 있던 팔에서 무게가 느껴졌다. 그녀를 바르게 일으켜 주고는 약간은 멋쩍은 표정으로 다시 자리로 돌아가 트리 장식을 마무리했다.

"어머! 아가씨! 괜찮으세요?"

도로타는 걱정스러운 얼굴로 '갑'의 몸을 샅샅이 살핀 뒤 물풍선 같은 주먹을 들어 3단 사다리를 쥐어박았다. "어휴, 말썽이야. 어쩔 뻔했어."라며 사다리를 혼내는데 옆에 있던 내 어깨가 움찔했다. '갑'에게 무슨 일이 생기면 이 집안 물건들은 도로타에게 혼나야 하는 것이다.

"난 괜찮아. 배고파. 바닷가재 샌드위치 만들어 줘."

"네, 아가씨. 금방 만들어 드릴게요."

커다란 창으로 둘러싸인 거실 구석에 멋진 크리스마스트리가 완성되었다. 엄청난 장식품들의 무게에 아래로 축 늘어진 트리는 측은하고 멋스러웠다. 그녀는 조명을 전부 끄고 "하나, 둘, 셋." 하고 외쳤다.

3미터짜리 전나무에 수십 개의 작은 전구들이 찬란하게 불빛을 냈다. 그녀 얼굴에 함박웃음이 피어났다.

"와아, 예쁘다. 어때? 예쁘지? 뿌듯하지?"

두 눈을 반짝이며 묻는 그녀의 말에 나는 영혼이 반쯤 날아간 목소리로 대답했다.

"어, 예쁘다."

도로타가 만들어 온 바닷가재 샌드위치를 트리 앞에 앉아서 나눠 먹었다. 반짝반짝 빛나는 불빛으로 번진 공간이 아름답다 못해 황홀하기까지 했다. 오늘 처음 와본 펜트하우스인데도 어릴 적 자주 들락거리던 낡은 만화방처럼 편안했다. 내 옆에 앉아 있는 그녀 역시 오래전부터 알고 지낸 것처럼 어색함이 없었다.

그녀가 샌드위치를 한 입 베어 물자 샌드위치 사이에 끼어 있던 재료들이 튀어나와 바닥에 후드득 떨어졌다. 마구 흘리고 묻히면서 먹는 그 모습이 어쩐지 당연하게 여겨졌다. 또한, 그걸 닦아주는 나에게서 어떤 위화감도 찾아볼 수 없었다. 모든 것이 너무 자연스러워서 더 이상한 경험이었다.

"어디 가서 누구랑 뭐 먹을 때 절대 샌드위치는 먹지 마."

"어디 가서 누구랑?"

그녀가 동글동글 호기심 가득한 눈으로 물어왔다. 별로 대답하고 싶지 않았다. 그녀가 미래에 어떤 사람과 무엇을 하고 있을지 내가 상상할 필요는 없었다.

"어디든, 누구든…."

저녁을 먹은 후 소파에 눕듯이 기대앉았다. 겨우 크리스마스트리를 장식할 거였으면 후드 티를 입는 게 백번 나을 뻔했다. 쓰나미처럼 덮쳐오는 피로에 손 하나 까딱할 힘도 없었다. 어제 밤을 꼬박 새운 탓인지 눈 감으면 곧바로 잠들어 버릴 것 같아 눈을 부룹뜬 채 2층으로 올라간 그녀를 기다렸다. 실크 잠옷으로 갈아입고 내려온 그녀를 보며 최대한 불쌍한 표정으로 물었다.

"나 퇴근은?"

"또 그 소리다? 계약서 다시 꺼내봐?"

"잠은 자야 할 거 아니야. 벌써 10시야."

"이거 영화 한 편 보고."

리모컨으로 영화를 검색하는 그녀가 왠지 얄미웠다.

"야, 넌 잠도 없냐? 잠을 많이 자야 미인인데 잠을 안 자니까 못났잖아. 피부도 푸석푸석하고."

그녀는 화장하지 않은 깨끗한 얼굴을 들어 나를 마주 보았다. 어둠 속에서도 빛나는 피부는 갓 쪄낸 꿀떡 같았다.

"잠자는 시간이 아깝다는 말, 아마 너한텐 와닿지 않겠지만 나는 그래. 죽으면 평생 자게 될 잠을 지금부터 자고 싶지 않아."

한껏 널브러져 있던 몸을 일으켰다. 소파 옆자리를 손바닥으로 탕탕 두드려 그녀를 불러 앉혔다.

"뭔 소리야. 너 이리 와서 앉아봐. 아까부터 궁금한 게 있는데, 계약 기간이 왜 100일이야? 100일 뒤에 너 죽냐? 혹시 시한부 그런 거 아니지? 애초에 네가 이런 계약을 왜 했는지 알고 싶어. 이유나 알고 하자."

이대로는 안 되겠다 싶어서 극단적인 단어까지 동원해 가며 대답하지 않고는 못 배기게끔 밀어붙였다. 그녀는 짝 소리가 나도록 손바닥을 마주치고는 놀랍다는 표정으로 나를 보았다.

"와, 추리력 대단해! 어떻게 알았어? 사실은 나 스무 살까지밖에 못 산다고 했는데 벌써 1년이나 더 살았지 뭐야. 나에게 내일이 있을지 없을지 장담 못 해. 오늘 하루를 살아낸 것도 기적이니까. 그래서 매일 밤 잠들고 싶지 않다면 내 맘을 조금은 이해하려나?"

사이다 같은 명쾌한 대답에 할 말을 잃었다. 이런 대답을 들으려고 물었던 건 아닌데 엄청난 얘기를 엄청 아무렇지도 않게 내뱉으니 듣는 사람이 더 당황스러웠다. 책에서 본 적 있다. '누군가를 알려고 시도할 때 반드시 알아야 할 가장 중요한 점은 그 사람을 알면 알수록 모르게 된다.'라는 말. 수습이 필요했다.

"아니…, 그럼 혼자 밤새우면 되지. 내일 죽는다는 애가 남자 친구는 왜 필요한 건데? 어차피 밤에 이런저런 거 할 것도 아니고."

무슨 말을 해야 할지 몰라 되는대로 지껄여 놓고 눈치를 살폈다. 말간 얼굴로 영화를 검색하는 그녀는 오히려 무덤덤했다.

"나도 가끔은 남자 친구가 있었으면 좋겠다는 생각이 드니까. 그렇지만 불가능하잖아. 너라면 언제 죽을지 모르는 여자랑 사귈 수 있겠니? 그러니까 나한텐 이게 최선이야. 이제 질문 금지."

불 꺼진 거실. 크리스마스트리 불빛이 공간을 가득 메웠다. 소파에 나란히 앉아 벽에 걸린 스크린을 응시했다. 이런 상황에 영화가 눈에 들어올 리가 없는데. 그것도 애니메이션이라니…. 그녀 말이 사실인지 아닌지도 헷갈린다. 100일 중 겨우 하루가 끝났을 뿐인데 의지와 상관없이 인생의 반을 꾸역꾸역 살아낸 것 같은 피로가 몰려왔다. 스크린을 응시하는 그녀의 옆얼굴을 보며 다시 한번 물었다.

"너 진짜 죽어?"

그녀는 의미심장한 목소리로 대답했다.

"너도 죽어."

4
녹여 먹다

삶은 하나의 모험이거나
그렇지 않으면 아무것도 아니다.
— 헬렌 켈러

"미스터 전, 여기에서 주무시면 안 됩니다. 1층에 게스트 룸이 마련되어 있으니 방으로 들어가세요."

도로타의 목소리에 찌뿌둥하게 기지개를 켠 건 아침이 밝았을 때였다. 어제 입었던 슈트 차림 그대로 소파에 구겨져 있는 나를 발견하고는 몸을 일으켰다. 어째서 방으로 들어가라는 말을 어젯밤에는 해주지 않았던 걸까 의아해하며 도로타가 안내하는 방으로 들어갔다. 여태껏 내가 가본 제일 비싼 호텔의 스위트룸보다 더 호화로운 게스트 룸은 테라스와 거실이 딸려 있었고, 커다란 베이지색 욕조가 깨끗하게 반짝거렸다.

입고 있던 옷을 훌훌 벗어 던지고 샤워를 했다. 호화로운 욕실에서 샤워를 하자니 떨어지는 물줄기조차도 왠지 모르게 더 '무—울' 같았다. 마음껏 사치를 누려보자는 생각에 샤워기 아래 서서 따뜻한 물을 오래 맞았다.

개운하게 씻은 뒤 가운을 걸치고 침대에 벌러덩 누웠다. 현재에 몸과 마음을 정지하는 순간 과거가 앞으로 우르르 쏠려 나오는 것도 관성의 법칙인가? 침대에 눕자마자 자연스럽게 어제 있었던 일들이 떠올랐다. 어제는 고용주에 대한 막연한 의심과 예상치 못한 반강제적 노역에 지쳐 내가 한 일에 대해 생각할 겨를이 없었는데 곰곰이 다시 생각해 보니 그건 엄청나거나 대단한 어떤 '임무'가 아니었다. 그렇다고 해서 다른 여자들과 해왔던 것처럼 노골적인 '사랑' 종류도 아니었다.

그냥 매우 '작은 일'이었다. 평범한 하루를 살아내는 일. 세상에서 가장 쉽고 단순한 일. 연을 날리거나 쿠키를 굽거나 사과를 따는 것만큼이나 사소하고 무해한 일.

크리스마스트리 아래 앉아서 먹었던 바닷가재 샌드위치 맛이 떠올랐다. 그녀는 기쁨을 느꼈다. 그러나 그것 역시 언젠가는 잊힐 작은 순간에 불과했다. 그런 것들에 어떤 의미가 있는지 나는 모른다. 누구에게든 언젠가는 죽음이 찾아오겠지만 그게 오늘은 아닐 테니.

그건 그렇고, 내 후드 티랑 청바지는 어디로 간 거지? 갈아입을 옷이 하나도 없다. 다 구겨진 슈트를 다시 주워 입어야 하나 고민하고 있을 때 노크 소리와 함께 도로타가 들어왔다.

도로타가 건넨 종이 가방에는 명품 속옷과 슬랙스, 셔츠, 양말 등이 들어 있었다. 입을 게 없으니 일단 주는 대로 입고 식당으로 나갔다.

그녀는 싱그럽게 웃으며 인사를 건넸다. 넓은 창을 통해 가득 들어오는 아침 햇살이 유리에 닿으며 무지개를 만들었다.

"잘 잤어? 오늘은 말이지 크리스마스 선물 사기를 한 다음 거대 프로젝트를 기획해야 해. 물론 기획은 내가 하는 거고 넌 심부름."

맞은편 의자를 빼 앉으며 하품을 한 나는 거대 프로젝트니 뭐니 하는 말에 미간을 찌푸렸다.

"잠깐만. 로딩할 시간은 주고 재부팅 눌러. 나 아직 잠도 덜 깼어. 어제 누구한테 신나게 두드려 맞은 것 같아. 어깨가 안 올라가."

오른쪽 어깨를 빙글빙글 돌리며 목을 스트레칭하듯 젖혔다. 또다시 경쾌한 웃음소리가 들려왔다.

"하하하하. 어제 톱질해서 그런가 보다. 얼른 먹어. 아침은 도로타 특제 토마토 스튜야."

식탁 위를 휘 둘러보았다. 스무 명은 족히 앉을 것 같은 너른 식탁 위에 차려진 거라고는 토마토 스튜와 견과류 한 줌, 방울토마토 몇 알과 요거트가 전부였다. 펜트하우스 규모를 봤을 때 부식비가 모자랄 사정은 아닌 것 같은데, 있는 집 아침 식사치고는 매우 조촐하고도 검소했다.

"된장국에 밥 없어? 어제 점심, 저녁도 그렇고 어째 밥다운 밥이 없냐. 한국 사람이 밥을 먹어야지. 암만 악덕 고용주라도 밥은 먹이면서 부려먹어라. 힘을 못 쓰겠잖아."

아몬드 한 알을 오독거리던 그녀가 되물었다.

"밥?"

"어, 흰 쌀밥."

잠시 후 도로타가 흰 쌀밥에 달걀 프라이를 얹어서 가져왔다. 몇 끼 굶어서 그런지 식욕이 폭발했다. 밥 한 공기는 숟가락질 두세 번 만에 흔적도 없이 사라졌고, 맞은편에 앉은 그녀는 밥 먹는 내 모습을 신기하다는 듯 쳐다보았다.

"왜? 밥 먹는 거 처음 봐?"

체할 것 같으니까 그만 쳐다보라는 뜻이었다. 그녀는 새침하게 눈을 내렸다가 다시 시선을 올리고는 냅킨에 손을 닦았다.

"언제 시간이 된다면 여자 앞에서 매너 있게 음식 먹는 방법을 인터넷에 검색해 보도록 해. 그리고 혹시 모를까 봐 이야기해 주는 건데 방금 달걀 프라이를 7개나 먹었어."

"그게 뭐 어쨌다고. 12개까지도 먹을 수 있어."

그녀는 내 말에 커다란 눈을 더욱 동그랗게 뜨고 마치 내가 달걀 프라이로 자살이라도 하려 했다는 듯 "오 마이 갓." 하고 낮게 읊조렸다.

"콜레스테롤은 걱정 안 돼?"

"너처럼 먹으면 멀쩡하던 사람도 픽 쓰러져. 점심은 벼룩의 간에 저녁도 빵 조각이지, 아침은 토마토 수프? 다이어트 하냐? 쌀밥에 고기반찬 먹어. 오늘 죽을지 내일 죽을지 모른다며. 그럼 더 잘 먹어야 되겠네. 그래야 언제 죽어도 때깔이 곱지."

그녀는 투명한 유리그릇에 담긴 요거트를 스푼으로 달그락달그락 저으며 경고하듯 말했다.

"탄수화물과 단백질을 과다 섭취하면 나중에 나이 들어서 이성에게 매력적으로 보일 확률이 80%나 줄어든다는 거 명심해."

샐러드를 우적우적 씹던 나는 유언비어의 출처가 궁금했다.

"그런 얘기는 어디서 들었어?"

"「라 보그 모다」에 실렸던데?"

패션 잡지를 읽는 20대 초반의 여자와 대화를 할 때 가장 주의해야 할 점은 절대로 그 말을 신뢰해서는 안 된다는 것이다. 간과하는 순간 '저녁 식탁에서 와인을 마시지 않는 남자와 데이트하는 건 마치 120달러짜리 드레스를 입고 파티에 갔다가 똑같은 옷을 입은 여자를 마주치게 되는 상황과 같아. 결코 일어날 수 없는 끔찍한 얘기지.'라는 말을 이해하지 못하는 자신이 호구가 된 것만 같은 자괴감을 느끼기 때문이다.

나는 도로타에게 밥을 한 공기 더 주문했다. "내 것도 부탁해." 하고 본인이 말해 놓고 언제 그랬냐는 듯 시치미를 뚝 떼고 있는 그녀 앞에도 밥 한 공기가 놓였다. 밥을 한 숟갈 푹 떠서 입에 넣은 그녀는 아이스크림을 녹여 먹듯 가만히 눈을 감았다. 밥알을 혀로 세는 것 같았다. 잠시 후 또 한 숟갈 떠서 입에 넣었다. 어떤 반찬도 없이 맨밥을 음미하며 먹는 사람은 처음 보았다.

"반찬 안 먹어?"

묻는 말에 대답도 없이 밥을 먹던 그녀는 갑자기 무언가 엄청난 아이디어가 떠올랐다는 듯 눈을 빛냈다.

"한국엔 맛있는 음식이 잔뜩 있지? 그러고 보니 내 버킷리스트에 음식 먹는 것에 관한 건 하나도 없어. 좋아! 오늘 일정을 바꿨어. 전세계, 우리 있지… 지금 당장 티브이를 켜서 가장 먼저 나오는 음식을 먹으러 가자! 직접!"

나는 벌떡 일어나는 그녀의 어깨를 잡아 눌렀다.

"하아, 입이 방정이지. 내가 괜한 소리를 했다. 진정해. 앉아서 마저 먹어. 티브이 틀었다가 괜히 애먼 데 가자고 하지 말고. 우리 신중하자. 어?"

그녀는 내 말을 듣는 둥 마는 둥 하고 거실로 나가 리모컨을 집어 들었다. 나 역시 숟가락을 놓고 잽싸게 뛰어가서 그녀 손에 들려 있는 리모컨을 잡았다. 일 벌이는 걸 싫어하는 성격이라 웬만하면 가까운 곳에서 익숙한 것만 찾으며 살아온 나에게 그녀의 존재는 'a가 p지점을 지나 t+2초 동안 달린 거리를 Xa라고 했을 때 a의 기분은?' 하고 묻는 것과 같았다. 답이 없었다.

"야, 잠깐만. 와, 나 이렇게 긴장되기는 또 처음이네. 리모컨 버튼 하나에 오늘 내 운명이 결정된다고? 제발 빠져나갈 구멍은 만들어 주고 등 떠밀어라. 우리 이렇게 하자. 켰을 때 음식이 안 나오면 오늘은 그냥 크리스마스 선물이나 사는 거야. 알았지? 채널 돌리기 없음. 오케이?"

"음…, 알았어. 그 정도는 양보할게."

"만약 홈쇼핑 같은 데서 음식이 나오면 그건 집에서 주문해서 먹는 거다? 먹으러 가는 거 아니고."

"알았어. 그건 나도 알아."

"내가 보기보다 은근히 예민한 편이라 입맛이 좀 까다롭거든? 다리 많은 거 나오면 패스. 그리고 웬만하면 오늘은 멀리 가지 말고 집 근처에서 해결하자. 나 아직도 후유증이 남아서 어깨가 빠질 것 같단 말이야."

"어휴, 알았으니까 이제 리모컨 좀 놔."

리모컨을 놓은 나는 두 손을 모아 이마에 대고 눈을 감았다.

'제발, '한국인의 밥상'만 나오지 말아라. 제발 제발.'

'한국인의 밥상'이 언제 어디에서 방영하는 프로그램인지도 모른다. '뭐가 나오든 슈트 빼입고 톱질하던 어제보단 낫겠지.'라는 생각을 하고 있을 때 티브이를 켠 그녀 입에서 탄성이 터져 나왔다.

"제주도야. 제주도 방어회!"

망했다. 하필 나온 게 바다낚시 예능이라니. 출연자들은 바다가 보이는 횟집에 앉아 방어회를 먹으며 "생선의 황제 방어! 태평양 전체가 입 안에서 녹는 것 같아요."라는 무시무시한 멘트를 날리고 있었다.

나는 다급하게 리모컨을 빼앗아 들고 티브이를 껐다. 방어회는 우리 동네 횟집에도 팔았다. 물론 배달도 가능했다. 그러나 내 모든 제안은 설득력을 잃었고, 그녀는 이미 결심한 듯 초롱초롱한 눈으로 도로타를 불렀다.

"도로타! 주디한테 연락해서 제주행 티켓 가장 빠른 거로! 지금 당장!"

공항으로 가는 리무진 안에서 나는 혹시나 하는 마음에 다시 한 번 물었다.

"진짜 제주도 가는 거 아니지?"

"가고 있잖아, 지금."

"넌 무슨 제주도를 택시 타고 안국역 외치듯이 가냐? 겨우 손바닥만 한 가방 하나 달랑 들고 편의점에 껌 사러 가듯이 간다고?"

"방어회만 먹고 올 건데, 뭐. 해외도 아니고."

"그러니까 내 말은 그 방어회, 저기 보이지? 저 횟집에도 파는데 굳이 제주도까지 가서 먹을 필요가 있냐는 말이야. 아까 그 물고기가 바로 저 물고기야."

리무진은 횟집 앞을 유유히 지나쳤다. 그녀는 손으로 우아하게 머리를 쓸어 넘기며 말했다.

"넌 모르는구나? 음식은 음식 자체가 중요한 게 아니라 분위기가 더 중요한 거야. 예를 들어 와인을 마신다고 생각해 봐. 지하 주차장에서 종이컵에 마시는 거랑 야경이 끝내주는 스카이라운지에서 크리스털 잔에 마시는 거랑 똑같다고 생각하니? 난 배를 채우기 위해 음식을 먹는 게 아니야. 굳이 방어회가 아니어도 먹을 거라면 얼마든지 있지만, 오늘 내가 먹고 싶은 건 '제주 바다가 보이는 횟집의 방어회'야. 알겠니? 이제 잔소리 말고 따라오도록."

'지하 주차장에서 어떤 미친놈이 와인을 마셔? 비유가 너무 제멋대로인 거 아닌가?'

체념한 나는 의자에 머리를 기댔다. 어제부터 빠르게 내려놓는 연습 중이다. 어차피 '갑'이 하자는 대로 따를 수밖에 없는 입장이니 떠들어 봤자 입만 아프다.

'을'은 그녀의 캐시미어 머플러, 펜디 선글라스, 샤넬 코트와 함께 제주행 비행기에 짐짝처럼 실렸다. 복도 건너, 주디라고 불리는 임은미 실장과 같이 앉아 있는 그녀를 보았다. 깔깔거리며 떠드는 모습은 영락없이 소녀 같다. 곧 죽을 사람처럼 보이지 않았다. 하긴, 지금 이륙하는 비행기가 엔진 고장으로 추락한다면 여기 있는 사람 모두 죽을 수 있겠지만 다가올 죽음에 두려워하는 사람은 (적어도 내가 볼 땐)아무도 없었다.

어딜 가도 개인 비서가 동행하니 단둘이 있을 일은 없겠다 싶은 생각에 안도하면서 한편으로는 아쉬운 마음도 들었다. 그럴 거면 애초에 내가 왜 필요한 건가 싶기도 하고. 돈 받은 만큼 뭔가 일을 해야겠다는 결심이 섰다. 그래야 100일 뒤에 떳떳하게 3억 원을 쓸 수 있을 테니. 자리에서 몸을 일으켰다.

"임 실장님, 잠시 자리 좀 바꿔주세요."

임 실장은 기꺼이 나와 자리를 바꾸어 주었다. 옆자리에 앉는 나를 의아한 눈으로 보는 그녀에게 적당히 핑계를 댔다.

"300만 원짜리 운동화도 이렇게 팽개쳐 놓진 않아. 내 몸값이 얼만데. 3억짜리 남친 제대로 활용 안 할 거면 지금이라도 물리든가. 돈 돌려줄게. 그리고 생각해 보니까 네 말도 맞는 것 같아서. 너나 나나, 이 비행기에 타고 있는 사람들 모두 언제 죽을지 모르잖아. 비행기가 추락해서 우리 둘이 동시에 죽어버릴 수도 있다고 생각하니까 나도 좀 열심히 살아봐야겠다, 뭐 그런 생각이 드네."

역시 아무 말이나 했다. 그녀는 내 말에 야무지게 반박했다.

"비행기 추락? 죽는 방법치고는 나쁘지 않지만 신은 그런 식으로 스토리를 전개하지 않아. 일단 오늘은 방어회를 먹을 예정이니까."

열심히 해보겠다는 의지를 단박에 꺾어버리는 그녀의 말에 어쩐지 약이 올랐다.

"네가 신을 잘 몰라서 그러나 본데, 그 양반이 하는 일은 대체로 맥락 없이 전개되는 경우가 더 많아."

"신과 친한 척하는 거야?"

"전혀."

"비극이 어째서 비극인 줄 알아? 주인공이 죽어서 비극인 게 아니라 죽는 방법이 아름답지 않았기 때문에 비극인 거야."

"아름답게 죽는 방법도 있냐?"

"원한을 품은 타인의 칼에 찔려 죽는 일은 대체로 비극이지. 아프잖아."

"총으로 자살하는 건?"

"그것도 비극이지. 아프고 끔찍하니까."

"그럼 어떻게 죽어야 비극이 아닌 건데?"

"고통 없는 죽음이 아름다운 죽음이야. 참을 수 있는 고통을 포함해서."

연인 사이라 하기에 우리의 대화는 전혀 로맨틱하지 않았다. 우리는 어떤 방법으로 죽는 게 가장 '아름다운' 혹은 '확실한' 방법인가를 주제로 열띤 토론을 벌였다. 그녀는 라이너 마리아 릴케가 사랑하는 연인에게 선물하기 위해 장미꽃을 꺾다가 가시에 찔려 죽었다는 얘기를 마치 본인의 전 남친 얘기인 양 떠들어 댔고 나는 그걸 구경했다.

그녀가 나에게 "그런 죽음에 대해 어떻게 생각해?"라고 아련한 표정으로 묻길래 나는 이해되지 않는 부분에 대해 나름 진지하게 물었다.

"가시에 찔려 죽으려면 가시가 30센티미터 이상의 거대 가시거나 아니면 최소 500방 이상 찔려야 되지 않냐? 겁나 아팠겠다. 운도 더럽게 없네."

아무 말 없이 노려보는 그녀의 눈빛에 입을 다물었다. 이게 바로 비극이었다. 때마침 스튜어디스가 지나갔다. 곤란한 타이밍에 기다렸다는 듯 물을 가져다준 스튜어디스에게 이 물이 제주 삼다수냐는 실없는 농담을 건넸고 수줍게 웃는 스튜어디스와 몇 마디 주고받는 사이 천만다행으로 릴켄지 랄켄지 뭔지 모를 남자의 죽음은 잊혔다.

짧은 비행시간 동안 우리의 대화 속엔 다양한 죽음의 방법들이 등장했지만 역시나 '아프지 않게' 혹은 '한 방에' 죽는 것이 가장 좋은 방법이라는 결론이 내려졌다. 그런 의미로 병들어 죽는 것보다는 사고로 죽는 게 차라리 나을 거라는 쪽에 동의했고, 갑작스러운 핵폭발이라든가 예기치 못한 운석 충돌이 가장 좋은 죽음이라고 합의를 보았다. 아무래도 혼자 죽는 건 외롭고 무서우니까 다 같이 죽자는 데에서 처음으로 마음이 맞은 것이다.

그녀가 말했다.

"호주에서는 맨홀에 빠져 죽으면 시에서 장례식 비용을 댄다더라? 그러려고 맨홀이 존재하는 거래. 코끼리가 코끼리 무덤에 찾아가서 죽는 것처럼 죽을 때가 되면 가까운 맨홀을 찾아 들어가는 거지."

"미안하지만 맨홀에 빠져 죽고 싶은 생각은 없어. 동네에 잘 아는 맨홀도 없고."

도대체 이런 게 다 무슨 의미가 있나 싶은 대화를 주거니 받거니 하는 사이 비행기는 엔진 고장 따위의 스토리를 가볍게 무시한 채 무사히 제주 땅에 내려앉았다.

렌터카 기사의 안내를 받아 찾아간 곳은 그녀가 상상했던 곳과 완벽하게 일치하는 곳이었다.

"여기야 여기! 지금 눈발 날리는 거 맞지? 낭만적이야. 나는 정말 운이 좋은 것 같아! 까하하."

하얀 눈발이 날리는 백사장과 그 뒤로 푸르게 펼쳐진 바다. 저 바다를 그림으로 그리려면 바다의 색을 표현하는 데만 수십 개의 푸른 계열 물감이 필요할 거라는 생각이 들었다. 식당에 들어가자 종업원은 우리를 2층 온돌방으로 안내했다. 식당에서 밥을 먹기 위해 구두를 벗어야 하는 줄은 몰랐다며 잠시 고민하던 그녀는 스타킹을 신은 발로 총총 들어와 앉았다.

창밖에 펼쳐진 경치가 끝내줬다. 따뜻한 온돌에 얼어 있던 몸이 노곤노곤 풀릴 때쯤 주문한 방어회 한 접시가 놓였다. 싱싱하고 탱탱한 식감이 눈으로 느껴졌다.

"방어다! 방어!"

신난 그녀는 젓가락을 들었다.

"방어 처음 봐?"

"응, 처음 봐."

"다시 본다고 해도 방어인지 우럭인지 구별 못 할 것 같은데?"

살아 있는 생선도 구별 못 하는데 죽어서 살점만 떼어놓은 생선을 구별할 수 있을 것 같지 않았다. 지금 접시 위에 있는 살점이 방어가 아닌 고등어의 것이라고 해도 어쨌거나 그녀에게 그런 건 중요하지 않은 것 같았다.

"이건 절대 절대! 우리 집 식탁에서 만날 수 없는 거야. 이제 내가 여기까지 온 이유를 알겠지?"

모르겠다.

"음식은 역시 음식 자체가 아니라 분위기가 중요하다는 말이 무슨 말인지 이제야 알겠지?"

별로 대답을 들으려고 묻는 것 같지가 않아서 가만히 있었다. 어이없다기보다 진심으로 경탄했다. 가볍게 꺼낸 말 한마디를 눈앞에 실현시키는 의지만큼은 배우고 싶다는 생각이 들었다. 그녀는 음식에 대해서 상식적인 영역을 뛰어넘는 자기만의 이론을 가지고 있는 것 같았다. 음식의 어떤 기능이나 영양적인 측면보다는 미학적이고 감각적인 측면을 중요하게 생각하는….

"와, 이거 봐. 맛있겠다!"

회 밑에 깔린 우뭇가사리를 먹으면서도 그녀는 마냥 행복해했다. 어떤 의문도 품지 않고 전적으로 긍정하며 우뭇가사리를 오도득오도득 씹어 먹었다. 딱히 못 먹을 것도 아니라서 그냥 내버려두었다. 초장이나 간장도 없이 방어회 한 점을 입에 넣고는 아침에 지었던 사르르 녹는다는 그 표정을 다시 한번 지어 보였다. 밥을 녹여 먹듯 회도 녹여 먹을 생각인 것 같았다. 반찬 없이 맨밥을 먹고, 초장 없이 회를 먹는 그녀의 행동은 하나같이 과장된 콩트처럼 보였다.

만약 이 여자와 데이트를 하게 된다면 메뉴는 가차 없이 편의점 컵라면이다.

그 이유는 첫째, 관계를 끝낼 수 있는 가장 빠른 방법이고 둘째, 어쩌면 '어머, 너무 낭만적이야.'라며 감동할 정도로 살짝 맛이 간 여자이기 때문이다. 씹어 먹지 않고 녹여 먹는 여자의 삶이 궁금해졌다. 생존이 아닌 감각의 충족을 위한 삶. 그녀가 먹고, 자고, 놀고, 살고, 사랑하는 방식은 어떨까? 무척 알고 싶어졌다. 나는 그녀의 술잔에 술을 따랐다. 남은 98일 잘 부탁한다는 의미로.

방어회에 곁들인 매화주가 독했던 건지, 아니면 낮술이라 그런 건지 온몸에 열이 퍼졌다. 헤매는 듯한 기분으로 겨울 바다를 걸었다. 차가운 바닷바람이 시원하게 느껴졌다. 옆으로 휘날리는 눈바람도 아랑곳하지 않고 '나 잡아 봐라'를 했다. 남자 친구와 그걸 하는 게 버킷리스트에 있다나 뭐라나.

"나 잡아 봐라!" 하며 백사장을 걷는 그녀 뒤를 쫓았다. 바람에 흔들리는 풍경(風磬)처럼 맑고 청량한 웃음소리가 가슴속 깊이 울렸다.

"너 잡히면 물에 빠트린다."

"그 대신 뛰면 안 돼! 나 뛰면 안 되거든."

대여섯 걸음 앞서서 사뿐사뿐 달아나는 그녀의 팔을 잡았다. 번쩍 안아 들고 파도가 치는 곳으로 걸어갔다. 바다에 던지려는 듯 하나, 둘, 카운트에 맞추어 그녀를 태웠더니 눈을 질끈 감고 두 팔로 내 목을 꽉 끌어안았다. 순간 당황한 나는 가만히 서서 고스란히 무게를 느꼈다. 몸속이 텅 비어 있는 것처럼 가벼웠다.

"정말 던질까 봐?"

"응, 무서워. 내려줘."

목을 끌어안은 채 안겨 있는 그녀를 잠시 내려다보고는 팔에 힘을 풀었다.

"이거 계약 위반인가?"

어색한 분위기를 풀기 위해 농담처럼 물었다.

"아니, 내가 먼저 잡아보라고 했으니까 괜찮아."

"그럼 다행이고."

오래 놀지도 못했다. 짓궂은 날씨 때문에 서둘러 돌아가야 했다. 돌아오는 비행기에서 임 실장은 자리를 바꾸어 달라는 내 부탁을 단호하게 거절했다. 눈을 감은 그녀의 영혼은 여기 있는 건지 아니면 다른 곳에 있는 건지 알 수 없었다.

공항에서 집까지 오는 리무진 안. 잠든 그녀의 안색이 매우 좋지 않았다. 임 실장은 걱정스러운 얼굴로 어딘가에 급히 전화를 걸었다. 불길한 예감이 옷 속으로 기어들어 셔츠를 눅눅히 적셨다.

"오늘 즐거웠어. 이만 퇴근해도 좋아. 내일 전화할게."

퇴근해도 좋다는 목소리는 당장이라도 꺼져버릴 촛불처럼 위태롭게 들렸다. 임 실장의 부축을 받아 호텔 로비로 들어서는 그녀의 뒷모습을 오래도록 지켜보았다.

5
그녀와의 거리, 1미터

덤불 속에 가시가 있다는 것을 안다.
하지만 꽃을 더듬는 내 손은 거두지 않는다.
상처받기 위해 사랑하는 것이 아니라, 사랑하기 위해 상처받는 것이므로.
— **조르주 상드 「상처」**

이른 저녁부터 자유로가 일하고 있는 '잭슨 BAR'에 갔다. 가게 앞에는 커다란 고래가 숨을 쉬듯 비눗방울이 퐁퐁 뿜어져 나와 바람에 흩날렸고, 육중한 나무 문을 열고 들어가면 대낮에도 길을 잃을 만큼 어두운 복도가 펼쳐졌다. 달콤하고도 이국적인 냄새가 퇴폐적인 분위기를 자아냈다. 퇴근길에 들른 회사원 서너 명이 넥타이를 느슨하게 풀고 기네스 한 잔을 앞에 둔 채 대화를 나누고 있었지만 흘러나오는 팝송에 대화가 전부 묻혔다. 떠들지 말고 맥주나 마시라는 자유로의 메시지였다.

나는 바(Bar) 테이블에 가서 앉았다. 자유로는 얼음이 가득 담긴 온 더 락 잔에 카페라테와 꿀 그리고 잭다니엘을 섞어 나에게 건넸다. 머리를 쓸어 넘기는 곱상한 손에는 반지가 적어도 7개쯤 끼워져 있었고, 푹 파인 셔츠 아래 다부진 가슴이 흘깃 보였다. 녀석은 어렸을 때부터 나르시시즘에 빠져 있던 놈이라 자기애(自己愛)가 넘쳤다. 자기 자신보다 사랑할 자신이 없다는 이유로 여자를 사귀지 않는다. 게이라는 오해를 받기도 하지만 굳이 부정하지 않고 그걸 즐기는, 취향 하나는 확실한 놈이다.

내 휴대폰 화면에는 '갑'이라고 저장된 그녀의 전화번호가 떠 있었다. 제주도에 다녀온 후로 벌써 이틀째 연락이 없었다. 통화 버튼에 손을 올렸다가 내리기를 수차례 반복했다. 마시지도 않는 술잔을 앞에 놓고 달그락달그락 얼음을 굴렸다.

"여자 생겼냐?"

자유로의 질문에 픽 꺼지는 웃음을 날렸다.

"여자는 무슨….."

"그럼 누구 전화 기다려?"

"아니, 아무것도….."

아무것도 아니라고 말하는데 한숨이 저절로 나왔다.

"아무것도 아니라며. 한숨은 뭐야."

자유로는 혀를 끌끌 차며 위로한답시고 더러운 얘기를 시작했다.

"누군가가 너를 힘들게 할 때 어떻게 하면 기분이 나아지는지 알려줄까?"

"됐어."

"화장실에 데려다 앉혀봐."

됐다는 데도 굳이 말할 거면 왜 물어본 거야? 어쨌든 화장실에 데려다 앉히라는 말이 무슨 뜻인지 궁금해서 결국은 더러운 얘기를 귀에 담을 수밖에 없었다.

"세상에 똥 안 싸는 사람 있을 것 같냐? 그런 사람은 없어. 제아무리 잘났고 돈이 많아도 다들 똥은 싸거든. 그게 인간이니까. 그래서 우리 모두 공평한 인간이라는 뜻이지. 어렵다고 생각하는 사람일수록 바지 내리고 변기에 앉아서 똥 싸는 모습 상상해 봐. 변기 앞에서는 속수무책으로 같은 자세를 취할 수밖에 없다는 걸 깨닫는 순간 모든 게 다 별거 아닌 게 돼."

울컥 욕이 나오려는 걸 참았다. 그녀를 상대로 그따위 상상이라니 할 수 있을 리가 없다.

그때 차칸이 금발 머리를 찰랑거리며 잭슨으로 들어왔다. 테이블의 모든 시선이 차칸을 향했다. 얼굴에 조명을 켠 듯 대놓고 화려한 외모는 어딜 가나 눈에 띄었다.

"어? 알바 뛰느라 세상에서 제일 바쁜 전세계가 여기 웬일이야? 밤까지 새워가면서 하는 일 아니었어?"

칸은 내 어깨에 손을 올리며 옆자리에 와서 앉았다.

"오늘은 휴가."

"완전 꿀 알바네. 유로야 나도 세계 마시는 거랑 똑같은 거로."

중2 때부터 절친이었던 '자유로'와 '차칸'은 형제나 다름없는 녀석들이었다. 한 놈은 엄마 같고, 한 놈은 아빠 같다. 엄마와 아빠의 안 좋은 점만 닮아 자유로는 잔소리가 심하고 차칸은 매사에 건성건성이라는 뜻이다.

둘이 싸울 땐 마치 부부 싸움을 하는 것 같다. 특히 유로는 칸의 꽃무늬 셔츠를 질색하고, 칸은 그 질색하는 표정에 희열을 느끼는, 한 마디로 멍청이들이었다.

유로는 칸 앞에 술잔을 놓아주며 셔츠를 지적했다. 짙은 보라색 바탕에 노란 꽃무늬가 프린팅된 셔츠였다.

"우리 큰이모도 그딴 셔츠는 안 입어. 언제 한번 네 옷장이 불에 다 타버렸으면 좋겠다. 꽃무늬 화려한 셔츠를 좋아하는 남자들의 특징은 뭔지 알아? 그 셔츠가 본인에게 잘 어울린다고 착각하는 것과 동시에 '나 아니면 누구도 소화할 수 없다.'라는 미친 자신감을 가지고 있다는 거야. 더 심각한 건 그런 놈이랑 같이 다니면 옆에 있는 사람까지 게이로 본다는 거지. 내가 여자 못 사귀는 이유에 너도 포함된다. 그러니까 나에겐 셔츠를 지적할 충분한 명분이 있다고."

칸은 으레 그렇듯 유로에게 찡긋 윙크를 날리고는 나에게 질문을 건넸다.

"새로 시작한 알바는 할 만해?"

그녀와의 계약 내용은 비밀을 유지해야 한다는 조건이 붙어 있으므로 친구들에게는 3개월짜리 단기 알바라고 둘러댔다.

"뭐, 나름 적응하면 괜찮을 것 같기도 하고."

애매한 내 대답에 유로가 얼음을 입에 물고 설교하듯 떠들어 댔다.

"그 적응이라는 게 무서운 거야. 어떤 일이든 적응하지 않도록 조심해. 일단 발을 담그고 적응하기 시작하면 '안정감'이라는 위험한 감각이 생기게 되지. 그럼 다른 일을 시작하는 게 두려워져. 계속 하던 일에만 매달리게 되고 그 일이 똥인지 된장인지 구별 못할 정도로 무감각해져 버린다고."

그 말에 나는 잠시 생각했다.

"굳이 따지자면 똥도 아니야."

"뭐 하는 일인데?"

칸의 질문에 유로가 끼어들었다.

"전세계 하는 일이 거기서 거기지. 여자 아니겠냐?"

너무나 정확한 지적에 반사적으로 뜨끔했다.

"누가 들으면 내가 여자나 등쳐 먹는 놈인 줄 알겠다."

아니라고 말은 못 하겠지만 나름대로 목표와 철칙을 가지고 계약에 의한 행위를 하고 있다는 걸 알아줬으면 좋겠다.

"아닌 건 아니지. 맞는 건 맞는 거고."

유로는 다 안다는 얼굴로 잔을 들어 꿀빛이 나는 술을 꿀꺽꿀꺽 마셨다. 나는 테이블 위에 뒤집어 놓은 휴대폰을 확인했다. 역시나 그녀에게서 연락은 없었다.

잭슨 BAR에서 나온 우리 셋은 늘 가던 클럽에 갔다. 메인 컬러가 핑크라 조금 더 히스테릭한 클럽 안은 EDM과 레이저, 시시덕거림과 끈적거림, 그루브, 알코올, 이산화탄소가 뒤섞여 아드레날린을 대량 생산하고 있었다.

일주일에 6일을 오던 클럽인데도(매주 월요일은 클럽 휴무다) 평소와 다르게 속이 메스꺼웠다. 알 수 없는 긴장과 불안으로 가슴이 답답했다. 어떤 것에도 집중할 수가 없었다. 누군가가 말하는 소리는 커다란 울림이 되어 빙글빙글 바닥으로 떨어져 내렸다. 중요한 약속을 10분 남겨두고 도로 한복판에 갇힌 기분이었다.

여태껏 속이 울렁거릴 만큼 중요한 약속도 없었지만 지금 내가 그녀의 전화를 기다리고 있다는 것만큼은 확실했다. 당장이라도 먼저 전화해서 아무 말이나 하고 싶은 걸 참느라 팔다리가 쑤셨다. 그 새침한 얼굴이 왜 보고 싶은 건지, 죽었는지 살았는지 원인 모를 초조함에 현기증마저 나기 시작했을 때 재킷 안주머니에서 진동이 울렸다.

"잠깐만."

안기다시피 기대 있던 여자의 팔을 걷어낸 후 후다닥 화장실로 달려갔다. 전화를 받자마자 그녀의 목소리가 들렸다.

"나야. 지금 와줘."

더 이상 들을 것도 없었다. 전화를 끊고 나가 택시를 잡았다. 화장실에 들어가던 유로가 따라 나왔다.

"야, 전세계! 어디 가?"

"알바하러."

택시 기사로부터 무려 스무 개 이상의 질문을 받았지만 어떤 질문을 받았는지, 내가 뭐라고 대답했는지 전혀 기억이 나지 않았다. 이건 내 기억력의 문제가 아니라 그녀 목소리의 문제라고 본다. 와달라고 말하는 그녀의 목소리는 당장 목이라도 맬 것처럼 가라앉아 있었다. 무사한 모습을 보고 싶었다. 그것 외에 다른 생각은 할 수가 없었다.

펜트하우스에 들어선 나는 크리스마스트리 아래 앉아 있는 그녀를 발견했다. 어두운 집 안에 은은하게 반짝이는 불빛은 여전히 아름답고 따스했다. 손목에는 주삿바늘이 꽂혀 있었고 수액은 화려한 크리스마스트리 장식들 사이에 장식품처럼 매달려 있었다.

"뭐야. 수액으로 트리 장식한 건 또 처음 보네."

그녀는 고개를 들어 나를 보았다.

"집에 있을 줄 알았는데. 그렇게 멋지게 입고 어디 다녀왔어?"

"아, 그냥. 친구들 좀 만나느라."

"여자?"

옆자리에 털썩 앉았다. 하루 종일 머릿속에서 시끄럽게 떠들어 대던 라디오가 탁 꺼진 듯 고요하고 평온했다. 울렁이던 속도 잠잠해져서 이제야 조금 살 것 같았다. 그녀의 질문에 대답해 주었다.

"아니, 남자. 지금 몇 신줄 알아? 새벽 1시야. 왜 아직 안 잤어?"

"여자랑 같이 있었던 거 맞네. 내가 방해한 거야?"

"여자 아니라니까."

"샤넬 마드모아젤."

"그게 뭔데."

"너한테 나는 향수 냄새."

나는 입고 있던 재킷을 벗어서 소파 위로 툭 던졌다. 그녀 손목에 꽂힌 주삿바늘로 시선을 옮겼다. 크리스마스트리를 수액으로 장식한 그녀의 재치에 웃음이 났지만 한편으로는 마음 한구석이 짠했다.

"이건 왜 꽂고 있어?"

대답 대신 질문이 돌아왔다.

"넌 하루에 심장이 몇 번 뛰는지 알아?"

"안 세어봐서 모르겠는데."

"10만 번. 그중에 한 번이라도 뛰지 않으면 중태에 빠지고 두 번 다시 뛰지 않으면 죽어."

"또 죽는다는 소리야?"

"오늘도 10만 번이나 뛰느라 고생했다. 수고했다. 뭐 그렇게 심장한테 고마워하라고."

불빛에 반사된 그녀 얼굴을 보았다. 귀여운 입꼬리는 올라가 있었지만 눈빛은 길 잃은 강아지처럼 처연해 보였다. 나는 리드미컬하게 불이 들어왔다 나갔다 하는 꼬마전구들을 보느라 할 말을 생각하지 않고 있었다.

그녀는 불빛들을 바라보며 꺼내기 힘든 말을 꺼내듯 조심스럽게 입을 열었다.

"난 있지, 하루에 심장이 100만 번 뛰어. 남들보다 10배는 많이 뛰느라 이젠 지치고 힘든가 봐. 가끔은 뛰는 걸 그만두고 싶어 하는 것 같아서 걱정돼."

"심장이 그렇게 빨리 뛰면 죽지 않아?"

"응, 그래서 곧 죽을 거라고 닥터 오가 어제도 말했어. 나 술 마셨다고 엄청 혼났어."

축 처진 그녀의 속눈썹을 보니 말문이 막혔다. 심장병을 앓고 있다는 사실을 갑자기 알아버렸다. 마땅한 위로의 말이나 현명한 질문이 떠오르지 않았다. 입을 열면 한심한 소리나 지껄일 것 같아서 잠자코 있었다. 심장병에 대해 아는 것이 없는 나는 '이렇게 멀쩡하게 돌아다닐 수 있는 건 그다지 심각하지 않다는 뜻인가? 혹은 약을 먹거나 수술을 받으면 나을 수 있는 건가?' 하는 가벼운 생각이 들었다. 솔직히 말하면 내가 어떻게 할 수 있는 일도 아니었다.

아무 말 없이 가만히 있자 그녀는 나를 곤란하게 만들었다고 생각했는지 얼른 고개를 저었다.

"이런 말 듣기 싫지? 부담 가질 필요는 없어. 어떤 위로나 동정을 받기 위해서 하는 말은 아니야. 그냥 나도 가끔은 이런 얘기를 들어줄 누군가가 필요할 때가 있거든. 그런데 나 친구가 하나도 없어. 인생의 반은 병원에 있었고, 그중 반은 외국에 나가 있었으니까. 작은 것 하나 함께 할 친구가 없어서… 그래서 돈을 주고서라도 친구를 갖고 싶었어. 사실은 네가 처음도 아니야."

그녀는 싱긋 웃으며 옆에 앉은 나를 돌아보았다. 친구를 돈으로 산 게 처음이 아니라는 그녀의 말은 심장병에 걸렸다는 말보다 더 충격적이었다. 평생을 살면서 심장병에 걸릴 확률보다 3억 원이나 주고 친구를 살 확률이 현저히 낮은 건 확실했다. 내 멍청한 표정을 보며 그녀는 다정하게 미소 지었다.

"돈이 아닌 진심으로 친구를 사귀고 싶었지만 언제나 실패했어. 결국 다 버리고 떠나야 했을 때 힘든 건 나였으니까. 우정도 사랑도 나에겐 아무것도 허락되지 않았다는 절망감이 밀려왔지. 그래서 '계약'이라는 걸 생각해 낸 거야. 서로 상처받지 않는 방법을 찾느라 나름 고심했어. 그래서 정말이지 너에게 고맙게 생각하고 있어."

'작은 것'을 함께 할 친구가 필요하다고 했다. 그게 나라는 사실이 묵직하게 가슴을 짓눌렀다. 자신이 없었다. 그녀의 작은 것들을 함께 하기엔 내가 너무 한심한 인간이었기 때문이다. 그녀가 죽기 전에 하려는 '작은 것'이 무엇인지 관심 없었다. 100일 뒤에 3억 원을 쓸 수 있을지 없을지가 나에게 더 큰 관심사였다. 그래서 혼란스러웠다. 그녀는 그런 나를 보며 웃었다.

"하하하. 너 표정 재미있다. 이럴 땐 어떤 말을 하고 어떤 표정을 지어야 하는지 알려줄까? 그냥 고개를 끄덕끄덕하면서 '아, 그랬구나. 그랬었구나.' 그러면 돼. 여자가 남자에게 이런저런 이야기를 하는 경우엔 대단한 위로나 해결책을 바라는 게 아니야. 원하는 건 공감. 그거면 충분해."

웃는 그녀를 보며 시키는 대로 고개를 끄덕이며 말했다. 그것 외에 할 게 없었다.

"아, 그렇구나. 그랬었구나."

"풋. 잘한다. 잘해."

"아, 그랬구나. 그런 거구나."

"영혼을 1그램이라도 좀 담아서 해줄래?"

나를 바라보며 웃는 눈에 처연한 그늘이 사라졌다. 평소와 다름없는 뽀얀 얼굴을 보자 마음이 놓였다.

"어젠 왜 전화 안 했어?"

"닥터 오가 하루 종일 나를 감시했어."

집에 감금당한 사실과 얌전히 있지 않으면 다시 병원에 입원시키겠다고 엄마에게 협박받은 사실을 털어놓으며 그녀가 나를 흘겨보았다. 나를 흘겨본 이유는 단지 내가 옆에 있었기 때문이었다.

본인이 겪은 일은 자유 민주주의 헌법 제1조에 위배되는 인권 침해라면서 대한민국 성인으로서 죽을 권리는 반드시 필요하다느니, 우아한 죽음을 맞지 않을 바엔 다시 양수 속으로 들어가 버리겠다느니 하는 골치 아픈 헛소리를 해대길래 화제를 돌렸다.

"주의 사항 같은 거 있으면 나한테 미리 알려주든가. 그래야 나도 조심하지. 술 마시면 안 된다는 걸 미리 알려줬으면 좋았잖아."

"주의 사항? 음…, 줄 없이 번지 점프를 하거나 산소통을 깜박한 채 스쿠버 다이빙을 하면 안 된다는 그런 걸 말하는 거야? 키키킥."

"이런 상황에서 농담이 나온다고?"

"풉. 그렇게 진지할 필요는 없어. 심장이 두근두근하면 곤란하니까, 그런 일만 없으면 돼."

농담할 정도로 한가한 것 같길래 나도 농담을 건넸다.

"그럼, 나랑 이렇게 앉아 있는 것도 곤란하겠네."

몸을 기울여 바닥을 짚고 얼굴을 최대한 가까이 가져갔다. 그녀의 눈을 그윽하게 들여다보며 말했다.

"다른 여자들은 내 얼굴 보면 심장이 두근거린댔는데. 넌 여자 아니야?"

그녀는 아무 반응 없이 나를 빤히 바라보았다. 억지로 만들려고 해도 만들어질 수 없는 어색한 분위기가 정적을 등에 업고 우리 옆을 살금살금 지나갔다. 그녀의 표정은 '네가 무슨 말을 하든 안면 근육을 샅샅이 뒤져 가장 예상 밖의 표정을 꺼낼 거야.'라고 말하는 듯했다. 순식간에 검푸른 눈동자에 꼼짝없이 갇혔다. 그녀의 눈은 깊고 투명한 샘처럼 내 모습을 있는 그대로 비추었다. 놀리려 했다가 오히려 한껏 무안해졌다.

"에잇, 안 넘어오네."

나는 얼굴을 떼고 자세를 바로잡은 후 채널을 돌리듯 화제를 바꿨다.

"부모님 오시기 전까지 밤엔 매일 이렇게 혼자 있어?"

"아니, 식당 옆방에 도로타 있어. 아마 잠들었을 거야."

그녀가 혼자 있는 경우는 거의 없는 것 같다. 그만큼 누군가의 돌봄이 필요하다는 뜻이겠지. 또 한 번 어색한 분위기가 흘렀다. 우리는 아무 말 없이 크리스마스트리의 불빛을 멍하게 바라보며 서로의 옆에서 가만히 숨을 쉬었다. 꽤 오래도록 그렇게 앉아 있었다.

혼자일 때의 편안함과 혼자가 아닐 때의 유대감을 동시에 느끼는 미묘한 순간이었다. 함께 있지만 따로였고, 각자의 방식으로 멍하니 있었지만 어쩌면 같은 생각을 하고 있는지도 몰랐다. 밤이 늦었으니 퇴근은 물 건너갔다. 밤새 그녀 곁을 지켜달라면 그럴 생각이었다.

그녀가 먼저 정적을 깼다.

"자, 오늘 너의 할 일은 여기까지야. 내 말을 누군가 들어줬으면 좋겠다고 생각했거든. 얘기 끝. 이제 잠이나 자러 가야겠다. 너도 이만 돌아가."

어쩌면 우리가 같은 생각을 하고 있는지도 모른다는 내 추측은 완전히 빗나갔다. 그녀의 눈은 티 없이 맑았다.

"지금 가라고? 할증 붙어서 택시비만 3만 원 나왔는데 고작 30분

있다 보낼 거면 그냥 전화로 얘기하지 그랬냐."

투덜거림이 입 밖으로 새어 나왔다.

"너 말하는 거 진짜 웃겨."

"웃으라고 하는 말 아니다."

"소파에서 자도 상관은 없고."

"워라밸 파괴하는 소리 하지 말고. 나도 나름대로 일과 삶의 균형을 중요하게 생각하는 사람이거든? 방까지는 데려다줄게."

자리에서 일어나 크리스마스트리에 걸려 있는 수액을 잡아 내렸다.

수액을 머리 위로 치켜들고 웅장한 계단을 따라 2층으로 올라갔다. 2층은 천장이 더 높아서 '조명이 나가면 어떻게 교체하는 걸까?' 하는 쓸데없는 걱정이 들었다.

전면이 유리로 된 라운지를 지나면 복도를 따라 방이 늘어서 있었다. 나뭇결이 살아 있는, 거대하고 고급스러운 문 앞에 서자 '열려라 참깨'를 외친 것처럼 방문이 스르륵 자동으로 열렸다.

처음 들어와 본 그녀의 방은 주인의 취향이 고스란히 반영되어 있었다. 오렌지색이 감도는 차분한 커튼과 빛바랜 듯한 장미색 카펫이 우아한 분위기를 만들었다. 싱그럽고 달콤한 냄새가 났다. 그녀의 모든 것은, 더러운 손으로 함부로 만져서는 안 될 것처럼 고귀하게 느껴졌다. 폭신한 침대 위에 그녀가 누웠다.

"터키산 수제 카펫은 밟지 않도록 조심해."

발밑을 내려다보니 침대 아래 카펫이 깔려 있었다. 바닥에 깔아

놓고 밟지 말라니. 공중 부양이라도 하란 소린가. 카펫의 크기는 킹사이즈 침대보다 더 컸다. 수액을 행거에 걸어놓고 카펫 밖으로 나갔다. 침대와 1미터 정도의 거리를 두고 그녀를 보았다. 자신의 영역을 침범하지 말라는 의미로 그어놓은 선. 그만큼이 그녀와 나의 거리였다. 그녀는 마치 신성한 제물로 바쳐진 성스러운 희생양 같았다.

"공주님, 동화책도 읽어줘?"

"아니, 어린애도 아니고. 그냥 잠들 수 있어."

"그럼 나 간다. 잘 자."

인사를 건넸다.

"다시 가는 거야? 나 만나러 오기 전에 있었던 거기. 어딘지 모르겠지만 그 여자 만나러?"

그녀 질문에 피식 웃음이 새어 나왔다.

"여자 아니라고 했다. 그리고 계약 조건에 사생활에 대해 일일이 보고해야 한다는 얘긴 없었고."

"나도 알아. 궁금해서 물어본 거 아니야. 내일은 어마어마한 프로젝트를 해야 하니까 늦지 말라는 뜻이야."

"그 어마어마한 프로젝트가 뭔지 모르겠지만 벌써부터 기대된다."

살구색 실크 안대를 착용한 그녀의 입가에는 기분 좋은 미소가 걸려 있었다.

죽으면 평생 자게 될 잠이라고, 그래서 매일 밤 잠들고 싶지 않다고 말했던 그녀가 잠을 청했다. 방해하고 싶지 않았다. 무한한 가능성을 지닌 이 상황이 이렇게 흐지부지되는 건 아쉽지만 오늘의 내 역할은 여기까지였다.

1미터 밖에서 "잘 자."라는 말을 남기고 방을 나왔다.

6
사랑의 도시락 배달

삶에 후회를 남기지 말고
사랑하는 데 이유를 달지 마세요.
—파울로 코엘료

팅.

경쾌한 엘리베이터 도착 알림음이 울렸고 외출 준비를 마친 그녀가 내 앞에 섰다.

"좋은 아침."

"어디 가?"

"장 보러. 도로타! 쇼핑 리스트!"

도로타가 그녀 손에 메모지를 건넸다.

"주문해 놓은 도시락 케이스랑 수저 세트, 패키지 제시간에 도착하는지 체크해."

"이미 다 확인했어요."

"점심은 전세계가 좋아하는 쌀밥으로 부탁해."

"네, 아가씨."

우리는 가까운 대형 마트에 장을 보러 가기 위해 리무진에 올랐다. 옆에 앉은 그녀를 눈으로 훑었다. 아무리 봐도 마트에 장 보러 가는 복장은 아니었다. 위에는 하나의 털 뭉치 같아 보이려 애쓰면서도 정작 다리는 휑하게 그대로 드러난 것이 이상했다. 타조 같달까?

"너처럼 그렇게 입고 동네 마트에 가는 사람은 아마 없을걸?"

"드레스 코드가 정해져 있니? 마트에 가본 적은 없지만 이게 내 평상복이야."

밍크 재킷에 복숭앗빛 샤넬 트위드 투피스가 평상복이라니…. 과하게 잘 어울리는 것도 문제였다.

"청바지에 티셔츠 같은 건 안 입어?"

"무인도에 떨어져서 굳이 입어야 할 옷이 아이 러브 뉴욕 티셔츠밖에 없다면 입는 걸 고려해 볼지도 모르지. 참고로 이건 밍크가 아니라 페이크 퍼야. 귀여운 야생 동물의 희생을 강요한 적 없으니까 더 이상의 혐오스러운 시선은 사양할게. 그것보다 잘 잤는지, 아침밥은 먹었는지, 오늘 컨디션은 어떤지 그런 걸 먼저 물어보는 게 남자 친구로서의 예의 아니야?"

"그랬나? 남자 친구라기보다 그냥 잡일꾼이라는 느낌이 강해서. 가끔 내 역할이 뭔지 잊어버린다고. 잘 잔 것 같고, 밥 대신 빵 쪼가리에 요거트 먹었을 것 같고, 오늘 컨디션 나쁘지 않은 것 같은데?"

이 사이에 아몬드 껍질이 꼈다는 말도 해주었다. 물론 농담이었다.

그녀는 나를 새초롬하게 흘겨보았다. 이렇게 새침한 표정으로 바라볼 땐 볼을 꼬집어 주고 싶은 강한 충동을 느낀다. 손이 어깨까지 올라갔다가 애꿎은 내 머리만 쓸어 넘기고 다시 내려왔다.

곧 초등학생을 상대로 한자 뜻풀이를 가르치는 선생님처럼 또박또박 말하는 그녀의 목소리가 들렸다.

"있지, 나는 우리 사이가 실제로는 더 가까워지지 않으면서도 표면적으로, 아니지 어을—티메이클리, 무슨 뜻인지 알겠어? 궁극적으로 더 가까워졌으면 좋겠다는 얘기를 하고 있는 거야, 지금."

무슨 말인지 못 알아들었다. 결국 내 검지와 엄지 사이에 보드랍고 말랑말랑한 볼살이 잡혔다. 커다란 눈을 더 동그랗게 뜨고 나를 노려본 그녀는 "당장 놓지 못해?", "이런 모욕적인 경우는 처음이야." 같은 말들을 앙칼지게 내뱉었지만 나는 웃느라 제대로 듣지 못했다.

마트에 내린 우리는 도로타가 메모해 준 대로 싱싱한 채소와 해산물, 고기 등을 카트에 담았다.

"동네 잔치해?"

내 질문에 심플한 대답이 떨어졌다.

"도시락 나눔."

"웬 도시락? 사람이 질문하면 육하원칙에 맞춰서 대답하는 습관을 좀 가져보는 건 어때?"

식재료가 가득 담긴 카트를 밀며 그녀 뒤를 따라갔다.

"추워서 밖에 못 나오시는 어르신들 위해 저녁 도시락을 준비할 거야. 사회 복지관에 말씀드렸더니 흔쾌히 수락하셔서 오늘 도시락

100개 만들어서 직접 배달할 예정. 이건 내 버킷리스트 중 하나야."

그녀는 손가락으로 까딱까딱 생수를 가리키며 카트에 실으라고 했다.

"얌마, 이거 중량 초과야."

이미 카트는 가득 차고도 넘쳤다. 다람쥐처럼 쪼르르 앞서 나간 그녀가 이 통로 저 통로로 들어가 손짓할 때마다 무거운 카트를 미느라 죽을 맛이었다. 그녀의 버킷리스트라는 게 실제로 존재하는 건지 의문이 들었다. 어쩌면 그때그때 기분에 맞춰서 지어내는 것인지도 몰랐다.

도로타가 적어준 장보기 목록 물품들은 진작에 다 담은 것 같은데 쇼핑은 끝날 기미가 안 보였다. 와인을 신중하게 고르던 그녀는 작은 종이컵을 나에게 내밀며 시음해 보라고 했다. 그 맛이 그 맛이었다.

"버킷리스트. 남자 친구와 분위기 있게 와인 마시기. 어차피 난 못마시니까 네 입맛에 맞는 걸로 사자. 어떤 게 좋아? 드라이? 스윗?"

"아무거나 사."

"넌 취향이라는 게 없니?"

확고한 취향을 밝혔다.

"내 취향은 소주다. 왜?"

쇼핑을 끝내고 돌아왔을 때 주방에는 도로타와 복지관에서 나온 영양사 한 분이 분주하게 준비를 하고 있었다. 나는 조리대 앞에 장을 봐온 식자재 박스를 쌓아놓고 소파에 털썩 앉았다. 남친인지 짐꾼인지 경계가 모호한 탓에 우리가 궁극적으로 가까워지기는 글렀다. 그녀는 내 앞에 앞치마를 내밀었다.

"겟 업! 지금부터가 시작이야."

'차라리 죽은 척할까?' 하는 생각이 잠시 들었다. 내가 맡은 일은 당근을 씻고 껍질 까기, 무를 씻고 껍질 까기, 감자 씻고 껍질 까기 등 단순 노동이었다. 그녀는 도로타가 시키는 대로 삶고, 볶고, 데쳤다. 공주처럼 자라서 손 하나 까딱 못 할 줄 알았는데 의외로 열심이다. 채소를 데치는 단순한 과정 하나에도 진지함이 묻어났다. 매번 느끼는 거지만 순간에 집중하려는 의지가 저렇게 온몸으로 뿜어져 나오는 사람은 처음 본다. 이런 식이라면 꿈 대부분을 의지에 빼앗기며 살아갈 것 같다. 꿈을 꾸는 족족 이루어 내서 꿈이 남아나질 않을 테니.

파를 다듬다 말고 아예 몸을 돌리고 서서 그녀를 유심히 관찰했다. 그동안 인간적 관계를 맺는데 많은 시간이나 노력을 쏟을 필요가 없었던 나는 타인에 관한 관심이 별로 없었다. 그들에게 맞추지 않아도, 내 멋대로 말하고 행동해도, 가끔은 어떤 말이나 행동을 전혀 하지 않아도 원하는 것을 얻을 수 있었다.

오히려 혼자 있는 걸 좋아하는 편이라 내가 관심을 갖고 연구해야 할 대상은 IPTV 서비스, 침대의 안락함, 배달 음식의 범위, 수돗물의 안정성 등이지 여자에 대한 이해는 아니었다. 물론 여자와의 관계는 생계의 원천이라 비즈니스를 위해 어쩔 수 없이 만나야 하지만 그녀들은 나의 호기심을 자극하지 못했다. 나쁜 여자는 나를 귀찮게 했고 착한 여자는 나를 질리게 했다. 나에게 여자는 보편적이면서도 일반화가 가능한 존재였다.

그러나 은제이에 대해 알고 싶은 범위는 내가 모르는 20년의 과거, 작은 습관, 사소한 버릇 등을 뛰어넘어 그 이상이었다. 지나치게 관심이 생겨버렸다. 그녀가 소유하고 있는 모든 물건의 출처와 역사, '어을티메이믈리'를 발음할 때 혀와 입술이 움직이는 모양, 그녀가 지금껏 만나온 모든 사람들에 대해 알고 싶어졌다. 새삼스럽게 계약서 마지막 글귀가 떠올랐다.

'갑에게 마음을 뺏기는 경우 계약금 100% 반환.'

정신 차리자 전세계. 96일 뒤에 떳떳하게 그 돈을 쓰려면 지금 역할에만 충실하자.

손으로 뺨을 착착 두드린 뒤 다시 몸을 돌려 파 껍질을 마저 깠다. 갓 지은 따뜻한 밥을 도시락에 퍼 담고 반찬과 국을 담았다.

나는 도시락과 수저, 작은 생수 한 병을 종이 가방에 담으며 그녀에게 물었다.

"넌 죽기 전에 이런 노동을 왜 해보고 싶었던 거야?"

그녀는 하던 일을 멈추고 나를 보았다.

"노동? 도시락 만들어서 배달하는 게 노동이야?"

"노동 아니면 뭔데?"

"당연히 사랑이지."

사랑이라고 대답한 그녀는 매우 충격적이라는 표정으로 나에게 되물었다.

"너 설마… 오늘 하루 종일 노동했다고 생각하는 거야?"

"그럼 넌? 하루 종일 사랑했다고 생각하는 거냐?"

내가 궁금했던 건 단순히 '죽기 전에 도시락을 왜 싸보고 싶었는가?' 하는 거였다. 그러나 방향은 완전히 틀어져 버렸다. 그녀는 도시락을 싼 게 아니었다. '사랑'을 했다는 것이 문제의 발단이었다.

그녀는 얼굴이 붉어지도록 흥분해서 말했다.

"난 오늘 최선을 다해서 사랑을 했어. 내 마음을 도시락 하나하나에 담아내며 너무 감동받아서 눈물이 날 뻔했다고!"

"인생을 너무 감성적으로 사는 것 같다? 무슨 드라마 주인공도 아니고. 희한한 논리를 갖고 사네."

"너야말로 이상해. 우리가 전달하는 건 밥이 아니야. 사랑이야!"

눈썹에 잔뜩 힘을 주고 "사랑이야!" 하는 말에 웃음이 터졌다. 웃을 상황이 아니었는데 웃음이 나는 건 어쩔 수 없었다. 그녀의 얼굴은 아까보다 더 심각하게 구겨지고 귀여워졌다. 이제는 그녀가 도시락을 싼 이유보다 이 대화의 끝이 궁금해졌다.

"웃지 마. 사람은 밥만으로는 살 수 없어. 고독한 사람들에게는 관심과 사랑을 나눠주는 게 밥보다 더 중요해. 내 도시락을 받은 분들은 분명 나의 사랑을 느낄 수 있을 거라고!"

"사랑이 밥보다 중요하면, 밥 안 먹고도 살 수 있겠네. 그럼 밥은 왜 했냐? 빈 도시락에 '사랑만 담았어요.' 하고 건네주지."

그녀를 놀리는 것도 재미있고, 콩 주머니 주고받듯 하는 대화도 재미있었다. 웃음을 참으며 건성으로 말하는 내 태도에 결국 그녀의 언성이 높아졌다.

"무슨 소리를 하는 거야. 너 애가 왜 그렇게 삐딱하니?"

"나 원래 삐딱한 놈이야. 알지도 못하는 노인네들 밥해 먹이려고 몇백만 원어치씩 장 봐본 적 없는 나는 사랑이 뭔지 몰라서 삐딱하다. 됐냐?"

대화를 이런 식으로 전개하려고 시작한 건 아니었는데 마지막에 살짝 본심이 드러났다. 하루 종일 함께 있으면서 겨우 도시락 만들 기밖에 하지 않았다는 데에서 오는 서운함이 애매한 방향으로 꼬였다. 남자 친구 역할 하라면서 3억 원이나 입금해 놓고 겨우 뿌리채소 다듬는 데 하루를 쓰게 하다니 인력 낭비. 그래서 나는 끝까지 나 잘났다 하고 버티려고 했다. 그러나 그녀 눈에 눈물이 고이는 걸 보고 정신이 번쩍 들었다. 뒤통수를 한 대 맞은 기분이었다.

"너 울어?"

그녀는 눈물이 그렁그렁한 눈으로 나를 보며 또렷하게 말했다.

"지금까지 밥만 먹고 컸을 거라는 착각은 하지 마. 분명히 누군가의 사랑도 받고 자랐을 테니까."

나는 눈물의 의미를 어떻게 받아들여야 할지 몰라 잠자코 있었다.

"세상 혼자 살아온 듯 뻔뻔하게 구는 건 정말이지 딱 질색이야."

경멸하는 듯한 눈빛이 나를 콱 밟았다. 그대로 지나쳐서 올라가려는 그녀의 팔을 잡아 세웠다.

"농담이었어. 뭘 그렇게까지 정색을 해?"

"너랑 싸우고 싶지 않아."

"그건 나도 마찬가지야."

일렁이는 눈으로 서로를 마주 보았다. 창을 통해 들어온 노을이 긴 그림자를 만들었다. 하나로 겹쳐진 우리의 그림자가 계단에 종이부채처럼 펼쳐졌다. 먼저 사과를 건넸다.

"기분 상하게 할 생각은 없었어. 미안해."

"윽…."

그녀는 갑자기 가슴을 움켜쥐고 주저앉았다. 핏기가 싹 가셔버린 이마에는 식은땀이 송골송골 맺혀 있었다.

"갑자기 왜 그래? 어디 아파?"

당황한 나는 도로타를 불렀다. 놀란 도로타가 한달음에 달려왔다.

"아가씨, 괜찮으세요? 닥터 오를 부를까요?"

의사에게 전화하려는 도로타의 손을 그녀가 막았다.

"아니, 난 괜찮아. 도시락 먼저 복지관으로 보내줘."

그녀는 도로타의 부축을 받아 위태로운 걸음으로 계단을 올라갔다. 곧이어 도착한 임 실장도 2층으로 뛰어 올라갔다. 종이부채 모양의 긴 그림자 하나가 계단에 덩그러니 남겨졌다. 도시락이 든 상자는 승합차에 실려 복지관으로 보내졌고, 결국 배달은 직접 하지 못했다.

잠시 후 도로타가 나에게 다가왔다.

"아가씨께서 미스터 전을 부르셨어요. 들어가 보세요."

조심스레 방문 앞에 섰다. 스르르 문이 열렸다. 침대 위에는 방금 전까지 멀쩡하게 도시락 싸던 애가 숨이 넘어갈 듯 가쁜 호흡을 내쉬며 푸르뎅뎅한 얼굴로 누워 있었다. 손목에 테이핑을 마친 임 실장은 수액 떨어지는 속도를 느슨하게 조절한 뒤 방을 나갔다.

차분하고 고요한 공기 속에 마지막 남은 노을빛이 창턱을 지나가고 있었다. 다시 한번 그녀와의 관계를 상기했다. 이건 단순한 계약 연애도 아니고, 시시껄렁한 장난은 더더욱 아니었다. 이 모든 건 그녀가 잡고 있는 삶의 끝자락. 어쩌면 마지막일 수 있는 '오늘'이었다.

그동안 죽는다는 그녀의 말을 농담 반 진담 반으로 들었다. 손목에 꽂힌 바늘을 봤을 때도 병원에 가면 으레 맞는 흔한 수액 정도로 생각했다. 곧 죽을 것처럼 보이진 않았기 때문이다. 언제나 생기가 넘쳤고 대화는 유쾌했으며 약간의 로맨스도 꿈꿨다. 순간, 설렘은 연기처럼 흩어졌다. 어떤 장면을 '보았다'는 느낌이 아닌 '목격했다'는 느낌으로 정신이 아찔했다. 터키산 수제 카펫 밖에 서서 거리를 느꼈다. 1미터의 간격은 너무 멀었다.

"전세계."

죽은 듯이 눈을 감고 있던 그녀가 내 이름을 불렀다.

"어, 나 여기 있어."

"혹시라도 갑자기 내가 죽으면 뒤도 돌아보지 말고 도망가."

낮은 속삭임에 다소 긴장이 풀렸다. 나는 침대 옆에 털썩 주저앉았다.

"아주 배려가 넘치네. 괜찮아?"

"응, 아직은 안 죽었어."

"하아…. 놀랐잖아."

"딱히 놀라게 하려는 작전은 아니었어."

"지금 농담이 나오냐….”

"이것만은 알아뒀으면 좋겠어. 내가 앞으로 남은 96일 동안 너와 함께 하는 모든 일은 '사랑'일 거야. 네가 느끼기에 노동으로 느끼더라도 내 앞에서 그런 말은 하지 마. 쓸데없는 일만 하다가 죽어버렸다는 얘긴 듣고 싶지 않거든. 난 말이지 마지막 순간까지도 사랑하다가 죽는 여자가 되고 싶어."

"무슨 말인지 이해했어."

무슨 말인지는 알겠는데 내 이성이 전적으로 동의하지는 못했다. 그녀가 생각하는 사랑과 내가 생각하는 사랑은 결이 달랐기 때문이다. 그러나 더 이상 '사랑'을 문제로 그녀와 다투고 싶지는 않았다.

"한숨 자."

"넌?"

"네가 가라고 말하기 전에 아무 데도 못 가는 거 알잖아. 여기 있을게."

그녀는 침대에 기대앉은 내 어깨를 톡톡 두드렸다.

"손 좀 잡아줘."

이불 밖으로 빼꼼히 나온 구체 관절 인형 같은 손을 망설임 없이 잡았다. 내내 잡아보고 싶었다는 건 내색하지 않았다. 창백하다 못해 푸른빛이 도는 손끝은 얼음처럼 차가웠다. 작은 새를 감싸듯 조심스럽게 감쌌다. 유리로 만들어진 듯 깨질까 봐 겁났다.

"남자 친구와 와인 마시기를 하고 싶어. 2시간 뒤에 깨워줘."

"그걸 오늘 할 생각이야?"

"응, 시간이 허락한다면 할 수 있는 모든 걸 하고 싶어."

그녀는 눈을 감고 순식간에 깊은 잠에 빠져들었다. 잠이 들었다는 표현보다 기절했다는 표현이 맞았다. 이대로 다시는 눈을 뜨지 않으면 어쩌나 겁이 날 정도로 얼굴은 하얀 초승달 같았다. 자는 건지 죽은 건지 확인하기 위해 잡고 있던 손을 놓고 그녀의 왼쪽 가슴에 손을 얹었다. 심장 박동이 느껴지지 않았다. 화들짝 놀라 몸을 일으켜 가슴에 귀를 갖다 댔다. 약하게 파르르 떨리는 심장 소리가 들렸다. 아직은 살아 있었다.

7
300만 원

아, 나의 이 손가락들이
달의 꽃잎을 떨어낼 수만 있다면.
—**페데리코 로르카**

외벽 전체가 유리로 되어 있는 펜트하우스 2층 라운지에서 야경을
감상했다. 탁 트인 경관은 웬만한 일에 크게 감흥을 느끼지 않는
내 입에서 탄성이 나올 만큼 황홀했다. 도시 전체가 한눈에 들어왔
다. 한강 너머 불빛들이 점점이 빛났고, 조명을 밝힌 고층 빌딩들
과 도로를 줄지어 달리는 자동차들의 모습도 보였다. 작은 것들로
이루어진 거대한 미래 도시 하나가 발아래서 숨 가쁘게 움직였다.
 라운지는 무대와 같은 위엄을 풍겼다. 창밖으로 보이는 우주의
시선이 이곳으로 쏠려 있어서 그녀가 하는 말과 행동이 연극 같은
분위기를 자아내는 걸까? 그래서 그녀의 일상은 하나같이 극적인
전개로 흘러가는 걸까? 여기에서 일어나는 모든 일은 현실감이 부

족했다.

도로타가 준비해 준 무스 케이크와 치즈 접시 옆에 촛불을 두고 그녀가 깰 때까지 기다렸다.

"깨우라니까 왜 안 깨운 거야? 밤을 놓칠 뻔했잖아."

언제 일어났는지 등 뒤에서 따져 묻는 그녀의 목소리가 들려왔다. 보랏빛 실크 가운을 입고 내 옆에 앉는 그녀의 움직임은 느릿했지만 청아한 목소리만큼은 생기가 넘쳤다. 나는 느긋하게 대꾸했다.

"내일 밤도 있잖아."

"그런 식으로 미루고 싶지 않아. 오늘은 오늘 해야 할 일이 있어. 아직도 버킷리스트가 잔뜩 남아 있다구. 죽기 전에 다 하고 싶단 말이야."

그녀 얼굴엔 몇 시간 전 내가 마주했던 죽음의 공포나 짙은 병색 같은 건 묻어 있지 않았다. 마치 물을 잔뜩 머금은 싱싱한 풀잎 같았다.

"곧 죽는다는 애가 뭘 그렇게 하고 싶은 게 많아? 나 같으면 그냥 가만히 누워서 하루 종일 뒹굴뒹굴 잠이나 자겠다. 어차피 죽을 거 취업 걱정할 필요도 없고, 내 집 마련 걱정할 필요도 없을 거 아니야. 얼마나 편해."

"내 집 마련? 평소에 그런 걸 걱정하니? 정말 만약에 내일 죽는다면 그냥 집에서 뒹굴뒹굴할 거야? 죽기 전에 꼭 하고 싶은 건 없어?"

"딱히 뭔갈 한다고 해서 달라지는 게 아무것도 없다면 빈둥거리는 게 낫다고 봐. 죽을 때 더 뿌듯하기야 하겠냐? 그냥 죽기 전까지 피곤하기만 하겠지."

잔에 와인을 따랐다. 그녀의 잔은 차가운 포도 주스로 채웠다. 눈부신 야경을 담았다가 한 모금 마시자 기분이 좋아졌다.

"자, 죽는다는 소리 그만하고 버킷리스트를 시작해 봐. 남자 친구랑 와인 마시는 게 소원이었다며. 그건 방금 했고, 이제 또 뭘 하면 돼?"

"남자 친구에게 프러포즈 받을 거야."

와인을 마시려다 말고 테이블 위에 잔을 내려놓았다. 당혹감을 감추기 위해 그녀의 말을 다른 방향으로 해석해 보려 했지만, 그녀는 나에게 그럴 시간을 주지 않았다. 매우 진지하면서도 열정적으로 우리는 3년 사귄 연인이며 드디어 오늘 프러포즈를 받기로 했다는 설정을 시간에 쫓기듯 설명했다.

그녀가 말한 '프러포즈'라는 것이 내가 생각하는 '청혼'이 맞다면 나는 그것을 해본 적도, 누군가 하는 걸 본 적도 없을뿐더러 청혼에 쓰일 만한 적절한 단어들도 알지 못했다. 앞으로도 내 인생에서 그것을 할 가능성은 전혀 없었으므로 딱 잘라 거절했다.

"확실히 말해두지만 난 연기 못해. 이 정도 외모로 배우가 되지 않은 건 그만큼 연기에는 관심이 없다는 뜻이야."

"에이, 그게 뭐가 어렵다고 튕기니? 나랑 결혼해 줄래? 한 마디면 되는걸. 나 죽기 전에 못 들을 거 알잖아. 그래서 그런 거 하라고 내가 너 고용한 거거든? 시키는데 왜 안 해?"

심각한 자기 연민에 빠진 여자다. 죽기 전에 프러포즈 한번 못

받고 죽을까 봐 사람을 고용한 그녀가 가엾고 어이없었다.

"결혼해 달라고 했다가 네가 덜컥 '응.' 해버릴까 봐 겁나서 못 하는 거지. 곧 죽을 와이프 필요 없거든? 결혼하자마자 홀아비 되라고?"

내 말에 킥킥 웃기 시작한 그녀는 급기야 눈물까지 찔끔거렸다. 그럴 수도 있겠다면서 한참을 더 웃고 나서 진정이 되었는지 냅킨으로 눈가를 콕콕 두드렸다.

"내일은 내 생일이야."

밑도 끝도 없는 설정은 프러포즈에서 생일로 이어졌다. 그녀의 말인즉슨 생일은 5월이지만 언제나 12월에 생일 파티를 한다고 했다. 축하받을 수 있을 때 미리 하는 거랬다. '작은 것'을 함께 할 남친을 3억 원이나 주고 고용한 만큼, 해보고 싶었던 각종 행사와 이벤트를 한 번에 몰아서 할 작정인 듯했다. 그녀가 멍한 내 얼굴을 보며 생글생글 미소를 지어 보였다.

"생일 선물 기대할게."

"뭘 기대해. 방금 얘기해 놓고 내일 선물을 가져오라고? 지금 밤 10시거든?"

"남자 친구한테 생일 선물로 받고 싶었던 건 말이지, 내 나이만큼의 장미꽃."

"내 말 듣고 있어? 밤 10시라고."

"꺅. 난 몰라. 생각만 해도 설레."

안 듣고 있다.

그녀의 대화 패턴은 이런 식이었다. 대본에 적힌 대사를 읊듯이 상대방의 반응에 전혀 개의치 않고 본인이 하고 싶은 말만 늘어놓는…. 확실히 높은 곳에 살면 인생이 연극처럼 바뀌는 모양이었다.

"너, 욕 좀 해줄까? 욕 많이 먹은 사람은 오래 산다던데. 생일 선물로 욕 한 바가지 어때?"

내 말에 또다시 그녀의 웃음이 터졌다. 흔한 얘기에도 과하게 웃는 건 그녀의 버릇인 것 같았다. "행복해서 웃는 게 아니라 웃으니까 행복하다."라는 누군가의 말을 정면으로 들이받듯이, 웃겨서 웃는 게 아니라 웃으니까 상황이 우스워지는 이상한 형국을 만들어내고 있다. 그녀가 폭소를 터트리는 경우를 살펴보면 대개는 별 공통점이 없었다. 그칠 때까지 깔끔하게 무시하는 방법이 가장 효과적이라는 것도 방금 알았다.

웃음을 그친 그녀는 혈관 확장제니 HDL이니 알지도 못하는 용어를 들먹이며 본인이 와인을 마셔야 하는 이유에 대해 구구절절 나에게 설명했다. 스스로 합리화시켰다는 말이 더 맞을 것이다.

딱 한 모금만 마시겠다는 그녀를 이기지 못하고 와인 잔을 가지러 주방으로 내려갔다. 잔을 챙겨 들고 거실로 나오는 순간 누군가 엘리베이터에서 내리는 걸 보고 자리에 멈춰 섰다. 누구인지 한눈에 알아차릴 수 있었다. 그녀의 어머니였다. 안쪽에 있던 도로타가 달려 나왔다.

"어머! 회장님, 눈 때문에 비행기가 결항되었다는 연락을 받았답니다. 오늘 오실 줄 몰랐어요."

도로타는 허둥지둥 코트를 받아 들었다. 그리고 나를 보며 난감한 표정을 지었다. 도로타의 표정을 보아 내가 그녀의 어머니에게 환영받지 못할 존재라는 걸 짐작할 수 있었다.

회장님이라고 불린 그녀는 우아한 손길로 부드러운 밍크 머플러를 천천히 풀며 앞에 서 있는 낯선 청년을 경계심 없이 보았다.

"누구…?"

닮았다. 제이에게서 풍기는 우아함과 존재감이 어디에서 왔는지 알 수 있었다. 예쁘다는 말보다 고혹적이라는 말이 더 어울렸다. 기품과 여유가 넘치는 눈빛에서 거스를 수 없는 강한 힘이 느껴졌다. 마치 20년 후 제이의 모습을 보는 것 같았다. 외모는 그렇다고 치고 사람에게서 실제로 냉기가 뿜어져 나올 수 있다는 사실에 놀라는 중이었다. 그녀 앞에 서 있자니 문 열린 냉장고 앞에 서 있는 것 같았다. 사람을 어렵게 만드는 지적인 위엄이 온몸을 감싸고 있었다. 내가 머뭇거리자 도로타가 빠르게 대답을 했다.

"아, 맞아요. 택배. 아가씨 택배 배달하러 온 청년인데 배달 마치고 이제 막 가려던 참이었어요."

도로타는 내 손에 들려 있는 와인 잔을 잽싸게 빼앗았다. 나를 어떻게 해야 할지 고민하던 도로타의 입에서 택배라는 말이 나오자마자 내 입에서는 헛기침이 나왔다. 우아하게 미소 지으며 나를 꿰뚫는 그 눈빛에 기가 죽었다.

"밤 10시에 택배라…. 택배 기사보다는 좀도둑이 더 그럴듯한데?"

"처음 뵙겠습니다. 전세계라고 합니다."

꾸벅 인사를 했다. 피할 수 없을 것 같았고, 그게 맞는 것 같았다. 내 인사를 받았는지 무시했는지는 모르겠다. 아래층으로 내려온 제이로 인해 내 존재는 묻혔다. 창처럼 날카로웠던 그녀의 눈빛은 딸을 보는 순간 녹아내렸다.

"엄마."

"제이야, 몸은 괜찮니? 걱정되어서 내내 잠도 못 잤어."

걱정되어서 내내 잠도 제대로 못 잤다는 말은 거짓이 아닌 것 같았다. 한없이 다정한 눈길 속에 자식 걱정으로 밤을 샌, 약간은 고단해 보이는 그늘이 어렸다.

"인사해. 이 아름다운 레이디는 고은아 여사. 우리 엄마야."

제이는 나에게 자신의 엄마를 소개한 뒤 '고은아 여사'에게도 나를 소개했다.

"얘는 내 남자 친구예요."

이미 인사를 나눴다는 사실을 모르는 제이의 천진난만한 소개에 고 여사는 낮고 단조로운 목소리로 업무를 처리하듯 말했다.

"그런 놀이는 이제 그만할 때도 됐어. 장난은 여기까지. 얼마 받기로 했니? 이제 그만해도 돼. 가봐."

빠르게 눈앞의 상황을 해치우려는 듯 지갑에서 100만 원짜리 수표 3장을 꺼낸 그녀가 그것을 나에게 건넸다. 나는 얼떨결에 수표를 받아 들었다.

"엄마! 안 돼! 세계는 그런 거 아니야!"

제이가 수습하려 했지만 고 여사는 더 이상 귀찮은 일로 피곤하게 하지 말라는 듯 손을 저었다.

"아가, 오늘은 엄마가 몹시 피곤하니까 내일 얘기해. 얼른 올라가자. 도로타, 저 젊은이 돌려보내고 문단속 철저하게 해."

제이는 엄마에게 등을 떠밀리며 2층으로 올라갔다. 덩그러니 남겨진 나는 손에 들린 수표를 다시 보았다. 빳빳하게 날이 선 수표는 마치 양날의 검과 같아서 쥐고 있는 손바닥을 단번에 베었다. 차갑고 뜨거웠다. 도로타는 매우 유감스럽다는 표정을 지었지만 나를 위로할 말은 찾지 못한 것 같았다.

"미스터 전, 오늘은 이만 돌아가는 게 좋겠어요. 너무 상심하지 말아요."

쫓겨나듯 나와 보니 추운 겨울바람 속에 얼어붙은 거리를 홀로 걷고 있었다. 지금껏 나 스스로 냉정한 인간이라고 생각했는데 이 번엔 냉정함을 유지하기가 힘들었다. 수표를 구기다 못해 갈가리 찢어서 길바닥에 뚫린 하수구로 흘려보냈다. 머리를 무릎 사이로 파묻었다. 열흘에 300만 원을 받기 위해 제이 옆에 있었던 것이 맞다. 다만 예상하지 못했던 건, 받기로 한 날짜보다 돈을 조금 일찍 받았다는 것과 그녀가 아닌 그녀의 엄마에게 받았다는 것뿐이다. 그런데 이 기분 뭐지?

당장이라도 3억 원을 토해내고 싶었다. 온갖 부정적인 생각들로 뱃속이 뒤틀렸다. 메스꺼운 가슴을 부여잡고 택시에 올랐다. 가라앉히려 안간힘을 썼지만, 스스로에 대한 분노와 좌절은 점점 커져갔다. 지금껏 아무 죄의식 없이 해왔던 일들이 한없이 원망스럽게 느껴졌다. 나는 어째서 그다지도 경솔하게 나를 팔아왔던 걸까?

집에 들어서는 순간 온몸에 맥이 탁 풀렸다. 욕실로 들어가 샤워기를 틀었다. 흘러나왔던 생각들은 다시 내 안으로 흘러들었다. 울고 싶었지만 눈물은 나오지 않았다. 거울을 보는 것조차 쪽팔려서 주먹으로 내려쳤더니 거미줄처럼 육각형 모양의 금이 생겼다. 꼴보기 싫은 얼굴이 육각형을 따라 서른여섯 배로 늘어났다.

불과 1시간, 아니 30분 전까지만 해도 더없이 설레는 기분을 느꼈다. 황홀한 야경을 눈앞에 두고 고급 와인을 마시며 그녀와 즐거운 대화를 나누었다. 그녀가 하는 말들은 대체로 맥락이 없고 엉뚱했지만 어딘지 모르게 귀여웠고, 그녀의 태도는 모자라기도 하고 지나치기도 했지만 어딘지 모르게 사랑스러웠다. 서로의 전체와 부분을 조금씩 알아가기 시작한 이 달콤한 과정을 멈추고 싶지 않았다. 우리는 작은 것들을 함께 하기로 약속했다. 돈을 받고.

돈이 만들어 낸 관계라는 사실이 모든 걸 망쳤다. 차라리 촌스럽고 흔해 빠진 러브 스토리가 나았다. 오고 가는 눈빛에, 아니면 무심코 건넨 말에 맺어진 관계였다면 적어도 한밤중에 돈을 움켜쥐고 쫓겨날 일은 없었을 터였다.

"세계는 그런 거 아니야."라고 외치던 제이의 얼굴이 떠오르자 더 끔찍해졌다. 아니긴 뭐가 아니야. 난 돈을 받았고 그녀는 나를 돈으로 산 게 맞다. 우리 사이에 오고 간 것은 서류와 돈과 약간의 의심밖에 없었다. 점도(粘度)의 부재는 언제든 원하면 관계를 종료할 수 있는 것이었다. 지금처럼 보송보송하게. 서로가 닿았다는 느낌도 없이. 그녀와 나는 이런 식으로 만나서는 안 되었다. 모든 것이 너무 부적절해서 아득했다.

8
물에 빠진 각설탕

반짝이는 행복이 하늘에서 내려와
커다랗게 날개를 접고
피어나는 나의 영혼에 매달렸다.
— 라이너 마리아 릴케 「사랑이 어떻게 너에게로 왔는가」

"인생은 물에 빠진 각설탕이라고 생각해."

구슬 아이스크림을 먹다 말고 그녀가 불쑥 꺼낸 말이었다.

"시간이 지나면 서서히 녹아 형체도 없이 사라지지. 단물만 남긴 채."

여기에서 핵심은 '단물을 남기는 것'이라고 했다. 내가 물었다.

"각설탕이 녹으면 설탕물이 되는 건 당연한 거 아닌가? 안 단 설탕물이 어딨어."

"그게 바로 함정이야. 인생의 쓴맛을 느끼는 사람들은 쓴 물을 남기고, 단맛을 느끼는 사람만이 단물을 남길 수가 있는 거라고."

"그게 무슨 개똥 같은 철학이야?"

"그러니까 우리는 녹아 없어지기 전에 단물을 모아야 하는 거지. 벌처럼 나비처럼."

그녀가 이런 말을 꺼내게 된 계기는 내 질문에 있었다. '일분일초도 낭비하지 않으려는 불굴의 의지는 어디에서 나오는가'에 대한 답이었다. 우리는 '신비의 세계'인지 '환상의 나라'인지 모를 어떤 곳에 와 있었다. 그녀의 생일을 5개월이나 앞당겨 축하하기 위해 머리에 동물 머리띠를 쓰고, 손에는 츄러스와 구슬 아이스크림을 들었다. '남자 친구와 놀이공원 데이트'는 그녀의 버킷리스트였다.

"내 생일날 나이만큼 장미꽃 받은 거 태어나서 처음이야."

"진짜 생일도 아니잖아."

"그래도. 오늘 아침엔 진짜 멋진 남자 친구 같았어. 기분 최고야!"

"네 기분이 안 좋을 때도 있냐? 만날 최고래."

"와, 오늘 날씨 끝내준다. 그렇지? 하늘 파란 것 봐."

"여기 실내야. 하늘 안 보이는데 너 바보냐?"

놀이 기구는 타지 않았다. 그녀가 바이킹을 탄다면 심장은 공중에 내던지고 몸뚱이만 내려올 것 같았기 때문이다. 그 대신 퍼레이드를 보았다. 그녀가 퍼레이드를 즐기는 스타일은 구경꾼인지 공연단인지 헷갈릴 정도로 매우 과감했다. 제일 앞줄에 서서 지나가는 인형 탈에게 손을 흔들어 댔고, 급기야 앞에 나가서 춤까지 추었다. 그녀와 함께 춤추는 관객들은 죄다 대여섯 살 먹은 어린애들이었다.

"전세계! 나 어때? 춤 잘 춰?"

"어, 지금 춤추는 애들 중엔 네가 제일 낫다. 재롱 잔치 보는 것 같네."

생각보다 엉망진창인 춤 실력에 놀란 것도 있지만 정말 열심히 춰대는 그 용기에 놀랐다. 어떻게 그럴 수 있냐고 묻자 그녀는 아무렇지 않게 대답했다.

"추고 싶으니까."

잠시 오늘 아침을 떠올려 보았다. 이른 아침에 장미꽃 스물한 송이를 손에 들고 엠파이어 호텔로 향했다. 그렇게 쫓겨나고도 다시 찾아가는 뻔뻔함은 오늘 아침에 발견한 나의 숨은 재능이었다.

3억 원을 맨입에 삼키고 싶지도 않고, 다시 뱉어낼 생각도 없었다. 100일의 계약 기간이 끝나거나 '갑'이 죽지 않는 이상 계약은 유효했다. 찢어버린 300만 원을 내놓으라면 통장을 털어서라도 내놓을 생각이었다.

꽃을 사는 동안은 내심 설렜다. 그러나 그걸 들고 호텔까지 가는 택시 안에서 점점 초조해졌다. 경솔하고 어설픈 내 행동에 자신이 없었다. 그녀가 비웃을지도 몰랐다. 분위기에 따라서는 호텔 로비에 있는 쓰레기통에 던져버릴 생각이었다. 그것도 아니면 택시 기사님께 드리고 빈손으로 내릴 결심까지 했다.

어지간히 마음이 복잡한 상태로 펜트하우스에 들어선 나는 소파에 앉아서 신문을 보고 있던 그녀의 어머니와 눈이 마주쳤다.

"오늘은 택배가 아니라 꽃? 꽃 배달 온 거라면 거기 테이블 위에 두고 내려가요."

그녀는 나를 보지도 않고 단박에 내쫓았다. 나갈 때 나가더라도 이왕 여기까지 온 거 할 말은 해야겠다는 생각이 들었다.

나는 복도 끝까지 들리게끔 "은제이! 생일 축하한다!" 하고 소리 쳤다. 그러자 2층에서 제이가 굴러떨어질 듯이 내려왔다. 서툴게, 애정을 담아 건넨 장미꽃 스물한 송이를 감격스럽다는 표정으로 받아 든 그녀의 환한 웃음에 진한 기쁨이 번졌다.

옷을 갈아입고 내려오겠다며 계단을 서둘러 올라가는 제이 등 뒤로 "뛰면 위험해!" 하는 고 여사의 다급한 목소리가 닿았지만, 그 녀는 이내 시야에서 휭하니 사라져 버렸다.

고 여사는 안경을 벗고 앞에 놓인 커피 잔을 우아하게 들어 올렸 다. 그리고 나직한 목소리로 나를 불렀다.

"미스터….."

"전세계입니다."

"세계 씨, 앉아봐요."

나는 긴장된 표정으로 그녀의 맞은편에 앉았다.

"제이가 사람을 많이 그리워해요. 나도 알아. 홀로 싸우느라 외 로움에 지칠 만큼 지친 아이라는 거. 내가 두 사람의 계약서도 봤 다면 내 마음을 이해하려나? 되도록 제이 하는 일에 일일이 관여하 지 않는 편이지만 한 가지 걸리는 건, 사람 마음이라는 게 생각처 럼 흘러가기만 하는 건 아니거든. 깔끔하게 시작한 만큼 끝도 깔끔 했으면 좋겠어요. 내 아이가 다치는 건 싫어."

커피가 쓴지 그녀가 인상을 썼다. 나는 조용히 듣기만 했다.

"제이가 아프다는 건 이미 알고 있을 거고. 그렇지?"

"네."

"그렇다면 하나만 부탁할게요. 그 아이의 심장을… 자극하지 말아요. 절대로."

내가 2층으로 올라갔을 때 제이는 화장대 앞에 앉아 있었다. 그렇다고 화장을 하는 건 아니었다. 장미꽃이 꽂힌 화병을 앞에 두고 향기를 맡고 있었다. 얼굴을 꽃다발 속에 파묻은 채로 눈을 감고 숨을 쉬는 것. 그녀는 단지 숨을 들이마시고 내쉴 뿐이었다. 꽃다발이 산소 호흡기라도 되는 양.

"뭐 해?"

"장미꽃 향기를 맡고 있어."

"음, 그러니까 내 말은 그만 맡고 나가자는 말이었어."

"꽃은 금방 시들어 버리니까 향기를 맡을 수 있을 때 맡아야지."

"그럼 그 꽃 시들 때까지 그러고 있을 작정이야?"

더 이상의 대답은 없었다. 그 이후로 30분이나 더 그러고 있었다. 꽃향기 맡느라 시간을 3초도 써본 적이 없는 나로서는 이해하기 힘든 행동이었지만 그녀에게 그 순간 꽃향기를 맡는 것보다 더 중요한 일은 없어 보였다. 장미가 온 생명을 다 바쳐 마지막으로 뿜어내는 그 진한 향기를 한 줄기도 놓치고 싶지 않다는 불굴의 집중력. 세상엔 장미와 그녀, 둘만 존재하는 것 같았다.

제이는 장미꽃 향기 맡는 걸 끝낸 후 고개를 들어 거울을 보더니 "꺄악." 하고 소리를 질렀다. 나는 깜짝 놀라서 가까이 다가갔다. 새파랗게 질린 얼굴로 거울 속 나와 눈을 마주치고는 더듬거리며 물었다.

"지금 내 턱에 이거 뭐야?"

아무것도 없었다.

"아무것도 없는데?"

"어떻게 아무것도 없어? 이게 아무것도야?"

조금 자세히 보니 무언가 빨갛게 연어 알처럼 돋아난 것이 보였다.

그녀는 후다닥 욕실로 들어갔다. 나는 열린 문에 기대서서 무얼 하나 지켜보았다. 제이는 화장 솜에 파란 액체를 촉촉 적셔서 턱에 가만히 대었다. 곧 볼펜처럼 생긴 기계에서 나오는 빛으로 뾰루지를 괴롭혔다. 그러더니 뾰루지 크기에 딱 맞는 패치를 깔끔하게 붙이고 세면대 아래 있는 미니 냉장고에서 아이스 팩을 꺼내 올렸다.

뾰루지라는 게 보통은 건드리면 더 심해지지 않나 싶은 생각에, "곧 죽는다며? 죽으면 썩어 없어질 얼굴에 뭘 그렇게 유난을 떨어?"라고 한마디 했다가 욕실 밖으로 쫓겨났다. 그 뾰루지 하나에 나머지 30분을 홀랑 날려버렸다.

그게 문제라는 얘기는 아니다. 그녀는 인생의 단물을 모으는 일에 나를 포함시켰다.

잔혹하게도 나는 그녀가 소중히 여기는 '시간'을 송두리째 가졌다. 우리가 함께하는 시간 속에서 나와 그녀 둘만 존재하는 순간이 찾아올까? 조금은 장미 같고 조금은 뾰루지 같은, 그녀의 세상이 나 하나에 집중되는 그런 순간. 어쩌면 내 인생의 단물을 모으는 일에 그녀가 포함된 건지도 모른다.

우리는 놀이공원 벤치에 앉아 구슬 아이스크림을 먹으며 이런저런 대화를 나누었다. 각설탕에서 시작한 대화는 "기분 나빴다면 미안해."로 끝이 났다. 만난 지 반나절 만에 느닷없이 건넨 사과는 잊고 있던 어젯밤 일에 대한 사과였다.

기분이 나빴다는 단어로 어제의 내 기분을 설명하는 건 무리였다. 김소월의 「진달래 꽃」처럼 나 보기가 역겨워 거울마저 깨부쉈다는 사실은 말할 필요도 없었다. 나는 고개를 돌려 제이와 눈을 맞췄다. 그 짧은 순간 수많은 감정이 하나로 응결되었다. 하지만 곧바로 알아차렸기에 간단히 파묻을 수 있었다.

"돈 돌려달라는 말 하지 마. 여자 끼고 술 먹느라 다 썼어."

"그냥 쓰라고 하려고 했는데… 이미 썼다니 뭐….''

여자, 술, 다 썼다는 단어 중 어느 포인트에서 삐쳤는지 제이의 입이 점점 앞으로 나왔다. 돈 다 안 썼어. 술 안 먹었어. 여자 안 만났어. 일일이 부정해 가며 표정 변화를 유심히 관찰하여도 나온 입술이 금방 들어가지는 않았다.

어쨌거나 우리는 어제 일은 꺼내지 않기로 암묵적 동의를 했다. 계약에 의한 관계든 뭐든 오늘 하루 즐거울 수 있다면 그걸로 됐다. 하수구 어디쯤 흘러가고 있을 수표를 생각하니 아까워졌다. 기분이라는 게 이렇게 하루 만에 바뀔 수 있는 거였다면 하루만 참아 볼 걸 하는 후회도 들었다.

"생일 축하 노래 불러줘."

제이를 물끄러미 보았다. 꽃다발까지 사온 마당에 노래 정도야 무반주로도 얼마든지 가능하지만, 생일 축하 노래를 부르고 싶은 마음은 없었다.

곧 죽을까 봐 제 생일도 제대로 챙기지 못하는 이상한 녀석. 아직 반년이나 남은 생일을 미리 축하해 달라는 그녀의 웃기고 슬픈 억지에 동참하고 싶지는 않았다. 다만 약속으로 대신했다.

"생일 축하 노래는 내년 5월에 해줄게. 내 노래 듣고 싶으면 그때까지 죽지 말고 살아 있어."

9
비밀 이야기

당신의 손을 잡는 순간 시간은 체온 같았다.
오른손과 왼손의 온도가
달라지는 것이 느껴졌다.
—장승리「체온」

"있지, 바자회를 열거야."

제발 숨 돌릴 틈은 주고 말을 해라. 엘리베이터에서 미처 내리기도 전에 머리 위로 폭포수 같은 목소리가 쏟아졌다.

"오늘은 내 드레스 룸을 털어야 해. 입지 않는 옷들을 골라 바자회 장소로 보내야 하거든. 얼른 2층으로 올라와!"

방에 딸려 있는 커다란 문을 열자 의류 매장을 방불케 하는 드레스 룸이 나타났다. 그 안에는 한 번에 두 벌, 세 벌씩 껴입어도 죽기 전에 다 못 입을 것 같은 엄청난 양의 옷들이 걸려 있었다.

도대체 한 여자가 일생 동안 몸에 걸치는 옷이 총 몇 벌이나 되는 걸까? 평소에 티셔츠와 트레이닝팬츠 하나로 대부분의 시간을 보내는 나에게 있어, 이 드레스 룸은 그녀를 이해하기 전 넘어야 할 큰 장애물 중 하나처럼 보였다.

"여자들은 옷이 왜 이렇게 많이 필요해?"

내 질문에 그녀는 또 생뚱맞은 대답을 했다.

"별로 많지 않아."

이번에는 밥과 사랑을 넘어 '많음'이라는 건 어느 정도인가에 대한 기본적인 개념부터 삐거덕거리기 시작했다. 제이와 대화할 때는 정신을 똑바로 차려야 한다. 적당한 질문을 던진 것 같은데 몇 마디 주고받다 보면 어느새 파국으로 치닫기 때문이다. 질문할 때마다 아무 생각 없이 대꾸하면 영혼이 털린다. 그래서 질문을 바꿨다.

"그게 아니라. 이 옷들을 뭐 하는데 입냐는 말이었어. 집에서 시간마다 갈아입어?"

"옷이라는 건 말이지, 저기 창밖으로 보이는 풍경 같은 거야. 봐봐. 창밖의 풍경은 시간마다, 날마다, 달마다, 계절마다 변해. 당연히 옷도 거기에 맞춰서 갈아입어야 하는 거고. 자연의 이치고 우주의 섭리야."

뭔지 모를 소리에 잠에서 깬 지 2시간밖에 안 됐는데 졸음이 쏟아졌다. 드레스 룸 한가운데 있는 노란색 팔걸이 의자에 걸터앉았다. 푹신하고 몸에 착 붙는 쿠션이 기분 좋았다. 그녀가 빙글빙글 웃으며 나에게 물었다.

"내가 비밀 하나 알려줄까?"

"좋지."라는 내 대답에 뜸을 들이던 그녀는 옷들을 뒤적거리며 라벨이 달린 옷들과 몇 번 입지 않은 옷들을 골라 행거에 걸기 시작했다.

"죽을 때가 다 되어서 깨닫게 된 사실 중 하나인데 아무리 옷이 많아도 한 번에 한 벌밖에 입을 수 없다는 거야."

침묵이 이어졌다. 다음 이야기를 기다렸다. 그러나 그녀는 입을 꾹 다물고 있었다.

"설마 그게 다야?"라는 내 물음에 그녀는 "응." 하고 대답했다. 바늘로 공격당한 비닐 풍선처럼 반쯤 부풀어 있던 뇌의 한 부분이 푸슉 소리를 내며 꺼졌다.

기대했던 내가 바보지. 비밀은 좀 더 자극적이고, 수치스럽고, 약간의 죄책감을 유발하는 그런 얘기 아닌가?

"그게 무슨 비밀이야?"

"아무에게도 말한 적 없으니까."

"5억 명한테 떠들어도 아무렇지 않은 얘기는 비밀이 아니거든?"

"이 옷 어때? 예뻐?"

"딴소리하지 말고."

"이건 열아홉 겨울에 엄마한테 선물받은 봄 원피스야. 스무 살 봄이 오면 입을 수 있을 거라고 생각했는데 결국은 입지 못했어. 왜냐하면, 유행이 지났기 때문이지."

"그래서 비밀이 뭐냐고."

"나는 늘 병원복을 입으면서도 계절이 바뀔 때마다 옷을 샀어. '언젠가는 입겠지.' 하는 마음으로. 옷을 사면 그 옷을 입은 내 모습을 상상하곤 했어. 그런데 이제는 상상하지 않아. 그 '언젠가'는 영원히 오지 않을 거라는 걸 알거든."

"내 말 안 들려? 귀 좀 파줄까?"

"쉿! 너무 떠들면 내 옷들이 놀라. 조용히 좀 해."

황당함이 목구멍으로 올라왔다. 제이 손에 들려 있던 부들부들한 소재의 분홍 재킷을 빼앗아 얼굴에 푹 뒤집어씌웠다. 말 걸기만 해봐. 킥킥거리는 웃음소리가 분홍 재킷 소매 틈을 비집고 들어왔지만 최선을 다해 무시했다.

옷을 고르던 그녀는 간혹 몸에 대보고는 예쁘냐고 묻기도 하고, 언제 어디에서 산 옷인지 옷에 얽힌 간략한 스토리를 이야기해 주기도 했지만 그런 얘기는 별로 흥미가 없었다. '비밀 얘기'가 듣고 싶었다. 물론 이미 끝낸 옷에 관한 이야기 말고, 내 머릿속에 부풀려 놓은 망상에 관한 이야기. 뒤집어쓰고 있던 재킷을 걷었다.

"오늘을 열심히 살기로 한 것까지는 좋은데, 바자회 따위로 하루를 살아도 괜찮은 거야?"

"무슨 소리야?"

"네가 생각하는 사랑이 뭔지는 알겠는데 정말 이런 사랑만 해도 괜찮겠냐고."

일인지 사랑인지 아직도 헷갈린다. 3억 원짜리 남자 친구를 옆에 두고 하는 일들이 죄다 세계 평화와 인류의 행복을 위한 일이라니. 남친 구한다고 광고 내놓고 연애할 생각은 왜 안 하는 건지 모르겠다. 하릴없이 짐꾼 노릇이나 하고 있으려니 허무해졌다.

"갑자기 웬 사랑?"

순진하게 묻는 그녀에게 단도직입적으로 물었다.

"바자회는 할 일 없는 중년 아주머니들이나 하는 거고. 네 또래 여자애들은 관심이 남자, 아니면 연애에 쏠려 있어야 정상이잖아. 이성과의 사랑 말이야. 그런 건 안 해?"

"푸하하하."

"해본 적 있어? 연애라든가 사랑이라든가."

그녀는 여전히 옷을 뒤적이며 말했다.

"그럼 당연하지. 내 첫사랑은 열두 살 때였어. 같은 병원에 있던 오빠를 짝사랑했어. 그 오빠를 보면 가슴이 두근거려서 심장에 상당한 무리가 있었지만 그래도 멀리서 몰래 훔쳐보는 걸 즐겼었지. 정말 설렜어."

느닷없이 꺼낸 그녀의 첫사랑 얘기에 귀가 쫑긋 섰다.

"그렇게 설레는 마음으로 사랑이 싹텄을 때 고백하려고 용기를 냈고, 오빠에게 주려고 밤새 편지도 썼어."

"그래서 어떻게 됐는데?"

"결국… 고백은 못 했어. 내가 고백하려고 했던 그날, 그 오빠는 수술실에 들어간 지 18시간 만에 죽어서 나왔거든."

말만 꺼냈다 하면 죽음이다. 달달한 첫사랑 얘기를 들려주는가 싶었는데 팔에 소름이 돋았다.

나는 그녀에게 벌칙을 제안했다. '죽음, 죽었다, 죽는다'와 같은 말 나오면 역할 바꾸기. 하루는 내가 '갑'이고 그녀가 '여친 대행'을 하기로.

그녀는 흔쾌히 내 제안을 받아들였다.

"첫사랑 얘기는 그게 다야? 사랑은 하지도 못했잖아."

"두 번째 사랑도 있어. 열네 살 때. 병원에 실습 나온 대학생 오빠를 사랑하게 된 거야. 의대생들은 특유의 고뇌와 피로감이 보이거든. 그런데 그 오빠는 언제나 밝고 다정했어. 사춘기가 시작될 때 여자로서 내 가슴을 처음 보여준 남자였어. 수술하기 위해 몇 번이나 열었던 가슴이라서 의사들에게 보여주는 건 아무렇지도 않았어. 차라리 뚜껑을 달아놓으면 열었다 닫았다 하기 편하겠다 싶을 정도였지. 그런데 그 오빠에게 보여주기가 너무 부끄러워서 울어버렸지 뭐야. 하하하. 그땐 귀여웠어. 웃기지?"

어느 부분에서 웃어야 할지 몰라서 웃음 포인트를 놓쳤다. 웃긴 부분이 전혀 없었다.

"근데 여자 친구가 있더라고. 병실 창 너머로 봤어. 꽃잎이 날리는 벤치에 앉아서 여자 친구와 다정하게 이야기 나누는 모습을 보고는 마음을 접을 수밖에 없었지. 슬픈 사랑이었어."

그녀는 어느새 행거 하나를 다 채우고 두 번째 행거를 채우기 시작했다.

"어째서 제대로 된 사랑 얘기가 없어. 죄다 짝사랑이잖아."

"아직 끝난 게 아니야. 열여섯 살 때, 미국에서 진짜 사랑을 만났어. 이민 3세. 국적은 미국인이었지만 조부모님이 한국인이었어. 진짜 끝내주게 잘생겨서 꿈속의 왕자님이 나타난 줄 알았다니까. 우리는 센트럴 파크에서 처음 만났고 첫눈에 반했어."

"잘생기면 좋냐? 하여튼 여자들은 다 똑같아요."

내가 빈정거리거나 말거나 그녀는 말을 이어갔다.

"에이든은 내 앞니가 매력적이라고 했어. 물론 지금은 교정했지만 그 당시에 앞니가 살짝 벌어져 있었거든. 벌어진 앞니가 청순해

보인다고 생각했는데 나중에 안 사실이지만 그건 매우 유혹적이고 섹시하게 보였대. 아무튼 우리가 처음 만난 날 공원 벤치에 앉아 있을 때 갑자기 비가 내리기 시작했어. 일기 예보를 듣고 우산을 챙겨 온 에이든은 가방에서 우산을 꺼냈어. 3단 자동 우산이었는데 버튼을 아무리 눌러도 펴지지 않더라고. 비는 점점 세차게 내렸고 우리는 비를 쫄딱 맞으며 우산을 펴기 위해 낑낑거렸지. 하지만 결국 버튼은 망가지고 말았어. 그래서 포기하고 키스를 해버렸던 거야. 에이든은 벌어진 내 앞니 사이를 혀로 더듬는 걸 좋아했어. 푸핫."

그녀는 나에게 "이." 하고 앞니를 보여주었다. 가지런하고 귀여운 치아가 시야에 들어왔다. 나도 모르게 눈썹이 구겨졌다.

"내가 아프다는 사실은 비밀로 했었어. 나를 떠날까 봐 불안했거든. 그렇지만 숨기고 싶다고 해서 숨길 수 있는 병이 아니잖아? 데이트를 시작한 지 2주 정도 되었을 때 영화를 보고 나오는 길에 심장이 아팠어. 그 자리에 쓰러진 나는 병원으로 실려갔고, 그 후로 꽤 오랫동안 병원에 있어야 했어. 우리는 한 달 넘게 병원에서 데이트를 이어갔지. 그런데 어느 순간부터 에이든은 병원에 오지 않았어. 연락도 받지 않았고. 그냥 그렇게 끝이 나버렸어."

"뭐 그런 놈이 다 있어?"

"아니, 난 이해해. 에이든은 지쳤을 거야. 그 문제로 늘 다투곤 했거든. 에이든은 미래를 약속하고 싶어 했지만, 나는 내일에 대한 어떤 약속도 할 수 없었어. 그 후로 난… 사랑은 하지 않아. 누구를 사랑하든 결과는 같을 테니까."

사랑을 하지 않는 이유에 대한 확답을 들었다. 연애라는 건 약속으로 짜인 그물 같아서 약속을 지키지 않으면 구멍이 뚫리고, 신뢰는 깨지고, 아무것도 건져 올리지 못한다. 추억도, 뭣도. 그녀는 내일을 기약할 수 없다고 했다. 현재를 사는 것 외에 할 수 있는 게 없다고. '큰 것' 대신 '작은 것'들이 구슬에 꿰이듯 제이의 인생을 엮고 있는 이유였다.

행거를 정리하던 손이 문득 멈췄다. 어디를 보는지 모를 초점 없는 눈은 빛과 그림자 정도만 구별하는 것 같았다. 또 다른 세상에 신호를 보내듯 말간 입술이 움직였다.

"영원한 사랑의 맹세를 나도 한 번쯤은 해보고 싶어."

들릴락 말락 한 목소리를 하마터면 놓칠 뻔했다. 영원한, 사랑의, 맹세. 죽을 때까지 평생 당신만을 사랑하겠다는 그… '동해물과 백두산이 마르고 닳도록'과 같은 맥락의, 단어 하나하나를 별 의미 없이 외워 부르던 애국가처럼 죽음이 뭔지, 평생이라는 시간이 얼마만큼의 시간인지, 사랑하겠다는 말은 구체적으로 무엇을 어떻게 하겠다는 건지 모를 그 맹세?

버킷리스트에는 없다고 했다. 이쯤 되면 그녀의 버킷리스트에 대해 점검해 볼 필요가 있었다. 진실성이라든가 신빙성이라든가 타당성이라든가 그런 건 둘째 치고, 세계 평화와 인류의 행복을 위한 것들만 있는 그런 버킷리스트라니. 진짜가 아니라는 생각이 들었다. 남에게 보여주기 위한 가식적이고 고상한 리스트는 생각만 해도 지겹다.

"칭찬받기 위한 버킷리스트는 가짜야."

내 말에 제이는 대꾸할 가치도 없다는 듯 딱 잘라 매듭지었다.

"내 숭고한 사랑을 매도하지 마. 버킷리스트는 진심을 담아 작성한 거고 누가 알아주길 바라는 마음은 전혀 없어."

나는 그녀가 조금 더 솔직하길 바랐다. 이왕 죽는다면 죽기 전에 엉망진창으로 인생을 즐겨도 괜찮다고 생각했다. 진짜로 하고 싶은 게 뭔지 궁금했다. 우아하고 고상한 그녀의 분위기는 활달한 기상을 억누르고 있는 것처럼 보였다. 쾌활함이라는 가면 아래 숨겨진 본능 같은 걸 보고 싶었다.

"숭고한 사랑 말고. 불장난 같은 사랑은 어때?"

두 번째 행거도 가득 찼다. 여전히 그녀의 드레스 룸에는 수백 벌도 넘는 옷이 빼곡하게 걸려 있었다. 제이는 행거를 옆으로 밀어 놓고 허리에 손을 얹은 채 나를 꾸짖듯 암팡지게 말했다.

"완전 싫어."

완전 싫다니. 시작도 하기 전에 차인 것 같아서 조금 처량했다. 그렇게 많이는 아니고. 조금.

"정말로 죽는다면 죽기 전에 네가 진짜로 하고 싶은 걸 했으면 좋겠어. 궂은일 정도는 눈 딱 감고 같이 해줄 수 있어."

내 제안을 받아들였는지는 알 수 없었다. 다만 어떤 독특한 기운이 그녀에게 어리는 순간을 감지했다. 희미한 미소가, 빛나는 무언가가 밤하늘에 별이 보이듯 분명하게 보였다.

그녀가 내놓은 옷들은 바자회를 연 지 2시간도 채 되지 않아서 모두 팔렸다. 그녀는 그 돈을 챙겨 들고 어마어마한 규모의 장난감 가게로 들어섰다. 내 역할은 카트 드라이버였다. 빈 수레가 엄청나게 요란하면서 말도 안 듣는다. 자꾸 한쪽으로만 쏠리는 카트 안에 '헬로 카봇 로드 세이버'라든가 '시크릿 쥬쥬 메이크업 박스' 등이 담겼다. 그녀와 쇼핑할 때마다 느끼는 거지만 이미 카트가 넘치는 상황까지 왔을 때 그녀는 오히려 쇼핑에 심취하는 것 같았다.

"누구 주려고?"

"내 귀염둥이들."

"동생? 아니면 숨겨둔 아들?"

"둘 다."

"귀염둥이들은 어디 있는데?"

"병원에."

어째서 '정보 전달'이라는 대화의 목적을 깡그리 무시하는 걸까.

"얌마, 내가 몇 번이나 얘기하지만 사람이 질문을 하면 육하원칙에 맞춰서 좀 성의 있게 대답하는 습관을 가져. 그게 어렵냐? 스무고개 하는 것도 아니고."

"흥, 비밀이야."

마치 나를 희롱하기 위해 태어난 것 같은 말투와 표정은 따라 할 수조차 없다.

펜트하우스로 돌아온 우리는 크리스마스트리 앞에 자리를 잡고 앉아서 사온 장난감들을 포장하기 시작했다. 수십 개의 장난감 박스가 여기저기 쌓여 있었고, 둘둘 말린 굵은 포장지와 리본들, 잘려져 나간 포장지 조각들로 트리 앞은 난장판이었다. 나는 스카치테이프를 일정한 간격으로 잘라 그녀의 손가락 위에 하나씩 얹어주었다. 포장지 귀퉁이를 여미고 야무지게 테이프를 붙이던 그녀는 고개를 들어 시간을 확인했다.

"벌써 8시인데 오늘은 퇴근하겠다는 말 안 해?"

그녀의 질문에 최대한 무심하게 대답했다.

"퇴근 시간이 정해진 것도 아니고, 아직 일도 안 끝났잖아."

"일 아니라고 했지. 너 설마 지금 이것도 노동이라고 생각하는 거야? 이건 일이 아니라…."

"사랑, 사랑. 나도 알아."

손가락 끝에 얹어주던 테이프를 제이의 코끝에 붙였다.

"누가 오늘 뭐 했냐고 물어보면 사랑했다고 하면 되지? 하루 종일 사랑하느라 겁나 피곤하네. 내일도 너랑 사랑할 거 생각하니까 벌써 설레고 지친다."

코끝에 붙은 테이프를 떼어내는 제이의 손끝이 가늘게 떨렸다. 아침부터 바자회 한다고 설치고 오후 내내 토이저러스를 휘젓고 다녔으니 피곤한 게 당연했다. 아니나 다를까, 포장지를 스르륵 펼치던 그녀의 입에서 "아얏." 하는 소리가 터졌다.

포장지에 베인 검지 손끝에 빨간 핏방울이 솟았다. 곧 도로타가 구급상자를 들고 달려왔다.

"아가씨! 괜찮으세요? 어쩌나 이런… 하필 포장지가….."

나는 도로타 손에 들린 거즈를 낚아챘다.

"제가 할게요."

안절부절못하는 도로타를 주방으로 쫓아 보내고 제이 앞에 다가 앉았다. 베인 손이 내 손이었다면 베인 줄도 모르고 핏방울을 아무렇게나 바지춤에 슥슥 닦아냈겠지만 그렇게 넘어가기엔 여린 손끝이, 울상을 짓는 표정이, 이슬처럼 맺힌 핏방울이 지나치게 극적이었다. 마치 우리를 위해 인위적으로 만들어 낸 한 장면 같아서, 나는 남자 주인공이 된 것처럼 거즈로 핏방울을 톡톡 닦아낸 후 연고를 바르고 정성스럽게 밴드를 붙였다. '제이'의 '세계'에서는 그렇게 하는 것이 정상이었다.

"됐다. 어때? 안 아프지?"

"그래도 아파."

살짝만 건드려도 부러질 듯한 손가락을 잡고 호오 입김을 불었다. 차가운 손끝이 내 입술에 닿았다. 이 아이는 언제나 손이 차다. 따뜻하게 녹여주고 싶은 마음에 열 손가락을 모두 모아서 감싼 후 입술에 지그시 갖다 댔다.

"이제 안 아프지?"

잡힌 손을 빼내는 제이의 표정이 순식간에 어두워졌다. 해서는 안 되는 행동을 한 건가? 내가 뭘 잘못했는지 미처 깨닫기도 전에 그녀는 밀랍처럼 창백한 안색으로 자리에서 일어났다.

"오늘은 이만 돌아가."

이쪽을 향하지 않는 시선과 손끝보다 차가운 목소리에 방금 전까지 기분 좋게 달리던 심장이 툭 멈추는 것 같았다. 그녀는 선물 더미 속에 나를 남겨둔 채 2층으로 올라가 버렸다.

10
짝사랑의 애환

하찮은 것을 주고,
빛나는 것을 받아라.
— 클로에 윤 「감사」

다음 날, 펜트하우스로 들어서는 내 가슴팍에 다짜고짜 종이 가방이 안겨왔다.

제이는 나를 게스트 룸으로 떠밀었다.

"이쪽으로 들어가서 얼른 갈아입어."

"야, 뭔데? 오자마자 뭐야? 뭘 갈아입으라는 거야? 설명은 해주고 옷을 갈…."

종이 가방과 함께 방 안으로 나를 밀어 넣은 그녀는 문을 닫아버렸다. 닫힌 방문 앞에 서서 손에 들린 가방을 내려다보았다. 가방 안에는 한눈에 알 수 있는 빨간 산타 옷이 들어 있었다. 100일의 계약 중 겨우 일주일 지나고 있는 시점에서 산타복까지 입을 정도면 말 다 했다. 이제는 내 앞에 뭘 들이밀어도 놀라지 않을 자신이 생겼다.

점퍼를 벗어 침대 위에 던지고 산타클로스 옷을 껴입었다. 모자에 수염까지 완벽하게 변신을 마친 후 게스트 룸 안에 걸린 거울을 보았다. 훤칠하게 잘생긴 산타가 나를 보며 눈썹을 꿈틀거렸다.

'너 거기서 뭐 하냐?'

거울 속 산타가 웃었다. 나도 따라서 웃었다. 이건 일이 아니라 사랑이고 나발이다.

게스트 룸 문을 열고 나가자마자 그녀는 깔깔깔깔 박장대소를 했다. 아침부터 산타 옷을 입혀놓고 발작적으로 웃는 그녀를 보니 제정신으로 돌아와서 다행이라는 생각이 들었다.

어제 갑자기 2층으로 올라가 버린 그녀 때문에 걱정이 되어서 잠도 제대로 못 잤다. 내가 뭘 잘못했는지 아무리 생각해 봐도 알 수가 없었다. 화가 나 있다면 무조건 사과하려고 했는데 평소와 다름없는 모습에 안심이 되었다. 나를 마음껏 놀리도록 내버려 두었다.

"우하하. 진짜 잘 어울려 수염이 그게 뭐야."

그녀는 눈물까지 찔끔거리며 내 앞으로 다가왔다. 그러고는 마스크 쓰듯이 귀에 대충 걸친 수염을 반듯하게 다시 씌워주고, 콧수염과 턱수염 결을 가지런히 정리해 주었다. 간질간질한 그녀의 손길을 느끼며 깊이 잠수하듯 숨을 참았다.

오늘따라 세차게 뛰는 내 심장 소리가 귀에 들리는 것 같았다. 숨은 참을 수 있지만 심장이 뛰는 걸 참을 수는 없어서 내 몸에 심장이란 게 있다는 사실이 새삼스레 성가시고 좋았다. 그런 사정도 몰라주고, 수염 정리를 끝낸 그녀는 위로 손을 뻗어 모자를 바르게 고쳐준 뒤 친절하게 앞머리까지 정돈해 주었다.

"다 됐다."

드디어 그녀가 한 걸음 물러났고, 나는 참았던 숨을 내쉬었다.

"이제 말해봐. 오늘 우리가 할 '사랑'은 뭐야?"

"병원에 갈 거야."

"내가 육하원칙에 맞춰서 설명하라고 했을 텐데?"

"세브란스 병원 소아 병동. 심장병 어린이를 위한 산타 행사를 하기로 했어."

"산타 행사를 하기로 했다고? 누가?"

"당연히 너지."

코에 빨간 방울을 달고 귀여운 사슴뿔을 머리에 쓴 그녀가 눈을 찡긋하며 자신을 루돌프라고 소개했다.

날마다 어떤 일이 기다리고 있는지도 모르는 채 일터로 이동해서 주어진 온갖 임무를 수행해야 하는 이건 마치 일도 사랑도 아닌, 그냥 토요일 예능 프로그램 같았다. 웃겨야 한다는 사명감이라도 있다면 내 꼴이 덜 우스울 텐데.

크리스마스트리 아래 놓여 있는 빨간 자루 3개를 어깨에 메고 엘리베이터에 올라탔다. 병원까지는 차로 20분이었다.

"주디, 무대 세팅은 다 됐지?"

"네, 어린이 재단에서 봉사 나오신 분들이 준비해 주셨어요."

웬 무대냐고 묻기도 전에 차 안에 캐럴이 울려 퍼졌다. "울어도 돼. 울어도 돼. 산타 할아버지는 모든 아이에게 선물을 나눠주신

대."라고 개사까지 해가며 노래를 따라 부르던 그녀는 나에게도 얼른 부르라는 시늉을 했다. 무대에서 '산타와 루돌프'의 캐럴 메들리가 있을 예정이라고. 도대체 나를 어떤 취급하는 건지 따져 묻고 싶었지만 내가 더 잘 알았기에 물어볼 필요도 없었다.

병원 입구에 들어서자 기다리고 있던 의사와 간호사, 병원 관계자 몇 명이 그녀를 반겼다. 꽤 인연이 깊어 보였다. 그녀는 인기가 많은 유명 인사였고 병원에서 그녀를 모르는 사람은 거의 없는 것 같았다. 옆에 서 있던 나도 저절로 어깨가 으쓱했다. 수염을 달고 있다는 사실도 까맣게 잊어버린 채 멋있는 척을 했다. 그들과 반갑게 포옹하고 이야기를 나누며 소아 병동 안으로 들어갔다.

소아 병동은 시끌벅적했다. 크리스마스 분위기를 내는 크고 작은 트리 장식이 복도 양 끝에 세워져 있었다. 노란 문에는 알록달록한 리스가 걸려 있었고, 아기자기한 캐릭터 벽지로 도배가 된 병실 안에는 침대 6개가 놓여 있었다. 자신의 키보다 긴 헐렁한 병원복을 입은 아이들은 수액이 걸린 행거를 장난감 자동차처럼 끌고 복도를 내달렸다.

어린 인간은 나에게 매우 낯설고 어려운 존재였다. 성인인 주제에 세상을 제대로 겪어보지 못한 나와, 어린이 주제에 세상을 너무 많이 알아버린 그들은 서로가 어떻게 대해야 할지 몰라 버벅거렸다. 빨간 자루를 메고 복도를 걷는 나에게 한 아이가 "산타 노릇 하느라 수고가 많으십니다."라며 어른스럽게 말을 건네왔다. 나는 최대한 산타클로스처럼 "허허허." 기분 좋게 웃었지만 다 때려치우고

싫기도 했다.

아이들의 얼굴이 비슷비슷하게 생겨서 선물을 줬는지 아닌지 돌아서면 잊어버렸다. 내가 선물을 내밀면 "저 받았는데요." 하며 손에 들고 있던 상자를 나에게 확인시켜 주었다. 몇 번이나 그랬다. 어항 속 물고기를 세는 것 같았다. 센 놈 또 세고, 돌아다니거나 숨은 놈은 셈에 포함하지 않아도 대충 머릿수가 맞았다.

선물을 나눠주면서 아이들에게 수많은 질문을 받고 적설한 대답을 뱉어내는 멀티플레이가 이어졌다. 한 남자아이가 물었다.

"산타가 왜 썰매 안 타고 캐딜락 타고 다녀요? 산타 은근 갑부네."

안타깝게도 그 차는 내 차가 아니라 내 고용주의 차라는 걸 설명해야 하나 말아야 하나. 산타가 일용직이라는 사실을 이해하기 어려운 나이인 것 같아서 대충 아무 말이나 했다.

"부자 아니야. 산타는 남한테 퍼주기만 해서 개뿔 남는 것도 없어."

옆에서 또 다른 질문이 나왔다.

"산타도 여친 있어요? 루돌프 누나랑 사귀어요?"

민감한 질문이었다.

"산타와 루돌프의 가슴 아픈 로맨스를 너희가 아냐? 어린애들은 몰라도 돼."

"왜 겨울에만 와요? 춥잖아요. 여름에도 오면 안 돼요?"

아이들의 질문에는 한계가 없었다. 생각하지도 못했던 질문이 훅 들어오면 역시나 재빠르게 막말을 내뱉었다.

"여름엔 덥잖아. 땀 나는 거 싫어."

내 대답을 듣고 자기들끼리 낄낄거리며 "땀 난대, 땀 난대." 했다.

선물을 받아 드는 작은 손에는 바늘을 고정하는 하얀 반창고가 둘둘 감겨 있었지만 그래도 마냥 즐겁고 행복한 표정이었다. "고맙습니다." 하고 고개 숙이는 밤톨 같은 머리에 손을 얹어보았다. 웃는 아이의 얼굴에는 상대방을 미소 짓게 만드는 마법 같은 힘이 깃들어 있었다. 가슴이 뭉클했다.

제이는 열 살 정도 되어 보이는 여자아이 옆에 앉아서 손을 잡고 이야기를 나누었다.

"언니도 예전에 여기 있었어. 딱 너만 한 나이에. 그렇지만 지금은 이렇게 건강하게 잘 지내고 있지. 겨울이 지나면 학교도 가고, 친구들과 아이스크림도 먹고, 놀이터도 가고 네가 하고 싶은 거 다할 수 있어. 그러니까 수술 잘 받자. 끝까지 포기하지 말고 힘내."

"수술받고 나면 언니랑 같이 아이스크림 먹을 수 있어?"

"응? 나랑?"

"내년 봄에 꼭 다시 만나기로 약속해."

"있지… 예나야. 언니는 약속을 잘 못 지키는 사람이라서… 약속은 못 할 것 같아. 미안."

아이의 손등을 토닥토닥 두드리고 자리에서 일어난 제이는 금방이라도 울어버릴 것 같은 얼굴로 병실을 나왔다. 복도에 서 있는 나를 보더니 이내 표정을 지우고는 씩씩하게 웃으며 강당으로 향했다.

이후 다른 봉사자들이 행사를 위해 꾸며놓은 무대 앞으로 가서 자리에 앉았다. 앞서 다양한 공연이 진행되었다. 풍선 아트와 비눗방울 마술, 바이올린과 첼로 연주 등이 이어졌고, 마지막으로 캐럴

순서가 다가왔다. 나는 노래하기 위해 불편했던 수염을 벗어 던졌다. 제이와 함께 나란히 무대 위로 올라갔다. 병원복을 입은 어린 친구들과 보호자들, 기타 방문객들과 간호사들이 객석에서 무대를 바라보고 있었다. 신나게 흘러나오는 반주에 맞춰 캐럴을 부르기 시작했다.

'울면 안 돼', '루돌프 사슴 코', '징글벨' 등 서너 곡을 연달아 불렀다. 노래하는 중간중간 서로의 눈이 마주쳤지만 제이는 내 눈을 피해버렸다. 듀엣으로 노래하는 경우 눈과 입으로 호흡을 맞춰가며 불러야 한다는 상식을 깡그리 무시했다. 정면만 보며 제멋대로 리듬을 타는 그녀와 박자를 맞추기 위해 부단히 애를 써야 했다. 다행히 큰 실수 없이 무대를 마쳤다.

산타와 루돌프의 캐럴 메들리가 끝나자 뜨거운 박수와 환호가 쏟아졌다. 옆에서 밝게 웃고 있는 제이의 코끝이 빨개졌다. 사람들의 얼굴에는 환한 웃음이 가득했다. 웃고 있지 않은 사람은 한 명도 없었다. 어떻게 이 많은 사람들이 동시에 같은 표정을 지을 수 있는지 내 눈으로 보고 있으면서도 믿기지 않았다. 박수, 환호, 웃음, 감동은 빼도 박도 못할 사랑의 근원이었다.

산타가 개뿔 남는 거 없는 이 짓을 왜 하는지 알 것 같았다. 선물을 준 건 나인데 오히려 무언가를 받은 기분이었다. 내가 준 것보다 그들에게 받은 것이 몇 배는 크게 느껴졌다. 그건 태어나서 처음으로 받아본 '감사'였다. 나 같은 놈에게 이런 일이 일어나다니, 이게 말로만 듣던 기적인가 싶었다. 내가 가진 헐값의 시간과 하찮은 재능을 내어주고 귀한 감사를 받았으니 남는 장사였다. 나를 여기 데려다 놓은 그녀는 천사일지도 모른다는 생각마저 들었다.

오전 10시부터 시작한 산타 행사는 오후 1시가 다 되어서야 끝이 났다. 오늘도 한정식집에 앉아 음식을 기다렸다. 요즘 제이가 한식에 꽂혀서 메뉴는 고를 것도 없이 내내 한정식이었다. 쓰고 있던 빨간 모자를 벗은 후 대충 머리를 정리했다. 따뜻한 온돌 바닥에 다리를 쭉 뻗고 누웠다. 하루가 끝난 기분이었다. 배고픔보다는 나른함이 더 크게 밀려와 저절로 눈이 감겼다. 제이는 웃으며 나에게 수고했다는 말을 건넸다.

"수고했어."

"일용직의 애환이 느껴지지 않아?"

내 질문에 그녀는 눈을 내리깔고 수저를 가지런히 놓으며 "그건 잘 모르겠지만 은근히 시선 즐긴다는 건 느낄 수 있었어."라고 말하고는 따뜻한 보리차를 호록호록 마셨다.

"무슨 시선?"

"노래할 때 수염은 왜 벗었니? 얼굴 보여주려고 일부러 벗었지?"

별걸 다 트집이다. 잔소리 들어줄 여력도 없다.

"뭐래. 그걸 붙이고 노래를 어떻게 해. 입에 털 뭉치 다 들어가는데. 왜? 질투했어? 간호사들이 나 보고 소리 꺅꺅 질러서?"

성의 없는 내 질문에 성의 없는 대답이 돌아왔다.

"아니, 전혀. 내가 질투를 왜 하니? 흥."

정갈하게 차려진 밥상을 받아 맛있게 먹었다. 일다운 일을 하고 먹는 밥이라 그런지 더욱 꿀맛이다. 맞은편에서 깨작깨작 밥알을 세는 그녀가 무슨 생각을 하고 있는지 대충 짐작이 갔다. 여자아이와의 약속을 생각하고 있는 것이다.

"약속을 왜 안 했어?"

그녀는 못 들은 척 밥숟가락을 들었다. 밥을 한 입 떠서 넣고 입을 꾹 다물었다. 대답은 듣지 않아도 알 것 같았다. 나는 들은 셈 치고 그녀를 위로했다.

"꼭 지킬 수 있는 약속만 해야 하는 건 아니라고 봐. 사람들은 지키지 못할 약속도 하면서 살아가니까."

맨밥을 꿀꺽 삼킨 그녀는 거의 기어들어 가는 목소리로 말했다.

"거짓말은 싫어."

거짓말이 뭐 어떻다는 건가. 거짓말 정도는 나에게 아무것도 아니었다. 밥 먹듯이 할 수 있고 눈 감고도 할 수 있다. 말 따위, 진실만 말하려고 있는 것도 아니고, 하루 종일 내뱉은 말의 반은 진실이고 반은 거짓일 텐데.

"그건 거짓말이 아니라 말을 할 당시의 상황과 미래의 상황이 다르기 때문에 어쩔 수 없는 거야. 미래는 예측 불가능한 일투성이고 상황이라는 건 시시각각 변하니까. 네가 죽은 후에 약속을 지키지 않았다고 비난할 사람은 아무도 없어. 그러니까 오히려 뻔뻔하게 약속해도 괜찮아."

그녀는 음식에 손을 대지 않을 생각인지 본인 몫으로 나온 맥적구이나 두부선은 거들떠보지도 않았다. 남겨버리기엔 아까워서 슬쩍 접시를 당겨와 먹어버렸다.

상에 올려진 2인 코스 한정식을 혼자서 해치운 후 살얼음이 떠 있는 수정과를 들이켤 때쯤 그녀가 조심스럽게 물었다.

"만약 내가 죽어서 약속을 지키지 못한다고 해도 용서받을 수 있는 거야?"

"죽을 애가 별걱정을 다 한다. 용서 안 하면? 관 뚜껑 열고 왜 약속 안 지켰냐고 따질까 봐? 쓸데없는 걱정 말고 밥이나 먹어."

내 비유가 적절해서 말을 알아들었는지 그녀는 그제야 젓가락을 들고 빈 접시와 나를 번갈아 가며 보았다. 고급스러운 옥색 도자기 접시들은 음식을 담았었다는 흔적만 남긴 채 비어 있었다. 나는 어깨를 으쓱했다.

"왜? 너 맨밥 녹여 먹는 거 좋아하잖아."

11
팝콘과 영화

내가 이해하는 모든 것은
사랑하기 때문에 이해한다.
—**톨스토이**

전적으로 내 책임이라는 그 말에 전혀 공감하지 않으면서도 그녀가 시키는 대로 턱시도를 갈아입었다.

"네가 한 말들을 곰곰이 생각해 봤어. 이왕 죽기 전에 하고 싶은 걸 한다면 나는 역시 동화 같은 결혼식을 하고 싶어. 물론 '영원한 사랑의 맹세'도 할 거야. 페이크 웨딩이지만 진지하게 임하고 싶어. 신랑 역할은 너고, 장소 섭외도 끝났어. 드레스만 고르면 돼."

그녀 입에서 나온 말들은 예능 프로그램보다 더 막 나가는 설정이었다. 정말이지 행동력 하나는 갑(甲)이다. 가볍게 내뱉은 한마디 말이 이렇게 쉽게 현실로 실현되는 경우는 지금껏 본 적이 없다. 어떻게 생각보다 행동이 앞설 수 있는지 놀라움이 가시지 않은 상태로 턱시도 피팅을 마쳤다. 입어보고 말고 할 것도 없이 그녀가 고른 디자인에 사이즈만 맞췄다.

지금부터 본격적으로 그녀의 웨딩드레스 피팅이 시작될 참이라 나 역시 매우 본격적으로 소파에 비스듬히 누워 눈을 감았다. 한숨 자고 일어나면 끝나 있기를 바라며.

잠시 후, 멀찍이 가려져 있던 커튼이 확 걷히고 조명 아래 하얀 웨딩드레스를 입은 그녀가 등장했다.

"나 어때?"

졸린 김에 별 감흥 없이 대답했다.

"예쁘네."

그녀는 웨딩드레스와 전혀 어울리지 않는 섬뜩한 표정으로 나를 노려보았다.

"안 되겠다. 드레스 선택은 오로지 너의 리액션에 맡기도록 하겠어. 계속 그런 리액션이면 나 여기 있는 드레스 몽땅 다 입어볼지도 몰라."

그녀는 콕 쥐어박듯 말하고는 바람 소리 나게 커튼을 닫았다. 그 후로 커튼이 열릴 때마다 나는 최선을 다해 박수 치며 "예뻐, 예뻐." 하고 남발했다. 죄다 똑같아 보이는 드레스를 어째서 열 벌씩 갈아입는 건지 알 수 없었지만 뭐라도 좋으니 아무거나 입고 빨리 이 시간을 끝냈으면 하는 바람이었다. 과장된 내 표정을 내가 볼 수 없어서 매우 다행이었다.

피팅이 끝난 건 점심시간이 훌쩍 지나서였다. 역시나 리액션과는 전혀 관계없이 그녀는 제일 처음에 입었던 드레스를 선택했다.

처음부터 드레스는 정해져 있었다는 것을 나중에 임 실장에게 들었다.

드레스 피팅을 마치고 우리는 근처 한정식집으로 들어갔다. 창 밖에 하나둘 눈발이 날리기 시작했다. 방짜 유기에 담긴 12첩 반상을 앞에 두고 먹으며 우리의 결혼식에 관한 얘기를 나누었다. 어떻게 진행할 예정인지, 주례는 있는지, 축가는 누가 하는지 궁금하지 않은 질문들을 늘어놓았다.

그녀는 홈쇼핑에서 물건을 팔 듯 과도한 제스처와 한 번쯤 따라 해보고 싶은 영어 발음으로 자신이 계획한 결혼식에 관해 설명했다.

"일단 모티브는 〈맘마미아〉 속 아만다 사이프리드 웨딩이야. 입구에서부터 당나귀를 타고 교회까지 이동하는 거지."

"잠깐만, 진심이야? 당나귀가 있을 리 없잖아."

"주디가 섭외해 놨으니까 걱정 마."

"눈 오면 어쩌려고."

"그럼 더 좋고. 하얀 눈 속 결혼식이라니 너무 로맨틱하지 않아? 내가 꿈꾸던 완벽한 웨딩이야."

나는 굴비 가시를 발라내며 그녀의 이야기에 귀를 기울였다. 하늘에서 무언가 흩날리는 날에 결혼식을 하는 건 축복받은 결혼식이라며 눈이든 비든 꽃가루든 상관없다고 했다. 할 수만 있다면 그리스의 스키아토스 해변에서 결혼식을 올리고 싶었지만 장거리 비행은 심장에 무리가 되어 포기했다면서, 그녀는 덕평 수목원 안에 있는 작고 조용한 교회를 빌렸다고 했다.

깨끗하게 발라낸 굴비 살을 제이의 숟가락에 얹었다. 그녀는 나를 한번 보고 별다른 말 없이 그대로 한 숟가락 입에 넣어 냠냠 맛있게 먹었다.

"결혼식은 언제인데?"

"아, 내가 아직 말 안 했어? 내일."

그녀는 말랑말랑한 떡을 한입에 쏙 집어넣으며 내일이 결혼식이라는 충격적인 말로 브리핑을 마쳤다.

'결혼식이라는 게 그렇게 당장 할 수 있는 거였나?'

물론 일종의 연극이긴 하지만 내일이라니. 묘한 기분에 하루치 '단물'이 과도하게 밀려들었다. 떡을 꿀꺽 삼킨 그녀가 나에게 물었다.

"넌 어떤 결혼식을 하고 싶어? 이다음에 정말로 사랑하는 여자를 만나게 된다면."

"결혼은 인간이 만들어 낸 가장 멍청한 제도인 것 같아. 멀쩡한 인생을 한순간에 망쳐버리는 일종의 도박이지. 사랑하는 여자를 만나게 된다면 그 여자의 행복을 위해 당연히 결혼은 하지 않을 생각이야."라고 내 의견을 얘기했더니 마치 명탐정 코난처럼 "흐음…." 하고 생각에 잠긴 듯한 자세를 취했다.

"너 닮은 아기를 상상해 본 적은 없어?"

결혼에서 시작된 이야기는 느닷없이 생산(生産)으로 넘어갔다. 나 닮은 아기를 상상해 본 적이 전혀 없었다는 내 말에 그녀는 "난 있어."라고 대답했다. 나는 휘둥그레한 눈으로 그녀를 보았다.

"나 닮은 애?"

성대 결절에 걸린 수탉처럼 '애'를 발음할 때 우렁찬 쇳소리가 나왔다. 그러나 그녀는 가당치도 않다는 표정을 지으며 코웃음을 쳤다.

"아니, 미쳤니? 나 닮은 예쁜 여자아이. 만약에 그럴 수 있다면, 딱 10년만 더 살 수 있다면 아이를 낳아보고 싶어. 사실은 버킷리스트에 없는 이야기지만…."

또다시 버킷리스트에 없는 이야기가 나왔다. 그녀와 똑 닮은 여자아이를 상상해 보았다. 앵두알 같은 빨간 머리 방울로 삐삐 머리를 한 새침데기 공주님. 상상만 해도 깜찍했다. 내가 제이의 딸을 상상하는 동안 그녀는 계속해서 아이를 낳고 싶은 이유에 대해 말했다.

"자궁은 말이지 신이 주신 선물이라고 생각해. 연약한 여자의 몸으로 하나의 우주를 창조할 수 있는 가능성을 주신 거지. 여자라는 존재는 위대한 인물을 탄생시킬 수 있는 존재야. 얼마나 멋진 일이니? 죽기 전에 하나는 남기고 죽…."

그녀는 내 눈치를 살폈다. 죽는다는 말은 금지어였다.

"죽는다고? 딱 걸렸어. 벌칙 1회."

"내 얘기 아직 안 끝났어. 그래서 말이지 여자로서 그 엄청난 일을 해보지 못하고 죽는 건 너무 억울하다는 말씀이야. 누가 알아? 내가 낳은 아이가 달라이 라마나 간디처럼 세계 평화와 인류의 행복에 이바지할지."

세계의 평화와 인류의 행복이라는 엄청난 과제를 태어나지도 않은 나의 주니어에게 넘겨주고 싶지는 않았지만, 그녀와의 합작이라면 나쁘지 않을 것 같았다.

"애는 혼자 낳냐? 남자가 있어야지."

3억 원이나 받았는데 못 할 것도 없지. 네가 원한다면 어쩔 수 없고. 올라가려는 입꼬리를 잡아 내리느라 입술을 꽉 물었다.

그녀는 후식으로 나온 오미자차를 한 모금 마시고, 찻잔을 내려놓으며 매우 훌륭한 질문이라는 듯 서둘러 답변했다.

"내가 있던 미국 병원 지하 저장고에 가면 하버드와 MIT 공대 수석생들의 정자가 수조억 마리나 있어. 정자은행이 괜히 있는 게 아니거든."

무언가를 기대했던 것도 아닌데 실망스러운 기분은 혼자 느끼고 괜히 열불이 났다. 유쾌한 식사를 하버드 수석생들의 정자 따위로 더럽히고 싶지 않았다.

"미쳤네. 1인 12만 원짜리 한정식 먹으면서 자궁이니 정자니 하는 말을 주고받는 게 정상적인 대화는 아니라고 본다. 그리고 벌칙은 벌칙이야. 죽는다는 말 했으니까 결혼식 끝나면 하루는 내가 하자는 대로 해."

점심 식사를 마친 우리는 차에 올라 일정을 상의했다. 그녀는 드레스 피팅이 '생각보다' 일찍 끝나서 오후에 스케줄이 없다고 했다.

"퇴근할래?"

언제부턴가 퇴근하라는 말이 서운하게 들리기 시작했다.

나는 대답 대신 배 기사님께 다음 행선지의 주소를 알려드렸다. 차가 멈춘 곳은 허름한 골목이었다. 칠이 벗겨진 초록 대문에는 노란 페인트로 '영화관'이라고 쓰여 있었다.

제이와 뭔가 특별한 걸 할 생각은 없었다. 특별한 건 이미 날마다 넘치도록 하고 있으니 영화 보고 카페 가고 남들 다 하는 평범한 데이트를 하고 싶었다. 좌석이 6개밖에 없는 소규모 영화관은 약 20분짜리 단편 독립 영화를 상영했다. 그녀는 세 편을 골랐고, 팝콘과 콜라를 사 들고 입장했다.

극장을 통째로 빌린 것처럼 극장 안에는 우리 두 사람 외엔 아무도 없었다. 어두운 극장 안, 팝콘 하나를 사이에 두고 앉아 숨죽여 영화를 관람했다. 잔잔한 음악과 함께 시작된 영화는 화려한 액션이나 그래픽 없는 평범하고 단순한 러브 스토리였다. 제이가 이따금 내 귀에 대고 "저 여자는 남자가 자기를 사랑한다는 걸 모르나 봐. 어떻게 모를 수가 있지?"라든가 "저러다 헤어지는 거 아니야? 난 새드 엔딩은 싫은데. 역시 해피 엔딩이 좋아."라는 말을 소곤대면 나는 대답 없이 콜라만 마셨다.

영화 내용이야 아무렴, 무슨 내용인지도 모르겠고 이해도 안 됐다. 졸음이 쏟아지는 걸 겨우 참았다.

영화가 두 편째 넘어갔을 땐 아예 팔걸이에 비스듬히 턱을 괴고 영화 대신 그녀를 보았다. 시시각각 표정이 변할 때면 나도 따라서 인상을 쓰기도 하고, 코를 찡긋하기도 하고, 웃기도 했다. 사람이 이렇게까지 뚫어지게 쳐다보는데 한 번을 안 돌아본다. 시선이 느껴지지 않는 듯 스크린만 응시하는 말짱한 얼굴에 철벽을 쳐났나 싶다. 팝콘에 손을 집어넣을 때 일부러 동시에 손을 넣었다. 그러거나 말거나 제이는 유유히 내 손을 지나쳐 팝콘을 입에 넣고 영화에 집중하기 바빴다. 티 나지 않게 몸을 기울여 그녀의 향기를 맡았다. 약간 개가 된 것 같은 기분이었다.

영화가 끝났을 때, 나는 자포자기한 듯 의자에 기대서 눈을 감고 있었다. 그녀가 내 어깨를 톡톡 두드렸다.

"여긴 영화관이지 숙박업소가 아니거든요?"

"나도 알아."

슬쩍 눈을 떴다.

"재미없었어?"

"인내심 테스트하는 줄 알았어."

테스트할 인내심도 없지만.

자리를 정리하고 나와 골목을 잠시 걸었다. 평일 오후의 골목길은 한적했다. 바람 한 줄기 끼어들지 않았다. 왠지 개똥을 발견하면 그녀가 꺄악 소리를 지르면서 혹시라도 그걸 밟을까 봐 내 옆으로 붙을 것 같았지만 이 동네 골목엔 그 흔한 개똥 한 덩어리도 없었다.

우리는 언제나 유지했던 거리만큼 떨어진 채로 보폭을 맞췄다. 하얗게 뿜어져 나오는 입김이 흩어지는 걸 바라보며 골목이 어디로 이어져 있는지도 모른 채 걸었다.

"나도 영화 주인공이 되어보는 게 소원이야. 이건 비밀인데. 미리 말해두자면 엄청난 시나리오를 생각하고 있어. 내 영화를 제작하는 것도 버킷리스트 중 하나거든. 물론 주인공은 나야. 감독도나. 넌 촬영 감독을 시켜 줄게."

"말만 들어도 엄청나서 모르는 게 나을 뻔했어."

우리는 무해한 단어들로만 대화를 이어나갔다. 대화의 지분은 그녀가 거의 다 차지하고 있었다. 감명 깊게 본 영화에 관한 이야기라 든지, 그녀가 읽은 책에 관한 이야기들은 내 관심을 끌진 못했지만 나는 이야기가 끝나지 않기를, 이 길이 계속 이어지기를 바랐다.

한참을 걷다가 막다른 골목에 멈춰 섰다. 남의 집 대문 앞에서 몸을 돌려 왔던 길을 되돌아갔다. 그게 웃겼는지 그녀는 소리 내지 않고 한참을 웃었다. 웃는 그녀의 얼굴에서 시선을 뗄 타이밍을 놓 쳐버렸다. 눈이 마주친 순간 심장이 찡했다.

굵은 눈송이가 다시 떨어지기 시작했다.

눈꽃 모양의 결정이 선명하게 보이는 함박눈 한 송이가 그녀의 머리 위에 내려앉아 스르르 녹는 장면이 슬로우 모션처럼 보였다. 눈에 보이는 한 장면이 이렇게 비현실적인 꿈처럼 느껴진 건 처음 이었다. 순간이 너무 아름다워서 살다 보니 이런 날도 있구나 싶은 생각이 들었다.

그녀가 나를 보며 예쁘게 웃었다

"내일은 우리 결혼식이야. 설레서 잠 못 잘 것 같아."

그 말에 나는 '나도.'라고 대답하려다 결국 하지 못했다.

12
페이크 웨딩

삶은 소유물이 아니라
순간순간에 있음이다.
— 법정 「무소유」

커튼을 열어 날씨를 확인했다. 1년에 한 번 맞는 일기 예보가 하필 오늘 들어맞았다. 대설 주의보가 내린 하늘은 여전히 어두컴컴했고, 눈발은 쉼 없이 날리고 있었다. 신랑 신부와 하객을 태운 차는 수목원으로 출발했다.

순백의 드레스에 안개꽃 화관을 쓴 그녀는 예뻤다. 오늘 같은 날 망아지인지 당나귀인지를 타면 심장병으로 죽는 게 아니라 얼어 죽을지도 모른다는 내 진심 어린 걱정을 깔끔하게 무시한 그녀는 수목원 입구에 대기하고 있던 당나귀에 올라탔다. 당나귀 주인아저씨가 에스코트했고 배 기사님이 제이의 머리 위에 우산을 높이 치켜들었다.

연보라색 드레스를 우아하게 차려입은 도로타는 연신 손수건으로 눈물을 꾹꾹 훔치며 그 뒤를 따랐다. 도로타는 출발 전부터 울기 시작했다. 제이를 오랜 시간 지켜본 한 사람으로서 그녀의 역사를 기억한다면 작년에 죽었을지도 모를 소녀의 결혼식이 특별하게 생각될 수도 있겠다 싶었다. 멀리 앞서가던 제이가 다그쳤다.

"도로타, 내 장례식 아니거든? 그만 좀 울어."

"제 딸내미 시집 보내는 기분이에요."

"딸 없잖아. 골드 미스가 할 소리는 아닌 것 같은데? 이건 진짜 결혼식이 아니라 페이크 웨딩이야. 오늘 도로타의 역할은 신나게 박수 치는 역할이지 눈물바다를 만드는 역할이 아니라고!"

부케를 손에 든 임 실장이 도로타와 같은 드레스를 입고 행렬을 이어갔다. 그레이스 켈리 스타일의 올림머리는 가발일지도 모른다는 생각을 해보았다. 한 올도 흐트러짐 없이 늘 한결같은 헤어스타일을 하고 제이를 수행하는 임 실장의 직업은 알고 보니 의사였다. 이런 실없는 장난에 장단을 맞춰주는 멀쩡한 어른이 나 말고도 몇 명이나 더 있다는 사실이 놀라울 따름이었다.

행렬의 맨 마지막은 턱시도를 입은 신랑인 '나'였다. 눈 속에 발이 푹푹 빠졌다. 발 시리고 손 시리고. 나름 신경 쓴 머리 위에 눈이 쉴 새 없이 내려앉아 털고 또 털었다. 우스꽝스러운 행렬을 그냥 넘기기 아까워 휴대폰으로 사진을 찍었다. 웨딩드레스를 입고 당나귀를 탄 제이의 뒷모습은 르네상스 시대의 한 폭의 그림 같았다. 하얀 눈밭에 발자국을 남기며 가던 그녀는 살짝 뒤를 돌아보았다. 눈이 마주친 것 같았지만 이내 고개를 돌려버렸다.

눈밭을 10분 정도 걸어 올라가자 하얀 교회가 나왔다. 긴 나무 의자가 달랑 4개밖에 없는 교회 안은 난로를 피워서 훈훈했다. 낡은 석유 난로의 냄새에 다소 긴장이 풀렸다.

하객은 당나귀 주인까지 총 4명이었다. 하객 역할을 맡은 네 사람이 의자에 앉았고, 나와 그녀는 서로 마주 보고 섰다. 그녀의 손에는 수국이 들려 있었다.

오전 11시. 목사도 없고 주례도 없는 두 사람의 페이크 웨딩이 시작되었다. 제이는 결혼식을 실제로 본 적이 없어서 잘 모르겠다고 소곤거렸다.

"네가 모르면 진행은 누가 해."

"근데 있지, 진짜 결혼하는 것처럼 떨려. 이러면 조금 위험한데. 내 심장 괜찮으려나?"

"떨리는 건 나도 마찬가지야. 겁나 추워서. 하필이면 제일 추운 날."

우리 두 사람은 마주 보고 서서 어떻게 해야 할지 몰라 일단 잡담을 나누었다. 당나귀의 등이 생각보다 울퉁불퉁해서 엉덩이 뼈가 아팠다느니, 당나귀가 비틀거린 건 자신의 몸무게 때문이 아니라 발을 헛디뎌서라느니, 굵은 눈송이를 두세 개쯤 받아 먹었는데 시원한 흙 맛이었다는 등의 이야기를 했다. 그러더니 나에게 물었다.

"우리 뭐부터 해야 하지?"

속닥거리는 모습이 웃겼는지, 하객석에서 껄껄껄 웃는 소리가 들렸다. 임 실장이 후다닥 달려 나와 종이 가방에 챙겨온 면사포를 제이 머리에 씌웠다.

영원한 사랑의 맹세를 하러 왔으니 일단 그것부터 하기로 했다. 제이는 긴장을 풀기 위해서 숨을 크게 들이마신 후 천천히 내뱉었다. 우리는 눈을 감고 잠시 명상에 잠겼다. 그때 굵직한 목소리가 정적을 깨트렸다.

"저기, 신랑 신부님. 촛불을 켜는 게 어떨까요? 보통 결혼식 가보면 양측 어머님이 나와서 화촉을 밝히는 것부터 시작하던데."

당나귀 주인아저씨는 주머니에서 라이터를 꺼내 내 손에 쥐여주었다. 라이터에는 '쇼! 단란주점'이라고 적혀 있었다. 나는 단상 양쪽에 놓인 초에 불을 붙였다. 분위기가 확실히 아늑해졌다.

제이는 수줍은 듯 고개를 숙이고 들릴 듯 말 듯한 목소리로 말을 시작했다. 그 말이 나에게 하는 말인지, 아니면 그녀 스스로에게 하는 말인지, 아니면 보이지 않는 어떤 존재에게 하는 말인지는 모르겠으나 속삭이는 목소리가 내 귀에 또렷하게 들려왔다.

"사랑을 한다는 건 무모한 일이라고 생각해. 그걸 하기 위해 잃어야 할 것이 너무 많으니까. 지금까지 걸어온 길을 잃어버리는 경우도 있고, 계획해 놓은 미래를 잃어버리는 경우도 있고. 간혹 '나 자신' 같은 것을 잃어버리는 경우도 있지. 그 무모한 일을 기어코 하고야 말겠다는 사랑의 맹세는 어떻게 보면 세상에서 가장 어리석은 맹세일지도 몰라."

거기까지 말하고 살짝 고개를 든 제이와 눈이 마주쳤다. 그녀는 무슨 말인지 알아듣지 못하고 멍하니 있는 신랑의 얼굴을 보자마자 눈을 살포시 내렸다. 신부의 화장이 평소보다 더 옅었다. 인조 속눈썹이나 마스카라 따위가 칠해져 있지 않은 속눈썹은 가지런하고 청결했다. 나붓나붓 깜박거릴 때마다 심장이 두근거렸다.

제이는 아까보다 조금 더 용기 있는 목소리로 말을 이었다.

“하지만 죽기 전에 꼭 한번 그 어리석은 일을 해보고 싶었어. 역시 나는 바보인가 봐. 바보로 태어나길 정말 잘한 것 같아. 자, 그럼 시작할게.”

그녀는 나와 눈을 맞췄다. 그리고 엄숙한 목소리로 맹세했다.

“나는 오늘 이 자리에서 당신께 영원한 사랑을 맹세합니다. 눈을 뜨고, 눈을 감는 모든 순간 당신과 함께할 것을 약속합니다. 하늘을 우러러 한 점 부끄러움 없이 나의 영혼을 걸고 당신을 사랑하겠습니다. 삶은 소유하는 것이 아니라 순간순간에 있다는 말처럼 당신을 소유하려 하기보다 당신과 함께하는 시간을 소중히 여길 것을 맹세합니다. 생의 마지막 날 하나를 가져갈 수 있다면 당신과 사랑했던 기억을 가져가겠습니다. 비록 삶이 허락되지 않는다고 하여도 사랑만큼은 다른 무엇과 타협하지 않겠습니다.”

세차게 피를 뿜어대는 심장 때문에 온몸의 혈관에서 파도가 치는 기분이었다. 제발 나대지 마라, 심장아.

“자, 이젠 네 차례야.”

맹세를 마친 제이는 그 깊은 눈으로 나를 보았다. 정신이 아득하고 머릿속이 새하얘졌다. 그녀가 했던 말들이 뇌에 박혀서 사고 회로가 정지된 것 같았다.

“너만 하는 거 아니었어? 나도 해야 해?”

“분위기 깨지 말아줄래? ‘궂은일’ 가능하다며.”

도저히 입이 떨어지지 않았다. '영원'도 '사랑'도 '맹세'도 어느 하나 명확한 뜻을 아는 단어가 없어 전달할 방식을 찾지 못했다. 실망한 그녀 얼굴을 마주하고 있으려니 그냥 넘어갈 수 없다는 생각이 들었다.

"축가 부를게."

노래를 하는 게 낫겠다 싶어서 축가를 자청했다. 반주도 없고, 마이크도 없고, 아무런 장식도 없는 작은 교회 안에서 하객 네 명을 앞에 두고 축가를 불러야 하다니. 어째서 하루도 정상적인 날이 없는 걸까. 그래도 "아아." 목청을 가다듬고 노래가 가능할지 모르겠지만 일단 시작해 보았다. 나는 손을 내밀었고, 그녀가 손을 잡았다.

"넌 이 세상에서 느낄 수 없는 나만의 계절. 지금껏 단 한 번도 변한 적이 없으니까."

조용한 교회 안에 울려 퍼지는 노랫소리에 모두들 숨을 죽였다. 목소리에서 미세한 떨림이 느껴졌다. 그녀는 떨리는 내 손을 꽉 잡아주었다.

"아름다워, 처음 모습 그대로. 눈부셔, 예전보다 지금 더. 설레어, 매일 널 볼 때마다."

여기 있는 사람 중에 이 결혼이 진짜라고 믿는 사람은 아무도 없다. 가볍게 던진 말 한마디로 시작된 '장난'이었다. 그런데 왜 심장이 제멋대로 날뛰는 건지 알 수가 없었다.

"이대로 머무르고 싶어. 세상이 끝나는 날까지. 언제나 너라는 계절 안에서."

결국 제이 눈에 고여 있던 눈물이 볼을 따라 흘러내렸고, 도로 타와 임 실장도 훌쩍이며 눈가를 적셨다. 후렴구는 세 여자의 콧물 들이켜는 소리와 눈물 삼키는 소리에 뒤섞여 뭔지 모를 노래가 되었다.

그때 교회 문이 열리고 고은아 여사가 들어와 조용히 뒷자리에 앉았다. 돈으로 사람을 휘두르는 것도 문제지만 돈에 휘둘리는 사람도 문제라며 나와 제이를 꾸짖었던 그녀다. 장난도 정도껏 하라는 말에 대답 없이 고개를 숙였지만 이쯤 되면 장난이 아니었다.

"노래는 끝났어. 맹세는 이걸로 대신해."

나는 슈트 안주머니에서 반지 케이스를 꺼냈다. 페이크 웨딩이어도 나름 결혼식인데 반지 정도는 준비하는 게 매너 아닌가 싶은 생각이 들었다. 그래서 어젯밤 급하게 동네 금은방으로 가서 아무거나 골랐다. 물론 반지 사이즈도 모른다. 워낙 손가락이 가늘었으니까 제일 작은 사이즈로 샀다. 반지 케이스를 열어 제이 두 번째 손가락에 반지를 끼웠다. 반지는 조금 헐렁했다.

"혹시 모르니까 자리는 비워 놔야지. 네가 말한 '기적'이 일어날지도. 언젠가 진정으로 사랑하는 사람과 영원한 사랑을 맹세하게 되는 날이 오면 그때 네 번째 손가락에 반지를 껴. 그 전에 나와의 계약은 끝이 나겠지만."

그녀 눈에서 차오른 눈물이 쉴 새 없이 볼을 적셨다.

"그만하고 싶어…. 흐흡…. 심장이 아파서… 더는 못 하겠어…."

키스는 심장 보호를 위해 생략했다. 그 대신 그녀 이마에 살짝 입을 맞추고 젖은 그녀의 얼굴을 손바닥으로 슥슥 문질러 닦아주었다.

"어엉…. 어엉…."

"얌마, 왜 자꾸 울어?"

무슨 일인지 달래면 달랠수록 더 크게 엉엉 울어버려서 손을 댈 수가 없었다. 그녀는 울면서도 내 손을 잡고 하객 쪽으로 돌아서서 인사를 했다. 그리고 마지막 행진. 행진이라고 할 것도 없이 박수 세례를 받으며 문까지 열 걸음 정도 걸어간 게 다였다.

자신의 엄마를 발견한 제이는 손등으로 눈물을 훔치며 울다 말고 헤헤 웃었다. 짐짓 나무라는 듯 눈을 흘기는 고 여사의 코끝도 빨갰다.

"노는 것도 정말이지, 아주 너답게 놀고 있구나."

"헤헤. 엄마, 나 예뻐?"

그녀는 대답 대신 일어나서 제이를 안았다. 조용한 교회 안에 울음을 참는 숨소리가 가득 찼다.

"예쁘지, 그럼. 우리 딸, 세상에서 가장 예쁜 신부. 엄마가 늘 상상해 오던 네 모습 그대로야. 축하해."

"웨딩드레스 입은 내 모습 상상한 적 있어?"

"그럼. 엄마는 너의 10년 후, 20년 후, 30년 후까지 상상해. 결혼을 하고, 아이를 낳고, 그 아이가 자라는 모습을 지켜보며 사랑하는 사람과 건강하게, 행복하게 늙어가는 네 모습을… 매일… 매일… 상상해. 고맙다. 우리 아가."

목이 멘 듯 떨리는 목소리가 구슬프게 들렸다.

"고마워요, 엄마. 아빠도 봤으면 좋았을 텐데."

"아마… 보고 계실 거야."

먼저 말을 꺼낸 적 없어서 묻지 않았던 그녀 아빠에 관한 이야기를 처음 들었다. 역시나 짐작한 대로 그녀의 아빠는 여기 없었다. 세상에 단둘이 남겨진 모녀가 오랜 시간 서로를 의지하며 살아왔다는 걸 알 수 있었다. 제이가 떠난다면 그녀의 어머니는 살 수 없으리라. 뿜어져 나오던 냉기도, 사람을 누르던 강한 힘도 지금은 느껴지지 않았다. 딸이 눈앞에 있다는 안심, 애틋한 마음과 대견스러움이 교차하는 듯했다.

고 여사는 안고 있던 딸의 어깨를 살며시 떼어내고 시선을 나에게 옮겼다. 나는 어떤 표정을 지어야 할지 몰라 바닥 한 번 보고, 허공 한 번 보고, 그녀와 눈을 맞췄다.

"고맙다."

뜻밖의 말에 "아, 네." 하고 당황하지 않은 척 대답했다.

살면서 누군가가 고마워할 만한 행동은 한 적이 없었는데 요즘은 고맙다는 말을 자주 듣는다. 낯설고 어색하고 몸 둘 바를 모르겠다. 내가 한 일은 그저 제이 옆에 있었던 것뿐인데.

그녀의 어머니가 나에게 한 말은 "고맙다."라는 한 마디가 전부였지만 그 여운은 동굴 안에 깊게 울리는 종소리처럼 오래도록 가슴에 남았다.

13
결혼반지

인생 최대의 역설은
살아서 나오는 사람이 없다는 것이다.
— 로버트 하인라인

결혼식은 조촐했지만 피로연은 성대했다. 고 여사는 요리 실력이
아닌 재력으로 한정식을 한 상 가득 차렸다. 그녀가 제이를 사랑하
는 방식이었다. 피로연의 주인공은 신부였고, 조연은 신부 측 엄마
와 비서 실장과 가사 도우미였으며 엑스트라는 운전기사였다. 피
로연에 있어 신랑은 화환이나 기타 관계자 정도의 취급을 받았다.

샤르도네 단 한 모금에 취했는지 평소보다 기분이 더 좋아 보이
는 제이는 부케를 든 도로타와 빙글빙글 춤을 추었다. 도로타와 임
실장의 부케 쟁탈전에서 승리한 것은 고 여사였다. 제이는 죽기 전
엄마가 시집가는 모습을 보는 게 소원이라며, 쓸쓸히 혼자 남겨질
엄마의 외로움은 자신의 죽음에 가장 큰 걸림돌이라고, 자신의 엄

마에게 부케를 던졌다. 고 여사는 그런 제이의 마음을 아는지 모르는지 도로타의 솔로 탈출을 응원하며 부케를 양도했다.

소파에 앉아 있던 나를 발견하고 내 손을 잡아 일으킨 제이는 음악에 맞추어 맞잡은 손을 당겼다가 놓았다가 하며 장난을 쳐댔다. 춤을 추는 건지 술에 취한 건지 몸의 관절이 서너 개쯤 빠진 것처럼 흐물흐물했다.

"내가 엄청난 비밀을 하나 알려줄까?"

'엄청난 비밀'이란 사실 아무런 비밀도 아니라는 것을 이미 알고 있었다.

"5억 명이 알아도 아무렇지 않은 그 얘기가 뭔데?"

"너무 행복해서 죽기 싫어졌어."

"잘됐네."

"아무래도 즐겁게 죽으려면 약간은 덜 행복해야 한단 말이야. 그래서 적당히 행복하고 적당히 불행하려고 나름대로 조절하고 있었는데. 완전 망했어. 이런 상태로는 죽을 수가 없다고."

"걱정 마. 내일은 적당히 불행할지도 모르니까. 오늘 말고 내일 죽으면 되잖아."

나는 그녀가 넘어지지 않도록 손으로 등과 허리를 받쳐주었다. 자연스럽게 내 허리에 팔을 두른 제이는 가슴팍에 얼굴을 기댔다. 심장 뛰는 소리가 다 들릴 걸 생각하니 심장이 잠깐 멈췄으면 좋겠다는 생각이 들었다. 최대한 다른 곳에 집중하려고 노력하는 내 귓가에 그녀 목소리가 들렸다.

"약간은 감동받았어. 축가 잘 부르더라."

"3억이나 받았는데 뭔들 못 하겠냐."

"다음에 또 불러줄 거야?"

"내 좝(job)이다."

그녀는 고개를 들고 웃으며 나를 보았다. 적당한 타이밍인 것 같아서 내내 궁금했던 계약서 맨 뒷장에 관한 얘기를 슬쩍 꺼냈다.

"을이 갑에게 마음을 뺏기는 경우 말고, 그 반대인 경우는 없어? 갑이 을에게 반하는 경우라든가….."

그녀는 웃음을 멈추고 까만 눈동자로 나를 응시했다.

"없어, 그런 경우는."

"을이 작정하고 꼬셔도?"

그녀가 대답 대신 나에게 문제를 하나 냈다.

"내가 죽으면 슬퍼할 사람이 누구인지 맞춰봐. 1번 나, 2번 너."

대답은 하지 않았다. 그녀는 낄낄 웃으며 내 표정을 놀렸다. 그녀에게 다양한 방식으로 놀림받는 건 익숙한 일이었다. 한참을 웃더니 아주 중요한 것을 말하듯 목소리를 낮췄다.

"그 조항은 갑을 위한 조항이 아니야. 계약 조건 중 유일하게 을을 위한 조항이야. 내가 죽는다고 해도 나는 슬프지 않아. 죽어버린 마당에 슬플 겨를이랄 게 없거든. 슬픔은 죽은 사람의 몫이 아니라 남겨지는 사람의 몫이니까."

갑에게 마음을 뺏기지 말라는 경고는 갑이 사망할 경우 남겨질 을을 위한 최소한의 배려라고 했다. 오만함의 절정이다. 본인이 죽으면 상대방이 슬퍼할 거라는 당연한 생각은 어디에서 나오는 걸까? 그녀가 아니어도 언제 죽을지 모르는 사람은 내 주위에 널렸다. 상대가 죽어버릴까 봐 진작에 슬퍼서 사랑도 하지 못하는 겁쟁이라면 사랑받을 자격도 없다. 그것보다 심각한 문제는 본인이 죽을까 봐 사랑받지 않겠다고 거절하는 겁쟁이도 내 앞에 있다는 사실이었다. 그녀 손에 끼워진 헐렁한 결혼반지가 눈에 거슬렸다.

"반지 내놔."

약간은 도전적인 내 말투에 그녀는 고양이처럼 바짝 털을 세웠다.

"어째서? 줬다가 뺏는 게 어디 있어?"

제이는 혹시라도 반지를 뺏길까 봐 주먹을 꼭 쥐고 등 뒤로 감춰 버렸다.

"협찬이야. 돌려줘야 해."

반응이 재미있어서 장난 좀 쳤다. 내놓으라고 손바닥을 내밀었더니 얼굴이 빨개져서 발끈했다.

"치사해. 내 손에 낀 건 내 반지야. 어디서 협찬받았는지 모르겠지만 주디에게 영수증 청구해. 내가 살 거야."

보석 반지라면 그녀의 드레스 룸에 수십 개가 넘게 진열되어 있었다. 밋밋한 반지를 사수하려는 노력이 지나치게 가상하다고 생각했다.

"사이즈 안 맞잖아. 고쳐다 줄게."

의심스러운 눈초리로 나를 보던 그녀는 순순히 반지를 빼, 내 손바닥 위에 올리고 허전하다는 듯 손가락을 매만졌다. 반지 사이즈를 알려달라고 하자 5호라고 대답했다. 다섯 손가락 중 어느 손가락인지는 당장 확인할 길이 없었다.

오후 4시쯤, 신부가 퇴장하면서 피로연도 끝이 났다.

밤에 크리스마스 페스티벌을 보러 나가려면 한숨 자두는 게 좋을 것 같다는 내 말에 그녀는 순순히 침대에 누웠다. 새벽부터 온종일 '결혼식 놀이'에 빠져서 몸 상태가 어떤지도 잊어버린 것 같았다. 자꾸만 새파랗게 말라가는 입술을 보고 있기가 불안해서 위층으로 데리고 올라와 버렸다.

그녀는 침대에 누워서도 여전히 "오늘은 아직 끝나지 않았어."라는 말을 중얼중얼 되풀이했다. 그러면서 잠드는 모습은 마치 빈 병이 물속에 꼬르륵 잠기는 것 같았다.

"혹시 후회해?" 잠꼬대하듯 나에게 물었다.

"뭘?"

"나랑 계약한 거."

"아니, 후회 안 해."

언젠간 후회하는 날이 올지도 모르겠지만 지금은 후회하지 않는다.

"후회하지 않았으면 좋겠어. 우리의 계약이 끝나더라도… 아쉬움이나 후회는 남기지 않았으면… 좋겠어."

오늘 하루를 함께 있었다. 서로의 눈을 마주친 횟수는 셀 수도 없을 만큼 많았다. 서로에게 어떤 마음인지 모를 리가 없다.

"나한테 할 말이 아니라 너 스스로에게 해야 할 말인 것 같다. 너야말로 아쉬움이나 후회 따위 남지 않게 감정에 충실해. 남겨질 사람을 배려할 정도의 여유, 없잖아."

내 말을 들었는지 못 들었는지는 모르겠다.

순식간에 잠든 그녀 옆을 지키다가 문득 협탁 위에 놓인 그녀의 일기장을 보았다. 처음부터 볼 생각은 없었다. 아무것도 누설해서는 안 된다는 무거운 책무를 지니고 있는 것치고는 꽤 허술하게 방치되어 있어서 손이 갔을 뿐이다. 미용실 탁자 위에 널려 있는 패션 잡지보다 더 손대기 쉬웠다.

온몸의 세포는 절대 일기장을 열어보면 안 된다고 격렬하게 외치고 있었지만 망할 손은 이미 첫 페이지를 넘기고 말았다. 말로만 듣던 '버킷리스트'가 나왔다.

예쁘장한 글씨체로 또박또박 써 내려간 버킷리스트에는 "제1장 남자 친구와 함께하는 크리스마스", "제2장 남자 친구와 함께 하는 새해맞이", "제3장 새로운 경험과 도전", "제4장 나 홀로 떠나는 여행", "제5장 즐겁게 마지막을 준비하기"로 나뉘어 있었고, 각 장에는 세부적인 내용이 적혀 있었다.

내용은 별거 없었다. 지금까지 우리가 함께 한 일들을 비롯해 누구나 한 번쯤은 해봤을 법한 일들만 적혀 있었다. 대체로 작고 사소한 것들. 내내 병원에 들락거리느라 학교를 제대로 다니지 못했다는 그녀는 새로운 경험과 도전에 '교복 데이트' 같은 걸 적어놓았다.

교복 입고 문구점 가기, 교복 입고 햄버거 먹기, 교복 입고 놀이터에서 키스하기? 누구랑? 구체적으로 키스 상대는 안 적혀 있지만, 잠재적으로 나일 거라는 생각이 들었다. 아니, 나밖에 없었다.

잠든 그녀의 입술을 슬쩍 훔쳐보았다. 결국은 그렇게 되는 건가? 교복을 어디서 구해오지? 다이어리를 덮으려다 평범한 것들 사이에 유독 눈에 띄는 한 가지를 발견했다. "다시 만날 일 없는, 이름도 모르는 남자와 섹스하기." 생긴 건 멀쩡한 여자애가 죽기 전에 뭘 하고 싶다고? 어이가 없어서 다시 한번 그녀를 쳐다보았다.

은근히 밀려드는 괘씸함에 아까와는 다른 내 눈빛이 그녀의 투명한 이마를 푹 찔렀다.

지금까지 버킷리스트 달성률은 99%에 가까웠고 행동력이나 의지 하나만큼은 꿈을 몰살시킬 정도로 강한 애였다. 앞으로도 이런 추세라면 원나잇은 일도 아니었다. 그걸 내가 두 눈 뜨고 봐야 한다는 사실이 기가 막혔다. 옆에 있던 볼펜을 집어 들고 쫙쫙 선을 그어서 지워버렸다. 그것도 모자라 선 사이사이를 까맣게 색칠해서 아예 알아볼 수 없게 만들었다. 이왕 죽는다면 죽기 전에 엉망진창으로 인생을 즐겨도 괜찮다는 둥, 쾌활함이라는 가면 아래 숨겨진 본능 같은 걸 보고 싶다는 둥 했던 말은 다 취소다.

롤러코스터를 타듯 오르락내리락하는 내 감정 전부에 대한 원인이 그녀에게 있다고 생각하니 오싹해졌다. 거짓말같이 가냘픈 저 작은 여자, 그 몸에서 나오는 알 수 없는 묘한 기운이 나를 정신 못 차리게 만들고 있었다. 다이어리를 덮어서 제자리에 놓았다. 저기에 적힌 것들을 다 할 때까지, 그때까지만이라도 옆에 있을 수 있다면 좋겠다는 생각을 했다.

피로가 몰려왔다. 침대 위로 올라가 그녀 옆에 누웠다. 푹 꺼질 듯한 매트리스의 포근함 때문인지 옆에 누워 있는 그녀의 향기 때문인지 오늘 있었던 결혼식이 아득한 옛 기억처럼 느껴졌다.

훈훈한 석유 난로 냄새와 함께 그 당시 떨림이 고스란히 전해졌다. 왜 그리 긴장했을까. 10년 치 떨 거 다 떨어서 다음에 진짜 결혼식을 하게 되면 하나도 안 떨 자신이 있었다. 눈을 감고 그녀가 했던 맹세들을 떠올려 보았다. 누군가를 소유하려 하기보다 그 사람과 함께한 시간을 더 소중히 여기겠다는 말. '난 네 거고, 넌 내 거야.' 같은 유치한 말보다 어쩌면 더 진중한 고백이었을지도 모른다. 이제 와서 생각하니 그 고백을 내가 받아도 되나 싶을 정도로 그녀의 눈은 진실했다. 장난이었다고 하기엔 몹시 강렬했다. 어떤 장난도 두 번 다시 나에게 그런 깊고 벅찬 설렘을 느끼게 할 수는 없을 것이다.

옆을 슬쩍 돌아보았다. 환하게 빛나는 오후 햇살을 품에 안고 감은 눈으로 나를 향해 있는 그녀에게 축하 인사를 건넸다.

"결혼 축하해."

★ 14
약속

그 꽃 다 지고 나서야
지름길을 알았다.
그대에게 가는 길.
— 김완하 「동백꽃」

나는 그녀를 끌어안듯이 몸에 팔을 얹고 자는 척 눈을 감았다. 얼마나 지났을까? 잠에서 깬 그녀의 손이 천천히 내 손목에 닿았다. 곧 자신의 몸을 누르고 있는 묵직하고 낯선 팔을 들어 올리려는 시도가 느껴졌다.

팔은 꿈쩍도 하지 않았다. 내 얼굴을 빤히 들여다보던 그녀는 나를 깨울 생각은 없는지 조용히 내 쪽으로 돌아누웠다. 그 기척에, 턱에 와 닿는 간지러운 숨결에, 결국 눈을 떠야 할 타이밍을 놓쳐버렸다.

나는 눈을 꾹 감은 채 잠꼬대처럼 말을 꺼냈다.

"잠 깼으면 일어나든가, 나를 깨우든가 해줄래? 그렇게 뚫어지게 보고 있으면 어느 타이밍에 눈을 떠야 하는지 모르겠거든?"

그녀는 내가 깨어 있었다는 걸 전혀 몰랐다는 듯 물었다.

"언제부터 깨어 있었어?"

"네가 내 쪽으로 돌아누웠을 때부터."

처음부터 깨어 있었다고는, 잠든 적이 없다고는 말하지 않았다. 감았던 눈을 뜨고 그녀와 눈을 맞췄다. 변명이 될지는 모르겠지만 "혹시 너 자다가 죽는 건 아닌가 걱정이 돼서 깰 때까지 옆에 있어 주려고 한 거야. 침대는 너 혼자 쓰기에 쓸데없이 넓어 보여서 잠깐 빌렸어."라고 주절주절 안 해도 되는 말을 늘어놓았다.

"무례하군." 하며 나를 노려보는 그녀에게 일부러 미안한 표정을 지어 보였지만 사실은 하나도 안 미안했고 기회가 된다면 언제라도 같은 행동을 반복할 예정이었다.

크리스마스 페스티벌을 구경하겠다며 일어서는 그녀를 따라 아래층으로 내려갔다. 나와 그녀가 계단을 내려가자 소파에 앉아 책을 읽던 고 여사는 코트를 챙겼다. 제이 말로는 애인을 만나러 가는 거라고 했다.

제이는 자신의 엄마는 사랑이 많은 여자라서 애인이 자주 바뀐다며, 얼마 전에는 열네 살이나 어린 남자와 데이트하는 걸 봤다고 자랑스럽게 말했다. 언젠간 엄마 같은 여자가 되는 게 꿈이라는 그녀의 말은 듣던 중 가장 혀를 차게 만드는 소리였다. 고 여사는 제이를 안고 등을 토닥였다.

"새로운 보호자가 생겼으니 엄마가 한시름 놔도 되지? 메리 크리스마스, 아가야. 내일 보자. 남은 오늘도 즐거운 시간 보내."

엘리베이터에 오르는 엄마의 뒷모습을 본 제이는 도로타에게 의아하다는 표정으로 물었다.

"도로타, 엄마가 좀 달라진 것 같지 않아?"

"아가씨 주무실 때, 미스터 전이 꽤 믿음직스러운 청년 같다고 저에게 넌지시 말씀하셨어요. 앞으로 남은 계약 기간 동안은 그나마 마음 놓을 수 있겠다고 말이죠."

도로타는 회장님께서 '미스터 전'에 대한 경계심을 낮춘 것 같다며 '매뉴얼'에 대한 지시를 내렸다고 했다. 제이는 화사하게 웃으며 들뜬 목소리로 나에게 축하를 건넸다.

"전세계! 드디어 엄마가 너를 정식 직원으로 인정하셨어! 축하해!"

아침에 결혼식까지 했는데 겨우 정식 '직원'으로 인정받았다니. 거참 성은이 망극하네.

몇 분 후 엘리베이터에서 임 실장이 내렸다. 임 실장은 나를 소파에 앉혀두고, 업무 인수인계를 하듯 나가기 전 주의 사항을 꼼꼼하게 전달했다.

"오늘은 제가 같이 가지 않아요. 아가씨와 미스터 전, 두 분만 나가실 겁니다. 그 대신 만일의 상황에 대비한 매뉴얼을 숙지시키라고 하셨습니다."

임 실장은 '만일의 상황'이라는 단어를 발음하면서 제이의 눈치를 살폈다. 옆에 팔짱을 끼고 서 있던 그녀는 잔소리 듣기 싫은 사춘기 딸내미처럼 고개를 절레절레 저었다.

"주디, 내 눈치 볼 필요 없어. 매뉴얼 같은 것도 필요 없고. 이미 전세계한테 얘기했는걸. 혹시라도 내가 쓰러지면 뒤도 돌아보지 말고 도망가라고."

임 실장은 내 휴대폰에 비상 연락망을 깔아주고 상황에 따라 어떻게 대처해야 하는지 자세히 알려주었다.

"계약 기간 동안은 휴대폰에 암호를 설정하거나 진동, 무음으로 해놓으시면 안 됩니다. 휴대폰 위치 추적 서비스는 내일 날이 밝는 대로 신청하셔야 하고, 즐겨 찾기 1번이 구급차 직통 번호, 2번이 주치의 직통 번호예요. 아가씨께서 통증을 호소하시거나 의식이 없으시면 무조건 1번으로 먼저 전화를 걸어 구급차를 부르고, 2번으로 전화를 걸어 구급차가 오기 전까지 하셔야 할 응급 처치를 실시간으로 전달받으셔야 합니다. 1번과 연락이 되지 않을 경우, 3번 119로 전화를 거시면 되고 2번과 연락이 되지 않을 경우, 4번인 저에게 연락을 주시면 됩니다. 비상약은……."

임 실장은 한참이나 명확하고 진지하게 비상시 대처 방법을 알려주었고, 심폐 소생술에 대한 설명을 시작하려 할 때 제이가 말을 탁 잘랐다.

"주디, 됐어. 오늘은 죽을 생각 없으니까 적당히 해. 벌써 9시야."

그녀는 미간을 살짝 찌푸린 채 엘리베이터 쪽으로 걸어갔다. 나도 따라 일어서려고 하자 임 실장은 마지막으로 다급하게 한마디 덧붙였다.

"무슨 일이 일어나도 절대로 당황하지 말아요. 침착하게 매뉴얼대로 행동하면 될 거예요."

"네."라고 대답했지만 솔직한 말로 장담은 못 한다. 제이가 길바닥에 쓰러질 경우, 과연 내가 침착하게 대응할 수 있을지 그건 모르는 일이었다. 그런 일이 일어나지 않기를 바라는 수밖에 없다.

그녀의 세계에 들어설수록 나는 강 건너에 서 있는 기분이었다. 우두커니 서서 구경할 뿐, 마음이 조급하거나 안달 나지 않았다. 그녀의 죽음은 먼 곳의 일처럼 무덤덤하게만 느껴졌다. 내가 할 일은 죽음에 대처하는 일이 아니라 그녀와 하루를 사는 일이었다. 최대한 유쾌하고 숨 가쁘게.

우리는 페스티벌 광장으로 향했다. 찬란한 불빛들이 차가운 겨울밤을 아름답게 비추고 있었다. 축제를 즐기려는 사람들이 가득했다. 연말 분위기가 물씬 풍기는 인파 속을 헤치며 제이는 세상에 막 태어난 아이처럼 즐거워하며 감탄했다.

"나 이렇게 많은 사람은 처음 봐. 온 세상 사람들이 여기에 다 모인 것 같아! 나도 이 많은 사람들 중 한 사람이 될 수 있다니 너무 좋아!"

"뭐가 그렇게 좋아?"

"생동감 있는 분위기. 내가 정말 살아 있다는 걸 다시 한번 실감할 수 있어."

나는 걸음을 멈췄다.

"넌 말버릇을 좀 고칠 필요가 있어. 죽을 때까지 죽은 거 아니거든? 네가 무슨 아흔아홉 먹은 할머니도 아니고, 살 만큼 다 산 사람처럼 말을 하냐. 곧 죽을 것처럼 말하는 버릇 좀 고쳐. 멀쩡한 분위기를 한순간 초상집으로 만드는 재주는 그다지 좋은 재능이 아니라고 본다."

그녀의 말버릇을 지적했다. 제이는 그런 소리는 처음 듣는다는 듯 나를 올려다보며 눈을 동그랗게 뜨고는 "말버릇이 듣기 안 좋아?" 하고 물었다.

"어, 매우 듣기 안 좋아. 너 그렇게 특별한 인간 아니야. 지극히 평범해. 그냥 남들처럼 평범하게 생각하고 평범하게 살아도 돼. 저 세상에서 구경 나온 듯이 하지 말라고. 네 말처럼 너랑 나, 아니면 지나가는 저 사람들 모두 오늘 죽을지 내일 죽을지 몰라. 그냥 모르는 채로 평범하게 다들 사는 거야. 그러니까 이런 불빛들을 보더라도 '살아 있는 걸 실감'하는 게 아니라, 그냥 단순히 '예쁘다'든가 '멋지다' 같은 것만 느껴도 충분해."

제이가 걸음을 옮길 때마다 또각또각 소리가 났다. 발목을 덮은 부츠에는 부드럽게 날리는 털이 장식되어 있었고, 끼고 있는 장갑에도 같은 장식이 손목을 감싸고 있었다. 바람에 흩날리는 머리카락을 귀 뒤로 넘기자 예쁜 귓바퀴가 드러났다.

"예쁘다든가 멋지다는 것도 느끼고 있어. 그리고 난 그것보다 더 많은 걸 느끼려고 노력한다고."

"그 노력을 왜 하냐는 말이지. 내가 맞춰볼까? 다시는 못 볼 것 같아서 혹은 이번이 마지막일 것 같아서 그러는 거 맞지? 그런 식의 생각을 버리라고."

제이는 곰곰이 생각에 잠기는 듯하더니 그럼 어떻게 해야 하냐고 물었다.

"넌 이렇게 멋진 광경을 보면서 어떤 생각을 하는데?"

"내년에 또 보러 오면 좋겠다는 생각. 크리스마스는 매년 돌아오니까."

그녀는 내 말을 알아들은 건지 못 알아들은 건지 별다른 대꾸 없이 웃으며 딴소리를 해댔다.

크리스마스 이브와 결혼기념일이 겹친 건 자신의 실수라며 한 번에 묶어서 파티를 할 생각은 절대로 없다고 했다. 크리스마스 선물과 결혼기념일 선물은 반드시 따로 준비하라는 말에 일단은 알았다고 대답했지만 농담인지 아닌지는 구별되지 않았다.

다만 그녀가 지옥에 있든 천국에 있든 결혼기념일과 크리스마스에는 저녁을 먹으러 가겠다고 했다. 제이가 있는 곳이라면 일 년에 한 번쯤 다녀오는 것도 나쁘지 않을 것 같다는 생각이 들었다. 우리는 알고 있었다. 미래에 대한 계획은 헛소리에 불과하다는 것을. 그러면서도 신이 나서 떠들어 댔다. 아무런 계획이 없음을.

자느라 저녁을 거른 우리는 작은 포장마차에 들어갔다. 따뜻한 우동 하나에 어묵 하나. 소주도 한 병 시킬까 했지만 그랬다가 '만일의 상황'이 생기기라도 하면 감당할 자신이 없어서 말았다. 어묵 꼬치 하나를 그녀 손에 쥐여주었다.

"원래 겨울에 포장마차에서 먹는 어묵이 제일 맛있어. 매일 오자고 조를까 봐 걱정되긴 하지만. 먹어봐. 살아 있다는 게 실감 날 거다."

제이는 어묵 꼬치를 들고 망설였다.

"설마 이 나무 막대기… 씻어서 다시 쓰거나 그런 건 아니지?"

"내가 안 씻었으니까 모르지. 전에도 말했지만 먹어도 안 죽어. 그리고 어차피 죽는다면 먹고 죽어도 상관없고."

그녀는 뜨거운 어묵을 호호 불어서 살짝 맛을 보았다. 오물오물 귀엽게 먹더니 나를 보며 웃었다. '을'이 아닌 남자로서 그녀를 만나보고 싶다는 생각이 문득 들었다. 그랬다면 오히려 더 곁을 내어 주지 않았을지도 모를 일이다. '을'이라서 차라리 다행이었다. 만족의 기준이 바닥까지 내려가도 좋았다.

"나한테 반할 생각 있어?"

웃으며 제이에게 물었다.

"아니, 전혀 없어."

그녀는 똑 부러지게 거절했다. 그냥 거절한 것이 아니라 단칼에, 극도로 단호하게 거절해 버려서 오히려 속이 후련했다.

"그 대신 내년에 또 보러 오자."

느닷없이 꺼낸 그녀의 말은 미래에 대한 약속이었다.

15
예상치 못한 방문

두 사람이 겪으려 하지 말고
오로지 혼자가 되어라.
—라이너 마리아 릴케

데이트를 하기로 한 날, 여자가 약속 시간에 늦은 이유를 들어보면 차가 막혔다든지, 손에 들고 있던 휴대폰을 찾느라 늦었다든지, 약속 장소를 헤맸다든지 갖가지 이야기를 하겠지만 그건 죄다 거짓말이다. 옷을 고르느라 늦은 것이 분명하다. 입고 나온 옷이 어제 입은 옷과 별반 다르지 않다면 양심의 문제가 아니라 옷에 대한 지식 결여의 문제였다. '의복의 개념과 기능을 이해한다면 대충 아무거나 입으면 되는 거 아닌가?'라는 지극히 쓸데없는 생각을 하면서 무료한 시간을 때우고 있을 때 도로타가 손에 티 포트를 들고 다가왔다.

"차 한 잔 더 드릴까요?"

"얘는 옷을 만들어 입어요?"

도로타에게 건넨 말은 의문문이었지만 결코 묻는 말은 아니었다. 어째서 옷 입는데 시간이 이렇게 오래 걸리냐는 짜증이었다. 도로타는 웃는 얼굴로 내 앞에 놓인 찻잔에 차를 따랐다.

"크리스마스잖아요. 미스터 전과 뭘 할지 모르겠다며 한 시간 전부터 옷을 고르고 계신데 오늘따라 신중하시네요."

옷 갈아입고 내려오겠다는 제이를 1시간째 기다리는 중이었다. 도로타가 내온 캐모마일 차를 다섯 잔이나 마셨더니 오줌도 마렵고 삭신이 쑤셨다. 옷에 몸을 끼워 넣는데 시간이 이렇게나 오래 걸린다는 걸 이해할 수가 없었다. 참다못해 2층으로 올라갔다.

드레스 룸 안에서 또랑또랑한 그녀의 목소리가 새어 나왔다.

"백화점을 가야 할 것 같아. 정말이지 입을 옷이 하나도 없어!"

"바자회에 옷을 그렇게 내놓고도 우리 동네 옷 가게보다 옷이 많으면서 입을 옷이 없다는 결론은 도대체 어디에서 나오는 건데?"

실크 나이트가운만 걸친 채 드레스 룸에 있던 그녀는 등 뒤에서 들려온 내 목소리에 깜짝 놀랐는지 "꺅!" 소리를 지르며 가운을 여몄다. 바자회 때 한 번 보았던 드레스 룸은 마치 어설픈 도둑이 금괴를 찾기 위해 미친 듯이 뒤져놓은 것 같은 꼴을 하고 있었다. 그녀는 정말 내가 온 줄 몰랐다는 듯 눈을 동그랗게 뜨고 "언제 왔어?" 하고 물었다.

"넌 내가 뭘 하자고 할 줄 알고 옷을 몇 시간을 골라? 그냥 집에서 〈나 홀로 집에〉 원, 투, 쓰리 다운받아 보려고 했는데. 편한 추리닝 없어? 추리닝에 쓰레빠 신어도 상관없거든?"

"추리닝? 쓰레빠? 그건 어느 나라 말이야? 내 옷장에 그런 듣도 보도 못한 옷은 없어."

"내 평상복이다, 인마. 아무거나 빨리 입어."

그녀는 나에게 원피스가 나은지 그냥 치마가 나은지 물어보았다. 아직 치마를 한 번도 입어본 적 없는 나로서는 이 치마와 저 치마에 어떤 차이가 있는지 구별할 수 없을뿐더러 뭐가 더 낫다고 말한다고 해도 그건 그림을 한 번도 그려본 적 없는 사람이 피카소의 그림을 보고 붉은색에 대해 말하는 것과 같았다. 그야말로 헛소리에 불과하다는 뜻이다.

나는 드레스 룸 안을 찬찬히 살펴보고 무릎까지 덮는 단아한 와인색의 벨벳 원피스를 꺼냈다. 추운 날은 무조건 따뜻하게 입으라며 내가 고른 원피스를 건네주었다. 원피스를 받아 든 그녀는 치마 길이도 애매하고, 마땅히 신을 만한 구두도 없고, 어울리는 코트는 세탁소에 가 있다며 투덜거렸다.

"여기 똑같은 코트만 백 벌 걸려 있어."

"패션을 모르는 사람은 좀 빠져줄래? 같은 코트는 하나도 없어."

제이는 내가 골라준 원피스를 손에 들고 드레스 룸 밖으로 나를 밀어내며 혹시라도 몰래 훔쳐볼 생각하지 말라는 말과 함께 문을 쾅 닫았다. 훔쳐볼 생각도 없었는데 그렇게 말하니까 보라는 건지 말라는 건지 헷갈렸다.

"원래 하지 말라면 더 하고 싶은 거 모르냐? 봐줘?"

"바보!"

잠시 후 벨벳 원피스를 입은 그녀가 나왔다. 내 앞에 다소곳하게 선 그녀는 무언가 반응을 원하는 것처럼 치마 끝자락을 들고 한 바퀴 돌았다. 나는 느긋하게 훑어보고 말했다.

"옷은 합격. 얼굴 불합격."

우리는 곧 나란히 차에 올랐다. 행선지는 비밀이었다.

"혹시 나를 위한 크리스마스 이벤트 준비했어?"

그녀가 물었다.

"전혀."

내가 대답했다.

"그럼 나를 위한 깜짝 선물?"

이 여자 뇌 구조가 잘못된 거 아닌가? 전부터 느꼈지만 심장보다 뇌에 문제가 있는 것 같다.

어젯밤 12시가 넘도록 사람을 부려먹고 아침부터 이벤트랑 선물을 찾는 인간이 제정신인지. 선물을 어디 24시 편의점 가서 살까 보다.

"너 혹시 '염치'라는 말이 무슨 뜻인지 알아?"

"음… 정확한 뜻은 모르지만 어떤 경우에 사용하는 단어인지 뉘앙스는 알아."

"공자인지 맹자인지 아무튼 옛말에 알면서 행하지 않는 건 모르는 것만 못하다는…."

제이는 내 말이 끝나기도 전에 "잠깐 기다려 봐." 하고는 리무진 안 콘솔 박스에서 작은 상자 하나를 꺼냈다. 한눈에 봐도 고급스러워 보이는 짙은 녹색 가죽 상자 위엔 황금 왕관 로고가 새겨져 있었다. 21세기에 살면서 세븐일레븐과 아이폰을 안다면 이 상자 안에 무엇이 들어 있는지 모를 리가 없다. 그녀는 내 앞에 상자를 내밀었고 나는 상자를 물끄러미 바라보았다. '염치'의 뜻을 완벽하게 오해한 것 같았다.

"이게 뭐야?"

"크리스마스 선물. 받아."

머릿속이 복잡해져서 상자를 받을 수가 없었다. 일 시작한 지 겨우 열흘 된 직원에게 1,000만 원이 넘는 시계를 선물한다는 건 내 상식에서 이해가 되지 않았다. 보통 여자들이 나에게 선물을 주는 경우에는 나를 사랑한다는 기본 전제가 깔려 있었기 때문에 내 혼란은 가중되었다. 남친 역할 대행을 3억 원이나 주고 고용한 그녀라면 1,000만 원 정도야 우습겠지만 내가 알고 싶은 건 그녀의 진심이었다.

"나에게 이걸 주는 이유가 뭐야?"

"여러모로 고마워서."

지나치게 포괄적이고 흐리멍덩한 대답이었다. 상자를 가운데 놓고 심문이 이어졌다.

"구체적으로 어떤 점이 고마운데?"

"그냥, 버킷리스트 같이 해줘서."

"어차피 돈 받고 하는 일인데 그게 왜 고마워?"

"돈을 준다고 해서 고맙지 않은 건 아니야. 주디나 도로타에게도 늘 고맙게 생각하고 있어."

"넌 고마운 모든 사람에게 1,000만 원이 넘는 선물을 하냐?"

"난 원래 받는 것보다 주는 걸 더 좋아해."

받고 싶은 마음이 뚝 떨어졌다.

"그럼 지나가는 아무한테나 주든가."

쌀쌀맞게 말해버리고는 창밖으로 고개를 돌렸다. 듣고 싶은 말을 절대로 들을 수 없다는 사실을 깨닫게 된 순간 쌓아 올리던 탑을 내 손으로 부숴버렸다. 공중에 떠 있던 상자는 갈 곳을 잃고 다시 콘솔 박스 안으로 들어갔다. 그늘진 목소리가 들려왔다.

"부담스럽다면 받지 않아도 돼. 내가 지나쳤어."

각자 창밖만 바라보는 우리 사이에는 물로 만든 벽이 존재하는 것 같았다. 얼핏 보기에는 아무것도 없는 듯하지만 엄연히 벽은 존재했고 두 사람이 함께하기 위해서는 누군가 한 명은 흠뻑 젖어야만 한다. 머리부터 발끝까지 젖을 각오가 아니면 한 발 다가서기도 힘들었다.

낮게 뜬 구름이 점점 어두워졌다. 훌쩍이는 그녀의 숨소리가 간간이 들리기 시작했다. 제이가 울면 가슴이 철렁한다. 심장에 무리가 올 수 있었다. '울리지 말 것' 그것은 내가 지켜야 하는 주의 사항 중 하나였다. 모질게 거절한 것에 대한 미안함이 즉각적으로 밀려왔다. 고개 돌린 그녀의 손을 움켜잡았지만, 그녀는 바로 빼내버렸다. 나 좀 보라며 어깨에 손을 얹었다.

"미안해. 난 선물 준비 못 해서, 나만 받기 쑥스러워서 그랬어. 다시 주면 받을게."

그녀는 울먹울먹한 목소리로 "지나가는 다른 남자에게 줘버릴 거야."라고 말했다. 다시는 선물 같은 거 준비하지 않을 거라는 둥,

내가 거절한 건 시계가 아니라 자신의 정성이라는 둥, 대한민국 남학생들은 학교에서 필히 매너 교육을 제대로 받을 필요가 있다는 둥, 서러움에 흐느끼며 할 말 다 하는 그녀를 보자 나도 모르게 웃음이 터졌다.

"하하하. 야, 둘 중에 하나만 해. 울면서 잘도 떠드네."

그녀의 어깨를 도닥였시만 역효과였다. 훌쩍이는 소리가 점점 커지더니 엉엉 울음을 터트렸다. 그녀가 울 때는 끈기 있게 기다려야 한다. 눈물을 닦아주거나 어깨를 토닥거리면 오히려 더 난리를 치니까 그칠 때까지 옆에서 가만히 있는 수밖에 없다.

"다시는 안 그럴 거지?"

제이가 훌쩍이며 물었다.

"응, 안 그래."

뭘 안 그럴 건지 모르는 상태로 다시는 안 그러겠다는 약속을 하고 손가락을 걸었다. 나에게 시계를 선물한 이유가 뭔지, 나라는 존재는 그녀에게 어떤 의미인지 궁금해하지 않기로 했다. 궁금해하면 할수록 그녀를 곤란하게 만들 뿐이니까. 나는 맡은 역할을 성실히 수행하는 계약직 직원으로서 제이를 울리지 않는 데 최선을 다하면 되는 것이었다.

손목에 시계를 찼다. 번쩍거리는 시계를 흔들어 보이자 제이는 언제 울었냐는 듯 해맑게 웃었다. 그 얼굴을 보는 순간 엄청난 감정이 나를 덮쳤다. 어쩐지 불안하고, 갑자기 슬퍼지고, 목에 무언가 걸린 기분. 태어나서 처음 느낀 두려움이었다.

어느새 한 시간을 달린 리무진은 톨게이트를 통과했다. 익숙한 풍경이 눈에 들어왔다. 탁 트인 시야에 높고 낮은 산들이 보였다.

"양평? 여기 뭐 있어? 왜 여기까지 온 거야?"

"너 밥 먹이려고. 만날 한정식집 찾아다니느라 하루 밥값이 얼마 나가는지 아냐? 내가 여기 끝내주는 맛집을 알아."

"우와 맛집이라니! 한식이야?"

"가정식 백반이라면 알아?"

"몰라!"

말을 아꼈다. 15분 정도 지나 목적지에 도착했다는 내비게이션의 안내와 함께 주택 단지 안쪽에 차가 멈췄다. 제이는 어리둥절한 표정으로 내려 식당을 찾느라 두리번거렸다. 낯선 방문객을 경계하는 듯 한적한 길에 개 짖는 소리가 울려 퍼졌다. 나는 커다란 나무 대문 앞에 서서 큰 소리로 외쳤다.

"엄마! 나 왔어!"

대문을 열러 마당으로 나온 건 아버지였다. 뜻밖의 손님에 그녀와 내 얼굴을 번갈아 보던 아버지는 그녀의 존재를 뒤늦게 깨달은 듯 만면에 웃음을 띠고 안으로 안내했다. 반년 만에 집에 온 아들은 보이지도 않는 것 같았다.

거실로 들어서자 구수한 밥 냄새가 났다. 주방에서 나오던 엄마역시 나보다 그녀를 먼저 발견하고는 웃는 얼굴 그대로 일시 정지되었다.

몇 초 후, 엄마는 "어머, 어머." 하는 말을 남발하며 내 어깨를 마구 치더니 과장되게 웃었다.

나는 엄마를 따라 주방으로 들어갔다. 엄마는 거실에 들리지 않는 작은 목소리로 "아가씨 데려온다는 말을 왜 안 했니. 죄다 나물 반찬인데 대접할 게 마땅치가 않아 큰일이다. 화장도 안 했는데 이럴 줄 알았으면 옷이라도 갈아입고 있을걸. 전화 한 통 하면 어디가 덧나냐." 하며 원망을 쏟았다.

"화장 안 해도 예쁜데, 뭘."

내 말에 엄마는 다시 한번 팔뚝을 찰싹 때리고는 찻잔을 꺼내고 물을 끓였다. 엄마답지 않게 허둥대는 모습이 재미있었다. 김이 모락모락 나는 유자차를 들고 거실로 나왔을 때, 아버지는 이마에 땀을 뻘뻘 흘리며 허허허 웃고 계셨다. 평소엔 나를 부를 때 걸걸한 목소리로 '망나니 같은 놈'이라고 부르시더니 오늘은 점잖게 웃으시며 "날씨가 춥지 않냐.", "서울도 추우냐.", "올겨울엔 눈이 제법 많이 온다." 하며 날씨에 관한 이야기만 늘어놓으셨다.

나는 거실 풍경을 둘러보는 제이에게 유자차를 건넸다.

"여기 나 열아홉 살 때까지 살던 우리 집이야. 우리 엄마 음식 솜씨 끝내주거든. 웬만한 한정식집보다 나을걸? 밥은 역시 집밥이 최고지."

제이는 가만히 눈을 흘겼다.

"미리 얘길 했어야지."

"너 안 온다고 할까 봐."

"빈손으로 왔잖아. 엄청 실례라고."

"뭐 어때. 다음에 올 때 두 배로 사와."

두툼한 카펫 위에 교자상이 펼쳐졌다. 쫀득쫀득한 무조림, 두부

구이, 달래 무침, 양념 꼬막 등 한정식집에서 볼 수 없었던 가장 소박하고 정갈하고 맛깔난 반찬들이 올려졌다. 밥상을 앞에 두고 네 사람이 둘러앉았다.

"잘 먹겠습니다."

제이는 밝게 인사하고 숟가락을 들어 국을 떠먹었다. 잠시 맛을 보더니, "우와 이거 뭐예요? 정말 맛있어요." 하고 감탄을 내뱉었다.

"지난봄, 냉이를 아버지가 직접 캐어다가 깨끗하게 씻어서 얼려 놨던 거예요. 한겨울에 먹는 냉잇국이 별미지. 향긋하니 입맛이 살아나지요?"

엄마의 설명에 제이가 나긋나긋 대답했다.

"네, 어머니. 저 이런 음식 처음 먹어봐요. 정말 맛있어요. 그리고 말씀 편하게 하세요."

외국에 오래 살다 와서 존댓말 못 배웠다더니 그냥 하기 싫어서 안 한 거였냐? 임 실장님이든 배 기사님이든 제멋대로 이름 부르고, 초면에 반말을 찍찍 해대던 은제이가 조신하게 어머니라고 하는 걸 보고 웃음을 참느라 힘들었다. 이런 음식이 입맛에 맞지 않으면 어쩌나 조마조마했는데 맛있게 먹는 모습에 데려오길 잘했다는 생각이 들었다.

안하무인 말괄량이 같던 그녀는 부모님의 질문에 공손하게 대답했고 칭찬에 겸손했으며 품위와 사랑스러움을 잃지 않았다. 결혼한다면 이런 풍경일까 싶어서 남몰래 흐뭇했다.

"흐흐흐."

새어 나온 내 웃음소리에 세 사람의 시선이 쏠렸다.

"어머, 넌 밥 먹다 말고 왜 웃어? 실성했어?"

"아니, 그냥. 밥이 맛있어서. 오랜만에 밥 같은 밥 먹으니까 좋다."

"허이구, 여자 친구 얼굴만 봐도 웃음이 나지?"

"뭐래. 얘가 웃기게 생긴 얼굴은 아니잖아."

내내 싱글벙글한 아들 모습에 부모님은 혀를 쯧쯧 차며 놀렸다. 이미 며느리인 듯 "아가."라고 부르는 아버지의 호칭에 제이는 수줍어했고, 그게 또 치명적으로 설렜다.

만난 지 얼마나 됐냐는 엄마의 질문에 제이는 다소곳하게 조금씩 알아가는 사이라고 대답했다. 그러면서 내 눈치를 살피는 표정이 미친 듯 귀엽고, 아무튼 구청 가서 혼인 신고라도 하고 싶은 심정이었다.

화기애애한 식사를 마친 후 제이를 데리고 방으로 들어갔다. 제이는 찬찬히 방 안을 살폈다. 혹시라도 그녀가 보면 안 될 무언가가 있을까 싶어 재빠르게 둘러보았지만 특별한 건 찾지 못했다. 벽걸이 행거에는 어제 입었던 것 같은 교복이 말끔하게 걸려 있었다. 학교 다닐 때 메던 가방, 교과서, 필기구 등이 책상에 가지런히 정리되어 있어 이 방은 마치 3년 전 시간이 멈춘 듯했다. 엄마의 취미였다.

제이는 교복 앞에서 한참을 서 있었다. 그러더니 교복 끝자락을 손으로 만졌다.

"이거 실제로 입고 학교 다녔어?"

"어."

"멋있다."

나는 책꽂이에서 졸업 앨범을 꺼냈다. 한 번도 열어보지 않았던 졸업 앨범을 펼치자 달라붙어 있던 책장이 쩍 떨어지는 소리가 났다. 빳빳한 앨범 안에는 학창 시절 지겹도록 보았던 얼굴들이 어색한 표정으로 앉아 있었다.

호기심 가득한 눈으로 내 옆에 걸터앉아 앨범을 한 장 한 장 천천히 구경하던 제이는 나를 발견하고 큰 소리로 웃었다.

"앗! 찾았어! 전세계! 여기 있네. 여기 있어! 와하하하. 어렸구나. 지금이랑 똑같은데 뭔가 귀여워. 얼굴이 통통해!"

"야, 그때도 멋있었거든? 인기 많았다."

나의 학창 시절 여자 친구를 찾아보겠다며 앨범을 넘기는 제이의 얼굴에는 단순한 호기심이나 흥미 이상의 동경이 어려 있었다.

"혹시 이 여학생이랑 사귀었어?"

제이가 지목한 여자애는 남학생들의 몰표를 받아 얼굴 하나로 뽑힌 전교 부회장이었다. 참고로 나는 투표 안 했다.

"누구? 아, 걔는 칸쵸랑."

"그럼 이 여학생?"

"걔도 칸쵸."

차칸은 가을날 잠자리 잡았다가 놓아주듯 여자를 대하는 놈이라 30킬로미터 내에 있는 여자는 모두가 한 번씩 날개를 잡혔다. 칸쵸가 어떻게 생겼는지 보고 싶다며 뒤적이는 제이에게 혹시라도 그럴 일은 없겠지만 차칸을 실제로 만나게 되면 절대로 눈을 마주치지 말라는 당부를 해두었다.

"걘 여자 홀리는 데 선수거든."

"그러는 넌?"

"나는 순정파라서 한 여자만 바라보는 타입이야."

안 믿는 눈치였다. 어차피 내 말은 믿지도 않을 거면서 묻기는 왜 묻는지. 들은 체 만 체 자리에서 일어나 책상 앞으로 걸어간 제이는 진열된 액자 속 어린 내 모습을 구경하며 혼자 쿡쿡 웃었다. 아홉 살 때 태권도 품띠를 매고 찍은 사진, 열두 살 때 에버랜드에서 호박 귀신과 찍은 사진, 중학교 교복을 처음 입고 교문 앞에 선 사진이 있었다. 꽤 오래 보았다. 무슨 생각을 하면서 사진을 봤는지는 모른다.

"서랍 열어봐도 돼?"

"열어봐서 안 될 것도 없지만 원하는 걸 찾아내진 못할걸."

나는 침대에 팔을 괴고 누워서 그녀가 방을 구석구석 구경하도록 내버려 두었다. 이 서랍 저 서랍 열어보며 이제는 골동품이 되어버린 최초의 내 휴대폰이라든가 즐겨 듣던 CD, 굳어버린 헤어 왁스 등을 발견하고는 제일 아래 서랍에서 무언가 한뭉치 꺼내 들었다.

"드디어 발견! 이거 뭐야. 여자 친구랑 찍은 사진을 이렇게 잔뜩 모아놓고서는!"

당황한 나는 벌떡 몸을 일으켰다. 언제 찍었는지도 모를 옛 여자 친구와 찍은 사진이 파스텔 색깔의 편지 봉투들과 함께 가지런히 정리되어 있었다. 적어도 수십 장은 넘어 보였다. 그녀는 손에 들린 사진들을 자세히 구경했다.

"예쁘다. 부러워."

"뭐가 부러워. 너도 예뻐."

나는 사진을 잽싸게 빼앗아서 다시 서랍 구석에 처박았다.

"그런 뜻이 아니라. 예쁜 하이스쿨 시절을 보냈다는 게 부러워. 나도 교복을 입고, 같은 학교 남학생이랑 햄버거도 먹고, 놀이터에서 몰래 키스도 하고 정말 그러고 싶었는데. 다음에 다시 태어나면 꼭 해볼 거야."

"그런 식의 말투 고치랬다. 인생 다 산 것처럼 말하지 말랬지? 100명의 인간이 있으면 100가지 경우의 인생이 있는 거야. 똑같은 삶을 사는 인간도 없고 부러워할 필요도 없어. 지금 밖에 나가면 너 부러워하는 여자들이 넘쳐날 텐데 그깟 교복이 뭐라고. 저녁에 햄버거 사줄게. 놀이터에서 키스도 해줘? 다 하면 되잖아."

웃으라고 건넨 농담은 아니었다.

"와하하하. 그냥 해본 말인데 뭐 그렇게 진지하게 받아들이니? 바보 아니랄까 봐."

"뭐? 바보라고? 밖에 우리 엄마 있어. 엄마한테 이른다? 너 오늘 여기 온 거 벌칙이야. 네가 하도 나를 괴롭혀서 내 구역으로 피신 온 거 몰라? 우리 집에선 아무도 나 못 건드려."

제이는 기분 좋게 웃으며 침대 위로 올라갔다. 이런 벌칙이라면 얼마든지 환영이라며 베개에 머리를 눕히고 이불을 끌어당겼다. 안색이 좋지 않았다. 심장이 약한 탓에 금세 피로를 느끼기 때문이다.

얼마나 긴장했을지 미처 헤아리지 못했다. 웬일로 제멋대로 굴지 않았냐는 내 질문에 "당연하잖아. 네 부모님인걸." 이라고 대답하고는 잠시 생각에 잠긴 듯했다. 무언가 말을 하려다가 말고 한숨 자야겠다며 돌아눕더니 이불 속에 얼굴을 묻었다.

과일을 깎던 엄마는 혼자 나오는 아들을 보고 뒤를 살폈다.

"제이는? 나와서 사과 먹으라고 해."

"자."

"자? 멀리까지 오느라 고단했나 보네. 귀하게 자란 티가 나던데. 부모님은 뭐 하시는 분이셔?"

"뭘 그런 걸 물어봐. 호구 조사할 필요 없어. 여자 친구도 아니야."

나는 엄마 무릎을 베고 누웠다. 여자 친구가 아니라는 말에 적잖이 놀라신 것 같았지만 다른 설명은 할 수가 없었다. "아직은." 하며 적당히 넘겼다. 그리고 내쉬는 한숨에 거실 바닥이 파사삭 꺼지는 것 같았다.

엄마는 누워 있는 내 입에 사과를 한 조각 넣어주었다. 우적우적 사과를 씹으면서도 맛을 느끼지 못했다. 그런 내 기분을 엄마는 아는 것 같았다.

"왜? 제이는 너 싫대? 먼저 사귀자고 고백해 보지 그랬어?"

"그랬다가 다시는 못 봐."

을이 갑에게 반하는 경우, 계약은 해지된다. 그러면 다시는 만날 수 없을지도 모른다.

다 큰 아들의 머리칼을 넘기던 엄마는 듣던 중 별 해괴한 소리 다 듣겠다는 표정으로 얼굴을 멀찍이 떼고 내 앞에서 내 자랑을 늘어놓으셨다.

"우리 아들이 어디가 어때서. 세상에 너만큼 잘난 녀석이 어디 있니? 나가면 여자들이 줄줄 따를 텐데. 제이가 아직 널 잘 몰라서 그렇지. 키 크지, 인물 훤하지, 얼마나 책임감이 강하고 속이 깊은데. 너보다 잘난 녀석 있으면 나와 보라고 해."

국가에서 우편으로 발송되는 '아들 자랑 양식'이 따로 있는 건지. 대한민국 엄마들은 본인 아들이 우주 최고로 잘났다는 걸 결코 의심하지 않는다. 책임감이라고는 쥐뿔도 없고, 밴댕이보다 좁고 얕은 내 속을 모르는 사람은 이 세상에 우리 엄마밖에 없다.

"엄마, 기도는 누가 제일 잘 들어주나? 오늘 크리스마스인데 이따가 교회나 가볼까? 지저스 크라이스트 형님 한번 만나볼까?"

"같이 가자고 할 땐 한 번도 안 따라가던 녀석이 갑자기 왜?"

"인간들이 종교를 왜 만들어 냈는지 알 것 같아. 내 힘으로 어떻게 할 수 없을 때는 무언가에 매달리고 싶어지나 봐."

답답한 속 좀 덜어질까 싶었지만, 여전히 가슴 한편에 엉킨 실타래 하나가 묵직하게 들어 있는 기분이다. 제이의 해맑은 웃음을 보는 순간 느꼈던 불안과 두려움, 내 안 깊은 곳에서 소용돌이치고 있는 폭풍 같은 감정은 욕망이었다. 그녀를 갖고 싶다는 욕망은 헥토파스칼의 위력을 지닌 채 점점 커지고 있었다.

느지막한 오후, 부모님은 우리를 배웅했다. 해가 지기 전에 돌아가는 게 좋을 것 같다는 내 말에 엄마는 아쉬운 듯 "저녁을 먹고 가지…."라며 말끝을 흐렸다. 제이는 엄마와 가볍게 포옹했다. 나는 늦지 않은 시일에 또 오겠다는 약속을 남기고 차에 올랐다.

운전기사가 딸린 고급 리무진은 부모님 머릿속에 의문을 가득

남겼지만 설명할 여유는 없었다. 아마도 내일 저녁때쯤 엄마는 나에게 전화를 걸어 흥분한 목소리로 꼬치꼬치 캐물을 것이다. 그걸 생각하니 벌써 귀찮다.

서울로 돌아가는 차 안에서 제이는 집에 데려간 이유가 무엇인지 나에게 물었다. "밥을 먹이고 싶어서."라는 대답 외엔 할 말이 없었다. 밥을 먹이고 싶었다. 우리는 함께 밥을 먹는 사이였고, 그것마저 아니라면 이 모든 시간이 서글플 것 같았다.

"여자 친구라고 소개했잖아. 괜히 오해하시면 어떡하려고. 계약도 끝날 텐데."

제이의 집요한 추궁에 적당히 대화를 넘기고 싶어서 아무 말이나 했다.

"상관없어. 나 예전부터 여자 많아서 우리 부모님 그런 거 별로 신경 안 써."

시트 깊숙이 몸을 기대고 눈을 감았다. 제이는 야무지게 따져 물었다.

"아까는 없다며. 순정남이라며? 솔직히 말해봐. 집에 여자 친구 몇 명이나 데려갔어?"

귀한 밥 먹여놨더니 영양가 없는 소리만 해대고 있다.

"갑에게 사생활 일일이 보고할 의무 없는 거 맞지? 노코멘트다."

"역시 바람둥이! 따뜻하고 다정한 부모님 밑에 어떻게 너 같은 아들이 있을까 궁금해."

"차 돌릴까? 방금 한 말 우리 엄마 앞에서 다시 해줄래? 엄마한텐 내가 세상에서 제일 잘난 아들이거든?"

"성실한 타입은 아니잖아. 왠지 여자도 많이 울렸을 것 같아."

"마음대로 생각해. 오늘도 널 울렸으니 내가 할 말이 없네."

제이는 아무 말 없이 내 얼굴을 지그시 응시하더니 한참 뒤 "고마워."라고 했다. 그 말 한마디에 꽁꽁 얽혀 있던 실타래가 스르르 풀어졌다. 감았던 눈을 떴다. 어스름한 보랏빛 하늘이 그녀의 얼굴에 그림자를 드리웠다. 하늘하늘한 갈색 머리, 복숭아 같은 두 뺨, 벚꽃 같은 입술. 나는 홀린 듯 물었다.

"을이… 갑에게 마음을 뺏기면… 우리는 어떻게 되는 거야?"

잠시 생각에 빠진 듯했던 그녀는 차분하게 눈을 내리깔고 명료한 답을 내놓았다.

"마음을 뺏겼는지 아닌지는 을만 아는 거니까 갑에게 들키지만 않으면 돼. 그럼 앞으로 남은 시간을 함께할 수 있어."

메리 크리스마스. 서로에게 인사하고 헤어진 후 집으로 돌아오는 길에 오색 불빛으로 반짝이는 교회를 보았다. 나는 늘 무심코 지나쳤던 동네 교회 안으로 불쑥 들어갔다. 성가대의 찬송가가 울려 퍼지는 교회 안에는 많은 사람들이 앉아 몇 시간 남지 않은 크리스마스를 축복하고 있었다. 빈자리 아무 데나 앉아서 두 손을 모았다. 태어나 처음 하는 기도였다.

'제이 좀 살려주세요.'

진짜 연인이 될 수 없다고 해도 상관없다. 내가 아닌 다른 남자와도 연애나 사랑 따위 하지 않을 테니까. 지금 제이 옆에 있는 사람은 나고, 제이와 시간을 함께하는 것도 나였다.

영원한 사랑의 맹세처럼 서로를 소유하려 하기보다 우리가 함께하는 시간을 소중히 여기면 된다. 갖고 싶다는 욕심은 잃고 싶지 않다는 마음으로 바뀌었다. 그녀는 내 것이 될 수 없지만, 나는 그녀의 소유가 되었다는 걸 확신했다.

16
별이 떨어지는 순간

오직 그녀뿐이었고,
누가 말하지 않아도 알았다.
—전세계

제이가 중환자실에 들어간 건 지난 새벽 3시경. 연락이 온 건 아침 9시가 다 되었을 때였다. 엠파이어 호텔 엘리베이터를 기다리다가 임 실장의 전화를 받았다. 곧장 택시를 타고 병원으로 향했다. 지난밤 제이를 살려달라고 그렇게 간절히 기도했는데. 단 하루 만에 보란 듯이 내 기도를 걷어찼다.

낮은 탁자와 패브릭 소파들이 놓여 있는 대기실을 침묵이 채우고 있었다. 약간의 생기를 부여하기 위해 놓여 있는 초록 화분과 소리 없이 화면만 나오고 있는 벽걸이 텔레비전은 그야말로 무용지물이었다.

나를 발견한 고 여사는 숨죽여 울었다. 임 실장이 바짝 붙어 어깨를 다독이고 있었지만, 위로가 되는 것 같진 않았다. 새벽 3시부터 꼼짝없이 앉아 있었던 두 여자는 지칠 만큼 지쳐 보였다.

분명 어제까지만 해도 본가에 가서 부모님을 뵙고 밥을 먹고 너무도 평범한 일상을 보냈는데. 단 몇 시간 만에 모든 것이 바뀌었다. 지금 이곳은 삶과 죽음의 경계선 같았다. 참혹하고 절망스러웠다. 나 역시 울고 싶었고 누군가에게 위로를 받고 싶었지만 그럴 주제도 되지 못해서 꾹 참았다. 내가 간직한 제이의 마지막 이미지는 환하게 웃으며 "메리 크리스마스."라고 말하던 모습이었다.

오전 10시. 면회가 가능하다는 간호사의 말에 나는 넋이 반은 나가 있는 고 여사를 부축해 중환자실로 들어갔다. 제이의 머리맡에는 기계실을 연상시키는 각종 기계들이 늘어서 있었고 몸에 연결된 알 수 없는 호스만 대여섯 개가 넘었다. 주렁주렁 달린 약이 몇 개인지 모르겠다. 내 앞에 누워 있는 사람은 제이가 아닌 다른 사람 같았다.

겨우 내 팔을 잡고 서 있던 고 여사는 숨이 끊어질 듯 오열했다. 코와 입에 호스를 꽂고 있는 제이는 괴로워 보였다. 제이가 왜 이러고 있는지 몰라서 더 무서웠다. 눈꺼풀로 덮인 눈동자의 움직임이 보였다. 그녀는 깨어 있었고, 내가 온 걸 아는 것 같았다. 빠르게 움직이는 눈동자는 먼 곳에서부터 이곳으로 돌아오려는 필사적인 노력으로 보였다.

짧은 면회 시간이 끝나갈 무렵, 눈을 감고 있는 제이의 손끝이 미세하게 움직였다. 나를 부르는 신호였다. 얼른 잡아보려 손을 뻗었지만 "환자분에게 손대시면 안 됩니다." 하며 제지하는 간호사의 말에 다시 손을 거뒀다.

면회 시간은 그렇게 끝이 났다. 허무하게 중환자실을 나왔다. 다음 면회는 다음 날 오전 10시라고 했다. 고 여사는 무슨 일 있으면 연락 주겠다는 말을 남기고 임 실장의 부축을 받으며 휘청이는 걸음을 옮겼다.

집으로 돌아오긴 했지만 아무것도 손에 잡히지 않았다. 정말 아무것도. 뭘 해야 할지 몰라서 침대에 누워 1분 간격으로 시간만 확인했다. TV도 휴대폰도 눈에 들어오지 않고 잠도 안 왔다. 해가 언제 졌는지 모르게 창밖은 어두컴컴했다. 그러고 보니 하루 종일 밥을 한 끼도 안 먹었다. 그런데 이상하게도 배가 안 고팠다. 화장실도 안 갔다. 마치 몸의 모든 기능이 일시 정지된 것 같았다.

침대에 누웠다가, 일어났다가, 누웠다가, 일어났다가. 초조함과 걱정으로 다리가 떨려서 가만히 있을 수가 없었다. 누군가 내 가슴에 깊은 구덩이를 팠다. 삽질은 멈추지 않았다. 중환자실에 누워 있는 제이의 모습이 잔상으로 남아 나를 괴롭혔다. 떨쳐내려고 하면 할수록 깊게 새겨졌다. 할 수 없이 집 근처에 있는 중학교 운동장으로 나갔다.

체감 온도가 영하 40도는 되는 듯 날이 선 바람이 얼굴을 할퀴었다. 아무 생각도 안 들 정도로 몸을 혹사시키고 싶었다. 그래서 달렸다. 어둠을 가르며 달리고 또 달렸다. 숨쉬기가 고통스러울 정도로 나를 몰아붙였지만 제이에 대한 걱정은 떨쳐낼 수가 없었다.

한겨울 밤, 시린 공기에 더운 숨이 그대로 얼어붙어 시야가 뿌옇게 흐려졌다. 더 이상 달릴 힘조차 없을 때까지 달리다가 차가운 인조 잔디에 무릎을 꿇었다. 하필 달이 밝았다.

"허억… 허억…. 제이… 좀 살려주세요. 허억… 누구든 좋으니… 제발 제이 좀… 살려주세요."

누구에게 닿을지 모르겠지만 살려달라는 말만 수없이 반복했다. 신이 있든 없든 뭐라도 하지 않으면 이 막막한 시간을 견딜 수 없을 것만 같아서 나를 위해 기도했다. 내 욕심과 두려움을 버리기 위해 기도했다. 형식도 없이 공중으로 흩어지는 내 목소리는 어디에도 닿을 것 같지가 않았다. 그게 나를 미치게 했다.

번쩍 눈을 떴다. 창밖은 눈이 부셨다. 시간을 확인해 보니 아침 9시가 다 되어 있었다. 제이에게 아직 아무런 연락도 없었다. 간밤에 죽지는 않았다는 얘긴가 싶어 마음이 놓였다. 냉장고에서 물을 꺼내 마시고 욕실로 들어갔다. 뜨거운 물줄기가 머리와 어깨 위로 떨어졌다. 소나기를 맞듯 미동도 없이 서서 물을 맞고 있을 때 거실 탁자 위에 올려놓은 전화기에서 벨이 울렸다.

평소 같았으면 울리든지 말든지 느긋하게 씻고 나왔을 텐데, 지금은 상황이 달랐다. 알몸으로 욕실을 뛰쳐나왔다. 휴대폰을 확인하고는 긴장감으로 몸이 굳었다. 발신자는 제이였다. 젖은 손으로 통화 버튼을 눌렀다.

"여…보…."

"나야. 출근 안 해? 따로 얘기하지 않아도 출근 시간 9시인 거 몰라?"

전화를 제대로 받기도 전에 상큼한 목소리가 들려왔다. 철렁했던 가슴을 손으로 쓸어내렸다. 나도 모르게 안도의 웃음이 퍼졌다.

흑백이었던 세상이 생동감 있는 컬러로 바뀌었다.

마비되었던 몸의 기능이 일시 정지를 푼 것처럼 이제야 숨을 쉬는 것 같고, 심장이 뛰는 것 같고, 배도 고픈 것 같았다. 몸에서 뚝뚝 떨어지는 물방울들이 바닥을 적셨다.

"너 때문에 늦잠 잤잖아."

"어라? 늦잠 핑계 좀 봐? 정말이지 근무 태만이야."

제이는 씩씩한 목소리로 용건을 전달했다. 용건이라는 것은 중환자실에서 VIP 병실로 옮겼으니 올 때 빼빼로나 초코송이처럼 초코가 묻어 있는 과자를 몇 개 사오라는 것 그리고 읽을 만한 책을 한 권 가져오라는 것이었다. 아무튼 빨리 오라며 전화를 끊었다.

벌거벗은 몸으로 거실 한가운데에서 웃고 서 있는 나는 누가 봐도 미친놈이었다. 나를 죽였다가 살렸다가 하는 그녀 덕분에 어제, 오늘, 고행자(苦行者)가 된 기분이다. 다시 욕실로 들어가 샤워를 마친 후, 시킨 것들을 후다닥 챙겨서 병원으로 달렸다.

병원에 도착하여 병실 문을 벌컥 열어젖히자 침대에 누워 있던 그녀가 손가락을 까딱까딱했다.

"전세계, 너 잠깐 이리 와서 앉아봐."

병실은 아늑하고 쾌적했다. 작은 꽃들이 주변에 떠다니는 것처럼 밝고 향기로웠다. 호텔 스위트 룸 같은 개인 병실에는 깔끔한 욕실과 보호자용 침실이 딸려 있었다. 지속적으로 들리는 기계음

마저 안정적이고 차분한 분위기를 연출했다.

　처음 얼마간은 당황했지만, 곧 안심되었다. 그 많은 호스들은 어디 가고 손목에 링거 하나만 꽂혀 있었다. 평소와 같이 활력 있고 예쁜 모습에 저절로 웃음이 났다. 초코 과자가 들어 있는 검정 봉지를 들고 그녀가 앉으라는 의자 대신 침대에 걸터앉았다. 바보같이 웃고 있는 나를 보며 그녀는 으레 지었던 새침한 표정으로 물었다.

　"너 혹시 내 일기장 봤어?"

　눈을 가늘게 뜨고 추궁하는 그녀를 보고 모른 척 봉지에서 초코 과자를 꺼내 뜯었다.

　"아니? 내가 일기장을 왜 봐. 일기장이 어디 있는지, 어떻게 생겼는지도 모르는데."

　"내 침대 옆에 올려져 있던 다이어리 말이야."

　"안 봤어."

　"진짜 안 봤어?"

　제이 입을 막기 위해 초코 과자 하나를 꺼내서 입에 넣어주었다. 뭐 보면 안 되는 거라도 있냐는 능청스러운 나의 질문에 그녀는 과자를 오독오독 깨물어 먹으며 말했다.

　"보면 안 되는 게 있어서가 아니라 원래 '다이어리' 자체가 타인이 허락 없이 보면 안 되는 물건이야."

　"허락 없이 보면 안 되는 물건을 왜 그렇게 눈에 잘 띄는 곳에 버젓이 올려놨냐? 어디 꽁꽁 숨겨 두지."

　"봤어? 지워놓은 게 너야?"

　그녀가 상체를 벌떡 일으켰다. 나는 그녀를 다시 침대에 눕혔다.

"안 봤어."

"너 아니면 누구지? 도로타나 주디가 그랬을 리는 없고. 엄마가?"

나는 주머니에서 반지를 꺼내 생각에 잠겨 있는 제이 손가락에 끼웠다. 사이즈 조정이 다 됐다고 금은방에서 연락 왔길래 오는 길에 찾아 왔다. 반지는 검지가 아닌 약지에 꼭 맞았다. 그녀는 손에 끼워진 반지를 보더니 마음에 드는지 미소 지었다. 이때다 싶어서 화제를 전환했다.

"갑자기 뭐야. 어젠 병원에 왜 왔어?"

"몰라 나도. 분명히 침대에 누워서 잠이 들었는데 깨어보니 병원이더라고."

"그런 건 예고도 없어?"

"그러게, 예고도 없나 봐."

그녀가 부탁한 '읽을 만한 책'을 건넸다. 내 방 TV 옆에 놓여 있던 책에는 먼지가 뽀얗게 앉아 있었다. 누가 언제 선물한 책인지도 잊어버렸다. 대충 손바닥으로 먼지를 쓸어내고 가져왔다.

책 제목은 《메멘토 모리》였다. 커다란 개에게 발을 뜯어 먹히고 있는 허연 시체 위에는 이렇게 쓰여 있었다. "인간은 개밥이 될 만큼 자유롭다." 그녀는 내가 건넨 책을 받고 한참을 들여다보더니 물었다.

"메멘토 모리. 무슨 뜻인지 알아?"

당연히 모른다. 내가 눈썹을 까딱해 보이자 그녀는 친절하게 설명을 덧붙였다.

"라틴어로 '죽는다는 것을 기억하라.'라는 뜻이야."

그런 책인지 전혀 몰랐다. 안 그래도 늘 죽는다는 소리를 입에 달고 있는 애한테 건넨 책치고는 제목의 의미가 너무 심했다. 마치 욕을 건넨 기분이었다. 그러나 제이는 매우 만족스러운 표정으로 한 장 한 장 책장을 넘겨보더니 곧 책 속으로 빠져들었다.

무언가에 집중하는 그 시간을 존중해 주고 싶어서 소파로 자리를 옮기고 내 존재를 의식할 때까지 기다려 주었다. 그녀만의 시간 활용 방식을 배우려 노력 중이다. 제이의 시간은 상대적이고, 탄력적이다. 스스로의 삶을 '지배'하는 사람에게서만 나오는 고도의 기술이 아닐까 싶다.

장미꽃 향기를 맡듯이 천천히 시간을 들여 책을 읽고 차를 마시되, 남들은 몇 주, 몇 달씩 걸리는 결혼이나 여행 계획은 하루 혹은 반나절 만에 해치워 버리는…. 삶에서 중요한 것이 무엇인지 자기만의 기준이 명확한 사람만이 그렇게 할 수 있는 것이었다. 그녀에게 시간은 생명이었고, 생명은 삶을 위해 쓰는 것이 옳다는 걸 나에게 가르쳐 주고 있었다.

한참 뒤 책을 덮은 그녀는 질문을 건넸다.

"이런 곳에서 죽었으면 좋겠다 싶은 멋진 풍경을 만난 적 있어?"

소파에 누워 웹툰을 뒤적거리던 나는 느닷없는 질문에 잠시 동작을 멈췄다. 멋진 풍경이라…. 병풍 같은 산으로 둘러싸인 낮은 분지에 언덕마다 노란 유채꽃이 피어 있고 계곡 사이로 폭포수가 잔잔히 흘러 너럭바위 앞을 지나가는 그런 풍경. 소음도 먼지도 없이 바람 한 줄기에 흩날리는 꽃잎과 흘러가는 구름이 움직임의 전부인 그런 풍경. 삼겹살이나 구워 먹으면 기가 막히겠다 싶은 풍경은 몇 번 본 적이 있지만 죽고 싶은 생각이 든 적은 없었다.

내가 대답 없이 뜸을 들이자 제이는 눈을 감고 책 내용을 곱씹듯 되뇌었다.

"인간은 어디에서든 죽을 자유가 있다. 죽음은 질병이 아니기 때문이다."

"그렇다고 우리 집 앞에서 죽지는 마라. 시체는 무서우니까."

그렇게 하루를 병원에서 보냈다. 그녀가 오렌지를 먹는 동안 나는 배경 음악을 골랐다. 음악에 대한 취향이 없는 나는 그녀에게 맞추기 위해 '에디 히긴스'의 곡을 틀었다. 재즈가 흘러나오면 제이는 더욱 나른한 표정이 되었다. 블라인드 사이로 들어온 햇살이 침대 시트 위로 밝은 줄무늬를 그렸다. 우리는 호텔에서 룸서비스를 시켜 먹듯이 병실에서 밥을 먹고 실없는 대화를 나눴다.

그녀가 좋아하는 얘기는 고등학교 시절 친구들과 있었던 에피소드였다. "친구들 얘기해 줘."라고 하면 나는 이런저런 얘기를 풀어 놓았다.

"고2 때 여행 자금이 필요해서 자유로와 차칸, 나 세 사람은 돈 벌 궁리를 좀 했어. 우리 셋 다 엄청난 뺀질이들이라 남이 시키는 일이라든가 하기 싫은 일은 죽어도 못 하는 성격이거든. 그래서 알바 같은 건 꿈도 못 꿨지. 어느 날 자유로가 엄청난 아이디어를 냈어. 그놈은 잔머리 굴리는 데 천부적인 재능이 있는 놈인데 지역 축제처럼 축제를 열기로 한 거야. 일명 방구석 축제."

"방구석 축제?"

"응, 축제에는 두 가지만 있으면 돼. 먹을 거 그리고 즐길 거. 일단 음식은 간단한 메뉴를 준비하기로 하고, 우리 셋이 공연이라든가 야바위라든가 뭐 일반적으로 축제에 가면 볼 수 있는 거 있잖아? 그런 걸 하기로 하고 역할을 나눴어. 자유로는 플래카드를 만들었고, 차칸은 풍선 터트리기, 동전 던지기 같은 게임을 만들었고, 나는 기타와 노래를 연습했지. 장소는 자유로네 집. 자유로네 집은 마당이 엄청나게 넓어서 축제를 열기 딱 좋았거든. 대문 앞에서 입장료 만 원을 받았고 축제는 대성공이었어. 불이 나기 전까지는 말이야."

이야기를 들려주다 보니, 어느덧 해가 졌다. 어쩐 일인지 그녀의 어머니도 임 실장도 하루 종일 보이지가 않았다. 밤샘 근무쯤은 각오하고 있었다. 퇴근하라고 해도 버틸 생각이었다. 깜박하고 칫솔을 챙겨오지 않았지만, 칫솔 따위 편의점에서 사오면 그만이었다.

나는 클렌징 토너를 흠뻑 적신 화장 솜으로 제이의 볼과 이마를 닦으며 물었다.

"병원엔 언제까지 있을 예정이야?"

침대에 누워 얼굴을 나에게 맡긴 제이는 눈을 감고 대답했다.

"내일 집에 갈 거야. 물론 다들 안 된다고 난리를 치겠지만 이러고 있기 싫어."

이러고 있기 싫다고 말하는 사람치고는 너무 이러고 있는 게 편안해 보였다.

침대 옆 테이블에 쪼르르 놓여 있는 화장품의 사용 순서를 이해하려 노력했다. 컴포트 오일이니, 안티 에이징 세럼이니, 나이트

크림이니 하는 것들을 차례로 손끝에 덜어 살살 펴 발라주었다.

"그냥 여기 있는 게 더 낫지 않아?"

"너 어제 중환자실에서 나 봤잖아. 어땠어? 내 모습?"

초등학교 2학년 무렵 과학실에서의 기억이 떠올랐다. 포르말린이 가득 들어 있는 유리병 속 회백색 개구리. 충격적인 그 장면이 꽤 오랫동안 잊히지 않았다. 무섭고, 겁이 났다. 한편으로는 섬뜩하기까지 했다.

중환자실에 누워 있는 제이의 모습은 그 이상의 충격이었다. 사람이 아닌 어떤 이름 모를 식물처럼 보였다. 공포 영화의 한 장면처럼 뇌리에 깊게 박혀 떨쳐낼 수가 없었다. 제이는 내 표정을 보고 다시 눈을 감았다.

"난 병원이 싫어. 악몽을 꿔. 기계에 매달린 수십 구의 시체들이 늘어서 있는 그런 장면이 꿈에 나와. 그리고 그 시체들 속에 내가 누워 있어. 그런 건… 끔찍해."

"오늘 밤엔 괜찮겠어? 악몽을 꿀지도 모르잖아. 내가 같이 자줄까? 침대도 넓고."

진심으로 걱정해서 물어본 말이었는데 사람을 어떻게 흰자로만 쳐다볼 수 있는지 신기했다. 나는 화장품들의 뚜껑을 닫고 가지런히 정돈했다. 화장 솜을 휴지통에 휙 던져버리고 조명을 어둡게 조절했다. 보호자용 침실이 따로 마련되어 있었지만 병실 안 소파에 몸을 눕혔다.

어두운 병실 안에는 맥박을 체크하는 기계 소리와 가습기 물방울이 터져 나오는 소리만 사사사삭 들렸다.

서로가 잠들지 않았다는 걸 알면서도 깨어 있다는 걸 들키지 않으려고 자는 척했다. 제이는 나에게 자냐고 물었고, 나는 잔다고 대답했다.

"그런데 왜 불이 났어?"

방구석 축제의 뒷이야기가 궁금한가 보다.

"궁금하면 '세계 오빠, 뒷이야기 들려주세요.'라고 말해. 그럼 계속해 줄게."

이런 좋은 기회를 놓칠 수 없어서 조건을 붙였더니 잠잠해졌다. 도도한 자존심 빼면 시체인 애라 곧 죽어도 그 말은 못 하겠는지 어이없을 정도로 금방 잠이 들어버렸다.

그녀의 숨소리가 새근새근 들려왔다. 불이 났다는 건 거짓말이었다. 사실 축제는 성공적이었고, 우리 세 사람은 그 돈으로 2박 3일 속초에 다녀왔다. 오빠 소리 좀 듣고 싶었는데 실패했다. 다음 이야기는 조금 더 극단적으로 궁금하게 지어내 봐야겠다.

어제와 오늘, 시간이 어떻게 갔는지 모를 정도로 정신이 없었다. 걸음을 걸어도 발이 바닥에 닿지 않고 눈앞에 무언가 지나가도 초점이 흐려져서 보이지가 않았다. 모든 감각들이 흩어지고 오로지 한 가지 생각에만 집중했다. '제이가 죽어버리면 나는 어떻게 되는 거지?'라는 생각을 하면 불안이 가슴을 짓누르는 것 같다. 짐작도 할 수 없었다. '슬픔'의 구체적인 방향이나 깊이를 가늠하기 어려웠다. 피할 수 있다면 최대한 피하고 싶었다.

이런저런 생각으로 잠들지 못하고 얕은 무의식에서 헤엄치고 있을 때, 맥박을 체크하는 기계에서 날카로운 경고음이 들렸다. 뻑뻑한 눈을 비비며 제이 침대로 다가갔다. 입술이 푸르뎅뎅한 제이의 이마에 땀이 송골송골 맺혔다. 그녀는 고통스러운 표정으로 소리도 내지 못한 채 울고 있었다. 모니터 그래프가 얼핏 보기에도 정상은 아니었다.

"제이야. 제이야!"

간호사 호출 벨을 다급하게 누르고 제이를 흔들어 깨웠다.

"일어나. 눈떠봐. 정신 좀 차려봐!"

간호사가 들어와 혈압과 맥박을 체크하고 다시 나가더니 의사와 함께 들어왔다. 제이는 순식간에 의료진에게 둘러싸였다. 분주한 손길들이 약이며 주사기며 온갖 물품을 들었다가 놨다 했다. 의사 한 명이 심장 마사지를 하는 동안 다른 한 명은 관을 투입했다. 제이의 침대 위는 전쟁터 같았다.

10분이 1년처럼 느껴졌다. 공황 상태에 빠진 것은 나뿐만이 아니었다. 내색하지 않으려 했지만 의사들의 표정도 심각했다. 산소 호스가 연결되었고 양쪽 손목에 바늘이 꽂혔다. 급박한 상황이 얼마나 지속되었을까. 마침내 모니터에는 심장 박동 그래프가 규칙적으로 그려졌고, 기계음이 정상을 회복했다.

의사들이 모니터를 체크하며 상태를 기록하는 동안 간호사들은 의료 도구를 정리했다. 제이 몸 어디에 구멍을 뚫었는지 제이가 입고 있는 벚꽃 무늬 실크 잠옷에 피가 얼룩져 있었다.

끝나지 않을 것만 같던 아찔한 순간이 지나갔다.

병실 분위기는 차츰 안정되었고 멀찍이 서 있던 나는 침대 가까이 다가갔다. 제이의 눈가에 흘러내리는 눈물을 손끝으로 받았다. 겨우 의식이 돌아 온 그녀는 힘겹게 눈을 떴다.

"나… 무서운 꿈 꿨어. 내가… 죽었어. 누가 내 심장을… 훔쳐 갔어."

나는 그녀의 손을 꼭 잡았다.

"심장 여기 있어."

공포와 두려움에 떨고 있는 그녀를 달래기 위해 손을 꼭 잡고 그녀의 심장이 뛰는 곳에 놓아주었다. 땀에 젖어서 흩어진 머리카락을 쓸어 올렸다. 관자놀이를 따라 흐르는 눈물을 지우고 또 지웠다. 코가 막혀서 입으로 숨을 쉬는 그녀는 죽을 듯한 고통을 겨우 참고 있는 듯했다.

"울지 마. 코 막혀."

그녀는 울지 않겠다고 고개를 끄덕였지만 눈에서는 자꾸 눈물이 흘러내렸다. 제이의 손바닥을 펼쳤다. 손가락으로 손금을 따라 선을 그었다.

"생명선이 여기까지 이어져 있어. 아주 또렷하게 보이잖아. 장담하는데 절대 안 죽어."

손금은 볼 줄도 모르고 믿지도 않지만 뭐라도 해서 그녀를 위로하고 싶었다. 그리고 나를 위로하고 싶었다. 누군가의 죽음을 받아들일 준비는 아직 되어 있지 않았다. 받아들여야 하는 죽음이 내 첫사랑의 죽음이라는 충격을 나는 평생 견딜 수가 없을 것이다.

나는 그녀를 사랑하고 있었다. 꽃병에 꽂힌 꽃인지 무엇인지 모를 그림을 본 순간부터. 아니면 그녀를 처음 본 그 순간부터였는지도 모른다. 사랑에 빠지는 순간은 꽃봉오리가 터지는 순간, 별똥별이 떨어지는 순간, 나뭇잎이 가지에서 떨어지는 순간, 살갗에 닿은 눈이 녹는 순간보다 더 예측이 불가능하고 잴 수 없는 찰나에 일어난다는 걸 태어나서 처음 알게 되었다.

17
어느 평범한 하루

인생은 초콜릿 상자의 초콜릿과 같다.
그 안에서 뭐가 나올지 결코 알 수 없다.
— 「포레스트 검프」

제이는 잠옷을 입은 상태로 물기 없는 욕조에 들어갔다. 벽을 보고
앉아 머리카락을 길게 늘어뜨리고 고개를 뒤로 젖혔다. 나는 그녀
의 머리카락 앞에 쪼그려 앉아 샤워기를 틀었다. 따뜻하게 물 온도
를 맞추고 그녀의 두피와 머리카락을 충분히 적셨다. 샴푸로 거품
을 내자 기분 좋은 향기가 가득 퍼졌다. 서두르지 않고 조심스럽게
거품을 발랐다. 누군가의 머리통을 이토록 성스럽게 대한 건 태어
나 처음이었다.

샴푸 거품을 깨끗하게 헹궈낸 뒤 손으로 꼭꼭 짜고 컨디셔너를
발랐다. 어설픈 손길에도 제이는 편안히 눈을 감고 있었다. 약간은
경건하면서도 지극히 사적인 행위에 그 어떤 변태적인 감정도 끼

어들 틈이 없었다. 컨디셔너를 꼼꼼하게 바르고 머리를 빗기듯 부드럽게 마사지했다. 그리고 다시 물로 헹궜다. 흐르는 물과 함께 하수구로 녹아 흘러내릴 것 같은 머릿결은 예술이었다.

"마지막엔 차가운 물로 헹궈줘. 그래야 모발이 탱글탱글하거든."

마지막 헹굼은 찬물로 했다. 완벽한 '머리 감기'였다.

병실에는 임 실장이 가져다준 캔버스와 이젤, 붓, 물감 등이 널브러져 있었다. 독특한 종이 냄새, 나무 냄새, 물감 냄새가 가득 났다. 개인 레슨을 받은 적이 있다는 그녀는 그림에 대해 나름대로 자부심이 있는 듯했다. 내 초상화를 그려주겠다며 나를 소파에 앉혀놓고 밑그림도 없이 슥슥 붓을 놀렸다. 그녀의 팔 움직임은 그림을 그리는 움직임이 아니었다. 동작의 빠르기에 따라 몹시 가려운 곳을 긁는 움직임 혹은 정교하게 생선회를 뜨는 움직임 정도로 보였다. 히드라에 덴 적이 있어 크게 기대하진 않았지만, 그녀 눈에 비친 내 모습이 어떨지 궁금했다.

꽤나 졸린 상태로 얼굴을 문지르면서 졸음을 쫓았다. 눈꺼풀이 제멋대로 눈을 덮으려 할 때쯤 제이는 활짝 웃는 얼굴로 다 그렸다며 붓을 내려놓았다. 흐뭇한 그녀의 표정을 보아하니 망한 듯했다.

생글생글 웃으며 선물이라고 내미는 그림을 차마 거절할 수 없어서 기쁘게 받아 들었다. 그 안에는 푸른곰팡이, 끓이다 만 블루베리 잼, 울퉁불퉁한 멍 자국 같은 것이 그려져 있었다.

"이게 나야?"

"응."

"내가 왜 파란색이야?"

"넌 어쩐지 '블루'스러워서."

나를 놀리는 건가? 겨우 푸르죽죽한 빈대떡을 받아보려고 세 시간을 꼼짝없이 앉아 있었던 건 아닌데. 제이는 '작품'에 대해 매우 흡족한 표정이었다. 나를 왜 이렇게 그렸냐고 따질 정도의 열정은 없었다. 한 가지 궁금한 것만 물어보았다.

"입이 왜 세 개야?"

"아닌데? 이건 윗입술, 그리고 이건 입 안, 이건 아랫입술."

"아…. 잘 그렸네."

나른한 오후였다. 내 초상화를 냉장고 옆에 기대어 놓고(꿈에 나올까 두려워 뒤집어 놓고) 소파에 누워 낮잠이나 잘까 생각하던 중이었다. 제이는 탈출 계획을 세웠다. 의식이 없을 때 실려왔기 때문에 보호자의 동의 없이 퇴원이 불가능한 상황이었다. 그 일로 인해 점심 때쯤 고 여사와 제이의 말다툼이 한바탕 벌어졌다.

제이는 해야 할 버킷리스트가 남아 있다며 내보내 달라고 아우성을 쳤고, 고 여사는 자신의 딸을 퇴원시킬 생각이 없다고 했다. 매우 완고한 엄마의 반대에 제이는 "죽을 날만 기다리는 거라면 차라리 요양원으로 보내지 그래?" 하고 소리쳤다가 뺨을 맞을 뻔했다. 다행히 잽싸게 제이를 감싼 내 옆통수에 고 여사의 손바닥이 떨어졌다. 현기증으로 쓰러진 고 여사는 절대 안정을 취하기 위해 집으로 돌아갔다.

"날도 추운데 그냥 여기 있는 게 제일 안전하지 않아? 집으로 돌아가지 않으면 어디로 가려고?"

제이의 눈치를 살피며 물었다. 침대 위에서 생각에 잠겨 있던 그녀는 좋은 방법이 떠올랐다는 듯 손으로 나를 가리키며 초롱초롱 눈을 빛냈다.

"네 오피스텔에 가 있으면 돼."

내 동의나 허락은 필요 없다는 말투였다. 나를 게이나 수도승 정도로 생각하는 모양인데, 그건 별로 좋은 생각이 아니었다. 터키산 수제 카펫이 깔려 있지 않아서 글렀다는 얘기를 전하자 제이는 금세 시무룩해졌다. 게다가 잠옷 바람으로 응급실에 실려온 제이에게는 마땅히 입고 나갈 옷이 없었다. 오피스텔이든 어디든 나가려면 옷이 필요했다.

"어쨌든 입을 만한 옷이라도 챙겨올게."

제이를 병실에 남겨두고 집으로 돌아왔다. 나는 매우 바빠졌다. 어디부터 치워야 할지 몰라 화장실부터 공략했다. 바닥에 쪼그려 앉아 솔질을 하면서도 왜 이러고 있는 건가 싶은 생각에 헛웃음이 나왔다. 청소기를 돌리고, 침대 시트를 갈고, 섬유 탈취제를 뿌렸다.

그녀를 내 집에 들인다는 건 턱도 없는 소리였지만 싱크대 상부장을 열어 그녀가 마실 만한 허브티가 있는지 확인하고, 갈아입을 티셔츠를 꺼내놓으며 내 옷을 입은 그녀를 상상했다. 하여간 더럽게 설레서 내가 봐도 맛이 간 것 같았다.

병원으로 다시 돌아간 건 해가 뉘엿뉘엿 넘어갈 무렵이었다. 병실에 들어서자 저녁 식사를 마친 제이가 이를 닦고 있었다. 집에서 챙겨온 패딩을 꺼내 침대 위에 펼쳐놓았다. 수건으로 입 주변을 톡톡 닦은 뒤 욕실 밖으로 나온 제이는 침대 위에 올려져 있는 검은 롱 패딩을 보고 미심쩍은 눈초리로 물었다.

"전세계, 이거… 옷이야? 확실해?"

"겨울엔 무조건 따뜻한 게 최고야. 이거 입으면 길바닥에서 자도 얼어 죽진 않을걸."

"길바닥에서 잘 일 없으니까 침낭 말고 옷을 좀 챙겨다 줄래?"

제이는 곁눈질로 시커먼 롱 패딩을 혐오스럽다는 듯이 보고 절대 입을 수 없다며 고개를 저었다. 선택은 하나였다.

"입고 나갈래? 병실에 있을래?"

그녀는 타협할 수준이 못 된다고 투덜거리면서 절망스러운 표정을 지었다. 한참을 고민하더니 검은색 롱 패딩을 주섬주섬 주워 들고 슬쩍 팔을 끼웠다. 발목부터 지퍼를 쭉 채워 올렸다. 끔찍하다는 표정을 짓는 와중에 눈만 동그랗게 나온 제이의 모습이 웃겨서 참을 수가 없었다. 내가 박장대소를 하자 그녀는 새초롬하게 눈을 흘겼다.

"왜 웃어?"

"그냥, 너 이런 옷 입은 거 처음 봐서."

"도저히 안 되겠어. 지퍼 다시 내려."

나는 그녀 말을 무시한 채 소파 위에 던져놓은 카메라 가방에서 카메라를 꺼냈다. 열흘째 되는 날 입금 된 300만 원으로 카메라를 샀다. 제이와 함께하는 시간 속에서 놓치고 싶지 않은 순간을 카메라에 담고 싶었다.

"찍지 마. 초상권이 있다구!"

제이는 손으로 얼굴을 가리며 부끄러워했다. 그럴수록 나는 더 신이 나서 셔터를 눌러댔다.

"초상권? 초상 치른다는 말을 하도 많이 들어서 초상권이 무슨 말인지도 모르겠다. 조의금 봉투 들고 오면 되냐? 여기 한번 봐봐. 호로로로롤!"

아기 돌 사진 촬영하듯 시선을 끌기 위해 애썼다. 방정맞은 내 액션에 터지려는 웃음을 참고 눈을 흘기는 제이가 귀여웠다. 결국 제이는 이불 속으로 숨어버렸다.

어수선한 포토 타임으로 검정 롱 패딩의 혐오스러움이 어느 정도 중화되었는지 제이는 롱 패딩을 입고 주렁주렁 달린 링거액과 약을 챙겨 들었다. 나는 그녀를 도와 행거를 끌며 병실 문을 열었다. 그러자 문 앞에 서 있던 검은 양복 차림의 남자가 우리를 막아섰다. 내가 들어올 때만 해도 없었다.

"회장님께서 외출을 통제하라고 하셨습니다. 병실 밖으로 나가실 수는 있으나 병원 밖으로는 외출이 불가능하십니다."

고 여사가 고용한 3교대 사설 경호원은 제이의 외출을 막았다. 제이는 당장 고 여사에게 전화했다. 감금이 아니라 안전하게 보호하기 위함이라는 고 여사의 목소리가 제이의 전화기에서 새어 나왔다. 당장이라도 쏘아붙일 듯이 따지던 제이는 순순히 알았다고 대답한 후 전화를 끊었다. 패딩을 벗고 침대에 누운 가녀린 어깨가 안쓰러웠다.

"초코송이 사올까? 만화책 빌려올까?"

말을 걸었지만 묵묵부답이었다. 그녀는 겨울잠을 자려는 오소리처럼 몸을 말고 긴 머리카락으로 자신을 덮었다.

"이만 퇴근해."

한참의 침묵 끝에 그녀는 내일부터 휴가라는 말과 함께 연락할 때까지 병원에 오지 말라는 말을 남기고 나에게 퇴근을 명령했다. 신나게 달리던 버스에서 내린 기분이었다. 어딘지 모르는 곳에.

달팽이는 기어간다는 것
바다는 일렁인다는 것
사람은 사랑한다는 것
—다니카와 슌타로 「산다」

예상치 못했던 휴가에 할 일 없이 시간만 보냈다. 영화와 예능을
번갈아 한 편씩 시청하는 것이 하루 일과였다. 영화 속 세상은 모
든 일이 운명처럼 연결되어 인과 관계가 명백한 상태로 흘러갔다.
스릴과 반전, 교묘한 계략, 예상치 못한 전개, 극적인 결말이 반드
시 영화의 재미를 보증하는 건 아니다. 오히려 아무 일도 일어나지
않을 때 끝까지 보게 된다. 아무 일도 일어나지 않을 걸 알지만 정
말 아무 일도 일어나지 않는다는 걸 확인하고 싶어서.

　그녀를 만난 건, 하필이면 죽을 날이 얼마 남지 않은 여자를 사
랑하게 된 건, 영화도 예능도 아닌 현실이었다. 줄거리나 결말에
대한 힌트도 없이 무대 한가운데 내던져진 비운의 남자 주인공. 아

무 일도 일어나지 않는 기적을 덤덤하게 지켜보며 결국 아무 일도 일어나지 않을 것이라 믿는 것만이 이 구간을 지나는 방법이다. 내일이 어떻게 생겼는지 궁금해하지 않기로 했다. 침대에 누워 나의 하루가 그냥 지나가는 걸 지켜보는 것도 그만두기로 했다.

저녁때쯤 전화벨이 울렸다. 자유로에게 걸려 온 전화였다. 나오지도 않는 목소리로 겨우 전화를 받았다. 그러고 보니 오늘이 차칸의 생일이었다. 생일 파티가 열리는 장소와 시간을 문자로 받았지만 까맣게 잊고 있었다. 밤 10시까지 아레나로 오라는 유로의 말에 느닷없이 제이가 떠올랐다. 친구들에게 소개하고 싶은 마음은 전혀 없었지만 쓸쓸하게 누워 있을 그녀를 데리고 나와야겠다는 생각이 강렬하게 들었다.

VIP 병실 앞은 비어 있었다. 경호원은 자유로가 맡았다. 지금쯤 비상계단을 뛰어 내려가고 있을 터였다. 침대에 누워 책을 보고 있던 제이는 나를 보고 놀라 몸을 일으켰다. 시간이 얼마 없었다. 제이를 일으켜 세운 뒤 며칠 전 가져다 놓은 롱 패딩을 꺼내 푹 뒤집어 씌웠다. 그리고 수액이 걸린 행거를 통째로 끌고 제이 손을 잡았다.

"자유로의 희생을 헛되이 하지 말자. 빨리 나와."

병실 불을 전부 끄고 베개를 이불로 덮어놓은 뒤 제이를 데리고 밖으로 나왔다. 엘리베이터를 타고 1층에 도착하자마자 주차되어 있던 차에 올랐다. 운전석에 앉아 있던 칸이 웃으며 제이에게 인사를 건넸다.

"제이, 반가워. 역시 미인이네."

정문에서 달려 나오는 자유로가 보였다. 잠시 후 조수석 문이 벌컥 열리고 쓰러지듯 차에 오른 유로는 "하악, 전…세…, 하악, 이런 씨…, 우웨엑…." 하고 헐떡거리며 말을 토했지만 결국 무슨 소린지 알 수 없었다.

숨넘어가기 일보 직전인 유로가 헛구역질을 해대거나 말거나 차는 곧장 출발했다.

경호원을 따돌리기 위해 추격전을 펼친 그는 15층에서 1층까지 뛰어 내려오는데 1분도 채 걸리지 않았다는 얘기를 떠벌렸다. 제이는 여전히 모르겠다는 표정으로 나를 올려다보았다. 짧은 말로 설명을 대신했다.

"오늘 칸쵸 생일. 칸쵸가 너도 초대했어."

병원복을 입은 채 갈 수 없다며 가까운 백화점으로 향한 그녀는 나에게 신용 카드를 빌렸다. 원피스와 코트, 구두까지 쇼핑을 끝낸 그녀가 마지막으로 장갑을 결제하기 위해 카드를 내밀었을 때 직원은 미안한 표정으로 카드의 한도가 초과되었음을 알렸다. 병원복이 들어 있는 종이 가방을 손에 들고 누군가에게 이렇게 많은 말을 쏟아부은 건 처음이었다.

"어떻게 남의 카드로 옷을 사면서 한도 초과를 만들 수가 있냐? 돈 개념이 있는 거야 없는 거야? 어디 땅 파면 돈이 나오는 줄 알아? 물건을 살 땐 가격을 먼저 확인하고 사야지, 가격표를 안 보고 사는 게 말이 돼? 나 한 달 동안 어떻게 살라고? 네가 먹여주고 재워줄 거야?"

최소한 오십 문장은 쉬지 않고 말한 것 같다. 내 잔소리는 여자가 알뜰해야 집안이 잘산다는 지극히 조선 시대적인 멘트로 끝이 났다.

그녀는 쥐어박히면서도 뭐가 그리 좋은지 배시시 웃었다. 칸과 유로가 룸 미러를 힐끔거렸다. 창밖의 불빛이 제이 얼굴을 비출 때마다 차 안의 공기가 묘하게 가라앉았다. 앞에 두 놈이 쳐다보지 못하도록 제이 머리를 끌어당겨 내 점퍼 안에 숨겼다. 숨 막힌다고 난리 칠 줄 알았는데 의외로 얌전히 내 가슴에 얼굴을 묻었다. 제이에게 닿지 못한 차칸과 자유로의 호기심 가득한 시선은 곧 나에게 굴절되었다.

'나중에.'

두 친구는 내 입 모양을 보고 네 알의 눈동자를 거두어들였다. 나중이 얼마나 나중인지는 나중에 설명하기로 했다.

쿵쿵 울리는 음악 소리에 놀라지 않도록 클럽에 들어서는 제이의 귀를 막아주었다. 마치 별천지를 구경하듯 클럽을 둘러보는 그녀의 눈에 조명이 비쳐 빛났다. 놀이공원에서 퍼레이드를 볼 때보다 더 상기된 표정이었다. 예약해 놓은 룸은 이미 다른 친구들로 붐볐다. 안으로 들어서는 제이에게 감탄과 선망, 호기심과 시기를 담은 시선이 한꺼번에 쏠렸다.

칸과 유로가 제이에게 정식으로 인사를 했다.

"안녕? 내 이름은 자유로야. 요양 자씨 18대손. 자유롭게 살라고 아버지께서 지어주신 이름이지. 자손을 널리 퍼트려 가문을 일으키는 게 내 임무이기도 해. 그래서 오늘도 임무에 충실해 볼까 생각 중인데. 내 일생일대 프로젝트에 함께하는 건 어때?"

생긋 웃는 제이에게 유로가 손을 내밀자 칸이 옆에서 끼어들었다.

"제이, 안녕? 차칸이야. 만나서 반가워. 네 얘기 많이 들었다고 말하고 싶지만, 솔직히 전세계한테 여자 친구 있다는 얘기는 아까 처음 듣고 조금 놀랐어. 아무튼 와줘서 고마워. 전세계가 여태껏 내 생일날 준 허접한 선물들을 다 용서할 수 있을 만큼 감동적이야. 생일 선물로 널 만나는 행운이라니, 나 오늘 태어나길 정말 잘한 것 같아. 마미 땡큐."

칸은 제이 손을 잡고 손등에 가볍게 입을 맞췄다.

"그 유명한 칸쵸? 나도 네 얘기 많이 들었어. 품. 만나서 반가워."

"내 얘길 들었다니 영광인데? 앞으로 내 모든 얘기 속에 주인공이 되어 주지 않을래?"

친구 놈들이 하는 행동을 가만히 지켜보고 있던 나는 도저히 들어줄 수가 없어서 팔로 차칸의 목을 감아 최대한 제이와 멀찍이 떨어진 곳으로 끌고 갔다. 깔깔거리는 제이의 웃음소리가 먼지 가득한 빛 위를 떠다녔다.

칸과 유로는 병원 탈출 작전에 관해서 묻지 않았다. 대신 무알콜 샴페인에 취해 비즈가 가득 들어 있는 풍선을 들고 춤추는 제이와 수준을 맞췄다.

"내가 하는 게임 리워드에 '실패'와 '성공'과 '대성공'이 있어. 사람들은 대부분 '대성공'을 하고 싶어 해. 그 이유는 '그냥 삼각팬티'가 아니라 '예리한 삼각팬티'를 얻을 수 있기 때문이지. 앞에 '예리한'이 붙어. 볼래? 이건 허세가 아니라 진짜야."

칸은 휴대폰을 열어 자신의 '예리한 삼각팬티'를 제이에게 자랑했다. 칸과 제이는 어깨를 맞대고 속닥속닥 자신들의 놀이를 즐겼다. 차칸이 뭐라 귓속말을 하자 제이가 깔깔거리며 물개처럼 박수를 쳤다. 이 순간 제이 안에 감춰진 죽음의 징후는 밝게 빛나는, 행복해 보이는 두 뺨뿐이었다.

"야, 칸쵸. 직딩히 데리고 놀아. 애 심장 뛰지 않게 조심하고."

둘 중 누구도 내 말에 반응하지 않을 거라는 예상이 맞았다. 차칸은 자신의 황금빛 머리카락을 뽑아 제이의 귀에 집어넣었다. 무슨 수작인지는 몰라도 그렇게 하도록 내버려 두는 제이가 더 신기했다. 까르르 웃는 그녀를 보며 다음에 나도 한번 써먹어 봐야겠다는 생각을 잠깐 했다. 자유로가 샴페인 잔을 기울이며 내 옆에 앉았다.

"심장은 원래 뛰는 거잖아. 안 뛰면 죽는 거 아니야? 둘이 어떻게 만났어? 여자 친구라는 거짓말을 우리가 믿을 것 같냐?"

어떻게 만났냐는 유로의 질문에 뭐라고 대답해야 할지 잠시 망설였다. 구인 광고 보고 만났다고 하면 거짓말인 줄 알 거다. 내가 생각하기에도 정말 말도 안 되는 만남이었다.

"신문 광고."

"뭐?"

"남자 친구 구한다고 구인 광고 냈길래 전화했어."

그날은 평소와 다름없이 오후 늦게 일어나 배달 음식을 주문했다. 현관 앞에 널려 있는 지역 신문을 주워 테이블에 깔았다. 배달

온 짜장면을 먹음직스럽게 잘 비벼서 한 입 후루룩 먹었다. 단무지를 젓가락으로 집어 올리다가 신문지 위에 떨어트렸다. 다시 집어 올렸을 때 노랗게 젖은 글씨가 눈에 들어왔다.

[남자 친구 구함. 010-XXXX-XXXX]

그녀의 변명을 빌리자면 미국에는 '애인 구함'이라는 광고란이 '전 · 월세'나 '구인 구직' 광고보다 더 많은 지면을 차지하고 있다고 했다. 마치 '치과 위생사 구함, 야간 근무 없음, 시급 협의 가능'처럼 '신체 건강, 35~40세 남성, 여행 파트너 구함' 같은 광고가 대중적이라는 설명이었다. 그 말을 완전히 믿은 건 아니지만 남자 친구 구한다고 광고를 낸 그녀나 그걸 보고 전화한 나나 똑같은 인간이니 할 말은 없었다.

"농담을 진담처럼 하면 농담인지 진담인지 구별이 안 되거든?"
"농담처럼 들리냐?"
"나이도 어리고, 얼굴도 예쁘고, 돈도 많겠다. 그런 애가 뭐가 아쉬워서 남자 친구 구한다고 광고까지 내? 그런 광고가 있다고 쳐도 그걸 보고 전화하는 놈이 더 미친놈이지."
그래 내가 미친놈이다. 얼음을 입에 문 자유로는 냉소를 담아 물었다.
"이번에도 비즈니스야?"
유로의 눈빛이 서늘했다. 제이를 나 같은 놈에게서 반드시 구해

내겠다는 어떤 삼류 기사도 정신까지 내비쳤다.

"아니. 어. 아니. 어."

긍정도 부정도 아닌 내 대답에 유로가 어이없다는 듯 피식 웃었다.

"무슨 대답이 그래?"

"나도 몰라."

머리를 헝클어트리며 술잔을 들었다. 비즈니스는 맞는데, 꼭 그것만은 아니다. 여전히 제이와의 관계를 설명할 마땅한 단어를 찾지 못했다.

"처절한 짝사랑?"

유로의 질문에 딱히 반박하지 않았다. 해맑게 웃던 그녀는 나와 눈이 마주치자 눈을 찡긋했다. 그 모습을 멍청하게 바라보며 마냥 흐뭇했다. 유로는 제이에게 샴페인을 건네며 장난스럽지만 낯선 표정으로 경고했다.

"제이야, 전세계한테 절대 반해서는 안 돼. 전세계가 하는 말은 죽은 하루살이 같은 거야. 불면 날아가지. 먼지보다 가볍게."

19
그녀의 부탁

애매함으로 둘러싸인 이 우주에서
이런 확실한 감정은 단 한 번 오는 거요.
몇 번을 다시 살더라도, 다시는 오지 않을 거요.
—「메디슨 카운티의 다리」

12월의 마지막을 하루 앞둔 날. 자유로가 쓸데없는 소리를 해서 영 찜찜하다. 하루살이가 어쩌고 저째? 설마 그 말을 믿는 건 아니겠지. 제이에게 차칸과 자유로를 소개시켜 준 건 태어나서 지금까지 한 일 중 제일 멍청한 짓이었다. 덕분에 나를 제외한 세 사람은 '영혼의 파트너'가 되어버렸다.

어젯밤 제이를 병원에 데려다주는 길에 물었다.

"차칸이랑 무슨 얘기 했어?"

"아무 말도 안 했어."

"차칸이 시켰냐? 내가 물어보면 잡아떼라고?"

"응."

어이가 없었다.

"그 새끼가 무슨 말을 했든 믿지 마. 백 마디 중에 백 마디가 뻥이니까."

"어? 칸도 그런 말을 했어. 전세계 말은 믿지 말라고."

"그리고 또? 무슨 말을 했는데?"

"우리가 영혼의 파트너가 되었다는 사실을 아무에게도 말하지 말랬어."

"영혼의 파트너? 웃기고 있네. 차칸은 애초에 영혼이 없는 놈이야."

구불구불한 금발 머리를 휘날리며 남의 고용주에게 입담 좋게 이야기를 늘어놓은 차칸의 성격으로 미루어 보건대 어렸을 적 높은 곳에서 한 번쯤은 떨어졌을 가능성이 있었다. 감나무, 지붕, 다리, 예상치 못한 절벽 같은⋯. 그때 튕겨져 나갔다가 반만 돌아온 것이다, 정신이.

얼굴에 복숭아 같은 빛을 띠고서 차칸과 자유로의 캐리커처가 그려진 종이 팔찌를 만지작거리던 제이는 나에게 "고마웡." 하고 말했다. 고마워도 아니고 고마웡이다. 별로 그럴 의도는 아니었지만 친구가 없던 제이에게 정신 상태가 비슷한 친구를 둘씩이나 소개해 준 것에 대한 고마움으로 받아들였다. 고마운 김에 혹시라도 내 발길을 잡는다면 옆에 있어 주려고 마음먹었다. 외롭고 불안해할 그녀가 걱정되어서 오늘 밤은 머리맡을 지킬 생각이었다.

그런 나의 생각과는 다르게 그녀는 패딩을 벗으며 나를 쫓아냈다.

"이제 그만 돌아가."

"가라고?"

얼빠진 표정으로 물었다.

"다음부터 내 허락 없이 나를 납치할 경우 경찰에 신고할 거야."

은제이의 성격으로 미루어 보건대 어렸을 때 차칸과 같은 일을 겪었을 가능성이 크다.

"언제는 고맙다며."

"그건 그거고."

"밤에 악몽 꿀 수도 있잖아. 오늘은 내가 옆에 있어줄게."

"휴가를 주겠다는데 왜 이러는 거야?"

"도대체 언제까지 휴가인데?"

"내가 연락할 때까지."

일하고 싶어 죽겠다는데 군이 휴가를 주는 건 법적으로 문제가 없는 건가? 고용노동부에 신고해 버릴까? 허탈하게 돌아서는 발걸음이 쉽게 떨어지지 않았다.

병실 밖으로 나와 한참을 서 있었다. 일과 사랑의 가운데 어정쩡하게 매달려 할 수 있는 일이 없었다. 병실로 돌아온 나와 제이를 보고 귀신 본 듯 놀라던 경호원이 부러웠다. 밤새 할 일이 있어서.

전화벨이 울렸다. 자유로였다.

"어."

"제이는 잘 데려다줬어?"

"어."

"빨리 와."

불 꺼진 병실 안은 조용했다. 전화를 끊고 엘리베이터에 올랐다.

다음 날, 아침 일찍 병원으로 왔다. 일몰과 일출을 보러 가기 위해서였다. 나에게 말하지 않았지만 일기장에 쓰여 있었다. 한 해의 마지막 일몰과 첫 일출을 보는 건 그녀의 버킷리스트였다. 올해 마지막 일몰을 보려면 서둘러 출발해야 한다. 고 여사는 안 된다고 할 게 뻔하므로 어제처럼 제이를 몰래 빼돌리는 수밖에 없다.

병원 VIP층은 특별히 인테리어에 공을 들였다. 대리석 상판이 올려진 간호사 스테이션 카운터에서 방문객 접수를 하고 자동문 안으로 입장했다. 연한 은빛 타일이 깔린 복도를 지나면 무수한 전구 알이 샹들리에처럼 반짝거리며 늘어져 있었다. 제이가 있는 병실 앞엔 어딘지 모르게 험상궂은 어깨와 탄탄한 허벅지를 가진 경호원이 한결같은 표정으로 서 있었다. 일단 기분 좋게 인사를 나누고 병실 안으로 들어갔다. 그녀는 임 실장과 아침 식사를 하고 있었다.

"말 안 듣는구나? 연락할 때까지 오지 말랬잖아. 왜 또 왔어?"

나는 제이 옆에 털썩 앉아서 그녀 손에 들려 있던 바게트를 한 입 베어 물었다. 마시던 오렌지 주스도 태연하게 빼앗아 마시며 묻지도 않은 말을 했다.

"어제 너 데려다주고 클럽으로 안 가고 집으로 바로 갔어."

그녀가 나를 빤히 보며 "안 물어봤어." 하고 대꾸했다.

"궁금할까 봐 말해주는 거야."

나는 바게트를 한 입 더 뜯어 먹었다.

"안 궁금하다고."

새침하게 잡아떼는 그녀를 놀려주고 싶어서 그녀의 검지 손끝과 연결된 모니터를 가리켰다.

"저기 모니터에 맥박 보이지? 너 거짓말하면 저거 숫자 올라가는 거 알아?"

늘 창백하던 제이 얼굴이 붉게 달아올랐다. 그녀는 똑 부러지는 소리로 일갈했다.

"거짓말 아니고 어이가 없어서 올라가는 거야. 생명을 유지하기 위해 의존하고 있는 의료 장비를 겨우 사람 놀리는 용도로밖에 해석하지 못할 거라면 더 이상 병실에 출입하지 말아주길 바라."

말해놓고 화가 난 듯 씩씩거리는 제이는 김이 폴폴 나는 데친 토마토 같았다. 건방진 말투마저도 귀여워 죽겠다.

"진실 게임 한번 해? 그래프 지붕 뚫게 해줄까? 너 심장 안드로메다로 날아가는 수가 있다. '오빠 한 번만 살려주세요.' 하지 말고."

한껏 삐친 제이를 보고 큭큭 웃자 임 실장은 커피를 가져온다는 핑계를 대고 슬쩍 자리에서 일어났다. 제이는 더 중요한 업무가 있으니 나중에 상대하겠다는 듯 평정심을 되찾고 임 실장을 불렀다.

"주디, 엄마는 어때?"

"별말씀 없으셨어요."

"내가 얌전히 병원에 있어서 안심하고 계시지? 오늘 엄마 스케줄은?"

"점심 식사 후 병원으로 오셔서 아가씨와 저녁을 함께 하신다고 하셨어요. 밤엔 미스터 한과 약속이 있고, 내일 아침 9시쯤 다시 병원으로 오실 예정입니다."

제이는 엄마와 점심 약속을 잡은 후 저녁 스케줄을 조정하라고 지시했고, 임 실장은 휴대폰을 들고 복도로 나갔다. 무언가 계획이 있는 것 같았다.

진지한 얼굴로 나를 보던 그녀는 몸은 움직이지 않고 눈동자만 굴려서 방안을 둘러보았다. 극적인 탈출을 계획하는 국제 스파이처럼 아무도 없다는 것을 다시 한번 확인한 뒤 매우 비장한 표정으로 말했다.

"병실 밖에 있는 경호원을 따돌리는 것이 오늘 너의 임무야. 병원 밖으로 나가기만 한다면 나갔다는 사실을 들켜도 상관없어."

우리는 해를 보고 올 것이다.

제이가 그녀의 어머니와 점심을 먹는 동안 나는 따뜻한 아메리카노와 효과 좋은 변비약을 구입했다.

[엄마 나가셨어. 지금부터 내일 아침 10시까지는 병원에 안 오실 거야.]

메시지를 받고 병실로 올라갔다. 병실 앞에는 점심 식사를 마치고 교대한 경호원이 서 있었다. 나는 방금 사온 따뜻한 아메리카노를 친절하게 건넸다.

"수고하십니다. 이거 드시라고 사왔어요. 새해 복 많이 받으세요."

정확히 15분 뒤. 롱 패딩을 챙겨 입은 제이가 후다닥 병실을 빠져나와 엘리베이터에 탑승했다. 우리는 대기하고 있던 리무진에 올랐다. 배 기사님은 든든한 지원군이었다.

"죠세프, 엄마한텐 얘기 안 했지?"

"저 지금 연차 휴가 기간인 거 아시죠?"

"알아. 보너스 든든히 얹어줄게. 얼른 출발해."

공범이 된 배 기사님은 우리가 차에 타자마자 곧장 차를 출발시켰다. 제이는 입고 있던 롱 패딩을 벗어서 둘둘 말아 시트 가운데 놓았다. 안 입겠다고 버틸 땐 언제고 이제는 본인 옷처럼 입고 벗는 게 자연스러웠다. 결코 좋아서 입는 게 아니라 마땅한 옷이 없어서 입는 거라는 그녀에게 내 카드를 탈탈 털어서 산 명품 코트는 어디에 팔아먹었는지 굳이 묻진 않았다.

일몰 시각은 5시. 마지막 날의 지는 해를 보기 위해 서해로 달렸다.

"한 해의 마지막 날. 바다에 가라앉는 해를 본 적 있어?"

그녀가 나에게 물었다.

"아니, 아직 없어."

본 적 없다는 내 대답에 그녀는 어깨를 으쓱하며 말했다.

"이 버킷리스트는 왠지 나를 위한 게 아니라 널 위한 것 같기도 해. 솔직히 말해봐. 너 나랑 했던 것들 모두 처음 해보는 것들이었지? 너도 죽기 전에 일출이나 일몰을 보고 싶었을 거 아니야. 내 덕분에 보는 걸 영광으로 생각해."

그녀의 말에 반기를 들었다.

"어째서 본인이 하고 싶은 일이랑 내가 하고 싶은 일이 같을 거라고 생각하는 거지? 난 죽기 전에 해돋이 따위 볼 생각 전혀 없어."

"그럼 넌 뭘 하고 싶은데?"

'죽기 전에 꼭 하고 싶은 건 뭐야?' 처음 제이에게 이 질문을 받았을 땐 대답할 게 없었다. 딱히 생각해 본 적도 없고 안 하고 죽는다고 해서 억울하거나 후회할 만한 일도 없었다. 그런데 지금은 대답할 한 가지가 생겼다.

"난 죽기 전에 그거 한번 해보고 싶어."

"그거? 그게 뭔데?"

잠시 뜸을 들였다. 그녀는 대답을 기다리는 듯 나를 보았다.

"곧 죽을 여자랑 연애하는 거."

흔들림 없는 내 대답에 당황했는지 제이 목소리가 떨렸다.

"어째…서…?"

"곧 죽을 남자가 곧 죽을 여자랑 연애하는 게 뭐 어때서. 사람은 언제 죽을지 모른다며. 그러니까 내 말은, 내일 당장 죽더라도 한 번은 해보고 싶다는 거지. 사랑. 한 번도 해본 적 없거든."

"사랑해 본 적 없어? 한 번도?"

나는 언제나 여자들과 사랑 비슷한 것을 했지만 사랑이 뭔지 모르는 나로서는 내가 사랑을 했는지 그와 비슷한 정신적, 육체적 활동을 했는지 답을 내릴 수 없었다. 수많은 여자를 만나도 마음 깊이 이해하지 못했을뿐더러 만남이란 소모적이고 피곤한 비즈니스였다. 나와 맞는 여자를 만나는 일도 드물었다. 짝수 달에 태어났고, 초등학생 시절 태권도를 배운 적이 있으며, 오른쪽 아래 사랑니를 발치했다는 사실들이 일치한다고 해도 왼쪽 가슴이 뻐근해지는 경우는 없었다.

사랑은 아주 갑자기 느끼게 된 것이었다. 언제부터인지 모르게 모든 감정을 그녀에게 이입하고 있는 나를 발견했다. 나와 일치하는 부분이 전혀 없는, 완전히 다른 세상의 그녀를 동경하고 있었다.

"아, 그러고 보니 지금 하고 있어."

제이의 표정이 굳었다. 그녀가 석고상이 되어버리기 전에 얼른 설명을 덧붙였다.

"뭘 정색을 해. 네가 하는 일은 '일'이 아니라 '사랑'이라며. 나 오늘도 너랑 하고 있잖아, 사랑."

우리 두 사람은 무서울 정도로 침묵했다. 그녀는 견딜 수 없다는 얼굴로 나를 보았다.

"그런 유치한 말장난하지 마. 나 놀리려고 일부러 그러는 거 다 알아. 기분 나빠."

"놀릴 생각 없어. 네가 생각하는 사랑과 내가 생각하는 사랑이 다른 걸 어떡하라고. 난 너처럼 세계 평화와 인류의 행복 같은 건 관심 없어. 내가 하고 싶은 사랑은 일 대 다수의 사랑이 아니라 일 대 일 사랑이야. 남자와 여자의 사랑. 죽기 전에 사랑하는 여자를 만나서 사랑하고 싶다는 게 뭐가 잘못됐냐? 먼저 물어본 건 너잖아."

"꼭 이뤄지길 바라."

그 여자가 너라고 말하려다 말았다. 고개 돌린 제이 목소리에 물기가 느껴진 건 나의 착각일 수도 있다. 모른 척 외면하고 있는 그녀의 노력을 헛수고로 만들고 싶지는 않았다. 우리는 그 후로 말이 없었지만 서로에게 화가 난 건 아니었다. 친구도, 연인도 아닌 사이에 마땅히 해야 할 말을 찾지 못했을 뿐이다.

적당한 장소에 도착해서 바다를 향해 걸었다. 검정 롱 패딩을 입고 전망대에 선 그녀는 사람이 옷을 입은 건지 옷이 사람을 삼킨 건지 모르게 폭 파묻힌 채 수평선을 바라보았다.

미세한 오렌지 빛깔이 바다와 하늘을 물들이기 시작했다. 하늘 꼭대기는 여전히 푸르렀다. 아직 어두워지기 전이었지만 성질 급한 별 하나가 먼저 떠올라 하늘에 반짝이고 있었다. 구름 사이에 뜬 별은 청초하게 빛났다.

어느새 노을이 졌다. 태양이 서서히 가라앉는 장면을 눈에 담았다. 태양을 보는 그녀의 얼굴은 붉게 빛났다. 노을에 물든 서로의 얼굴을 바라보았다. 그녀가 먼저 말을 꺼냈다.

"전세계, 부탁이 있어."

"뭔데?"

"계약이 끝나면 나와 함께했던 기억들을 전부 잊어줬으면 좋겠어. 작은 것까지 모두 다."

노을에 비친 그녀의 얼굴은 예쁜 가면을 쓴 것처럼 무덤덤한 표정을 짓고 있었지만 그녀의 눈에서는 금방이라도 눈물이 쏟아질 것 같았다.

그녀와 함께한 매 순간은 평생 잊을 수 없는 기억으로 남았다. 기억하지 말라니. 그럴 거면 처음부터 이런 장면은 보여주지 말았어야 했다. 태어나서 처음으로 태양을 보는 기분이었다. 그 신비로움과 황홀함은 말로 표현할 수 없었다. 뇌에 타투를 새기듯 하나하나 새긴 이 순간들을 어떻게 잊을 수 있을까. 너라면 가능하겠냐고 묻고 싶었다.

"내 기억은 내가 알아서 할 테니까 그것까지 이래라저래라 하지 마."

나는 바다에 반쯤 잠긴 해를 보며 슬쩍 제이 뒤로 가서 두 팔로
그녀를 안았다. 가볍게 저항하는 몸이 느껴졌지만 저항이라고 하
기엔 무의미한 몸짓이었다.

"착각할까 봐 말하는 건데, 너 안은 거 아니야. 내 패딩 안은 거
야. 검정 롱 패딩. 내가 정말 사랑하거든."

애처로운 사랑 고백이었다.

해가 지고 난 후, 저녁을 먹고 곧장 동해로 출발한 차 안에서 나
는 대여섯 군데 호텔에 전화를 돌렸다. 그러나 연말 당일 호텔을 예
약하기란 불가능했다. 동해에 도착하면 새벽 2~3시쯤이 될 예정이
었다. 다음 날 해 뜨는 시간은 7시 30분이다. 사실 남은 3~4시간
은 차 안에서 잠을 자며 때워도 상관없지만, 그녀는 당장이라도 눕
고 싶어 했고 호텔에는 빈방이 없었다.

"적당히 타협하자. 모텔은 어때?"

"몇 성급? 아무리 양보해도 5성급 이하는 안 돼."

내 무릎을 베고 누운 그녀는 곶감처럼 하얗게 분이 뿌려진 입술
로 호텔이 아니면 안 된다고 우겼다.

"모텔에 그딴 게 어디 있어. 네가 아직 버틸 수 있어서 그러나 본
데. 길바닥에 눕고 싶지 않으면 모텔로 가."

열 군데가 넘는 모텔에 전화를 걸어 겨우 방 두 개를 잡았다. 나
와 배 기사님이 같은 방을 쓰고 그녀는 옆방이었다. 모텔 안으로
들어서는 그녀는 마치 공포 체험이라도 하는 듯한 표정이었다. 바

닥에서 뭔가 튀어나올까 봐 조마조마한 발걸음을 옮기면서 벽과 천장이 이어지는 모서리를 유심히 살폈다. 복도에 설치된 성인용 품 자판기와 공동 정수기, 커피포트를 지나치는 동안 안 그래도 작은 어깨가 점점 움츠러들었다.

"계속 거기 서 있을 거야? 여기도 엄청 힘들게 잡았어."

그녀는 복도에 서서 방안을 들여다보더니 도저히 못 들어가겠다며 고개를 저었다.

"도저히 안 되겠어⋯."

"유난 떨지 마. 다 사람 자는 곳이야."

"그런데⋯ 분위기가⋯ 자는 곳 같지가 않아."

하필 조명이 붉었다. 내 얼굴을 감추기엔 그게 나을 것 같아서 일부러 조명을 밝히지 않았다.

"빨리 들어와."

새벽 2시. 나는 모텔 방 안으로 제이의 손을 질질 잡아끌었다. 푹 잘 만큼 시간이 넉넉하지는 않았지만 잠깐이라도 눈을 붙여야 그녀의 객사를 막을 수 있었다.

혹시라도 늦잠 자게 되면 해가 다 떠버릴지도 몰라서 알람을 1분 간격으로 설정해 놓았다. 그녀는 평소답지 않게 쭈뼛거렸다.

"이거 침구⋯ 세탁한 거 맞지?"

"내가 한 거 아니니까 나는 모르지. 누워."

이불을 한쪽으로 확 걷어 젖히고 질색하는 표정의 제이를 번쩍 안아 이불 속으로 밀어 넣었다. 그리고 가방에서 물과 약을 꺼냈다. 가방 안에는 사용법을 알 수 없는 물약과 주사기, 수액이 가득 들어 있었지만 그것들은 안심하기 위한 부적 같은 역할을 할 뿐이었다. 그녀에게 약을 먹인 나는 이불을 끌어다 덮어주고 자리에서 일어났다. 방의 조명을 어둡게 조절하고 카드 키를 챙겨 들었다.

"내일 아침에 너 못 일어날 수도 있으니까 키는 내가 가지고 나갈게."

"어디 가?"

"옆방."

"나 여기 혼자 두고?"

"나도 좀 쉬자. 하루 종일 너 뒤치다꺼리 하느라 체력 바닥났어."

그녀는 내 옷자락을 잡았다. 잡힌 옷자락을 한 번 보고 그녀를 보았다. 나가지 말라고 애원하는 듯한 그 얼굴에는 도도한 자존심이나 부끄러움 같은 건 전혀 없었다. 혼자 남겨지는 것에 두려움을 느끼는 어린 소녀의 얼굴이었다.

"나 여기에서 혼자 못 자겠어. 무서워."

나는 마땅히 거절할 이유도 없고, 모질게 뿌리치고 나갈 만한 단호함도 부족해서 침대 옆에 털썩 앉았다.

"그럼 빨리 자. 자는 거 보고 나갈게. 참고로 지금 새벽 2시 반이다. 내일 아침 못 일어나서 해 뜨는 걸 놓쳐도 내 책임 아니라고. 내일을 놓치면 1년은 죽지 않고 살아야 하는데 할 수 있으면 그렇게 하든가."

"킥킥."

예상치 못했던 웃음소리에 당황스러웠다. 그녀는 눈도 제대로 못 뜬 상태로 낄낄거리며 웃고 있었다. 한참을 웃던 그녀는 영문을 모르겠다는 내 표정에 웃음의 의미를 설명했다.

"왠지 네가 더 적극적인 것 같아서. 처음엔 엄청 투덜거리더니 이젠 나보다 더 열심인데?"

생각해 보니 그런 것 같기도 하다. 처음엔 그녀가 하는 모든 일이 귀찮은 장난 정도로만 여겨졌다. 돈과 시간이 남아돌아서 쓸데없는 일에 삶을 낭비하는 철없는 여자. 그런데 막상 겪어보니 달랐다. 사느라 바쁜 나는 죽음에 대해 생각해 본 적이 없었는데 죽어가느라 바쁜 그녀는 삶에 대해 진지하게 생각하고 있었다.

단순한 이해는 아니었다. 나는 죽을 때까지 그녀의 전부를 이해하지 못할 것이다. 다만, 나에겐 이번이 처음이고 그녀에겐 마지막일 수 있다면 함께 해가 뜨는 장면을 꼭 보고 싶었다.

"나 잠들어도 옆에 있어. 어디 가지 말고."

사그라질 듯 말을 하고 정신을 잃은 그녀의 코밑에 손을 대보았다. 잠든 그녀의 생사를 확인하는 일은 이제 습관이 되어버렸다. 나갈까 말까 하다가 그냥 바닥에 누웠다. 밀려오는 졸음에 이대로 기절하면 24시간은 잘 수 있을 것 같아 다시 몸을 일으켰다. 잠깐 자고 일어나는 것보다 밤을 새우는 게 낫겠다 싶어서 욕실로 들어가 샤워를 했다. 어둡고 적막한 모텔 방 안에 물줄기 떨어지는 소리가 시원하게 울렸다.

방 안에는 소파도 없고, 바닥에 누우려니 이불도 없고, 아픈 애한테 손댈 생각도 없어서 그녀 옆에 누웠다. 옆으로 돌아누우며 내 몸에 팔다리를 걸쳐도 상관은 없는데, 손깍지를 갈비뼈 아래 두고 시체처럼 반듯하게 누워 있는 그녀는 잠버릇도 없는지 꼼짝도 하지 않고 깊은 잠에 빠져 있었다.

'내 기억을 전부 잊어줘.'

그녀가 했던 말이 떠올랐다. 나 역시 두렵다. 잊지 못한 기억 속에서 그녀를 찾아 헤맬 내 모습이 사무치게 두려웠지만 어떤 일이 일어났는지 명백하게 아는 사람에게 그 일을 기억하지 말라고 하는 것은 불합리한 요구였다.

20
일출

당신을 모르고 백 년을 사느니,
내일 죽는 게 나아요.
―「포카혼타스」

아직 어두운 새벽. 눈을 감고 있는 내 귀에 다 안다는 듯한 그녀의
목소리가 들려왔다.

"안 자는 거 알아. 그러니까 이제 그만 이것 좀 치워줘."

나는 그 말을 못 들은 척, 자는 척 가만히 있었다.

"알고 보니 상습범이네."

제이는 자신의 몸 위에 얹혀 있는 내 팔을 들어 올리려 낑낑거렸
다. 그러다 도저히 안 되겠는지 톡 쏘아붙였다.

"정말 이럴 거야?"

"아직 알람 안 울렸어. 조금만 더 자."

안고 있는 팔에 더욱 힘을 주었다.

"숨 막혀서 잘 수가 없잖아."

"코를 막은 것도 아닌데 숨이 왜 막혀."

"심장이 눌린다고."

방금 전까지는 잘만 자더니. 바둥거리는 제이 몸 위로 올라가 꼼짝 못 하게 어깨와 가슴으로 꾹 눌렀다. 죽은 듯 움직임을 멈춘 그녀의 반응에 놀라 나는 얼른 몸을 떼고 깔려 있는 그녀를 내려다보았다. 포개진 몸 사이에 숨이 멎을 듯한 긴장감이 흘렀다.

외면하는 건지, 기다리는 건지 알 수 없었다. 나를 밀어내는 게 당연하다고 생각했는데 오히려 아무런 저항 없이 누워 있는 그녀를 보니 그 자리에서 도망치고 싶어졌다. 반사적으로 몸을 일으킨 나는 어떤 말도 없이 방 밖으로 나와버렸다.

옆방 문을 두드리자 방금 일어난 배 기사님이 문을 열어주었다. 나는 신발을 날리듯이 벗고 들어가 침대 위로 다이빙했다. 그러고는 손에 잡힌 베개를 무지막지하게 쥐어박았다.

밤새 자기 자신과 머리끄덩이라도 잡고 싸운 듯한 몰골의 배 기사님은 나를 보며 쯧쯧 혀를 찼다. 하품을 하는 건지 말을 하는 건지 모를 소리로 "베개가 뭔 죄가 있담. 사내가 사내구실을 못 하는 것이 죄지."라며 내 등에 칼을 푹 꽂은 뒤 어기적어기적 욕실로 들어갔다.

아침 7시. 해맞이 행사가 열리는 해변은 해를 기다리는 인파로 북적거렸다. 모닥불 주위에 모인 사람들은 갓 지은 따끈한 두부와 막걸리 한잔, 뜨거운 둥굴레 차를 나눠 마시며 해가 뜨기를 기다렸다. 바다는 고요했다.

커다란 롱 패딩을 입고 눈만 내놓은 제이는 에일 듯한 추위에 발을 동동 굴렀다. 나는 입고 있던 점퍼를 활짝 벌려서 어미 닭이 알을 품듯 제이를 품었다. 곧 밀어내는 그녀를 다시 끌어당기고, 밀어내면 당기고, 몇 번을 반복했다. 밀어내는 동작이 의심스러웠다. 미는 건지, 반동을 이용해서 더 강하게 끌려오려는 건지 심각하게 헷갈렸다.

재단되지 않은 하늘을 올려다보았다. 별이 사라진 자리, 해가 뜨기 직전 하늘의 색깔은 제이 눈동자 색과 정확하게 일치했다. 놀라운 발견이라도 한 듯 나는 그녀의 얼굴을 두 손으로 잡고(볼과 입술이 붕어처럼 튀어나왔다) 눈동자와 하늘을 번갈아 가며 보았다. 나도 모르게 중얼거렸다.

"그게 여기 있었구나."

그녀는 의사의 진찰을 기다리는 안구 건조증 환자처럼 눈을 깜박이지도 않고 동그랗게 뜨고 있었다.

"어디에 뭐가 있다는 거야?"

"네 눈에… 눈곱이 있다고."

검푸르던 하늘이 어렴풋이 밝아왔다. 윤곽만 있던 서로의 얼굴이 또렷해졌다. 사람들의 환호와 함께 멀리서 해가 떠올랐다.

"우와, 저기 봐. 해다, 해야. 나온다!"

먼바다 위로 떠 오른 태양은 우주의 중심이라는 걸 과시라도 하듯 주변을 자신의 색으로 물들였다. 차가운 물에 갑자기 몸을 담글 때처럼 헉 소리조차 내지 못한 채 일출을 감상했다. 제이에 대한 애틋함마저도 압도적인 장관에 잠시 자리를 내주었다.

나는 지금껏 무엇을 보며 살았던 걸까? 머리 위에 떠 있던 수많은 날들의 태양은 무엇이었던 걸까? 인간이 탈 때 내는 빛은 고작 60와트로 3시간이라고 하던데 매일 쉼 없이 떠오르는 저 태양은 무엇을 태우기에 저렇게 뜨거울 수 있을까? 죽음을 앞둔 사람이 이끄는 마지막 가르침은 이렇게 쉽고도 단순한 것이었다.

제이가 물었다.

"어때? 어제 바다에 가라앉던 그 해랑은 다르지?"

"응, 다르다."

어제 바다로 가라앉는 해를 볼 땐 한 편의 영화가 끝난 기분이었다. 'The End'라는 자막과 함께 감독이나 출연자들 이름이 밑에서부터 주르륵 등 뒤로 올라가다가 사라지는 기이한 안도와 결국은 이렇게 끝이 났구나 하는 허탈함이 밀려왔다. 끝이라는 건 할 말을 잔뜩 남기고 갔다. 그 말을 더 이상 할 수 없다는 것이 사람을 미치게 한다는 걸 알았다.

그러나 오늘 떠오르는 해는 조커 같았다. 망한 게임을 다시 시작할 수 있는 또 한 번의 기회.

"사진 찍어줄게."

떠오르는 해를 배경으로 카메라에 그녀를 담았다.

사진을 찍는 기술에 대해서는 아는 것이 없지만 역광으로 촬영하면 안 된다는 정도의 상식은 알고 있었다. 나는 당당히 그녀를 해 앞에 세워두고 역광으로 사진을 찍었다. 후광이 비친다는 것은 이런 것이었다. 빛을 등지고 서 있는 피사체의 형태를 따라 윤곽이

남는다는 것. 그녀의 얼굴은 보이지 않았지만 해를 등에 이고 있는
그 자체로 아름다웠다.

"예쁘다."

"나?"

"아니, 해."

그녀는 가만히 카메라 렌즈를 응시했다. 그러다 나직이 내 이름
을 불렀다.

"전세계."

"어."

"새해 복 많이 받아."

한참을 뜸 들이던 그녀가 꺼낸 말이었다. 겨우 그 말 한마디 듣
자고 밤을 꼬박 지새우고 여기 있는 게 아닌데.

"너도 새해엔 죽는다는 말 하지 말고 살아남자."

겨우 이 말 한마디 하려고 가슴이 이렇게 두근거린 건 아니었다.
우리 둘 중 누구도 말하지 못했다.

그녀는 우리의 계약이 이제 82일 남았다는 걸 기지개 켜듯 말했
다. 그걸 일일이 세고 있었다는 사실이 더 놀라웠다. 20일째가 되
는 내일, 임 실장이 돈을 입금할 거라고 알려주었지만 남 얘기처럼
들렸다.

이 계약에 걸린 조건은 더 이상 의미가 없었다. 중요한 건 그녀
와 함께할 수 있는 날이 아직도 많이 남아 있다는 사실이었다. 우
리는 서로 거울을 보듯 같은 표정을 지었다. 웃음과 울음의 중간
표정.

해돋이 구경을 마치고 서울에 도착했을 때 병실에는 고 여사가 와 있었다. 병실로 들어서는 제이를 보고 자리에서 일어난 그녀는 뒤따라 들어오는 내 뺨을 사정없이 날렸다. 짜악. 경쾌한 파열음과 함께 돌아간 고개. 아픔보다는 시원함이 느껴졌다.

"엄마!"

어느 정도 각오했던 일이라 담담하게 맞았다. 곧이어 날카로운 목소리가 들려왔다.

"미쳤니? 너 미쳤구나? 아픈 애를 데리고 지금 어딜 갔다 오는 거야? 그러다 무슨 일이라도 생기면 네가 책임질 거니? 그 정도로 분별력이 없어?"

제이를 데리고 나간 건 잘못이었다. 고개를 숙인 채 고 여사의 분노를 받아들였다. 옆에서 제이가 말렸지만 쏟아지는 질책은 날 카롭게 내 가슴을 후벼 팠다.

"내가 가자고 했어! 세계는 잘못 없는 거 알잖아! 화낼 거면 나한 테 내. 괜한 사람한테 화풀이하지 말고!"

"제이, 너 가만히 있어. 엄마가 지금은 도무지 진정할 수가 없어. 임 실장! 김 간호사 불러 제이 상태 체크해."

"나 아무렇지도 않아. 오늘 해 뜨는 거 보고 왔어. 정말 살아 있는 것 같단 말이야. 병원에 있기 싫어!"

제이의 외침도 소용없었다. 고 여사는 나를 보며 모래가 갈리는 듯한 목소리로 말했다.

"네가 이러는 게 돈 때문이라면 원하는 액수를 얘기해. 그깟 돈! 줄 테니까 받고 떨어져. 제이한테 너 같은 녀석은 이제 필요 없어!"

"엄마!"

모질게 뱉어내는 그녀의 말에, 제이 눈에 눈물이 고였다.

"만약 돈 때문이 아니라면요."

내 말에 고 여사는 어이가 없다는 듯 웃었다. 무슨 말을 하는지 못 알아듣겠다는 표정으로 병실 문을 가리켰다.

"당장 나가!"

나가라고 소리치는 고 여사의 얼굴은 분노와 알 수 없는 슬픔으로 일그러져 있었다. 돈 때문이 아니라 다른 무엇 때문이라고 말을 하고 싶었지만 고개를 떨구고 있는 제이 앞에서 어떤 말도 할 수가 없었다. 그대로 몸을 돌려 병실을 나와버렸다.

이후로, 경호원은 두 명으로 늘었고 나는 병실 출입이 금지되었다.

21
유자차가 식기 전에

이 차를 다 마시고
봄날으로 가자.
— 브로콜리 너마저 「유자차」

1월, 하늘빛이 푸른 어느 날. 제이를 다시 만난 건 병실 밖으로 내쫓기고 일주일이 지난 후였다. 느닷없이 냉잇국이 먹고 싶다는 그녀의 전화에 어디 쑤셔 박혀 있는지 모르는 차 키를 찾느라 온 집안을 다 뒤졌다. 작년 겨울에 즐겨 입던 점퍼 주머니에서 차 키를 찾아낸 건 거의 기적에 가까웠다.

1년 전 헤어진 여자(고객)에게 받은 하늘색 벤츠 카브리올레는 지하 주차장에서 먼지를 뒤집어쓰고 있었다. 운전이 익숙하지 않은 탓에 끌고 나갔다 하면 사고라 웬만해서는 택시를 이용하는 편이었지만 오늘만큼은 큰맘 먹고 운전대를 잡았다. 액셀러레이터와 브레이크의 위치를 확인하고 시동을 걸었다.

천천히 주차장을 빠져나온 건 새벽 6시. 바람으로 먼지를 씻어내며 거침없이 양평으로 달렸다. 미리 연락을 받은 엄마는 보온병에 냉잇국과 밥을 담아놓은 뒤 가지를 볶고, 땅콩을 졸였다. 이른 아침부터 달짝지근한 땅콩 조림 냄새와 고소한 들기름 냄새가 온 집안에 가득 퍼져 침샘을 자극했다. 맛있는 냄새에 둘러싸이면 다른 무엇에 둘러싸였을 때보다 더 들뜨고 너그러운 상태가 된다. "도시락을 받은 사람은 분명히 내 사랑을 느낄 수 있을 거라고!" 하고 외치던 제이의 목소리가 생생했다.

엄마는 가지 볶음을 도시락에 담으며 제이의 안부를 물었다.

"같이 오지 그랬어. 어디가 아픈데 그래?"

"몰라. 감기래."

심장병에 걸려서 곧 죽을지도 모른다는 말은 내 입으로 꺼낼 수 없었다.

"잘 먹어야겠더라. 야리야리해서 바람이라도 불면 픽 쓰러질 것 같더니…."

"생긴 건 그래도 바람에 쓰러질 애는 아니야."

"따뜻할 때 먹을 수 있게 얼른 가져가."

도시락을 싣고 다시 서울로 돌아와 병원 주차장에 들어섰다. 도착했다는 문자를 전송하자 몇 분 뒤 엘리베이터에서 제이가 내렸다. 연한 베이지색 캐시미어 드레스 위에 검정 롱 패딩을 입고 내 앞에 나타난 그녀를 보는 순간 우연히 튼 라디오에서 좋아하는 노래가 흘러나올 때처럼 마음속에 기분 좋은 설렘이 휘저어졌다. 커피에 넣은 우유 크림처럼 선명하고 부드럽게. 제이와 함께 내려온 임 실장은 들고 있던 종이 가방을 내 앞에 내려놓았다.

"이건 뭐야?"

"열어봐."

나무로 만든 벤치에 극세사 담요를 깔고 앉은 제이는 환한 미소를 지으며 머리칼을 쓸어 넘겼다. 가방 안에는 족히 2미터가 넘을 듯한 빨간 털목도리가 들어 있었다.

"나 주는 거야?"

"응, 선물."

지난 일주일 내내 그녀가 직접 손뜨개로 떴다는 목도리는 여기저기 구멍이 숭숭 뚫려 있었고 삐뚤빼뚤하기가 이만저만이 아니었다. '남자 친구에게 직접 뜬 목도리 선물하기'는 그녀의 버킷리스트라고 했다.

빨간 목도리를 목에 둘둘 감아보았다. 간지럽고 포근하니 제이 냄새가 났다. 롤렉스 시계와 목도리가 동시에 물에 빠지면 기꺼이 목도리를 먼저 구할 거라는 어처구니없는 생각까지 들었다. 아무래도 잠수는 불가능하므로.

싱글벙글한 내 표정이 마음에 드는지 그녀도 상쾌하게 웃었다.

"마음에 들어?"

목도리에 대한 대가로 테이블 위에 보온병을 올렸다.

"어, 그런 의미로 냉잇국 가져왔어. 이거 가지러 새벽에 양평 갔다 온 거 알아? 이런 남자 친구가 어디에 있냐? 엄마가 다음에 올 땐 너도 같이 오래."

"우와, 맛있겠다! 냉잇국 먹으려고 병원 밥 안 먹었어. 굶었더니 배고프다."

병원 밥은 약 맛이 나서 못 먹겠다고 투덜거리면서 보온병을 열었다. 아침 내내 엄마가 정성껏 만들어 준 음식들이 테이블 위에 펼쳐졌다. 여전히 따끈따끈한 온기가 남아 있었다.

"이건 말이지, 밥이 아니라 사랑이야."

밥을 한 숟갈 푹 떠서 입에 넣은 제이는 눈을 감고 밥맛을 음미했다. 나는 젓가락을 들어 땅콩 한 알을 집어 들었다.

"자, 아. 반찬도 같이 먹어."

아기 새처럼 입을 벌린 제이는 넣어주는 족족 잘도 받아먹었다.

"병원에 언제까지 있을 거야?"

"안 그래도 내일 퇴원할 생각이야. 만약 엄마가 내일 퇴원시켜주지 않으면 창밖으로 뛰어내리겠다고 선전 포고했어."

고 여사가 또 한 번 뒷목 잡고 쓰러졌을 걸 생각하니 어떤 식으로든 동병상련의 기분을 느꼈다. 15층에서 뛰어내린다면 바닥에 닿기도 전에 심장 마비로 죽겠지. 고통은 없겠군. 나쁘지 않은 방법이라고 생각했다. 그래도 예의상 물었다.

"아무래도 병원에 있는 게 더 안전하지 않아?"

"취업 걱정할 필요도 없고, 내 집 마련 걱정할 필요도 없고, 각종 범죄에 노출될 염려가 전혀 없는 감옥이 더 안전하니 살기 좋을 수도 있겠네. 무기 징역으로 살아보지 그래?"

"그런 말이 아니라…."

"병원 냄새 싫어. 역겨워."

"치료는 해야 할 거 아니야."

제이는 눈썹을 잔뜩 들어 올렸다. 그러고는 깔깔깔 웃었다.

"치료? 하하하. 바보야, 이건 치료가 불가능한 병이야."

그녀의 무신경함에 이제는 놀랄 여력도 없었다. 불치병이라는 사실과 투신자살 계획을 떠벌리면서 참 맛있게도 먹는다. 마지막 쌀 한 톨까지 싹싹 비운 그녀는 만족스럽게 웃었다.

"잘 먹었습니다. 헤헤."

제이가 밥을 다 먹었을 때 임 실장이 1층 카페에서 사온 유자차 두 잔을 테이블 위에 올렸다. 뜨거운 유자차를 손에 들고 온기를 마셨다. 달콤하고 향긋한 유자 냄새. 최대한 천천히 차를 마셨다. 차를 식히기 위해 일부러 바람을 불지도 않았다.

이 차를 다 마시면 제이는 병실로 올라가야 하고, 나는 집으로 돌아가야 하기 때문이다. 제이는 유자차를 한 모금 마시고 재잘재잘 이야기를 쏟아냈다.

"난 가끔 내가 바보 같다고 느낄 때가 있어. 그건 말이지 숫자를 대할 때야. 1과 7이 헷갈리고, 2와 5가 헷갈리고, 3과 8이 헷갈리고, 6과 9가 헷갈려. 그밖에도 무수하게 헷갈리지. 그렇게 따로 따로 놓아도 헷갈리는 숫자들을 여러 개씩 나란히 세워놓는다거나 그것들을 더하거나 빼라고 했을 경우 완전히 머리가 새하얘지는 걸 느껴. 16 더하기 87은 얼마인 줄 알아?

갑작스러운 질문에 나도 모르게 툭 대답이 나왔다.

"108."

제이는 나를 가만히 보았다. 아마 맞았는지 틀렸는지 몰라서 가만히 있는 것 같았다. 곧 암산 비슷한 걸 하더니 눈을 크게 뜨고 "와 맞았어. 넌 천재야." 했다.

틀렸다는 사실을 말해주기에는 지나치게 순진무구한 표정에 넋이 나가 3이든 8이든 상관없어졌다. 3을 데려다 거울 앞에 세우거나, 호숫가에 눕히거나, 마음이 맞지 않는 다른 3과 몸을 맞대게 하면 해결될 일이었다.

"때때로 모든 걸 수로 표현하는 것에 질리기도 해. 누군가가 1년을 365일로 나누고 하루를 24시간으로 쪼개어 놓는 바람에 인생을 두고 조바심 나게 만들어 버렸지. 시간은 우리를 쫓은 적이 없지만 우리는 평생 쫓기는 신세가 되어버린 거야. 20년하고도 8개월 10일을 살았다느니, 맥박 수치가 1분당 130이라느니, 노래방 최고 점수가 78점이라느니, 신고 있는 구두가 2,300달러짜리라느니, 그런 숫자들이 도대체 무슨 의미가 있는 거지? 그것들은 결코 나를 설명할 수 없어."

유자차를 한 모금 마셨다. 별거 아닌 얘기를 쓸데없이 길게 늘어놓는 건 그녀의 주특기였다. 그리고 그 두서없는 얘기를 들어주는 건 나의 주특기라고 볼 수 있다.

"사실 릴케는 장미 가시에 찔려 죽은 게 아니야. 백혈병으로 죽었어."

잊고 있던 릴켄지 랄켄지 모를 남자가 또다시 등장했다. 제이는 눈을 감고 시를 외웠다.

"내 눈빛을 꺼주소서. 그래도 나는 당신을 볼 수 있습니다. 내 귀를 막아주소서. 그래도 나는 당신의 목소리를 들을 수 있습니다.

발이 없어도 당신에게 갈 수 있고, 입이 없어도 당신의 이름을 부를 수 있습니다."

"정답. 로봇 청소기."

내 대답에 제이가 눈을 흘겼다.

"정말이지 예술적 감각이라고는 없다니까."

찻잔을 내려놓은 그녀는 또다시 쓸데없고도 긴 이야기를 시작했다. 이상하게도 그녀의 잔에 있는 유자차는 내 잔에 있는 것과 양이 비슷했다. 몇 모금을 마셔도 줄어들지 않는 신기한 유자차였다. 야들야들한 유자 알갱이의 껍질이 찻잔에 둥둥 떠다녔다. 우리는 그렇게 마주 보고 앉아 오래도록 서로의 주특기를 감상했다.

내 뇌에 불을 지르면
나는 당신을 피에 실어 나르겠습니다.
— 라이너 마리아 릴케

실제로 그녀가 창문 근처에 발을 올렸는지 어쨌는지 모르지만, 며칠 후 제이는 펜트하우스에서 나를 반겼다. 평소보다 더 씩씩해 보이는 그녀는 심장이 언제 멈출지 모르니 남은 버킷리스트를 후딱 '해치우자'고 했다. 해치우자는 말은 보통 밀린 빨래, 먹다 남은 치킨, 귀찮은 여자와의 관계를 정리할 때 쓰는 말 아닌가? 죽기 전에 하고 싶은 일들을 해치우자니. 죽는 걸 어디 3박 4일 여행 가는 것쯤으로 생각하는 것 같다.

엄청난 결의와 함께 우리는 도시 외곽에 있는 화훼 단지로 들어섰다. 3~4개 동의 하우스로 조성된 허브 팜은 한겨울에도 온통 초록이었다. 입구에서부터 경조 화환들이 눈에 띄었다.

"너 죽으면 장례식장에 세워둘 화환을 벌써 맞추러 온 거야?"

질문은 진심이었다.

"그런 농담은 나에게 농담이 아니라고 했어."

농담으로 들었나 보다.

"왠지 너라면 그럴 것 같아서. 하얀 국화 대신 빨간 장미꽃으로 맞춤 주문 제작할 것 같다. 빈소 앞에 늘어선 새빨간 장미꽃 화환이라니. 생각만 해도 소름 끼쳐."

제이는 신난다는 듯 손뼉을 마주쳤다.

"듣던 중 정말 멋진 아이디어야! 온 김에 화환도 맞춰볼까? 스피릿 오브 프리덤으로 내 장례식을 장식하겠어."

"스피릿 오브 프리덤?"

자유로운 영혼이라니. 이름 한번 유난스럽게 어울린다.

"한 송이에 꽃잎이 무려 200장이 넘는 탐스러운 영국 장미야. 그 향기가 치명적이지. 그러려면 6월에 죽어야 하는데. 심장이 버틸 수 있으려나 모르겠다."

콧노래를 부르며 하우스 안으로 폴짝폴짝 들어가는 그녀 뒤를 따랐다. 커다란 하우스에는 싱그러운 꽃향기와 축축한 흙냄새가 가득했다. 처음 맡아보는 부드럽고 향긋한 흙냄새에 기분이 좋아졌다. 코코아 가루처럼 소복하게 쌓여 있는 흙을 보니 한 숟가락 퍼먹고 싶다는 충동이 들었다.

주인아주머니가 달려 나와 안쪽으로 우리를 안내했다. 화분을 먼저 고른 후 꽃씨 심는 걸 도와주겠다고 했다. 제이는 크고 작은 화분들이 진열된 곳을 둘러보며 찬찬히 화분을 골랐다.

"웬 꽃씨?"

"돌아오는 봄에 꽃 피는 거 보고 싶어서."

돌아오는 봄에 꽃 피는 걸 보고 싶다는 의미는 어떤 의미일까? 봄까지는 죽지 않겠다는 다짐인가? 아니면 살아날 방법을 찾아낸 건가? 아무리 가벼운 일이라도 그녀가 하는 일은 무언가 의미가 있는 일처럼 생각되었다.

화분을 고른 제이는 직접 소매를 걷어 올리고 꽃삽을 들었다. 주인아주머니가 시키는 대로 자갈을 깔고 흙을 채우고 꽃씨를 뿌리고 다시 흙을 덮은 뒤 물을 주었다. 고운 손에 흙이 묻었다. 그래도 진지한 표정으로 토닥토닥 흙 다지는 걸 보니 대견스러웠다. 꽃은 원래부터 꽃이고, 나무는 원래부터 나무인 줄 알았는데 씨앗에서 시작하는구나. 저 작은 씨앗 안에 모든 것이 다 들어 있구나. 알고 있었던 사실인데도 새삼스럽게 느껴졌다.

제이에게 넌지시 물었다.

"꽃 피면… 그 꽃 나도 볼 수 있나?"

"글쎄, 잘 모르겠어."

"왜 몰라?"

"씨앗에서 시작해서 꽃을 피우기까지 적어도 3개월은 넘게 걸릴 테니까."

"약속하면 되지."

제이는 대답 없이 흙을 다졌다. 그러더니 싱그럽게 웃으며 대답했다.

"약속할게. 꽃이 피면 너에게도 보여줄게."

요즘 그녀 입에서 나오는 약속이 어딘지 모르게 쉬워졌다. 죽으면 그만이라는 내 말에 그냥 막 던지는 건가 싶어서 미심쩍다. 약속 안 지키고 죽으면 관 뚜껑 열고 따질까 보다.

꽃씨를 다 심은 후 하우스 안을 천천히 돌아보았다. 건너편에는 다양한 허브들이 자라고 있었고 꽃 피운 야생화들도 눈에 들어왔다. 예쁜 것은 눈으로 보고만 있어도 즐거울 수 있다는 사실을 깨닫는 중이었다. 우리의 발걸음은 무한한 시간을 가진 것처럼 여유로웠다.

제이는 나에게 꽃을 보는 방법을 알려주었다. 꽃은 멀리서 한 무더기를 후루룩 보고 지나치는 것이 아니라, 아주 가까이에서 한 송이를 오랫동안 지그시 보아야 한다고 했다. 그렇게 꽃을 본다면 꽃송이에게 완전히 마음을 뺏겨버릴 수도 있다고. 그렇다고 해도 절대 꺾지는 말아야 한다고.

강약을 조절해 가며 떠드는 제이 목소리가 좋아서 나는 그저 듣기만 했다. 그녀가 시킨 대로 아주 가까이에서 오래 지그시 그녀를 보았다. 조막만 한 얼굴에 시시각각 변하는 섬세한 표정이 아름다웠다. 이래도 되나 싶을 정도로 아무 생각도 들지 않았다. 추운 겨울 하우스 속 따뜻한 햇볕의 온기와 초록의 아름다움과 습하고 깨끗한 흙냄새, 물방울 냄새가 나를 무념무상으로 이끌었다.

그날 온종일 우리는 하우스 안에 조경된 돌 조각상처럼 앉아서 관상용 정원을 바라보았다. 나는 정원 한구석에 삽으로 조그만 구덩이를 팠다. 제이는 묵묵히 나를 지켜보았다. 다 판 후에 제이의 신발을 벗겼다.

"저기 들어가 봐. 내가 너 심어줄게."

"왜? 나도 꽃이야?"

"덜 자란 것 같아서 좀 더 크라고."

구덩이 안에 두 발을 집어넣은 제이를 땅에 심었다. 발목까지 흙
으로 덮인 그녀는 그 느낌이 간지럽고 좋았는지 연신 키득키득 웃
었다. 작은 장난에도 그녀의 웃음소리는 해맑았다. 모든 게 완벽했
다. 죽기 직전이라는 사실을 제외하고는.

두려움에 휩싸인 채로 앞이 보이지 않는 안개 속을 걷는 우리에
게 기쁨은 충분히 기쁘지 않았고, 슬픔은 충분히 슬프지도 않았다.
지금 내가 원하는 건 단 하나였다. 꽃을 보는 것. 제이가 심은 그
꽃씨에서 예쁜 꽃이 피었을 때 그걸 같이 보는 것이었다.

23
프리 허그

너는 나에게 나는 너에게
잊혀지지 않는 하나의 눈짓이 되고 싶다.
─ 김춘수「꽃」

차에서 내린 제이는 광장 한가운데를 빠르게 걸어갔다. "FREE HUG"라고 적힌 빨간 망토가 바람에 휘날렸다.

나는 그녀 앞을 막아섰다. 그걸 왜 해야 하는지 도저히 납득되질 않았다. 그녀는 길을 막고 있는 나에게 옥돌처럼 야물게 프리 허그의 정당성에 관해 설명했다.

"사람들에게 온기를 나눠주는 일은 돈이나 밥을 나눠주는 일보다 더 귀한 일이야. 이거야말로 진정한 사랑을 나누는 행위라고."

그 얘기라면 차 안에서 이미 몇 번이나 들었다. 지금 그게 중요한 게 아니라….

"그 진정한 사랑을…."

왜 길바닥에서 낯선 사람들한테 나눠주느냐고 따지고 싶었지만 차마 말이 나오지 않았다. 그녀는 나를 지나쳐 다시 빠른 걸음으로 걸었다. 나는 뒤를 쫓아가며 협박과 설득과 애원이 뒤섞인 목소리로 다그쳤다.

"너 진짜 후회 안 하지? 네가 하면 나도 한다?"

"그럼 안 하려고 했어? 당연히 해야지."

"당연히? 내가 이 여자 저 여자 안아도 상관없어?"

제이는 걸음을 멈추고 나를 보았다.

"프리 허그는 말이지, 이성적인 감정으로 하는 게 아니야. 인류애를 가지고 하는 거라고. 따뜻한 포옹으로 춥고 외로운 사람들의 마음을 치유해 주기 위한 거라고 보면 돼. 굳이 여자를 안으라는 말이 아니야. 남자든 여자든 성별과 관계없이 지나가는 누구라도 인간적인 애정이 필요하다면 안아주는 거야. 알겠니?"

"그걸 왜 네가 해야 해? 다른 사람들이 해도 되잖아."

"이건 내가 가진 것 중 가장 값진 걸 나누는 일이야. 할 수 있을 때 하고 싶어."

"와, 미치겠네."

나의 모든 반항을 무시하고 널찍한 광장에 자리를 잡은 그녀는 "안아드립니다." 하고 두 팔을 벌렸다. 길 가던 한 아주머니가 그녀를 꼭 껴안았다.

"아고, 예뻐라. 추운데 감기 걸릴라."

"헤헷. 괜찮아요. 감사합니다. 따뜻한 하루 보내세요."

말린다고 해서 말려질 것도 아니고, 포기한다고 해서 포기가 되는 것도 아니었다. 나는 멀찍이 벤치에 앉아서 그녀가 하는 행동을 지켜보았다.

여고생들이 제이 주변에 몰려들었다. 제이와 여고생들은 깔깔깔 웃으며 서로를 안아주었고, 덕담을 주고받는지 하이파이브까지 해대며 손을 흔들었다. 엄마와 함께 걷던 어린 소녀도 제이에게 쪼르르 다가갔다. 소녀는 막대 사탕 하나를 건넸고 제이는 소녀를 안아주었다. 누가 누구를 안아주는 건지 구별이 되지 않았지만 한 사람 한 사람의 따뜻한 포옹을 받는 제이의 얼굴엔 행복한 미소가 떠올랐다.

멀리서 군복 입은 남자 대여섯 명이 제이를 보고 웃으며 다가왔다. 자기들끼리 장난을 치면서 서로 먼저 가라고 밀기도 하고 뒤로 빠지기도 했다. 군인 청년들은 제이 앞에 서서 누가 먼저 안을 것인가 의논을 했고, 부끄러움 때문인지 날씨가 추워서인지 귀가 빨간 군인 한 명이 용기 있게 앞으로 다가섰다.

가만히 보고 있을 수가 없어서 자리에서 일어났다. 나는 후다닥 달려가 제이 머리에 씌워져 있던 'HUG ME' 헤어밴드를 냉큼 벗겨 쓰고는 귀 빨간 군인을 덥석 안았다.

"어휴, 추운데 나라를 지키느라 고생이 많아요. 자자, 새해에도 파이팅 합시다! 대한민국 파이팅!"

줄 서 있던 군인들을 한 명씩 끌어안고 등을 툭툭 두드린 뒤 짐 짝 치우듯 떠밀어 보내버렸다. 군인들이 가고 난 후 제이는 새침한 표정으로 나를 흘겨보았다.

"너 뭐 하는 거야?"

"프리 허그. 나도 하라며. 성별과 관계없이 인류애로 안아줬다. 왜? 뭐 잘못됐어?"

"건성으로 하는 건 안 돼."

"이게 지금 건성으로 보여? 살다 살다 군바리들 안은 건 처음이 거든?"

장난이 아니라는 내 말에 그녀는 다시 표정을 풀고 지나가는 사람들과 프리 허그를 이어갔다. 나는 헤어밴드를 벗어 제이 정수리에 푹 꽂아놓고 있던 자리로 돌아갔다.

확실히 그녀는 즐거워 보였다. 누가 시켜서 하는 일도 아니고 돈이 나오는 일도 아니었지만 가진 자만의 여유로움이 묻어났다. 수많은 사람을 안아도 겨드랑이가 닳아 없어지진 않았다. 지치지도 않는지 오히려 가만히 앉아서 구경하는 나보다 더 에너지가 넘쳤다. 나는 왠지 춥고 처량했다. 길바닥에 나눠줄 만큼 넘쳐나는 사랑을, 유독 나에게만 아끼는 이유는 뭘까.

그때, 한 남자가 제이에게 다가갔다. 가볍게 포옹을 하고 대화를 나누는 것 같았다. 곧 남자가 제이에게 자신의 휴대폰을 건넸고 제이는 기꺼이 연락처를 알려주려는 듯 휴대폰을 받아 들었다. 어느새 내 몸은 그녀 옆에 가 있었다. 멀끔하게 생긴 남자는 나를 보고 놀란 듯 물었다.

"남자 친구 있었어요?"

나는 제이 손에 들려 있던 그의 휴대폰을 빼앗아 남자 가슴팍에 돌려주고 친절하게 정정해 주었다.

"남자 친구 아니고 남편."

일기장에서 보았던 버킷리스트가 생각났다. 볼펜으로 까맣게 지워버렸던. 그걸 떠올리는 순간 그녀가 하고 있는 이 모든 행위 자체가 나의 심기를 건드렸다.

"프리 허그고 나발이고 지나가는 남자나 꼬시려고 추운데 내내 이러고 있었던 거야?"

내가 뱉어놓고도 심하다는 생각을 했지만 주워 담고 싶지 않았다. 제이의 표정은 어느 때보다 차갑게 굳었다.

"그 말 취소해."

"그럼 연락처는 왜 주는데?"

"내가 누구한테 연락처를 주든 말든 너랑은 상관없어. 일일이 너한테 설명할 필요도 없고. 취소해!"

우리가 말다툼하는 장면은 프리 허그를 하기 위해 서 있던 사람들과 지나가는 수많은 사람들에게 고스란히 생중계되었다. 시선을 느낀 그녀는 'FREE HUG'라고 적힌 빨간 망토를 벗었다.

"차로 돌아갈래."

빠르게 자리에서 벗어나는 그녀 뒤를 쫓아갔다. 내내 뒷모습만 보여주려 애쓰는 그녀에게 더는 받을 상처도 없었다.

"은제이!"

그녀는 뒤도 돌아보지 않고 "너 같은 놈이랑은 더 이상 얘기하고 싶지 않아!" 하고 소리쳤다.

"너만 화났어? 나는 뭐 기분 좋은 줄 알아? 나 열받게 하려고 일부러 그런 거지? 어? 질투 나서 돌아버리는 꼴 보려고 일부러 그런 거지!"

제이는 내 말을 있는 힘껏 무시하고 리무진에 올랐다. 나 역시 빠르게 옆자리에 올라탔다.

"내려. 퇴근해."

"이렇게는 못 가."

"너랑은 아무 말도 하고 싶지 않아."

"왜? 그 새끼한테 연락처 못 주게 해서 화났냐? 그렇게 맘에 들었어? 어, 그래. 네가 원한다면 내가 다시 가서 데려올게. 그럼 됐지?"

오기 섞인 내 말에 그녀도 지지 않았다.

"데려와. 나 그 남자 마음에 들어. 오늘 그 남자랑 같이 있고 싶어. 그러니까 가서 데려와."

"하, 미쳤네?"

"미친 건 너야. 내가 어떤 마음으로 프리 허그를 했는지 알지도 못하는 너랑은 한 마디도 주고받고 싶지 않아. 내 마음을, 내 영혼을 짓밟았어. 넌 나를 고작 길바닥에서 헌팅이나 하려는 가벼운 여자 취급했어. 그러니까 가서 그 남자 데려와!"

노려보는 그녀의 눈을 피하지 않았다. 좁은 차 안에서 우리 둘은 똑바로 마주 보았다. 그녀의 눈은 열기와 냉기가 만나 뿌옇게 흐려지는 보석 같았다. 우리는 서로에게서 도망치지 않았고 이 싸움을 그만두지도 않았다. 숨소리만 가라앉은 공간에 얼마간의 정적이 흘렀다. 하고 싶은 말을 꾸역꾸역 참아내느라 인위적으로 만들어지는 정적. 이렇게는 안 될 것 같았다.

"넌 내가 왜 이러는지 알면서 끝까지 모른 척한다, 그거지."

그녀는 떨어지는 눈물을 감추려 고개를 창밖으로 돌렸다. 울리면 위험하다는 걸 알면서 나는 또 그녀를 울리고 있었다.

"그래, 좋아. 갑에게 들키지만 않으면 된다고 했다. 앞으로 70일 남았다고? 너 70일 동안 모른 척 잘해라. 안 그럼 너랑 나랑은 끝이니까."

이렇게 말해버리고 차에서 내려야 멋있지만 그건 싫었다. 싸우더라도 계속 함께 있고 싶어서 그냥 버티고 앉아 있었다. 이 싸움의 유일한 변명은 내가 그녀를 사랑한다는 것밖에 없었다. 무릎 위에 올려져 있는 그녀의 손을 잡았다. 제이는 손을 빼내지 않고 얌전히 잡혀주었다. 우리는 각자 고개를 돌린 채 말이 없었지만 잡은 손은 놓지 않았다.

"어차피 남자는 다 똑같아. 나 빼고."

"넌 왜 빼니?"

"그럼 나도 포함시키든가."

버킷리스트 속 '이름도 모르는 낯선 남자'에, '지나가는 행인'에, '애정이 필요한 지구인'에.

"무슨 뜻이야?"

"나도 인류애가 필요해. 춥고… 외롭고… 영혼이 지쳤다고."

그녀는 안아달라는 내 말을 알아듣고도 나를 길바닥에 내려놓고는 휑하니 가버렸다.

24
두서없는 유언장

나는 죽고 너는 산다.
어느 것이 더 좋은 것인가는 신만이 안다.
—소크라테스

펜트하우스에 들어서다 말고 주방 쪽에서 들리는 말소리에 발걸음을 멈췄다.

"넌 어쩜 네 아빠랑 똑같니! 엄마 생각은 전혀 안 하지!"

눈물 젖은 고 여사의 목소리였다.

"엄마, 미안해. 그렇지만 나 이제는 그냥 살고 싶어. 병원에 있는 건 사는 게 아니야."

"네 아빠도 그랬어. 병원에 있었으면 최소한… 그렇게 죽지는 않았어! 너도 아빠처럼 길바닥에 쓰러져서 죽고 싶어? 그 사람이 어떻게 죽었는지 뻔히 알면서… 넌 무섭지도 않니?"

"병원에 가봐. 침대에 누워서 죽은 사람이 더 많아. 그렇게 따지면, 엄마는 침대가 무서워서 매일 밤 어떻게 침대에 누워? 길에 쓰러져서 죽는 게 무섭다고 침대에 누워만 있으면 뭐가 달라져?"

내가 왔다는 사실을 아무도 모른다는 것이 신기했다.

"엄마 너 없이 어떻게 살라고 그러는 거니? 응? 제이야, 엄마는 불안해서 죽을 것 같아."

"사람은 누구나 죽지만 불안해서 죽는 사람은 없어. 그런 이유로 죽는다면 난 절대 죽지 않아."

시스템 에어컨의 난방 기능은 제대로 작동되고 있었지만 차가운 돌바닥 때문인지 늘어서 있는 유골함 때문인지 서늘한 기운에 몸이 으슬으슬했다. 납골당에는 처음 와보았다. 고급스럽고 세련된 신축 건물이었지만 어딘지 모르게 우중충하고 암울한 분위기는 마치 무덤 안에 들어와 있는 것만 같았다.

'별빛 정원'이라는 아름다운 이름의 납골 공원에는 제이 아버지의 유골이 안치되어 있었다. 고 여사의 눈물겨운 만류에도 불구하고 내일모레가 기일이라는 제이의 말에 여주까지 함께 온 것이다.

넓고 쾌적한 납골당 안에 들어서서 고인의 유골이 안치된 도자기들을 천천히 훑어보았다. 수백 개의 도자기 앞에는 빛바랜 사진과 시든 꽃이 놓여 있었다. 생전에 어떤 사람들이었는지는 몰라도 유골을 담고 있는 도자기 자체는 별반 차이가 없어 보였다.

"여기야."

발걸음을 멈춘 곳에서 제이 시선을 따라가자 '은수호'라는 이름이 쓰인 도자기 앞에 고인의 사진이 놓여 있었다. 그녀와 닮은 부분을 찾아보려 했지만 사진 속 얼굴과 닮은 부분을 찾기는 힘들었다. 항아리에 대고 속삭이는 그녀의 목소리가 은근하게 울렸다.

"나 아빠를 많이 닮았대. 심장이 약한 것도, 죽음에 초연한 것도. 아빠가 마지막에 어디서 발견되었는지 알아? 중국의 만리장성. 웃기지? 하여튼 못 말린다니까."

그녀는 웃으며 말을 이어갔다.

"죽은 그날, 엄마를 호텔 방에 두고 혼자 나가서 만리장성을 걸었대. 그러다 만리장성 한가운데서 쓰러진 거지. 아빠는 행복하다고 했대. 중환자실 침대가 아닌 만리장성에서 죽음을 맞게 된 건 정말 행운이라고…. 만리장성에서 죽는 사람 자기밖에 없을 거라며 끝까지 미소를 잃지 않았다더라고. 하하, 나도 그러고 싶어. 사방이 무서운 주삿바늘과 기계로 둘러싸인 병실에서 사이보그처럼 죽어가고 싶진 않아. 이왕이면 멋진 곳에서 사람답게 죽고 싶어. 죽는다는 건 너무나 자연스러운 일이니까."

하아, 깊은 한숨이 저절로 나왔다. '멋진 곳'은 어디이고 '사람답게 죽는다는 것'은 무엇이길래 한심한 소리를 하는 건지. 각자가 생각하는 멋진 곳에서 죽으려고 한다면 관광 명소 어디에나 시체 하나쯤은 흔하게 굴러다닐 것이었다. 어지간히 이기적인 생각에 직설이 나왔다.

"죽으려면 남한테 피해 주지 말고 아무도 없는 곳에 가서 혼자 죽어. 괜히 대낮에 시체 보고 기겁하게 하지 말고."

내 말에 입이 한 움큼 나온 그녀는 "그럼 넌 어떻게 죽고 싶어?"라고 물었다. 엉뚱한 질문에 잠시 생각할 시간이 필요했다. 어떻게 죽을지 생각한다고 해서 생각한 대로 죽는 것도 아니고, 어떻게 살아야 할지도 모르는 판국에 어떻게 죽을지 생각해야 한다니 갑자기 피곤해졌다.

"그냥 살 만큼 다 살고 집에서 잠자다가 조용히 죽는 게 모든 사람들의 최종 목표 아니야?"

"그것도 좋겠다. 한평생 살던 집에서 나를 사랑해 준 사람들에게 둘러싸여 잠자듯이 죽는 거. 정말 행복한 죽음이지."

"잘 죽는 것도 운이네." 하며 내 말에 고개를 끄덕인 그녀는 나를 도자기 앞으로 끌어당겨 인사를 하라고 했다.

"우리 아빠야. 인사해."

내 눈에 제이의 아빠는 보이지 않았다. 꿀단지처럼 하얗고 매끈한 디자인의 도자기들만 수두룩하게 보였다.

"아빠가 어디 있어? 도자기에게 인사를 하라고?"

도자기에게는 고개 숙이지 않겠다고 버티자 그녀의 내세관(來世觀)에 대한 일장 연설이 쏟아졌다.

"죽는다고 해서 사라지는 건 아니야. 죽음은 번데기에서 나비가 되는 것과 같은 하나의 과정이니까. 육체에서 벗어나 영혼의 자유를 찾는 거지. 자유로운 영혼은 우주와 하나가 되고 아름다운 제3의 세계에서 새로운 삶이 시작되는 거라고."

그러니까 어쨌든 저 도자기 안에는 곱게 갈린 인산 칼슘 외에 다른 건 없다는 소리였다.

"난 영혼이니 내세니 하는 거 안 믿어. 천당이 어디 있고, 염라가 어디 있냐? 죽으면 끝이지."

"그렇게 단호하게 말하지 마. 죽기 싫어지잖아. 죽은 뒤에도 무언가 있다는 희망이 있어야 그나마 죽는 게 덜 무섭게 느껴진단 말이야."

"그래, 그럼. 마음대로 생각해. 죽어봤어야 알지. 나도 안 죽어봐서 잘 모르겠다. 너 아는 사람 중에 죽어본 사람 있으면 좀 물어봐 줄래? 램프의 요정처럼 노사기에 들어와서 히룻밤 정도는 자고 가냐고."

"음, 그럼 이렇게 하자. 내가 죽어본 후에 너에게 직접 알려줄게."

제이는 그렇게 말하고 혼자 킥킥 웃었다.

건물 2층에는 임사 체험, 버킷리스트 작성하기, 묘비명 남기기, 유언장 작성하기 등 웰다잉(Well-dying) 공간이 마련되어 있었다. 죽음과 가장 가까운 곳은 살아 있는 사람에 대한 배려가 지나치게 넘치는 곳이었다.

제이는 유언장 작성을 위해 창가 쪽 테이블에 앉아 펜을 꺼냈다. 진지한 표정으로 무언가 써 내려가기 시작한 그녀를 물끄러미 보았다. 나 역시 빈 종이 한 장을 앞에 놓고 생각에 잠겼다. 나이 스물셋에 유언장 작성이라니 누구에게 뭐라고 써야 한단 말인가? 자식도 없고, 모아놓은 돈도 없다.

삶을 돌이켜 보자. 학창 시절 공부 따윈 개나 줬다. 책은 자유로에게 송판처럼 들고 있으라고 한 뒤 돌려 차기 한 기억밖에 없다. 학생 주임인 아버지를 피해 도망치다가 2층 창문으로 뛰어내린 이후 발목을 다쳐서 운동도 그만두었다. 고등학교를 겨우 졸업하고 대학이나 취업에 대한 생각도 접었다. 청춘은 거대한 짐짝처럼 내 앞에 놓여 있었고 어떻게 써야 할지 막막하기만 했다.

삶에서 어떤 의미나 보람을 건져 올리겠다는 결심도 없었고 재능을 찾아보려는 시도도 하지 않았다. 유일한 재주는 여자. 그렇다고 연애를 제대로 해본 것도 아니다. 돈 많은 여자들이 세상엔 많았고, 그 돈을 나에게 쓰고 싶어 하는 여자들도 많았다. 내가 가진 매력을 적당히 이용하면서 인생은 나름 즐겁다고 생각했다.

한 마디로, 아무런 꿈도 열정도 없이 삶만 축내는 쓰레기 인생이었다. 갑자기 가슴속에 무언가 지저분한 것이 왈칵 쏟아진 것 같은 불쾌감이 들었다. 도저히 앉아 있을 수가 없어서 자리를 박차고 일어났다.

"먼저 나가 있을게."

유언장을 작성하던 그녀가 고개를 들었다.

"쓸 말이 없어서 그래? 아무렇게나 써도 돼. 그냥 재미로 쓰는 건데, 뭘."

부끄러운 과오를 떠올리는 것만으로도 구역질이 날 듯 구겨졌던 심사가 '재미'라는 단어에 폭발했다. 나도 모르게 언성이 높아졌다.

"유언장을 재미로 쓴다고? 죽는 게 장난이냐? 죽은 뒤에 이게 다 무슨 소용인데?"

갑자기 화를 내는 내 모습에 나도 놀랐고, 그녀도 놀랐다. 그렇지만 짜증이 쉽게 사그라들지는 않았다.

"이럴 시간에 병원 가서 치료 방법이나 알아보는 게 낫지 않아? 지금 시대가 어느 시대인데 겨우 심장 하나 고장 났다고 죽냐? 동네

약수터만 가도 운동 나온 어르신들 중에 장기 온전하게 다 갖고 있는 사람 거의 없어. 우리 작은아버지도 암으로 간 잘라내셨고, 이모부는 위를 잘라내셨어. 옆집 아저씨는 인공 심장 달고 다니시거든? 장기가 별거냐? 다른 사람 심장이라도 갖다 꺼내서 바꿔 달면 그만이잖아. 청승 좀 그만 떨어. 새파랗게 어린애가 뻑하면 죽는다는 소리, 그거… 듣는 입장에선 전혀 유쾌하지 않아. 너랑 같이 있으면 매일같이 상갓집에 조문 온 기분이야."

그녀는 말없이 고개를 떨궜다. 까맣게 또박또박 써 내려간 글씨 위로 눈물방울이 톡톡 떨어졌다. 글씨는 눈꽃처럼 사방으로 번졌다. '울리지 말 것' 그 단순하고 쉬운 주의 사항 하나 지키지 못해서 그녀를 울리고야 마는 내 자신이 정말이지 한심하기 짝이 없었다. 허물어져 가는 심장에 못을 박듯이 그녀의 눈물이 쏟아졌다. 굵은 빗방울처럼 내 가슴 한가운데 후드득 떨어져 깊은 고랑을 새겼다.

그녀의 입에서 고통스러운 단어들이 새어 나왔다.

"죽기 싫어. 무서워. 나 사실은… 살고 싶어. 아주 오래오래 살고 싶어. 흑흑…. 누군가가 심장을 내주길 기다리는 중이야. 그런데 너무 오래 걸려서… 흡… 버티기 힘들어. 흐흡, 내 심장이… 더는 기다리지 못할 것 같아…."

제이의 눈에서 떨어진 눈물은 금세 유언장 전체를 적셨다. 가슴이 으스러지는 듯한 기분이었다. 인간에게는 어떻게 할 수 없는 일이 있는 법이다. 망가져 가는 자신의 심장을 기다리게 하는 일처럼.

더는 우는 일에 시간을 낭비하지 않겠다는 결심이라도 한 듯 그녀는 눈물을 그치고 펜을 들었다.

"내가 할 수 있는 일을 할 거야. 치료 방법을 알아보는 것보다 유언장을 쓰는 일이 오늘 내가 할 수 있는 일이고, 난 최선을 다해서 유언장을 쓸 거야."

죽고 싶지 않다며 눈물을 뚝뚝 흘리는 그녀를 달래줄 수 없었다. 내 손이 그녀에게 닿는 것조차 죄악으로 느껴졌다. 그녀가 스스로 눈물을 닦고 담담히 유언장 작성하는 모습을 지켜볼 뿐이었다. 나도 자리에 앉아 펜을 들었다. 마음을 가라앉히기 위해 무슨 말이든 써 내려가기 시작했다.

세상에 태어나서 여태껏 내가 만들어 낸 거라고는 똥밖에 없다.
내가 죽으면 더러운 몸뚱이만 덩그러니 남겨지게 되겠지.
부디, 재도 남지 않게 불태워 없애주길.

받기만 했다. 그게 당연한 줄 알았다.
그래서 누구에게도 준 적이 없었다.

여전히 누군가를 위해 남겨줄 건 아무것도 없다.
돈도, 명예도, 자존심도 없다.

여자를 울렸다.
수많은 여자를 울렸고,
세상에서 가장 강하고 아름다운 여자를 울렸다.

부끄럽게 깨어진 꿈속에서
한순간 아름다웠다면 그건 그녀다.

비참하게 망가진 삶 속에서
한순간 행복했다면 그것 역시 그녀다.

차라리 내 심장을 꺼내주고 싶다.
그럴 수 있다면 그러고 싶다.

두서없는 유언장 쓰기를 마쳤을 때 그녀는 다 쓴 유언장을 정성
스럽게 접어서 정갈한 봉투에 담았다. 그리고 언제 울었냐는 듯 말
간 얼굴로 고개를 들었다. 무슨 내용을 썼냐는 그녀의 질문에 노래
가사 따위나 썼다고 대답한 뒤 유언장을 가볍게 구겨서 쓰레기통
으로 던졌다. 그녀 옆으로 다가가 머리에 손을 얹었다.
"아까 내가 한 말 마음에 담아두지 마. 그냥 헛소리였어."
그녀는 나를 올려다보며 웃었다.
"장기가 뭐 별거냐는 말, 사실은 웃겼어."
"나도 맹장 없어. 중2 때 떼어냈거든."
"정말? 와하하."
세상에서 그녀만큼 웃기기 쉬운 여자도 없다. 울리기도 쉽고.
"밥이나 먹으러 가자."
내 말에 그녀가 경쾌하게 쌀밥을 외쳤다.
"좋지. 네가 좋아하는 쌀밥! 여주는 쌀이 유명하대."

"빵보다 밥이 낫다는 말이었지, 쌀밥을 좋아한다는 뜻은 아니었 거든? 누굴 밥돌이로 알아. 쌀밥보다는 고기지. 한우 먹으러 가자. 미디움 레어로 기가 막히게 구워줄게."

우리는 차를 타고 이동하며 시답지 않은 대화를 마저 했다.

"너 정말 피라미드 앞에 가서 죽고 싶었냐?"

"응, 그랬으면 좋았을 텐데. 장거리 비행은 무리야."

"다행이다. 피라미드 앞에서 시체 치울 뻔했네. 안 그래도 이집 트는 겁나 더워서 고생인데."

노려보는 그녀 눈에 찔려 죽는 게 가장 쉬운 방법일 수도 있겠다 는 생각이 들었다.

모처럼 오전 근무만 하고 퇴근한 나는 집으로 돌아와 쓰레기통 에 버렸던 유언장을 주머니에서 꺼냈다. 누가 볼까 봐 태워버리려 고 다시 주워왔는데 펼쳐서 읽어보니 주워오길 잘했다는 생각이 들었다.

화장실로 들어가 유언장을 펼친 후 라이터를 켰다. 화르륵, 가볍 게 불길이 일었다. 까맣게 재로 변한 종이는 순식간에 녹아 없어졌 다. 재는 변기 안으로 떨어졌고, 물을 내리자 흔적도 없이 사라졌 다. 과거는 죽었다. 화장실에서 화장(火葬)당했다. 바꿀 수 없다는 것, 그것이 과거의 가장 큰 단점이라면 잊힌다는 것, 그것이 과거 의 가장 큰 장점이겠다. 다음번에 유언장을 쓴다면 뭔가 끄적일 만 한 인생을 살아보자는 다짐을 했다.

저녁엔 유로가 일하는 잭슨으로 갔다. 이른 시간이라 그런지 손님이 없어 한가했다. 나는 바 테이블에 앉아서 카메라를 이리저리 조작해 보았다. 웬 카메라냐고 묻는 유로의 질문에 별거 아니라고 대답했다. 테이블에 놓인 술잔을 렌즈로 들여다보며 셔터를 눌렀다. 그리고 혹시나 해서 물었다.

"주변에 남는 심장 있냐?"

예상했던 대로 어이없다는 반응이 나왔다.

"초저녁부터 봉창 두드리는 소리야."

"심장도 신장처럼 두 개씩 달고 태어나면 얼마나 좋아. 급하면 하나는 떼어낼 수도 있고. 같은 장 자(字) 돌림인데 심장은 왜 하나밖에 없는지 모르겠다."

말 같지도 않은 내 투덜거림에 유로는 나름 진지하게 대답해 주었다.

"가슴에 한 사람만 담으라고 심장이 하나인가 보지. 누가 인터내셔널 플레이보이 아니랄까 봐. 이 여자, 저 여자 동시에 만나려고?"

이 새끼는 나를 뭘로 보고.

"그런 거 아니야. 다른 여자는 쳐다볼 여유도 없어."

"제이 병원에 있는 이유가 심장 때문이야? 무슨 병인데?"

그러고 보니 병명도 모른다. 심장의 어디가 어떻게 아픈 건지 물어보지도 않았다. 요즘은 기술이 좋아서 웬만한 심장병은 다 고칠 수 있다는 유로의 말에 카메라를 내려놓고 스마트폰을 열었다. 인터넷 검색 창에 '심장병'이라고 검색하자 별의별 병명이 쏟아져 나왔다.

[심장 네 개의 방과 양측 심실 출구 사이에는 '판막'이라는 구조물이 존재하며, 좌심방과 좌심실 사이에는 승모 판막, 좌심실과 대동맥 사이에는 대동맥 판막, 우심방과 우심실 사이에는 삼첨 판막, 우심실과 폐동맥 사이에는 폐동맥 판막이 있다. 일반적으로 크게 협착증과 폐쇄 부전증의 두 가지로 나뉘는데 판막 협착은 판막이 좁아져 혈액의 흐름이 원활하지 않은 상태를 말하며, 판막 폐쇄 부전은 판막이 제대로 닫히지 않아 혈액의 역류가…]

눈이 있다 한들 무슨 소용.

분명 한글로 쓰여 있는데도 '을, 를, 이, 가' 외에 아는 단어가 몇 개 없었다. 화면을 껐다. 땅이 꺼질 듯 한숨을 쉬어봐도 답답한 마음은 가시질 않았다.

25
판타지 로맨스

사랑한다고 말할 수 없었다.
처음이자 마지막인
한 사람을 향한 나의 고백이길 원했기 때문이다.
—헤르메스

"아가씨께서는 지금 서재에 계세요."

펜트하우스에 도착하자마자 제이를 찾아 서재로 올라갔다. 천장 끝까지 책장으로 둘러싸인 서재는 생각보다 넓었다. 실내 공기는 기분 좋게 따뜻하면서도 정적이었다. 그녀는 고급스러운 책상 앞에 앉아서 무언가를 열심히 쓰고 있었다.

"뭐 해?"

"시나리오 작업 중이야."

제이와 함께 영화를 본 날, 그녀는 영화 주인공이 되는 게 소원이라고 말한 적 있었다. 아마 그 시나리오를 쓰고 있는 모양이었다.

"장르는 뭔데?"

"판타지 로맨스."

나는 서재 안에 놓인 소파에 비스듬히 앉아서 그녀가 글 쓰는 걸 지켜보았다.

"요즘은 시나리오를 워드로 작업하지, 너처럼 손으로 일일이 쓰진 않을걸."

"대사는 없어. 연출할 장면만 간단히 메모하는 거야."

서재에는 책들이 빼곡히 꽂혀 있었다. 수백 권의 책들 중에 제목을 아는 책은 한 권도 없었다. 왠지 이곳은 그녀 아버지의 공간이었을 거라는 생각이 들었다. 사각사각 연필 지나가는 소리가 기분좋게 들렸다. 나는 반쯤 감긴 눈으로 집중하고 있는 그녀의 눈썹과 입술을 훔쳐보았다. 열심히 메모하다 말고 연필 꽁무니로 볼을 톡톡 두드리거나 좋은 생각이 났다는 듯 귀 뒤로 머리칼을 넘기는 그 섬세한 움직임을 굳이 본다는 느낌도 없이 바라보았다.

책 냄새가 마음을 평온하게 만들었다. 책만 보면 졸음이 쏟아지는 이유는 활자나 내용 때문이 아니라 책에서 나는 냄새 때문일 거라는 생각이 들었다. 꿈결 같은 몽롱함 속으로 빠져들기 직전, 제이는 비몽사몽한 내 눈앞에 시나리오가 적힌 종이를 흔들어 보였다. 부스스하게 일어난 나는 그녀가 건넨 시나리오를 손에 들고 훑어보았다.

"이게 뭐야?"

"읽어봐."

나는 계약서를 읽듯 손에 든 시나리오를 천천히 읽어 내려갔다.

"한 여자가 심장병으로 죽는다. 그 여자가 부활해서 튼튼한 심장을 찾으러 다닌다. 한 남자를 만나 사랑에 빠진다. 그 남자의 심장을 꺼낸다."

꺼낸다고?

"아무튼, 꺼내서 먹는다. 와, 엽기적이네."

"얼른 끝까지 읽어."

"심장을 먹은 여자는 남자와 영혼이 합쳐지고 두 사람은 영원한 사랑을 맹세…. 풉."

웃음이 터졌다.

"웃지 마."

"영원한 사랑의 맹세 꽤 좋아해."

"빨리 마저 읽어봐."

"영원한 사랑을 맹세한다. 두 사람은 다시 무덤 속으로 돌아간다. 시간과 공간이 무한한 제3의 세계에서 영원히 행복한 삶을 살아간다. 하하하."

시나리오를 다 읽고 나서 웃음이 터졌다.

"웃음의 의미는 뭐야?"

"장르가 뭔지 확실하네."

"뭔데?"

"호러 엽기."

아니라고 펄쩍 뛰는 그녀는 구체적인 스토리에 대한 설명을 시작했다. '유토피아를 꿈꾸는 안타까운 영혼에 대한 슬프고도 아름다운 사랑 이야기'라는 말에 웃음이 그치지 않았다. 무언가 그럴듯한 스토리는 다 갖다 붙인 것 같았다. 그녀다운 스토리라 굉장히 귀여웠다.

"그렇다고 치고, 이걸 어떻게 찍게?"

"그런 건 매우 사소한 문제야."

물어볼 것도 없었다. 말이 끝나기가 무섭게 드레스 룸으로 달려가 옷을 갈아입은 그녀는 곧장 엘리베이터를 탔다. 어디로 가는지도 모른 채 이동하는 차 안에서 어떻게 촬영할 것인지에 대한 의견을 나누었다. 사실 어차피 모든 건 정해져 있었고 그녀의 지시를 받았다는 게 더 맞는 말이다. 촬영할 내용보다 입고 있는 의상이 더 거슬렸다. 죽는 장면을 찍기 위해 입은 옷이라기엔 매우 파격적이었다.

"그 옷 입고 죽는 거야?"

"우아하게 죽을 거야. 피처럼 새빨간 드레스는 역동적인 생명을 상징하거든."

그녀는 새빨간 시폰 드레스 위에 검정 롱 패딩을 입었다.

"죽으러 가는데 뭐 이렇게 멀리 가? 네 방 침대에서 죽어도 되잖아."

"죽고 싶은 배경을 만난 적 있냐고 내가 물었었지? 나는 말이지 하늘과 닿아 있는 곳에서 죽을 거야. 시나리오 속 죽음의 배경은 푸른 초원과 파란 하늘이야."

무언가 열심히 설명하는 그녀의 진지한 콧등을 보면 괜히 놀리고 싶은 충동이 든다.

"안 됐다. 오늘 죽기는 글렀네. 한겨울에 푸른 초원을 찾는 것부터가 정상은 아니지. 그리고 오늘 미세 먼지 나쁨 상태라 하늘 뿐

연 거 안 보여? 뭔 죽는 여자가 그렇게 까다로워? 푸른 초원과 파란 하늘이 없어서 죽지도 못하겠네."

"알아서 잘 찍어봐. 그건 카메라 감독의 몫이야."

"카메라 감독이 신이야? 없는 초원과 하늘을 만들어 내게?"

"CG라는 게 있잖아?"

"나 그런 거 할 줄 몰라."

"삶을 사는 이유는 끊임없이 배우기 위해서라는 말, 몰랐다면 앞으로 알아두길 바라."

차가 멈춘 곳은 산 정상이었다. 구석에 보이는 커다란 비석에는 '예봉산'이라고 적혀 있었다. 바닥은 푸른 초원 대신 머리가 벗겨진 듯 휑한 흙바닥이었다. 그녀는 패딩을 벗고 차에서 내렸다. 패러글라이딩 하러 올라온 사람들이 그녀를 힐끔힐끔 쳐다보았지만, 정작 그녀는 전혀 신경 쓰지 않는 눈치였다.

나는 카메라 가방에서 캠코더를 꺼냈다. 한겨울 산 정상에 새빨간 시폰 드레스를 입은 여자만큼이나 섬뜩한 구경거리는 없을 것이다. 사방이 확 트인 낭떠러지 근처로 가서 맨바닥에 드러누운 제이는 최선을 다해 죽은 연기를 선보였다. 드레스 자락이 허공으로 휘날렸고, 화면 안에는 끝없이 펼쳐진 희뿌연 하늘이 담겼다.

"레디, 액션. 오케이."

오케이 소리에 죽은 듯 누워 있던 그녀가 눈을 번쩍 떴다.

"벌써 다 찍었어?"

물어오는 목소리에 의심이 가득 차 있었다. 이건 사진이 아니라

영화 촬영이라는 말도 강조하며 덧붙였다. 나는 그녀의 말을 듣는
둥 마는 둥 손을 잡아 일으켰다. 어느새 모여든 구경꾼들 사이를
지나 재빨리 차에 올라탔다.

"다 찍었어. 다음 장면으로 넘어가자. 춥고…."

쪽팔린다는 말은 차마 하지 못했다.

그녀는 여전히 못 미더운 표정이었다.

"너무 대충 찍는 거 아냐?"

"이거 다 편집하면 돼. 대충 찍은 것 같아도 여러 각도에서 찍었
어. 멋지게 이어 붙이면 되니까 내가 알아서 할게."

그녀를 살살 달래서 빨리 이동할 생각이었다. 파랗게 변한 그녀
의 입술이 걱정되었다. 추운 데 오래 있으면 위험할 것 같다는 생
각에 빠르게 찍을 수밖에 없었다. 죽는 장면을 찍다가 정말로 죽어
버린다면 그야말로 엽기적인 죽음일 것이다.

그 후에도 여기저기 장소를 옮겨 다니며 그녀가 부활하는 기괴
한 장면이라든가 무덤 안으로 들어가는 장면을 찍었다. 그리고 점
심을 먹었다. 물어볼 것도 없이 한정식이었다. 야외 촬영은 모두
마쳤으니 나머지는 집에서 마저 찍기로 했다. 다음 장면은 남자의
심장을 빼 먹는 장면이었다.

"남자는 어디서 구하게?"

내 질문에 오물오물 호박전을 먹던 제이가 마침 그 말을 하려고
했다는 듯이 대답했다.

"사실 캐스팅을 할까 생각도 했는데. 어차피 가슴만 나올 거라서
그냥 네가 하면 될 것 같아."

따뜻한 보리차를 한 모금 마시다가 너무 쉽게 당해버린 즉석 캐스팅에 놀라 재차 물었다.

"뭐가 나온다고?"

"심장을 꺼내 먹어야 하니까 얼굴은 필요 없고 가슴만 카메오 출연해 줘."

가슴을 출연시켜 달라는 당돌한 말에 어처구니가 없었다.

"하하하. 미쳤냐? 진짜 어이가 없어서 웃음밖에 안 나오네. 노출 신을 그렇게 당당하게 요구한다고?"

"보고 싶으면 내 것도 보여줄게. 잔소리 말고 출연해."

쿨럭. 뭘 보여줘? 결국 사레가 들렸다.

당연한 결과지만 정확히 1시간 뒤 나는 그녀가 시키는 대로 2층 라운지(우주를 향한 무대)에 누웠다.

"아무리 생각해도 이 상황에 노출 신이라니 개연성이 부족한 거 아니야?"

제이는 잡은 잠자리의 날개 끝을 잡고 뜯을까 말까 하는 것 같은, 너무 천진난만해서 잔혹성을 의심하기 어려운 그런 표정으로 나를 내려다보며 말했다.

"아까도 말했지만 난 네 몸에 전혀 관심이 없어."

"겁나 비싼 몸이거든? 관심 좀 가져줄래?"

"빨랑 벗어."

그녀는 누워 있는 내 옆에 쪼그리고 앉아서 벗으라고 재촉했다. 나는 셔츠 단추를 하나씩 풀면서 제이에게 물었다.

"심장을 꺼내는 장면은 어떻게 찍을 건데? 진짜 꺼내는 건 아니지? 너 오늘 상태 보면 확실히 정상은 아니야. 나 솔직히 지금 생명의 위협까지 느끼고 있다고."

"아, 맞다. 칼이 어디 있지? 깜박하고 칼을 준비 안 했네? 칼로 가슴을 가른 뒤 열어서 꺼내는 건데."

하얗게 질린 내 얼굴을 보고 그녀는 개구쟁이처럼 깔깔깔 웃었다. 나는 자포자기한 심정으로 눈을 감았다. 맨몸으로 누워 있으려니 상당히 민망했다. 쿵쿵 뛰는 심장이 등에서부터 시작해 바닥 전체를 울리는 기분이었다.

카메라에 찍힌 시간은 10초도 되지 않았지만 내가 느낀 시간은 그것보다 1,000배는 느렸다. 컷 소리와 동시에 재빨리 셔츠를 오므렸다. 다행히 실제로 심장을 꺼내지는 않았다. 그녀는 심장 대신 석류를 베어 물었다. 빨간 석류즙이 하얀 드레스 위에 피처럼 뚝뚝 떨어졌다. 빨래 따위는 문제가 아니었다. 그 엽기적인 장면을 촬영하느라 석류를 7개나 먹은 제이의 입술은 피처럼 붉게 물들었다.

누군가에게는 얼빠진 장난처럼 보일 수 있지만 그녀는 한 장면, 한 장면에 최선을 다했다. 나 역시 그녀의 영화를 가볍게 여기지 않았다. 시나리오만큼은 진심일 거라 생각했다. 영화 속에서 그녀는 사랑과 생명을 갈구했다. 비록 죽었지만 다시 살아났고, 사랑을 포기하지 않았으며, 영원히 행복한 삶을 꿈꿨다. 현실에서 이룰 수 없는 소망들을 이렇게나마 이루고자 했던 그녀의 마음을 충분히 이해할 수 있었다.

저녁까지 영화를 촬영하느라 피곤했는지 그녀는 일찍 잠자리에 들었다. 나는 침대 옆에 앉았다.

"퇴근하라니까… 왜 안 가?"

그녀의 질문에 솔직하게 말해버렸다.

"같이 있고 싶어서."

깨끗하게 튕겼다.

"함께 일하는 동료로서 걱정해 줘서 고마워."

이렇게까지 모른 척하기도 쉽지 않을 텐데 여러모로 대단하다는 생각이 들었다.

"함께 일하는 동료가 아니라 네가 부려먹는 노예지."

"무슨 소리야. 난 최대한 널 파트너로서 존중하고 있다고."

"나랑 '영혼의 파트너' 같은 건 할 생각 없어?"

"없어."

단호한 그녀의 대답에 괜히 기분이 상해서 투덜거리듯 물었다.

"차칸은 되고 나는 왜 안 돼?"

"왜냐하면… 이유는 말할 수 없어."

어차피 못 들은 척할 테니 하고 싶은 말을 그냥 해버렸다.

"70일이 지난 후에도 만약 네가 살아 있다면 각오하는 게 좋을 거야. 네 심장 따위는 조금도 배려 안 할 거니까 그런 줄 알아."

제이는 이불을 푹 뒤집어썼다.

26
별 헤는 밤

별을 노래하는 마음으로
죽어가는 모든 것을 사랑해야지.
— 윤동주

펜트하우스에 들어서자마자 커다란 캐리어 하나가 발길을 막았다.
제이와 고 여사의 말다툼 소리가 들려왔다. 고 여사는 제이의 여행
을 반대하고 있었다. 제법 익숙해진 두 사람의 말다툼은 꽤 오래
이어져서 관람하는 입장에서는 서서히 지루해졌다. 거실 입구에
놓여 있는 화분 이파리를 만지작거리고 있을 때 제이가 나를 향해
몸을 돌렸다.

"갔다 올게. 걱정하지 마. 죠지도 죠세프만큼 믿음직스러우니까."

죠지는 또 누군가 싶은 생각도 잠시.

"가자, 죠지."

개 이름을 부르듯 낯선 이름을 부른 그녀는 엘리베이터 앞에 섰

다. 나를 부른 게 확실했다.

"어째서 내 이름을 네 맘대로 지어서 부르는 건데? 오늘 어디 가?"

고 여사는 졌다는 얼굴로 소파에서 일어나 제이에게 다가왔다. 그리고 제이의 목도리를 단단히 여며주며 잘 다녀오라는 한숨 섞인 인사를 건넸다.

"그 대신, 미스터 전이랑 잠시 얘기 나눠도 괜찮겠지?"

"시간 얼마 없어. 용건만 간단히 해."

제이는 먼저 1층으로 내려갔고, 고 여사는 나를 소파에 앉혔다. 그녀는 말을 고르듯 잠시 뜸을 들였다.

"사과 먼저 하는 게 순서겠지. 그날 일은 내가 지나쳤어. 미스터 전도 아마 내 입장이었다면 그럴 수밖에 없었을 거야. 나를 이해할 거라 생각해. 제이는 내 목숨과도 같은 존재니까. 난 저 애를 못 말려. 도저히 이길 수도 없고. 어려서부터 불면 날아갈까, 쥐면 사라질까 애지중지 키워서 그런 것도 있지만. 어쨌든 지금은 살아 있다는 것만으로도 충분히 감사해. 그래서 저 애가 원하는 거라면 뭐든지 해주고 싶고, 하게 내버려 두는 편이야. 자식 교육을 엉망으로 시켰다고 욕해도 할 말은 없어."

커피를 한 모금 마신 그녀는 기품 있는 목소리로 말을 이어갔다.

"지금은 나에게 선택의 여지가 없어. 제이가 미스터 전을 선택했기 때문에 난 전적으로 미스터 전을 믿는 수밖에. 딸아이 엄마로서 단둘이 여행을 보내는 건 전혀 내키지 않지만 제이도 성인이고, 워낙 똑 부러지는 아이니까 알아서 잘할 거라 믿어."

나는 그녀의 말에 잘못 들었나 싶은 표정을 지었다. 단둘이 여행이라고?

"혹시라도 그럴 일은 없겠지만 매뉴얼을 다시 한번 잘 숙지해 뒀으면 좋겠어. 하필 강원도라니…. 도착하자마자 가장 가까운 헬기 착륙장을 알아놓도록 해. '만일의 상황'을 대비해서 말이야."

가까운 헬기 착륙장. 무언가 무지막지하게 들렸다.

"마지막으로 하나만 더 부탁하자면, 제이에게 너무 깊이 빠지지 마. 이건 부탁이 아니라 충고야. 제이 나름대로 미스터 전을 정리할 어떤 방법을 철저히 생각해 놨을 거야. 내 딸이 상처받는 걸 원치 않는 만큼 미스터 전이 상처받는 것도 원치 않아. 난 제이를 잘 알아. 그 애 엄마니까. 그 앤 아마… 미스터 전에게 어떤 여지도 남기지 않을 거야."

대화를 마친 나는 엘리베이터 앞에 세워져 있던 캐리어를 끌고 내려가 차에 올라탔다. 먼저 타고 있던 제이는 말똥말똥한 눈으로 나를 올려다보며 무슨 얘기를 했는지 어서 털어놓으라고 했다.

"내가 얼핏 들은 단어들을 조합해 볼까? 강원도, 단둘이 여행. 이거 무슨 뜻이야?"

머릿속이 복잡해서 정리가 되지 않았다. 단둘이 여행. 그것만으로도 꽉 찬 뇌를 비집고 들어온 고 여사의 말들은 어디서부터 어떻게 해석해야 하는지 감이 잡히질 않았다.

제이는 이번 여행의 동기에 대해 설명했다. 버킷리스트 "제4장 나 홀로 떠나는 여행". 원래는 혼자만의 여행을 하고 싶었지만 그랬다가 정말 변사체로 발견될지도 모르겠다는 생각이 들었다고. 동기가 어쨌든 간에 영화 찍다 말고 갑자기 여행이라니. 생각했던 것보다 훨씬 더 엉망진창이었다. 내 기분도 모르고 마냥 들뜬 제이의 눈은 반짝거렸다.

"즉흥적으로 떠나는 여행. 로맨틱하지 않아?"

어떤 부분에서 로맨틱하다는 건지. 이건 여행이 아니라 납치였다. 캐리어 크기로 봐서 당일치기는 아닌 듯했다. 묻기도 전에 제이는 1박 2일이라는 말과 힘께 아쉽게도 빙을 하나밖에 못 구했다며 천연덕스러운 표정을 지었다. 나는 할 말을 잃었다.

차는 청량리역 앞에서 섰다.

"뭐 해? 내리지 않고."

"기차 타고 간다고?"

역 안으로 캐리어를 끌고 들어가면서도 설마 했다. 동해까지 가는 영동선 열차가 출발하고 나서야 기차를 타고 간다는 것이 실감 났다. 태어나서 기차를 처음 탄다는 그녀는 들뜬 표정을 감추지 못했다. 가만히 앉아 있질 못하고 연신 감탄을 뱉어내며 "여기 좀 봐.", "저기 좀 봐." 했다.

때 묻지 않은 건지, 어디 하나 모자란 건지 구석기 시대에서 미래 여행을 온 인간처럼 창밖으로 지나가는 모든 것에 손을 흔들었다. 배 기사님도 없고 임 실장님도 없다. 백치 같은 저 애를 데리고 강원도에서 1박을 해야 한다는 사실이 새삼 아득해졌다. 엄청난 숙제를 떠안은 기분이었다. 여태껏 겪어보지 못했던 극한의 상황에서 갑자기 엄마가 보고 싶어진 건 왜일까? 눈을 감고 마음속으로 엄마를 부르고 있을 때 감상에 젖은 듯한 그녀의 목소리가 들렸다.

"죽기 전에 꼭 해보고 싶었어. 기차 여행이라든가 배낭여행 같은 거. 혼자 어디론가 훌쩍 떠나서 많은 사람을 만나고 새로운 것을 경험하는 건 정말이지 너무 낭만적이야. 심장이 튼튼하다면 배낭을 메고 전 세계를 돌아보고 싶어."

말은 모순덩어리였다. 혼자도 아닌 주제에 수화물용 캐리어를 끌고, 배낭여행이니 낭만이니 하는 소리를 해대고 있다. 나는 눈을 뜨고 명확하게 내 생각을 밝혔다.

"내 전 재산을 걸고 그건 절대 불가능할 것 같다."

강원도 영월에 별을 보러 가는 것이 이번 여행의 목적이라는 얘기를 기차가 출발한 지 1시간 만에 들었다. 별은 어디든 있었다. 별을 보는데 굳이 '강원도' '1박 2일' '단둘이' 같은 묘한 키워드가 태그될 필요가 있나 싶었다. 단도직입적으로 물었다.

"나 아직도 우리 둘이 여행 가는 거 이해 안 돼. 내 마음대로 해석해도 돼?"

"아까도 얘기했잖아. 혼자서는 아무래도 무리야. 짐꾼도 필요하고, 보디가드도 필요하고. 겸사겸사 널 데려가는 게 낫겠다 싶어서."

"그건 네 생각이고, 난 자꾸 다른 생각이 드는데. 너 정말 나를 어떻게 생각하는 거야?"

그녀는 나를 빤히 보았다. 그러더니 "질문이 마음에 안 들어서 대답할 수 없어."라고 말했다.

"네가 날 너무 믿는 것 같아서. 내가 어떤 놈인지 잘 모르나 본데 나 그렇게 이성적인 사람 아니다. 앞뒤 재지 않고 내키는 대로 행동한다고. 특히 여자를 대할 땐 더 심한 편인데?"

그녀는 코웃음을 쳤다.

"미안하지만 너의 여성 편력에 대해서는 전혀 관심 없어. 그런 얘기라면 나중에 도로타한테 해. 완전 흥분하거든."

그녀는 마치 미국 시트콤에 나오는 여배우처럼 "완전 흥분하거든." 부분에서 과장된 제스처를 취하며 상황을 가볍게 만들려고 노력했다. 웃기지도 않는 개그 프로그램을 보듯 그녀를 보았다. 대답을 듣기 전에 다른 생각은 끼어들 틈이 없었다.

"무슨 생각으로 방을 하나 잡았는지 그것만 말해."

지나치게 진지한 내 표정을 보고 으히히히 웃던 그녀는 장난이었다는 말로 상황을 종결시켰다.

"당연히 방 두 개 잡았지. 이제 됐니?"라고 시원하게 말해버리고 창밖으로 지나가는 풍경을 보며 다시 '이거 봐, 저거 봐'를 시작했다.

헛웃음이 나왔다. 장난? 사람 머리 복잡하게 만들어 놓고 장난이라고? 단둘이 1박 2일 여행 간다는 말을 들은 순간부터 머릿속이 새하얘졌는데 장난이라며 가볍게 웃어넘기는 그녀가 얄미워서 참을 수가 없었다. 나는 제이 얼굴을 내 쪽으로 돌린 뒤 한쪽 주먹을 말아 쥐고 주먹을 달구듯 입김을 불었다.

"지금 뭐 하는 거야?"

그녀가 물었다.

"딱밤 한 대만 맞자."

"뭐라고? 내가 왜 맞아야 하는데?"

"그냥 한 대 쥐어박으면 속이 후련할 것 같아서."

또랑또랑한 눈으로 올려다보는 제이 얼굴을 마주 보고 있자니 확 끌어당겨서 입 맞추고 싶은 충동이 일었다. 내 눈빛을 읽었는지 그녀는 얌전히 눈에 힘을 풀었다. 정적이 흘렀고, 말아 쥐었던 손에 힘을 뺀 나는 의자에 기대 눈을 감았다. 피곤해졌다. 말 걸지 말라는 경고를 해두고 잠을 청했다.

내 얼굴을 가만히 들여다보는 간지러운 시선이 느껴졌다. 그리고 곧 다정한 목소리가 들렸다.

"난 있지, 널 매우 좋은 사람이라고 생각하고 있어. 내가 지금까지 살아오면서 만난 사람 중에 어쩌면 제일 좋은 사람일지도 몰라. 죽기 전에 널 만나게 되어서 정말 다행이야."

기가 막혔다. 그녀는 사람을 납작하게 만드는 데 타고난 재주가 있었다. 종이 인형이 된 것처럼, 보이는 면 이외에는 나를 드러낼 여지를 차단해 버리는 재주. 나를 '좋은 사람'으로 착각한 채 죽도록 내버려 두고 싶지는 않았다.

"사랑하게 만들고 차갑게 버리기를 밥 먹듯이 했어."

말을 꺼내고 나서 후회가 밀려왔지만 주워 담기엔 늦었다. 눈을 감고 있던 나는 그녀가 어떤 표정을 지었는지 알 수 없었다. 제이는 가만히 침묵했다.

"여자들한테 돈도 받고, 차도 받고, 오피스텔도 받았어. 나 때문에 이혼당한 여자를 안주 삼아 비웃었어."

감았던 눈을 떴다. 그녀와 눈이 마주쳤다.

"이래도 내가 착한 사람이야?"

꿰뚫을 듯이 보는 그 시선을 견디기 어려웠지만 피하지 않았다. 세상에서 가장 빈틈없고, 순수하고, 강한 여자 앞에서 나를 뒤집었다. 그늘진 내 과거가 양지에 드러났다. 뭔지 모를 신비한 순간이었다. 대답을 기다리고 있다는 사실도 잊고 그녀의 얼굴을 보았다. 동그란 이마와 콧잔등, 인중, 턱으로 떨어지는 선이 예뻤다. 굳게 다물고 있던 입술이 열렸다.

"나쁜 놈."

새하얗게 노려보는 그녀를 보며 각오했다는 듯 턱을 살짝 들었다. 그녀는 사양하지 않고 온갖 욕을 퍼부었다. 뺨을 맞을 줄 알았는데 작은 주먹을 움켜쥐고 내 어깨와 가슴을 사정없이 때렸다.

"악! 아파!"

"그게 지금 자랑이야? 엄살 부리지 마! 아프긴 뭐가 아파? 여자들 마음에 상처나 주고! 완전 나쁜 놈! 악당! 양아치! 여자를 우습게 알아? 지옥 가고 싶어? 너 같은 놈은 평생 혼자 살아야 해! 고추를 잘라버려야 해!"

그녀가 빽 소리를 지르자 주변의 시선이 쏠렸다. 야, 잠깐. 뭘 잘라? 순간 심하게 당황했다. "내가 잘못한 건 맞는데 말이 너무 심한 거 아니야?"라고 반항하자 알밤 같은 주먹이 또 한차례 쏟아졌다. 한바탕 얻어맞고 나니 얼이 빠졌다. 이렇게 시원하게 두들겨 맞은 건 중학교 때 이후 처음인 것 같다. 용서받지도, 이해받지도 못했다. 그러나 속이 후련했다. 나는 그녀의 두 주먹을 감싸 쥐었다.

"나도 잘못한 거 알아. 후회하고. 이제 다시는 안 그래."

그녀는 내 눈을 가만히 보았다. 여전히 분이 풀리지 않았는지 어깨가 들썩였다. 순간, 애틋한 기분이 들었다. 내 허물을 감싸주는 건가, 덮어주는 건가. 그녀의 마음속 아주 깊은 곳까지 들어갔다 나온 듯했다. 서로 무슨 말을 꺼낼 때까지 상당한 틈이 있었지만 납작했던 내 몸이 입체감으로 되살아나는 기분이었다. 다시, 바람이 빵빵하게 들어간 풍선 인형이 되었다.

3시간을 달려 영월역에 도착한 우리는 택시를 타고 호텔로 이동했다. 동네는 조용하고 고즈넉했다. 흔한 담배꽁초 하나 없이 아름다운 시가지는 매우 격조 높은 관광지라는 걸 보여주었다. 맑은 공기를 마시니 기분이 한결 나아졌다. 아담한 호텔 방 안으로 제이의 캐리어를 끌고 들어갔다. 그녀는 방을 한 바퀴 둘러보고는 푹신한 침대에 걸터앉았다.

"오늘 여기에 온 목적은 별이 쏟아지는 밤하늘 아래에서 라스트 신을 촬영하기 위해서야. 정말 멋질 거야."

"라스트 신이 뭔데?"

"키스 신."

제이는 내 반응을 살폈다. 나는 못 들은 척 입을 꾹 다물고 화장실 불을 켜보기도 하고 냉장고 문을 열어보기도 했다. 아무 대답 없는 나를 보며 그녀가 물었다.

"왜 다음 질문이 없어?"

"다음 질문은 뭔데?"

"키스 신 상대가 누구인지 안 물어봐?"

왠지 나를 들었다 놨다 할 수작인 것 같아서 최대한 시큰둥하게 반응했다.

"네가 뭐랑 주둥이를 비비든 나랑은 별로 상관이 없어서. 왠지 흙바닥에 엎드리거나 허공에 대고 혼자 쇼를 할 것 같다. 내 말이 틀려?"

"별빛 아래에서 심상을 빼앗긴 남자의 영혼과 키스하는 장면이야. 네가 좀 출연해 줘야겠어."

나는 의심스러운 눈초리로 그녀를 보았다.

"이것도 장난이야?"

"장난 아니야."

우리 두 사람은 한참이나 말없이 서로를 바라보았다. 그만큼 휘둘리고도 정신 못 차리는 스스로가 한심하다고 느껴져서 딱 잘라 거절했다.

"안 할래."

"어째서?"

"하기 싫어."

제이는 그 장면이 얼마나 중요한 장면인지 나에게 조곤조곤 설명했다. 영화의 주제를 드러내는 장면인 동시에 불멸의 영혼이 유토피아를 찾아가기 위해 반드시 필요한 장면이라는 설득력이라고는 하나도 없는 말로 나를 설득하려 했다.

나는 누가 내 발을 밟았을 때 '악' 소리가 나오는 속도로 반박했다.

"그러니까 그 중요한 장면에 나는 출연할 의사가 없다고. 애초에 이 말도 안 되는 호러, 엽기 영화를 왜 찍는지도 모르겠고. 그냥 너

좋자고 찍는 거잖아. 누구 보여줄 것도 아니면서 뭘 그렇게 쓸데없이 디테일하냐? 대충 넘어가."

대충대충 넘어가는 건 제이 모토에 맞지 않는다는 거 안다. 꽃씨 하나를 심어도 온 마음을 다해 심었던 앤데. 아무 대답 없이 노려보는 그녀를 보니 말실수했다는 생각이 들었다. 그래서 다시 정정했다.

"아니, 내 말은 그 키스 신을 찍는다는 게… 네가 걱정돼서 그러지. 너 심장 괜찮겠냐? 위험하지 않아? 내가 또 하면 제대로 하니까. 타고난 재능도 있고, 그동안 갈고닦은 실력도 있고. 나 때문에 네 심장 너덜너덜해지면 어떡해? 추운데 시체 업고 내려올 생각 하니까 벌써부터 끔찍하다."

그녀는 여전히 나를 노려보았다. 이유 없이 동요하며 주저리주저리 늘어놓는 내 말이 내가 생각해도 바보 같았다. 얼굴이 달아오르는 게 느껴지자 괜히 민망해서 신경질이 났다.

"아악! 사람을 뭘 그렇게 봐. 하하하. 진짜 미치겠네? 야, 너 나 갖고 놀지? 재밌냐? 네가 키스하자 그러면 내가 좋아서 고개 끄덕일 줄 알았어? 됐거든? 하하. 와, 짜증나."

말하면서 자꾸 웃음이 나서 망했다. 나는 냉장고 문을 열어서 물을 꺼내 벌컥벌컥 마셨다. 그리고 다시 단호하게 말했다.

"말 꺼내지 마. 땅바닥이랑 하든 허공이랑 하든 어쨌든 나는 출연할 생각 없으니까. 말 꺼내지 마라. 어?"

그녀는 내가 펄쩍 뛰는 꼴을 재미있고 신기하다는 듯이 구경했다.

누군가 그랬다. 사랑은 몸에 맞지 않는 옷을 입기 위해 어깨를 구부리고, 팔을 접고, 나와 있는 배를 최대한 집어넣으며 숨을 참는 거라고. 한마디로 불구가 되어야 하는 매우 웃긴 코미디였다. 그리고 나는 기꺼이 나를 병신으로 만드는 중이었다. 내가 졌다는 걸 증명하기에 충분했다.

빙글빙글 웃고 있던 그녀가 나를 위로하듯 말했다.

"하는 척만 할 거야."

마시던 물이 기도로 흘러들었다. 그런 발상이 어디에서 나왔을까. 그녀의 뇌관을 찾아 뒤질 용의가 있었다. 나를 유혹하는 건지, 떠보는 건지, 갖고 노는 건지, 아니면 아무것도 아닌지 의심만 늘어갔다. 그녀에겐 항상 알리바이가 있었다. 피해자는 난데 범인은 오리무중이다. 나는 한껏 기분이 상했다.

"삐쳤어?"

삐쳤냐는 그녀의 질문에 아니라고 대답을 하자니 삐친 것 같고, 아무 대답도 안 하자니 삐친 것 같아서 이마가 깨진 기분이었다.

밤 9시가 다 된 시각. 렌터카를 타고 산 정상까지 올라갔다. 시베리아에서 날아온 찬 공기 탓인지 얼어붙을 듯 추웠지만 밤하늘은 맑고 깨끗했다. 그녀는 나에게 은하수를 본 적이 있느냐고 물었고 나는 없다고 대답했다.

수화물용 캐리어에 뭘 그렇게 잔뜩 챙겨왔나 했더니 검정 롱 패딩이 들어 있었다. 패딩이 캐리어 반 이상을 차지하고 있어서 다른 짐은 거의 없었다. 하얀 실크 드레스 위에 검정 롱 패딩을 입은 그녀는 별마로 천문대 뒤편 광장으로 갔다. 사방이 어두워서 그런지 밤하늘 별이 더 빛나 보였다.

"저기 봐봐. 하늘 한가운데 뭔가 뿌옇게 지나고 있는 것 같지 않아?"

"몰라. 잘 안 보여"

"잘 봐. 저기."

그녀는 내 턱 밑에 서서 손으로 하늘을 가리켰다.

"난 보여. 저게 바로 은하수야."

보이는 것 같기도 하고 아닌 것 같기도 하다. 별을 보는 취미는 없었다. 별을 본다는 게 어떤 의미가 있을까. 저 별들은 나와는 아무런 상관이 없다. 너무 멀리 있어서, 어차피 갈 수도 없고 가질 수도 없어서 있으나 마나 한 존재였다. 수천억 개의 별 중 수백억 개의 별이 사라진대도 눈 하나 깜짝하지 않을 자신 있었다. 그런데 만약… 제이가 죽어서 저기 어디쯤 가 있게 된다면 나는 그녀를 찾아 매일 밤 별을 헤아릴 수도 있겠다는 생각이 들었다.

제이는 패딩을 벗어서 나에게 건넸고, 나는 캠코더를 꺼냈다. 어떤 장면을 어떻게 촬영할 것인지 차를 타고 올라오면서 의논을 마쳤다. 하는 척만 하는 키스 신까지도. 굳이 그녀가 하겠다고 우기는데 안 하겠다고 우길 재량은 없었다. 계약서에 사인한 순간부터 정해져 있던 운명이다.

하늘로 올라가는 장면을 최대한 빠르게 한 컷에 담아내고 삼각대를 이용해 캠코더를 한쪽에 고정했다. 우리는 밤하늘과 쏟아지는 별을 배경으로 마주 섰다. 극적인 상황이 연출되지 않게 하려고 끼어드는 모든 감정을 담백하게 걸러냈다.

"빨리 끝내자. 카메라가 저기 있으니까 네가 오른쪽으로 고개 돌려. 내가 왼쪽. 오케이?"

왼손을 들어 제이 얼굴을 감쌌다. 초승달 같은 얼굴이 한 손에 들어오고도 남았다. 나와 눈을 맞추고 고개를 살짝 든 그녀는 이 상황이 웃긴지 킥킥거렸다. 할 수 없이 강제로 눈을 감겼다. 자꾸 시간을 끌면 팽팽하게 잡고 있는 이싱의 끈을 놓칠 것 같아서 마음이 급했다.

얌전히 눈을 감은 그녀 코끝에 천천히 입술을 가져갔다. 아슬 아슬한 거리에서 멈춘 내 입김이 그녀에게 닿았다. 숨을 참았다. 그대로 얼어붙어 컷 소리를 내기조차 어려운 상황이었다. 수억 개의 별빛과 달빛을 반사한 제이의 얼굴은 눈부시게 환했다.

한참이 지나도 컷 소리가 나지 않자 그녀는 천천히 눈을 떴다. 그와 동시에 나는 얼음 땡의 마법에서 풀려났다. 제이 얼굴을 감쌌던 손을 놓고 한 걸음 뒤로 물러서며 참았던 숨을 내쉬었다. 몸의 통제권이 아직 나에게 있다는 사실이 놀라웠다.

정신을 차리기 위해 심호흡을 했다. 찬바람에 귀가 얼얼했지만 목덜미는 뜨거웠다. 산 정상에 올라온 김에 먼 봉우리를 향해 '아악!' 하고 소리라도 질러버리면 속이 시원할 것 같았다. 그러나 꾹 참고 울타리에 걸쳐놨던 패딩을 주워 그녀에게 입혔다.

우리 두 사람은 내려오는 동안 아무 말도 하지 않았다. 언제 왔는지 모를 '정적'과 '공허'가 나와 제이 사이에 시치미 뚝 뗀 얼굴을 하고 나란히 앉아 있었다.

항상 그 자리에 있었던 것처럼 익숙하게.

호텔에 도착했을 때 제이의 안색은 매우 좋지 않았다. 시간은 어느덧 밤 10시. 침착하게 약을 먹이고 침대에 눕힌 후 맥박을 체크했다.

"안 되겠어. 집으로 돌아가자."

집으로 돌아가자는 내 말에 그녀는 실망스러운 표정을 지었다.

"그런 표정 짓지 마. 어린애도 아니고. 놀러 다니더라도 최소한의 안전은 확보하고 다녀. 나 너랑 단둘이 있는 거 솔직히 자신 없어."

같이 여행 온 여자 친구가 갑자기 죽어버린 상황에서 능숙하게 대처할 남자가 과연 몇이나 될까? 그런 남자가 있다면 의사이거나 사이코패스 둘 중 하나일 것이다. 의사도 사이코패스도 아닌 나는 그런 경우에 대한 대비가 전혀 되어 있지 않았으며, 임 실장에게 배운 매뉴얼도 이론적으로만 알고 있을 뿐 막상 상황이 닥쳤을 때 아는 대로 행동을 할 수 있을지는 장담할 수 없었다.

배 기사님께 전화를 걸어 데리러 와달라고 부탁했다. 기차는 다음에 한번 더 타기로 제이와 약속했다. 다음은 없다고 투정 부리는 그녀의 입을 뭘로 막을까 두리번거리다가 그냥 내 귀를 막았다.

새벽 1시쯤 호텔 앞에 리무진이 도착했다. 무릎을 베고 누운 그녀를 가만히 내려다보았다. 점점 상태가 나빠지는 게 눈에 보였다. 처음엔 아픈 애가 맞나 싶을 정도로 에너지가 넘쳤는데, 이젠 쉽게 지치고 피로를 느낀다.

눈을 뜬 그녀는 잠이 걸린 목소리로 말을 했다.

"영화는 이제 다 찍었어. 예쁘게 편집할 수 있지?"

나는 담요를 어깨까지 끌어당겨서 덮어주었다.

"시키면 해야지. 일인데."

"기대할게."

그녀의 입에 희미한 미소가 걸렸다.

27
심장이 멎다

가보지 않은 길을 골라
그 길의 끝까지 가보리라.
—장석주「다시 첫사랑의 시절로 돌아갈 수 있다면」

쉬고 싶다는 그녀의 전화를 받고 영상 편집 작업을 시작했다. 입금된 300만 원으로 필요한 장비들을 샀고, 프로그램을 다운받았다. 지금까지 한 번도 해보지 못한 일에 하루를 쏟으면서 의외로 재미를 느꼈다.

이 일은 나에게 최적화된 일이기도 했다. 이래라저래라 상사의 지시를 받지 않아도 되었고, 대근육을 움직이지 않아도 되었으며, 원하지 않는 사람을 만날 일도, 지루한 대화를 이어갈 일도 없었다. 세상에 없었던 것을 내 손으로 만들어 낸다는 사실이 매력으로 다가왔다.

장면에 어울리는 음악을 찾느라 다양한 음악을 들었고, 동영상 강의를 보며 편집 기술을 익혔다. 조각조각 떨어져 있던 영상들을 그럴듯하게 이어 붙였다. 기이하게도 영상이 말을 걸어오는 것 같았다. 영화 속에서 일어나는 모든 일이 현실에서도 이루어질 거라고.

삶을 한 편의 영화처럼 사는 여자와 그 여자를 사랑하는 한 남자. 결말은 해피 엔딩일까? 후반부를 향해 갈수록 초조함은 커져 가지만 한 가지만은 확신할 수 있다. 내가 죽거나 혹은 죽어버리기 전까지 우리의 엔딩은 없다.

다음 날도 그녀는 나에게 전화를 걸어 당분간 휴가를 주겠다며 일방적으로 할 말만 하고 끊어버렸다. 목소리는 멀쩡한 것 같아서 다행이긴 한데 오지 말라는 말에 내심 서운했다. 영상 속 그녀의 얼굴만 닳도록 보았다.

그 후로 제이에게 3일이나 연락이 없었다. 계약을 맺은 이후로 한 주가 다 지나도록 못 만난 건 처음이었다. 먼저 전화해 볼까 하다가 바람도 쐴 겸 밖으로 나갔다. 걷다 보니 엠파이어 호텔 앞이었다. 무작정 엘리베이터를 타고 올라갔다.

거실에 들어선 나는 소파에 앉아 있는 한 남자를 보고 걸음을 멈췄다. 남자인 내가 보기에도 훌륭한 외모의 소유자였다. 단정하게 걷은 셔츠 소매 아래 단단한 팔이 보였고 이국적인 미남형 얼굴은 점잖고 교양 있어 보였다. 외출 준비를 마치고 계단을 내려오던 제이가 나를 발견했다.

"전세계, 여긴 어쩐 일이야? 연락할 때까지 오지 말라고 했는데…."

소파에 앉아 있던 남자는 다정하게 웃으며 그녀 옆에 섰다. 두 사람은 영어로 대화를 나누었다. 나를 보며 누구냐고 묻는 것 같았고 제이의 대답은 떨떠름했다. 별거 아니라는 듯 '계약직 직원' 정도로 그에게 소개한 것 같았다. 제이는 남자의 팔짱을 끼고 보란 듯이 나를 지나쳤다.

"은제이, 너 뭔데 지금? 이 남자 누구야?"

"사생활이야. 말할 이유 없어."

지금껏 내가 올려다볼 정도로 키가 큰 남자는 많지 않았다. 내 앞에 마주 보고 선 남자는 여유롭게 웃으며 악수를 청했다. "나이스 투 미츄." 정도의 형식적인 인사를 건넨 그는 "보이프렌드."라는 단어를 섞어가며 자신을 소개했다.

"언제 한번 얘기한 적 있었지? 미국에 있을 때 만났던 에이든이야. 며칠 전에 한국에 들어왔어. 너에게 일일이 설명할 필요는 없지만 그 당시 에이든에게도 여러 가지 사정이 있었고, 오해가 풀렸어. 나 지금 에이든이랑 점심 먹으러 나가는 길이야. 따로 연락할 때까지 찾아오지 말고 기다려."

제이는 에이든과 엘리베이터를 타고 내려갔다. 안전핀 뽑힌 수류탄이 내 심장에 툭 떨어진 기분이었다. 배신감. 우리의 계약 기간 동안 나는 적어도 그녀가 다른 남자를 만날 일은 없다고 생각했다. 다른 남자를 만날 것 같았으면 3억 원이나 주고 남친 대행을 고용할 필요도 없었을뿐더러, 열흘에 300만 원씩 꼬박꼬박 입금하며 나와의 계약을 유지할 이유도 없었다. 우리의 계약은 아직 반이나 남았고, 이런 식으로 끝난다는 얘기는 계약서 어디에도 쓰여 있지 않았다.

터덜터덜 집으로 돌아왔다. 내 것도 아닌데 뺏긴 것만 같은 묘한 상실감. 닭 쫓던 개가 된 기분이랄까. 죽 쒀서 개 준 기분이랄까. 미친 듯이 상처 입은 마음으로 질투에 불타 노트북 앞에 앉았지만 영상 편집을 할 만큼의 열정이나 이성은 맷돌에 묶여 깊은 곳에 던져졌고, 맷돌 손잡이는 정신과 함께 잃어버렸다.

다음 날. 아침부터 호텔 로비에 죽치고 앉아 제이를 기다렸다. 내가 이렇게 하릴없고 웃긴 놈이라는 걸 처음 알았다. 일단 그녀를 만나서 지금 뭐 하자는 건지 얘길 좀 들어보고 싶었다.

정오가 다 되었을 때 정문을 통해 나란히 들어오는 두 사람을 발견했다. 그녀 어깨에 손을 올린 에이든과 그에게 안기듯 기대어 있는 제이를 보는 순간 어제 떨어진 수류탄이 펑 하고 터졌다. 빠르게 걸어가 두 사람 앞을 막아섰다.

"은제이, 얘기 좀 해."

에이든은 자신의 등 뒤로 제이를 숨겼다. "제이, 지금 많이 피곤해. 다음에 다시 와."라고 말하는 어설픈 한국어가 거슬렸다. 비킬 생각이 없다는 걸 알았는지 그녀가 한 걸음 앞으로 나왔다. 이마에 맺힌 식은땀과 가늘게 떨리는 손을 못 본 척했다. 너 아픈 거 아는데, 나도 지금 아프다고. 굉장히 화가 났다는 걸 그녀가 알아주길 바랐다.

"이거였어?"

히죽 웃는 내 얼굴에 당황한 그녀가 무슨 소리냐고 되물었다.

"무슨 소리야?"

"너희 어머니가 말한 그 '철저한 계획'이 이거냐고."

어떤 여지도 남기지 않고 나를 정리할 방법. 네가 처음부터 계획해 놓은 우리의 끝.

"무슨 말인지 모르겠어. 엄마가 너에게 어떤 말을 했는지 난 모르는 일이니까."

시치미 뚝 뗀 얼굴이 내 마음에 화르륵 불을 질렀다.

"너 지금 나 떼어내려고 쇼하는 거잖아. 다 알아. 그만해."

나는 제이의 손목을 붙잡았다. 한 줌도 안 되는 손목에 밴드가 붙어 있었다. 피를 뽑았거나 수액을 맞았다는 뜻이다. 어쩌면 상황이 더 악화된 건지도 모른다. 나에게 감추고 있는 진실이 나를 더 미치게 했다.

"이거 놔."

"어디 갔다 온 건지 말해."

그녀는 가쁘게 숨을 몰아쉬었다.

"전세계, 너 지금 뭔가 지나쳐. 우리의 끝은 내가 죽거나 계약이 만료되거나 둘 중 하나야. 넌 내가 필요할 때만 오면 돼. 이런 식으로 찾아오지 마. 놔. 계약 위반이야."

엘리베이터가 도착했고 에이든이 다시 제이를 부축했다. 계약이니 뭐니 하는 말 더 이상은 못 들어주겠다. 나는 끝장내기로 마음먹었다.

"계약은 끝났어. 돌려줄게, 3억."

엘리베이터에 오르려던 그녀의 발이 멈칫했다.

"도저히 못 해먹겠다. 똑똑히 잘 들어. 계약이고 나발이고 끝이

야. 계약금 3억 돌려줄게. 네가 언제 죽든 이제 그런 거 상관 안
해. 그냥 해, 사랑."

제이의 얼굴을 감싸 쥐고 입술에 입을 맞췄다. 더 이상 아무것도
생각하지 않았다. 생각할 시간은 이미 지나갔다. 얼음 조각처럼 차
가운 입술을 녹일 작정으로 머금었다. 심장이 출구를 찾는 것처럼
요동쳤다.

그 순간 그녀는 실이 끊어진 마리오네트처럼 그 자리에 쓰러지
고 말았다. 놀랄 겨를도 없이 옆에 서 있던 에이든이 다급하게 엘
리베이터 버튼을 눌렀고, 나는 힘없이 축 늘어진 그녀를 번쩍 안아
들었다.

빠르게 집 안으로 들어서서 급한 대로 그녀를 거실 바닥에 눕혔
다. 에이든은 게스트 룸으로 달려가 커다란 슈트 케이스를 가지고
나왔다. 슈트 케이스 안에는 각종 의료 장비들이 들어 있었다. 내
가 넋 나간 표정으로 서 있는 사이, 도로타가 떨리는 목소리로 앰
뷸런스를 불렀다. 에이든은 동공과 맥박을 체크하고 코에 산소 호
스를 연결했다. 그리고 제이의 블라우스를 확 뜯어서 재빠르게 열
었다. 떨어져 나온 단추들이 대리석 바닥에 굴렀다.

곧바로 그녀의 가슴과 옆구리에 심장 충격기가 붙었다. 도로타
는 발을 동동 구르며 십자가를 그었고, 심장 충격기가 작동되었다.
심폐 소생술 하는 장면을 실제로 본 건 처음이었다.

나는 천장을 받치고 있는 대들보처럼 바닥에 발을 붙인 채 눈앞
에서 벌어지고 있는 실제 상황을 꼼짝없이 지켜보았다. 창백한 그
녀의 얼굴을 보자 갑작스러운 한기가 나를 덮쳤다. 온몸의 피가 어

디론가 줄줄 빠져나가는 기분이었다.

에이든의 이마에서는 땀방울이 뚝뚝 떨어졌다. 급박하면서도 영
겁 같은 시간이 흘렀다. 냉정해지려 애썼다. 제이가 이대로 죽는다
면 나 역시 살 수 없을 것이다. 몸이 떨려왔다.

잠시 후, 기적적으로 그녀의 맥박이 돌아왔다. 응급 처치를 끝낸
에이든은 그녀 손목에 꽂은 주삿바늘에 테이핑을 마치고 도로타가
가져온 행거에 수액을 걸었다. 그 역시 침착함을 유지하기가 꽤나
어려웠는지 하얗게 얼굴이 질려 있었지만, 이제야 다소 긴장이 풀
린 듯했다.

고 여사와 임 실장이 집 안으로 뛰어 들어왔다. 나는 끊어진 정
신 줄이 어디쯤에 흩어져 있는지도 모른 채 아까와 같은 표정으로
서 있었다. 끔찍한 무력감에 잡아먹힌 것 같았다.

"에이든, 제이 어떻게 된 거야?"

고 여사의 떨리는 목소리에 에이든은 이마에 맺혔던 땀을 닦아
냈다. 흠뻑 젖은 셔츠만 보더라도 상황을 짐작할 수 있었다.

"심정지가 왔어요. 다행히 응급 처치를 빨리 할 수 있어서 맥박
회복했어요. 조금 쉬면 깨어날 거예요."

"심정지라니… 갑자기 왜…?"

에이든이 고개를 들어 나를 쳐다보았다. 딱히 나를 비난하거나
꾸짖는 눈빛은 아니었지만 그게 더 견디기 힘들었다. 심장이 멈출
거라고는 상상도 못 했다. 입술 위에 남아 있던 차가운 감촉도 이
성과 함께 날아간 지 오래였다.

"죠지?"

고 여사가 나를 불렀다.

"죠지… 아니고, 전세계요."

"그래, 죠지. 설마… 제이한테 무슨 짓을 한 건 아니지?"

입 한번 맞췄더니 애가 쓰러지더라는 말은 차마 할 수가 없었다. 민밍힘에 이금니를 꽉 물었다. 제이가 알고 있는 백만 가지 죽는 방법 중에도 키스하다가 심정지로 사망하는 방법 따위는 없었으리라. 우주적이었다. 내 하찮은 사랑을 온 우주가 방해하고 있는 것 같았다. 우주라는 것이 어째서 이토록 별거 아닌 일에 관여하고 있는 것인지, 허망했다.

엘리베이터에서 들것이 내렸고 제이를 태운 앰뷸런스는 병원으로 떠났다.

나는 호텔 정문 앞에 덩그러니 홀로 남겨졌다. 압도적인 허탈감과 무력감. 비까지 온다. 한겨울에 눈 대신 비를 맞으니 신세가 더 처량해졌다. 얼굴에 후두둑 떨어지는 빗물을 손으로 닦아내는 내 모습이 꼭 우는 것처럼 보여서 젖든지 말든지 그냥 내버려 두었다. 인도는 진창으로 바뀌었다. 검은 아스팔트 냄새가 올라왔다.

나에게 일어나고 있는 일의 필연성과 잔인함 때문에 정신을 차릴 수가 없었다. 그녀와 나를 둘러싼 서로 다른 세계 속에서, 그녀의 안위를 걱정하는 사람들 사이에서, 나를 지나치는 낯선 사람들의 평온한 얼굴에서 나는 더 큰 외로움을 느꼈다.

나는 맨정신으로 있기 싫어서 유로를 찾아갔다.

"이 시간에 웬일이야? 얼굴은 죽을상이고."

그 말을 무시한 채 앞에 놓인 독한 술을 단숨에 들이켰다. 팔꿈치 사이로 고개를 떨궜다. 잠시 후 놀란 듯한 유로의 목소리가 들렸다.

"너… 울어?"

나는 푹 숙이고 있던 고개를 들었다.

"안 울어. 그냥 미칠 듯이 착잡해서 그래."

9살 이후로 울어본 기억이 없다. 9살 때 아빠가 귀여운 메추리 새끼들을 사다 주셨고 나는 잘 키우고 싶었다. 사료도 주고 물도 주고 오며 가며 인사도 건넸다. 그러다 냄새가 나길래 깨끗하게 목욕을 시켰다. 젖은 몸을 말려주려고 가지런히 널어놓았는데 그게 마지막일 줄은 몰랐다. 새 새끼들은 목욕을 하면 안 된다는 게 납득이 되질 않았다. 그렇게 메추리 다섯 형제는 내 손에 죽었다. 하여튼 엄청 울었다. 나는 그 이후로 메추리알을 먹지 않는다.

바카디를 다섯 잔째 놓아주던 자유로는 잔에 레몬 조각을 넣으며 제이에 관해 물었다.

"솔직히 말해봐. 너네 둘, 뭐 하는 거야?"

뭐 하는 건지 누가 좀 알려줬으면 좋겠다. 내가 당사자인데도 지금 뭘 하고 있는 건지 영 모르겠다. 무슨 일을, 아니면 사랑을 이렇게 거지같이 하는지. 다 걷어치우고 싶지만 이 복잡하고 짜증 나는 감정은 걷어내려고 하면 할수록 사방에 달라붙는 거미줄 같았다.

나는 평소 잘 마시지도 않는 술을 연거푸 입에 털어 넣으며 푸념하듯 질문을 건넸다.

"내일 죽는다는 걸 알면서 꽃씨 심는 거에 대해 어떻게 생각해?"

"심을 수야 있지. 꽃 볼 생각은 없고 그냥 심는 데 의미가 있다면. 아니면 꽃을 본인이 보려는 게 아니라 남아 있을 누군가에게 보여주기 위한 거라면… 심을 수도 있잖아?"

궁금해서 물어본 건 아니었다. 어쩌면 어렴풋이 알고 있었던 사실을 조금 더 명확하게 확인하고 싶었는지 모른다.

제이는 100일 뒤에 죽을지도 모르는 자기 자신을 위해 꽃씨를 심을 만큼 어리석은 여자가 아니었다. 다른 누군가를 위해 심었을 거라는 생각이 들었고, 그 사람이 나일 수도 있다는 헛된 기대가 지금 나를 이런 복잡한 감정으로 몰아넣고 있었다.

"내일 죽는다는 걸 알면서 자신이 주인공인 영화를 찍는 건?"

"설마 저승 가서 보려고 찍겠냐? 자신의 모습을 누구한테 남겨주려고 찍는 거겠지. 영화 내용이 어떤 건데?"

영화의 내용이야 어떻든 제이는 그 추운 날에도 하늘하늘한 드레스를 입었다. 죽는 장면에서도, 살아 돌아오는 장면에서도 드레스 자락을 휘날렸다. 마치 여신 같았다. 생전의 아름다운 모습을 누구에게 남기려고 한 걸까? 나였으면 좋겠다는 생각과 내가 아닐 거라는 생각이 뒤죽박죽 섞여서 어중간하게 슬펐다.

"사랑은 도대체 왜 하는 거지?"

내 멍청한 질문에 자유로의 멍청한 대답이 돌아왔다.

"지구가 자전과 공전을 하잖냐."

목에 두른 화려한 스카프를 휘날리며 펍 안으로 들어온 차칸은 다른 나라에서 온 인간 같았다. 아니, 국적이 문제가 아니라 다른 차원의 세계 혹은 다른 은하계. 껄렁껄렁 내 옆에 앉으며 오다 주웠다는 종이 가방을 휙 던지듯 나에게 건넸다. 나는 가방 안에 들어 있는 상자를 꺼내 바 테이블 위에 올렸다. 뭔가 싶어서 상자 안에 든 물건을 꺼냈다가 다시 고이 집어넣고 차칸에게 돌려주었다. 마른세수하듯 손바닥으로 얼굴을 쓸어내리고 차칸 뒤통수를 한 대 갈겼다.

"앗! 왜 때려?"

"오다 주웠다고? 어떤 미친 인간이 길에 바이브레이터를 흘리고 다녀? 이걸 왜 나한테 주는데?"

어이없는 내 표정에 차칸은 어깨를 으쓱하며 "김칫국 마시지 마."라고 말했다. 이 상황에 '김칫국'이 결코 적절한 표현은 아니었지만 원래 그런 놈이었다. 녀석은 다시 종이 가방을 내 앞으로 떠넘기며 내 선물이 아니라고 했다.

"제이 선물이야."

그래서 한 대 더 갈겼다. 차라리 내 선물이었다면 그러려니 넘어갔겠지만 자위 기구를 제이에게 갖다 주라는 말에 열이 올랐다.

"미쳤냐?"

"너보다 이게 나을 것 같아서."

"뭐가 낫다는 거야?"

"너 같은 놈을 사랑하느니 스스로 사랑하는 게 나을 것 같다고. 넌 여자를 행복하게 해줄 수 있는 놈이 아니잖냐."

삶의 대가란 이런 거였다. 인정하고 싶지 않은 것들을 부정하는 데 원치 않는 노력을 기울여야 한다는 것. 내 과거에 대한 평가를 적나라하게 받고 나서야 그동안 내가 얼마나 한심한 놈이었는지 알게 되었다. 무엇보다 제이는 나 같은 놈을 사랑하지도, 나에게 무언가를 바라지도 않는다. 그녀는 이미 넘치게 갖고 있었다. '남은 시간'을 제외한 모든 것을.

"걘 행복을 남한테 기대지 않아."

행복이 걔한테 기대곤 하지. 그래서 그녀에게 내가 필요 없는지도 모른다.

28
50%의 확률

사랑은 거부할 수 없이 열망하게 되는
거부할 수 없는 열망이다.
— **로버트 프로스트**

두개골을 열어 뇌를 꺼낸 후 흐르는 물에 깨끗하게 씻어내면 좋겠다는 상상을 했다. 솔직히 말하면 딱 돌아버릴 지경이었다. 이 계약이 엎어졌는지 뒤집혔는지 알 수 없는 상황에 통장엔 또다시 300만 원이 입금되었다. 그녀에게는 아무런 연락도 없었다.

사랑을 정의한 인간이 도대체 누굴까? 짜증나고 화나고, 슬프고 괴롭고, 그립고 안타깝고, 원망하고 자책하고, 애타고 안달 나는 애매한 모든 감정이 죄다 사랑이라니. 침대에 가만히 누워 있어도 울컥울컥 치밀어 오르는 마음은 진정이 되질 않는다.

돌이켜 보면 나는 그녀에게 아무것도 아니었다. 그녀가 나를 사랑할 이유가 없었다. 깨트려 보면 속이 텅 빈 엿가락처럼 나는 겉으로는 강한 척, 화려한 척 가면을 쓰고 있었지만 사실은 무능한 인간이었다. 별 볼 일 없는 나 때문에 감정을 낭비한다면 그녀 역시 별 볼 일 없는 여자인 것이다.

내가 잠시나마 발 디뎠던 세상은 그녀의 것이며, 그녀는 내 것이 아닌 그 세상의 것이라는 사실을 몇 번이나 상기해 보아도 기분은 나아지질 않았다. 서서히 두려움이 밀려왔다. 사랑임을 처음 깨달았을 때 느꼈던 막연한 두려움과는 달랐다. 사랑을 잃기 직전에 느끼는 절절한 두려움이었다.

엠파이어 호텔 1층 카페에 앉아 에이든을 기다렸다. 느닷없이 만나자고 전화한 에이든은 펜트하우스 게스트 룸에 묵고 있다고 했다. 질투도 나지 않았다. 그녀의 심장이 멈추고 생사를 다투는 급박한 상황에서 나는 거실의 기둥이나 화분이나 소파와 같은 존재였으니까. 에이든이 그녀 옆에 있는 게 백번 나았다.

잠시 후 카페 안으로 그가 들어왔다.

"제이는 좀 어때요?"

자리에 앉기도 전에 그녀의 안부 먼저 물었다.

"그럭저럭 잘 지내고 있어요."

그녀의 소식을 건너 들어야 하는 상황이 썩 유쾌하진 않았다. 잠시 적대적인 침묵이 흘렀다. 마주 보고 앉아서 수다 떨 사이는 아니라서 대뜸 용건부터 물었다.

"용건이 뭐예요?"

"제이를… 설득해 주세요."

에이든의 이야기는 간략하게 이랬다. 제이가 열여섯 살 때 두 사람은 처음 만났다. 그 당시 에이든은 열여덟이었다. 제이의 심장을 고쳐주고 싶어서 의대에 진학하기로 했다. 학업을 위해 어쩔 수 없이 잠시 그녀를 떠나야 했다. 미국의 유명한 의대에 합격했다. 지금까지 심장병에 대해 끊임없이 공부하고 노력했다. 현재 서울 의대에 편입해서 전공의가 되기 위해 공부 중이다. 미국에서 희귀 심장병을 연구하는 하워드 박사에게 제이에 관한 이야기를 했다. 하워드 박사는 흔쾌히 제이의 수술을 집도할 의향이 있다고 했다. 천만다행으로 뇌사자 중 제이와 나이, 성별, 혈액 등이 일치하는 공여자가 나타났다. 그러나 제이는 수술을 받지 않겠다고 한다. 여기까지가 에이든이 말한 이야기의 전말이었다.

성공 확률이 높지 않다는 것이 그녀가 수술을 받지 않으려는 이유라고 했다. 그러나 지금 그녀 상태로는 확률이 제로가 아닌 이상 선택의 여지가 없었다. 이대로 두면 그녀는 죽는다. 성공할 확률이 낮아도 일단은 해보자는 거다.

"확률이 얼만데요?"

"50%."

죽거나 살거나 둘 중 하나. 만날 죽는다는 소리만 하던 애라서 '죽거나'보다는 '살거나'라는 말에 더 관심이 쏠렸다. 살 수도 있다는 희망이 처음으로 싹텄다. 에이든은 제이가 수술을 받을 수 있도록 설득해 달라고 나에게 부탁했다. 부탁할 상대를 잘못 고른 것 같았지만 그는 확고한 표정으로 목에 힘을 주고 말했다.

"제이를 만나봐요."

그때 카페 문이 열리고 그녀가 들어왔다. 에이든은 시간이 별로 없다고 했다. 하워드 교수가 2주 뒤 한국에 도착할 거라는 말만 남기고 자리에서 일어섰다. 테이블로 걸어온 제이는 나를 보고 미간을 찌푸렸다. 그녀를 만나게 되리라 예상하지 못했다. 그녀 역시 갑작스러운 나와의 만남에 불쾌한 기분을 숨길 노력도 하지 않았다. 에이든은 건투를 빈다는 듯 내 어깨를 툭툭 두드리고 밖으로 나가버렸다.

"전세계, 너랑은 할 말 없어."

자리에 앉지도 않고 돌아서 나가려는 그녀의 팔을 잡았다.

"할 말 있어. 잠깐 앉아."

마지못해 자리에 앉은 그녀는 어디 한번 떠들어 보라는 듯이 팔짱을 낀 채 나를 노려보았다. 그날 일은 미안하다고 말하려 했는데 입이 떨어지지 않았다. 무슨 말이라도 해야 할 것 같아서 일단 아무 말이나 했다.

"계좌 번호 불러. 3억 돌려줄게."

말해놓고 혀를 뽑아버리고 싶었다. 그녀는 어이가 없다는 듯 웃음을 터트렸다.

"그걸 왜 돌려주려는 거야?"

"이 거지 같은 계약 끝내려고."

"어째서?"

어째서라니…. 이 계약을 끝내려는 이유는 당연히 내가 그녀를 사랑하기 때문이었다.

"마지막 조항을 어겼어. 을이… 갑에게… 뺏겼다고."

내 고백에 이어질 그녀의 반응을 내심 기대하며 유리 테이블을 손끝으로 톡톡 두드렸다. 잠시 침묵 끝에 눈썹 하나 까딱하지 않은 그녀의 야무진 목소리가 들려왔다.

"난 뺏은 적 없어. 뺏겼다고 생각하는 사람 잘못이지. 일방적인 계약 해지를 원하는 경우 위약금은 3배야. 9억 원 내놔."

테이블을 두드리던 내 손끝이 허공에 멈췄다. 뭐라고? 기가 막혀서 나도 모르게 목소리가 커졌다.

"하, 뭐라고? 진심이야?"

어렵게 고백했다가 단박에 까이면 이성이라는 게 남지 않는다는 사실을 처음 알았다. 사람 마음 홀랑 다 뺏어가 놓고 위약금은 3배라는 말을 아무렇지도 않게 하다니. 9억 원을 내놓으라는 말보다 자신은 내 마음을 뺏은 적 없다고 딱 잡아떼는 그 표정이 압권이었다.

"너 때문에 나 죽을 뻔했어. 심정지로 사망할 뻔했다고. 그런데 이렇게 뻔뻔하게 찾아와서 계약을 끝내겠다니. 사과부터 해야 하는 게 정상 아니니? 계약은 해지 못 해. 9억 원을 내놓든지 아님 사과해."

심정지. 그 얘기라면 할 말이 없었다. 입술 좀 닿았다고 심장이 멈출 거라는 걸 알았더라면 시도조차 하지 않았을 거다. 그래서 그냥 하고 싶은 말을 했다.

"보고 싶었어."

제이의 입에서 작은 한숨이 새어 나왔다. 그녀는 당황하지 않고 흥분한 동물을 조련하듯 침착하게 대응했다.

"다시 말하지만 난 너랑 연애나 사랑 따위 할 생각 전혀 없어. 그런 감정도 없고."

"난 너랑 연애해야겠어. 3억 돌려주고 6억 더 갚을게. 평생 천천히 갚을 테니 빚 다 갚기 전까지 죽지 마."

"미쳤니?"

"그리고 버킷리스트는 계속하는 거로 해."

"잠깐, 이렇게 멋대로 결정해 버리는 게 어디 있어? 난 절대 동의 못 해."

이 자리에서 계약은 끝났다. 물론 그녀는 내 모든 제안을 거절했지만, 난 의견을 들어줄 생각이 없었다. 말을 탁 자르고 화제를 돌렸다.

"나 이제 '을' 아니다. 그러니까 나한테 이래라저래라 하지 마. 그리고 너 수술받아."

수술 얘기에 그녀의 시선이 허공에 멈췄다. 당황한 눈동자는 적도를 지나는 나침반 같았다.

"그 얘기라면 하고 싶지 않아."

제이는 단호하게 말을 마친 후 자리에서 일어났다.

"내 죽음은 내가 알아서 선택해. 병원에서 죽는 건 내가 원하는 우아한 죽음이 아니야. 미안하지만 나 지금 이럴 시간 없어. 오늘 주어진 시간을 낭비하고 싶지 않아. 가볼게. 그리고 계좌 번호는 주디가 문자로 보낼 거야. 빠른 시일 내로 9억 입금해."

나는 또다시 제이의 팔을 잡았다. 자꾸 도망만 가려는 그녀를 끝까지 잡는 나도 구차했지만 이대로 보낼 수는 없었다. 우리에게 내

일이 있을지 없을지 모른다. 그녀의 오늘은 나의 오늘이기도 했다.

"지푸라기라도 잡고 싶은 심정을 왜 내가 느껴야 하는 건데? 수술받으면 살 수도 있다잖아. 우아한 죽음? 사랑 한번 제대로 못 하고 죽는 게 네가 원하는 우아한 죽음이야? 도시락 싸서 나르고, 길거리에서 지나가는 사람이나 껴안아 주는 게 죽기 전에 해보고 싶은 사랑 맞냐고. 가식 떨지 마. 사랑한답시고 여기저기 마음 나눠주면서, 정작 본인 사랑은 걷어차는 주제에 우아 같은 소리 하고 있네. 뭐 그렇게 잘났어? 죽는 게 벼슬이야? 너만 죽어? 네가 뭔데 사람 속을 뒤집어 놔?"

정말이지 내가 뱉은 말에 요점이라고는 없었다. 화를 내려고 했던 건 아닌데 복합적인 감정이 머릿속에서 폭발했다. 그녀가 아프다는 사실도 싫고, 수술을 받지 않겠다는 것도 기가 막히고, 내 마음을 알면서도 보란 듯이 걷어차는 그녀가 원망스럽기도 했다.

제이의 눈에 눈물이 차올랐다. 젠장. 그놈의 눈물! 등을 돌리는 행동이 내 심장을 구겨놓았다. 그래서 나는 끝까지 하지 말았어야 할 그 말을 홧김에 해버렸다.

"그러면서 그 반지는 왜 끼고 다니는데!"

우리의 결혼반지. 화려하고 값비싼 반지를 수십 개나 가지고 있으면서도 왼손 약지에 내가 끼워준 그 볼품없는 반지를 한 번도 뺀 적이 없었다. 그녀는 분명 나를 사랑하고 있었다. 그 반지를 볼 때마다 확신했다. 그러나 그녀의 행동은 언제나 내 확신에 사선을 그으며 생채기를 내었다.

제이는 느린 동작으로 네 번째 손가락에서 반지를 빼내어 있는

힘껏 나에게 던졌다. 가슴팍에 맞은 반지는 어딘가로 튕겨 날아가
땡그랑 소리를 냈다.

"이제 너랑은 끝이야."

29
빠져 죽을 각오

중요한 것은 사랑을 받는 것이 아니라
사랑을 하는 것이었다.
　　— 윌리엄 서머셋 모옴

D-11. 엠파이어 호텔에 갔다가 로비에서 낯익은 보안 직원에게 어깨를 잡혔다.

"전세계 씨 맞죠?"라고 묻는 어색한 질문에 그렇다고 대답했다. 매일 보던 그와 통성명을 하기는 처음이었다. 통성명이랄 것도 없이 보안 직원은 내 이름을 확인하자마자 미안하다는 말과 함께 문밖으로 등을 떠밀었다.

"죄송합니다. 전세계 씨는 호텔 출입이 금지되셨습니다."

"네?"

황당함에 목이 쉬었다. 뭔가 한참 오해가 있는 것 같았다.

"잠깐만요. 우리 어제도 봤잖아요. 저, 기억 안 나세요? 갑자기 출입 금지라니…. 여기 꼭대기 층에 사는 애. 걔가 내 여친… 내 와이프…."

"죄송하지만 호텔 상속인께서 직접 내린 명령이라 저희도 어쩔 수 없습니다."

"설마 그 상속인이… 은제이예요?"

"오녀의 개인 정보는 말씀드릴 수 없습니다. 안녕히 가십시오."

보안 직원이 말한 '호텔 상속인'이 은제이라는 충격에서 벗어나기도 전에 나는 호텔에서 쫓겨났다. 길바닥에 굴러다니는 빈 새우깡 봉지처럼 건너편까지 의지 없이 떠밀려 와버렸다. 다리에 힘이 풀려서 화단에 기대앉았다.

오늘따라 우뚝 서 있는 호텔이 더 어마어마하게 느껴졌다. 그 애가 이 호텔의 주인일 거라는 생각은 못 했다. 그냥 돈이 많아서 여기 사는 줄 알았다. 호텔이 그녀의 것이라는 걸 알았더라도 달라질 건 없었다. 어차피 제이는 죽을 예정이고 그래봤자 내가 가진 심장은 하나였다.

고개를 젖혀 하늘 높이 솟아 있는 호텔의 꼭대기 층을 올려다보았다. 희뿌연 하늘은 곧 눈이 내릴 것처럼 잔뜩 흐렸다. 집으로 돌아가기 싫었다.

어디에 있든 날씨는 춥고 배는 고프고 그 애는 보고 싶으니.

[호텔 정문 앞이야. 내려와. 올 때까지 기다린다.]

내려올 때까지 기다리겠다는 문자를 전송했다. 답장은 없었다.

매서운 추위에 손과 발의 감각이 무뎌졌다. 점퍼에 달린 후드를 푹 뒤집어썼다. 습기 찬 속눈썹에 물방울이 맺혔는지 눈을 깜박일 때마다 눈앞에 하얀빛이 아른거렸다. 코에서 맑은 콧물이 흘렀다. 훌쩍거리며 얼어 있는 코를 손으로 녹였다.

내가 미친놈이라서 그런가, 이 상황마저도 뭔가 달콤하게 느껴졌다. 여전히 두근거리는 가슴에서는 알 수 없는 희열이 뿜어져 나왔고, 이게 사랑이라는 걸 깨닫는 매 순간이 즐거웠다. 청승맞게도, 기다림은 설레는 일이었다. 내가 기다린다는 걸 그녀가 아는 것처럼 그녀가 올 것임을 나도 알고 있기에.

검정 롱 패딩을 입은 그녀가 내 앞에 나타난 건 그로부터 1시간 후였다.

"이러고 있으면 내가 들여보내 줄 거라 생각하니? 불쌍해서 동정이라도 해줄 줄 알았어? 쫓겨났다고 시위하는 거야, 뭐야? 감기로 쓰러지기라도 하면 어쩌려고! 갑질했다고 내 얼굴이 뉴스에 대문짝만 하게 나오길 바라니? 머리 나쁘다고 몸으로 때우려는 방식이 가장 무식한 방법인 거 몰라?"

제이는 나를 보자마자 잔소리를 퍼부었지만 그 소리는 지루하지 않은 노랫말이나 나에 대한 걱정으로 들렸다. 다다다 소리치며 따져 묻는 제이의 양손을 잡고 얼어 있는 내 귀에 갖다 댔다.

"오늘 진짜 춥다."

"기다리다 안 나오면 그냥 가야 할 거 아니야! 왜 이러고 있어? 왜!"

"너 보러 왔으니까. 얼굴 보고 가려고. 왠지 나올 것 같았어."

"정말 싫어! 얼어 죽든지 말든지 마음대로 해!"

휙 몸을 돌려 호텔 안으로 들어가 버리는 그녀의 뒤를 따랐다. 펜트하우스에 들어설 때까지 누구도 내 어깨를 잡거나 전세계 씨가 맞냐고 묻지 않았다.

"옛 직원이었던 정이 있으니까 잠깐 몸만 녹이고 가."

거실에 그녀와 마주 앉았다. 하지만 나를 보지는 않았다. 도로타가 따뜻한 차를 내왔다. 추운 데 오래 있다가 따뜻한 곳에 들어왔더니 눈이 뜨겁고 몸에 힘이 없다.

"할 말 있으면 얼른 하고 가. 나 몹시 바빠."

나는 그녀의 옆얼굴에 대고 말했다.

"수술을 받든지 말든지 네 인생이니까 네가 결정해. 더 이상 설득 안 해. 설득할 방법도, 이제 그럴 이유도 없고."

제이는 어떤 말에도 반응할 생각이 없어 보였다. 그래서 계속 혼자 떠들었다.

"나를 밀어내려는 이유가 뭘까 밤새 생각해 봤어. 혹시라도 너 죽은 뒤 내가 슬퍼할까 봐 걱정돼서 그러는 거라면 그럴 필요 없다는 걸 알려주려고 왔어. 너 죽었다고 해서 밥도 못 먹고 슬퍼하거나, 매일 밤을 눈물로 지새우거나, 다른 여자 못 만나고 널 그리워하거나 그럴 일 전혀 없다고. 씩씩하게 밥 잘 먹고, 회사에 취직도 하고, 너보다 더 예쁜 여자 만나서 연애도 하고 결혼도 하고 잘살 거야. 널 기억할 자신도 없어. 그래서 그냥 기억하지 않으려고. 너에 대한 기억은 다 지워버릴게. 그러니까 걱정하지 마."

창 쪽으로 돌아가 있던 그녀의 고개가 정면을 향했다. 깊은 바다에 푹 담갔다가 건져 올린 유리구슬처럼 잔잔하게 부서지는, 고요한 빛과 물기를 담은 눈동자가 나를 보았다.

"착각하지 마. 난 내 몸 걱정하기에도 벅차. 네 걱정 할 여유 따위 없어."

"그럼 왜 나를 밀어내는 건데? 버킷리스트 아직 남았잖아. 그것만이라도 같이 하게 해줘. 너 죽을 때까지만, 딱 그때까지만 네 옆에 있을게."

"네 말대로 계약은 끝났어. 9억 입금해."

"9억 입금하면, 나 너 사랑해도 되냐?"

다시 창으로 고개를 돌린 그녀의 코끝이 붉었다.

나는 자리에서 일어나 그녀 앞에 한쪽 무릎을 꿇고 앉았다. 투명한 손등에는 파란 핏줄이 비쳤다. 점퍼 주머니에서 꺼낸 반지를 그녀의 손가락에 끼웠다. 카페 바닥을 한 시간 넘게 기어 다니며 찾은 반지였다.

제이는 손에 끼워진 반지를 지그시 내려다보다가 손등 위에 눈물한 방울을 툭 떨어트렸다. 그 눈물방울은 나비의 날갯짓만큼 큰 파동을 일으켜 지구 한 바퀴를 돌고 쓰나미 같은 세력으로 나를 덮쳤다. 사랑은 말로 하는 게 아니라 마음으로 하는 거라던 그녀의 말을 이해할 수 있었다. 인어 공주는 남자 보는 눈이 없었던 게 맞다.

"미안해."

사과를 건넸다. 고통을 참으려는 듯 입술을 깨무는 그녀를 살며시 안았다.

"끝까지 내 마음 숨기지 못해서 미안해."

제이는 자신의 왼쪽 가슴을 꾹 움켜쥐었다. 숨 쉬는 소리가 이상한 것 같아서 몸을 떼고 상태를 살폈다. 눈 감은 얼굴에 핏기가 가시는 서늘한 느낌이 들었다. 잡고 있던 손이 아래로 툭 떨어졌다. 잘 익은 열매가 나무에서 떨어지듯. 툭.

"제이야! 제이야! 얘 또 왜 이래! 와, 씨, 뭔 말을 못 해. 얌마! 일어나! 정신 차려!"

소란에 에이든이 달려 나왔고, 또다시 심장 충격기가 붙었다. 벌써 두 번째 심정지였다.

제이의 방에는 이전에 보지 못했던 의료 장비들이 자리를 차지하고 있었다. 터키산 수제 카펫은 기계들에 눌려 굵직한 보조개를 만들었다. 우아하고 아름답던 제이의 방은 이제 마치 고급스러운 응급실을 연상케 했다. 병실과 침실이 구별되지 않는다는 건 그녀의 병이 매우 심각해졌다는 의미일 것이다. 매일 밤 병실도 침실도 아닌 곳에서 잠들어야 하는 제이가 안쓰러웠다.

즉각적으로 이루어진 처치에 위급한 상황은 벗어났지만 제이는 더 이상 일상생활을 할 수 없을 만큼 상태가 나빠졌다고 했다. 잦은 심정지는 곧 심장 마비로 이어질 거라는 절망스러운 얘기를 들었다.

에이든은 능숙하게 제이의 손목에 주삿바늘을 꽂았다. 차마 볼수가 없어서 고개를 돌렸다. 야윈 그녀의 얼굴이 더없이 애처롭고 가여웠다. 손댈 수 없는 뿌연 빛 속에 갇힌 듯 보였다. 아주 먼 미래로 보내지기 위해 급속 냉동을 기다리는 선택된 인간. 누구의 허락도 없이, 심지어 당사자의 허락도.

신이 있다면 멱살이라도 잡고 싶은 심정이었다. 할 수만 있다면 제이를 선택한 타당한 이유를 밝힐 때까지 붙박이장 안에 가둬놓고 지켜보게 하고 싶다. 내 심장을 묶은 맷돌이, 슬픔이, 수면 위로 떠오르려 했던 무지갯빛 거품들이 서서히 가라앉는 장면을….

방을 나가려던 에이든이 나를 보고 나오라는 듯 고갯짓을 했다.

"잠깐 휴식이 필요해요. 자게 내버려 둬요."

못 본 척 침대 아래 앉았다.

"누가 깨운대요? 혹시 자다가 무슨 일 생길까 봐. 그냥 옆에 있기만 할 테니 신경 쓰지 말고 나가봐요."

"자다가 무슨 일 생길 경우보다 그쪽이랑 같이 있을 때 무슨 일 생기는 경우가 더 많은 것 같아서요."

누가 들으면 내가 애 심장 쥐고 흔드는 줄 알겠다. 억울하지만 반박할 말을 찾을 기운도 없었다. 그냥 옆에 있고 싶다는 말에 에이든은 아무 말 없이 나를 남겨두고 밖으로 나갔다. 나는 이불 속에서 제이의 손을 찾아 가만히 내 입술에 대어보았다. 얼린 비누처럼 차갑고 기분 좋은 향기가 났다.

"나를 왜 이렇게 만들었어?"

원망 섞인 목소리로 물었다.

"너 죽으면 나는 어떻게 되는 거야?"

감은 눈, 굳게 닫힌 입술은 그대로였다.

대답하지 않을 걸 알면서 묻고 싶었다. 나를 왜 이렇게 만들었는지. 어떻게 사랑하지 않을 수 있는지. 너 죽으면 나는 어떻게 해야 하는지. 묻고 싶은 말이 너무 많은데 제이는 대답할 생각이 없어 보였다.

"어느 포인트에서 심쿵했는지 알려줘야 다음부터 조심하지. 그렇게 예고 없이 쓰러지면 내가 어떻게 해야 되냐. 사랑한다는 말도 내 마음대로 못 하겠네. 그래서 너 잘 때 하는 거야. 사랑한다고. 나중에 못 들었다고 뭐라고 하지 마라. 이게 다 심장 보호를 위해서니까."

늦은 밤이 되어서야 의식을 되찾은 그녀는 흐릿한 눈동자로 나를 한참이나 바라보더니 보일 듯 말 듯 웃었다. 나를 보고 웃은 것이 맞나 싶은 생각에 얼굴을 들이대고 손을 획획 저어보았다. "픕." 하고 터지는 그녀의 웃음을 보니 안심이 되었다. 그녀는 짙은 눈동자로 다정하게 나를 보았다.

"성숙한 인간이라면… 자신이 뛰어드는 물이… 얼마나 깊은지 정도는… 알고 나서 뛰어드는 법이야. 구명조끼도 없이… 얼마나 깊은지도 모른 채… 무작정 뛰어드는 건… 바보들이나 하는 짓이라구."

내 말을 들었나? 질문에 대한 답인가? 그녀의 말은 최초의 진심처럼 들렸다.

그녀는 나를 걱정하고 있었다. 그 걱정은 아주 오래 기다려 온 버스처럼 내 앞에 섰다. 어딘지 모를 곳에 홀로 서 있는 나를 구원하기 위해. 그녀의 눈이 나에게 묻고 있었다. 그럼에도 불구하고 뛰어들겠냐고. 답례로 어린아이 같은 미소와 새침한 눈길과 얼마 남지 않은 시간을 나에게 주겠노라고. 내 대답에는 한 치의 주저나 망설임도 없었다.

"빠져 죽어도 상관없어."

30
최후의 만찬

이별이게,
그러나
아주 영 이별은 말고
어디 내생에서라도 다시 만나기로 하는 이별이게.
— 서정주

쿵쿵쿵.

문 두드리는 소리에 잠에서 깼다. 오전 10시. 누군가 돌을 캐기 위해 관자놀이에 정을 대고 두드리는 것처럼 머리가 지끈거렸다. 숨을 내쉴 때 코에서 뜨거운 열기가 새어 나왔다. 목구멍은 빡빡한 휴지를 잔뜩 구겨 넣은 것처럼 바짝 말랐다. 목소리도 잠겼다. 지독한 감기였다.

쿵쿵쿵.

누구냐고 물을 힘도 없어 그냥 문을 열었다. 문 앞에는 황당한 조합의 세 사람이 서 있었다. 도로타, 에이든, 은제이.

"손은 멀쩡하면서 전화 한 통 못 하니? 아프면 아프다고 진작 얘길 해야지. 오전 내내 기다리게 할 셈이었어? 이러면 내가 갑질해서 병이 난 것처럼 보이잖아."

도로타 손에는 찬합이 들려 있었고, 에이든은 의료용 가방을 들고 있었다. 신발을 벗고 안으로 들어서려는 제이를 팔로 막았다.

"도로타, 애 데리고 집에 가요. 감기 옮아 안 돼. 의사 쌤 빼고 다 나가. 나가."

제이를 등으로 밀어낸 뒤 문을 쾅 닫았다.

"잠깐. 전세계! 문 열어! 이런 식으로 손님을 쫓아내는 경우가 어디 있니? 얼른 열어!"

제이는 어딘가에 갇힌 사람처럼 문을 열라며 한참 난리를 치더니 곧 잠잠해졌다. 도로타가 끌고 차로 돌아간 모양이었다. 남겨진 에이든은 나를 침대에 눕히고 진찰을 했다.

"원래 이렇게 무식한 타입이에요?"

"의사가 환자한테 막말하네."

"이 날씨에 밖에 오래 서 있으면 감기 걸린다는 건 유치원생도 알아요. 엎드려 봐요."

엎드려 보라는 말에 뭔 소리냐는 듯 그를 쳐다봤다.

"엉덩이 주사 한 방이면 끝나요."

뭐가 끝나는지도 모르고 침대에 엎드려서 바지를 내렸다. 사랑하는 여자의 전 남친 앞에 엉덩이를 까고 잔소리 듣는 상황 같은 건 누구에게나 일어날 수 있는 흔한 일이겠거니 했다. 그래서 아무렇지 않았다.

"제이가 하워드 교수님을 만난다고 했어요. 처음보다 긍정적으로 생각하고 있는 것 같아요. 어떻게 해서든 수술받게 해야 해요."

엉덩이를 보인 채로 나눌 만한 대화는 아니었지만 에이든의 표정은 매우 심각했다.

"AED(Automated External Defibrillator 자동심장충격기) 한 번씩 사용할 때마다 전기 충격으로 인해 심장 세포가 망가져요. 세포들이 죽으면 더 이상 AED를 사용할 수조차 없게 돼요. 지금 제이가 겪는 고통은 상상조차 할 수 없을 거예요. 미국 있을 때 심장 이식 수술을 받은 환자는 차라리 죽여 달라고 매달려 울었어요. 이렇게는 버티기 힘들 거예요."

에이든은 도로타가 가져온 찬합을 테이블 위에 올리고 가방을 챙겼다. 1분 내로 임무를 수행해야 하는 특수 요원처럼 할 말과 해야 할 행동을 깔끔하게 마무리 지었다.

"지금 죠지는 아프면 안 돼요. 아플 시간도 없어요."

아군인지 적군인지 모를 그는 애매한 말을 남기고 밖으로 나갔다.

꿈인가? 방금 무슨 일이 있었던 거지? 여전히 머리는 지끈거렸고 목은 잠겼고 엉덩이는 뻐근했다. 덩그러니 놓인 찬합만이 꿈이 아니었다는 걸 증명하고 있었다. 아무것도 묻지 못했다. 내가 아프다는 사실을 어떻게 알았는지, 우리 집 주소는 어떻게 알았는지, 의사 면허증은 소지하고 있는지, 아플 시간도 없는 '죠지'는 대체 누군지.

다음 날, 양평으로 가는 리무진에는 제이와 나 그리고 임 실장

대신 에이든이 탔다. 하워드 교수의 입국까지 앞으로 열흘 남았고 혹시라도 제이에게 위급한 일이 생길 것을 대비해 에이든이 언제 어디든 동행하기로 했다. 잘난 의사 놈이 온종일 옆에 따라다닌다 니 기분이 썩 좋진 않지만 어쩔 수 없었다. 제이의 상태는 모래시 계 속 모래알이 흘러내리는 것처럼 빠른 속도로 나빠졌고, 시간이 얼마 남지 않았다는 것이 눈에 보였다. 아마도 오늘이 수술 전 마 지막 외출이 될 것이다.

"몸은 좀 어때?"

제이가 나에게 물었다.

"몰라. 어제 어떤 돌팔이 의사가 주사 놓고 간 뒤로 온몸이 더 찌 뿌둥해."

"도로타가 싸준 건 다 먹었어? 약도 먹었고?"

"말 걸지 마. 우리 엄마한테 가서 다 이를 거야. 네가 쫓아내서 감기 걸렸다고."

나는 팔짱을 낀 채 눈을 감았다.

양평까지 가는 이유는 제이의 버킷리스트에 우리 엄마가 도움을 주기로 했기 때문이다. "제이가 냉이 된장국 끓이는 법을 가르쳐 달라고 했어. 식구들에게 제 손으로 밥 한 끼를 해 먹이고 싶다더 라. 기특하다 싶어서 가르쳐 주겠다고 했지."라는 엄마의 말에 버 킷리스트가 무엇인지 짐작할 수 있었다.

"He doesn't look well because of me."(저 친구 나 때문에 기분 안 좋아 보여.)

조수석에 앉은 에이든이 뒤를 돌아보며 제이에게 영어로 뭐라 말을 걸었다.

"I Think he's a little jealous. He thinks I'm his girl."(질투가 조금 많은 남자인 것 같긴 해. 마치 내가 자기 여자인 것처럼 생각하니까.)

"The way he treats you. The way he looks. proves it. I can feel it."(그가 널 대하는 행동이나 눈빛이 그걸 증명하고 있고, 나도 느낄 수 있어.)

"As I said… I don't wanna be a sad memory for him. Just imagining myself in agony is my heartbreaking."(내가 말했듯이… 난 이 남자에게 슬픈 기억으로 남고 싶지 않아. 나 때문에 괴로워하는 모습 상상만 해도 마음이 아픈걸.)

"I Think he already fall in you. Even if you don't accept him, he will suffer in the end. And the kiss of the day."(이미 널 사랑하는 것 같아. 아주 깊이. 네가 받아주지 않는다고 해도 결국 저 친구는 괴로워할 거야. 그날의 키스도 그렇고.)

"Nevermind. He was joking me."(신경 쓰지 마. 그냥 날 놀리는 거야.)

"Does he understand our talk?"(설마 우리 얘길 알아듣는 건 아니지?)

"Well. I think he never understand us."(글쎄, 전혀 그런 것 같진 않은데.)

영어로 대화를 주고받던 두 사람이 동시에 나를 보았다. 미간이 심하게 구겨졌다.

"재밌냐? 사람 옆에 두고 너네끼리 대화하는 거? 내 욕했지? 못 알아들었다고 생각하나 본데 나도 정규 교육 과정을 통해 초등학교 3학년 때부터 9년간 영어 수업 들었거든? 무슨 얘기 했는지 빠짐없이 말해."

제이는 생글생글 웃으며 "9년간 정규 교육 과정 들은 사람이 알 거 아니야?"라고 물었다. 여전히 생글거리는 그 새침한 얼굴은 나를 놀리는 게 확실했다.

"한 번만 더 내 앞에서 둘이 영어로 대화하면 말 못 하게 입 막아 버린다."

어떤 방식으로 입을 막을 건지 언급하지도 않았는데 제이는 눈빛으로 나를 대역죄인 취급했다.

"허락하지 않은 스킨십은 계약 위반이야. 한 번은 봐줬지만 두 번은 안 돼."

"그깟 계약 누가 무섭냐? 3억 돌려주고 6억 갚는다니까? 까불지 마라. 봐주고 있는 건 네가 아니라 나니까."

제이의 눈이 덜 닫힌 창만큼 가늘어졌다.

"원래 성격이 그래?"

"내 성격이 어때서?"

"아주 망나니 같아."

또 한번 내 손에 그녀의 볼이 잡혔다. 보드랍고 말랑말랑한 살결을 쥐고 웃으며 대답해 주었다.

"너도 귀여워."

지난번 빈손으로 왔다며 선물을 두 배로 챙겼다는 제이는 리무진 트렁크 안에서 한우 세트와 홍삼 세트, 배 박스와 사과 박스, 명품 핸드백과 구두, 돔 페리뇽을 꺼냈다. 안마 의자는 오후 늦게 배송될 거라는 말도 덧붙였다. 받는 입장에서 부담스러울 거라는 생각은 전혀 하지 않은 것 같았다.

배 기사님과 에이든이 두물머리 근처에서 커피를 마시는 동안 제이는 앞치마를 매고 주방에 서서 커다란 멸치를 손질했다. 나는 식탁에 앉아 사과를 깎으며 엄마와 그녀를 지켜보았다.

"먼저 이렇게 육수를 내고 팔팔 끓어오르면, 재료들을 모두 건져 낼 거야. 육수를 끓이는 동안 두부랑 파를 썰어서 준비하면 돼. 아주 간단하지."

두부를 써는 깨끗한 손을 힐끔힐끔 훔쳐보느라 사과 살이 푹푹 잘려나갔다. 손가락이 잘려나갔어도 몰랐을 것이다. 주방에는 향긋한 냉이 된장국 냄새가 가득했다. 간단한 밑반찬도 서너 가지 배웠다. 우리 세 사람은 식탁에 둘러앉아 함께 점심을 먹었다. 설거지를 마친 나는 둘둘 걷었던 소매를 내리면서 마당으로 내려갔다. 겨울바람 속에서도 햇살은 봄처럼 따뜻했다. 엄마와 제이는 마당에서 두런두런 대화를 나누고 있었다.

"저기 집 뒤 언덕에 냉이가 새파랗게 올라올 거야. 냉이 캐본 적 없지? 와서 캐봐. 사람은 흙을 만져야 에너지를 얻지. 지구에 있는 모든 생명은 흙을 만지고 밟아야 기운을 얻을 수가 있어. 밥만 먹어서는 안 돼."

"저, 냉이 잘 캘 수 있을 것 같아요."

씩씩한 대답에 엄마는 제이의 손목을 가볍게 들어 올렸다.

"에고, 손이 너무 고와서 호미를 잡을 수 있으려나. 호호. 어떻게 손목이 호미 자루보다 더 가늘어. 이 손으로 냉이를 캤다가는 냉이가 웃겠다."

웃음소리가 마당에 한가로이 퍼졌다.

제이 손목에는 여기저기 바늘을 꽂아 생긴 멍 자국과 흉터가 남아 있었다. 엄마가 흉터를 봤는지 못 봤는지는 모르겠지만 제이의 손이 곱다며 몇 번이나 손등을 쓸었다.

"전에 도시락 가지러 한번 왔을 때 교복 가져가더니 입어봤어? 옆집 딸내미도 빼짝 말라서 그렇게 크진 않았지?"

"교복이요?"

"세계 녀석이 여학생 교복 하나 구해 달래서 옆집 가서 빌려왔지. 교복 필요한 거 아니었어?"

제이는 아직 모르는 일이었다. 얼른 내가 끼어들었다.

"추운데 왜 나와 있어? 집으로 들어가자."

"오늘은 별로 춥지도 않은데, 뭘. 햇살이 봄 날씨네, 봄 날씨야."

"엄마는 튼튼하잖아. 얜 감기 걸리면 안 돼." 하며 제이의 어깨를 감싸서 집 안으로 들어갔다.

"아들 키워봐야 소용없지!"

내 등을 철썩 내리치는 엄마의 손바닥에 등줄기가 시원했다. 아픈 척이라도 했다면 때린 손이 민망하진 않을 텐데 제이를 신경 쓰느라 아픈 시늉도 못 했다. 엄마는 혀를 차면서도 흐뭇하게 웃고 있었다.

늦은 오후 서울로 돌아가기 위해 차에 올랐다. 제이는 다소곳이 고개를 숙여 감사하다는 인사를 드렸다. 그리고 준비한 마지막 말을 했다.

"어머니, 여러모로 감사했습니다. 아마 잊지 못할 거예요. 건강하게 잘 지내시고 아버님께도 꼭 안부 전해주세요."

제이는 미국으로 간다는 거짓말을 했다. '저승'보다는 감각적이고 덜 충격적이라는 이유로 고심 끝에 '미국'을 선택한 것이다. 제이의 아이디어였다. 나는 찬성하지도 반대하지도 않았다. 아무것도 할 수 없는 게 요즘 내가 제일 잘하는 일이었다. 엄마가 제이의 손을 잡았다. 그러잡은 두 손 위로 제이의 눈물방울이 툭 떨어졌다.

"미국 가서도 밥은 잘 챙겨 먹고. 늘 건강하게 잘 지내."

엄마의 말에 소나기처럼 쏟아진 눈물은 그칠 줄 모르고 흘러내렸다.

차에서 오는 내내 우는 제이를 안고 있던 탓에 왼쪽 어깨가 비를 맞은 듯 축축하게 젖었다. 너무 울면 위험하니 어떻게 좀 달래보라는 에이든의 눈짓에도 손쓸 방법이 없었다. 그녀가 우는 이유를 알지 못했기 때문이다.

제이는 도착할 때쯤 지쳐 잠이 들었다. 생기라고는 없는 야윈 얼굴에 말라붙은 눈물 자국이 선명했다. 에이든이 지친 목소리로 물었다.

"제이를 어떻게 할 생각이에요?"

나에겐 그녀를 어떻게 할 의무도 권리도 없었다. 내가 가만히 있자 에이든의 목소리가 조금 더 커졌다. 고장 난 전화기에 대고 말하는 사람 같았다.

"설득은 좀 해봤어요?"

"아직 얘기 못 꺼냈어요."

"이제 10days 남았어요."

듣기 싫다. 숨통을 조여오는 것 같다. 하루하루 날짜가 다가올 때마다 내 심장도 뒤틀리는 기분이 든다. 제이의 생사가 마치 나한테 달려 있는 것처럼 대하는 에이든의 태도가 더 거슬렸다. 결국 참지 못하고 화를 냈다.

"그 얘기를 나한테 해서 어쩌라고."

내 말에 에이든의 눈빛도 날카롭게 바뀌었다.

"제이를 죽게 내버려 둘 거야?"

"그럼 당신이 살리든가. 난 얘를 살릴 능력이 없어서 이렇게 죽어가는 걸 보고만 있어야 하는 멍청이다. 됐냐?"

내뱉는 말이 너무 사실이라 목 안쪽에서 뜨거운 것이 울컥 올라왔다. 눈 근육이 뻐근하게 당겼다. 내가 나를 볼 수는 없었지만 누그러진 에이든의 표정을 보고 알 수 있었다. 슬픔을 참는 내 얼굴이 필사적이었다는 것을.

"제이의 버킷리스트 마지막 장, 이미 시작됐어요. 얼마 남지 않았다는 걸 알고 준비하고 있어요."

에이든의 목소리가 착 가라앉았다.

"그래서?"

"그 준비에 당신도 포함돼 있어."

알고 싶지 않은 사실을 알아야 한다. 애써 묻지도 않았는데 친절한 설명이 화살처럼 날아들어 내 가슴을 우박 맞은 나뭇잎처럼 만들어 버렸다. 너덜너덜 형체도 알아볼 수 없게.

"버킷리스트 '제5장 즐겁게 마지막을 준비하기'에 '고마웠던 사람들과 작별하기'가 있어. 그 고마웠던 사람들 명단 제일 첫 번째가 전세계, 당신이야."

그날 밤, 제이를 침대에 눕히고 방에서 나왔을 때 고 여사가 나를 불렀다.

"너무 데리고 돌아다니지는 마."

"죄송합니다."

고개를 숙였다.

"금세 피로를 느끼니까 차를 오래 타는 것도 좋지 않고."

"네."

그녀의 시선이 내 머리끝부터 발끝까지 천천히 훑고 지나갔다. 그녀는 곧 고개를 돌렸다.

"나가 봐."

꾸벅 인사를 하고 계단을 내려오는 길에 도로타와 마주쳤다. 도로타는 길바닥에서 며칠 굶은 유기견 보듯 동정 가득한 눈으로 나를 위로하고 다급히 계단을 올라갔다. 계단을 마저 내려갈 힘도 없어서 중간에 걸터앉았다. 난간이 동아줄이라도 되는 양 부여잡고 머리를 기댔다.

난산을 타고 고 여사와 도로타의 대화가 들려왔다.

"난 저 녀석을 보면 너무 마음이 아파. 내가 어떻게 해야 할지 모르겠어. 둘 중 하나는 바보고 하나는 천치니. 저 아이들의 운명이 안타까워 도저히 볼 수가 없어."

"신은 견딜 수 있는 만큼의 시련만 주신다고 합니다. 그의 운명이고 그가 견뎌야 할 시련이라면 꿋꿋하게 견뎌내겠죠. 제가 아는 한 죠지는 끝까지 아가씨 옆에서 큰 힘이 되어줄 거예요. 그리고 뒤에 따라올 폭풍도 어느 정도 각오는 하고 있지 않을까 싶어요."

"문득 이런 상상을 해봤어. 제이가 죽는다면 나는 무엇을 가장 후회하게 될까? 난 그동안 제이가 원하는 모든 걸 아낌없이 해줬어. 그 애를 사랑했고. 그런데 마음속 깊은 곳에서 문득 그 녀석이 떠오르더라고. 조금 더 빨리 눈치챘더라면 좋았을 것을…."

"하루를 사랑했든 열흘을 사랑했든 결과는 같았을 거예요. 아가씨는 일이 이렇게 될 걸 미리 알고 계셨기 때문에 죠지에게 마음을 열지 않았던 거 아닐까요?"

"난 죠지에게 진심으로 감사해. 부모가 아닌 누군가에게도 사랑받았다는 행복한 기억을… 내 딸이 간직할 수 있어서, 엄마로서 얼마나 안심이 되는지 모를 거야. 그것만큼은 내가 해줄 수 없는 일이니까. 나 말고도 내 딸을 사랑해 주는 사람이 있다는 사실은 나에게 큰 힘이 되거든."

다음 날, 브런치에 초대한다는 제이의 문자 메시지를 받고 시간 맞춰 펜트하우스로 들어섰다. 소란한 주방 쪽으로 어슬렁어슬렁 걸어가자 앞치마를 맨 제이 옆에 앉지도 서지도 못하고 주변을 불

안한 듯 서성거리는 도로타가 있었다. 주방은 난장판이었다. 제이
는 나를 보고 마침 잘 왔다며 반갑게 맞았다.

"전세계 왔어? 왔으면 얼른 와서 도로타 좀 데려가. 주방에 얼씬
도 못 하게 꽉 묶어두든지 해. 참고로 도로타는 묶이는 거 좋아해."

울상을 짓고 있던 도로타는 구세주를 만난 것처럼 나에게 달려
왔다. 무슨 상황인지 도로타의 구구절절한 하소연을 듣지 않아도
단번에 알 수 있었다. 제 손으로 직접 식구들에게 밥을 해서 먹이
려는 것이다. 제이의 버킷리스트였다.

제이는 혼자서 분주했다. 우리 엄마에게 배운 대로 멸치를 다듬
고 두부를 썰고 봄동을 씻었다. 올려 묶은 머리 아래 하얀 목덜미
가 드러났다.

나는 도로타를 끌고 거실로 나갔다.

"쟤는 지금 밥을 하는 게 아니라 사랑을 하는 중이니까 그냥 둬
요. 빈 밥그릇에 사랑만 담았다 하더라도 맛있게 먹는 시늉만 하면
돼요."

오전 11시가 되자 게스트 룸에 있던 에이든이 식당으로 나왔다.
고 여사와 임 실장, 배 기사님도 올라왔다. 제이의 문자 메시지를
받은 식구들은 모두 어리둥절한 표정으로 식탁에 둘러앉아 그녀의
브런치를 기다렸다.

"도로타, 와서 앉아. 제이가 하게 내버려 둬."

고 여사는 안절부절 주방 입구를 기웃거리던 도로타에게 자리에
앉으라고 말했다. 제이는 밥을 뜨고 국을 뜨고 반찬들을 트레이에

담았다. 그리고 식당을 빼꼼히 보더니 나를 불렀다.

"죠지, 뭐 해? 얼른 와서 나르지 않고."

"뭐? 나는 손님 아니야? 나도 오늘은 초대받고 왔어."

"그럼 이거 내가 들고 가다가 다 엎어버려도 난 몰라."

"잘됐네. 그럼 짜장면이나 시켜 먹지, 뭐. 네가 안 엎으면 내가 엎는다."

말은 싫다 하면서도 제이가 건네준 트레이를 식탁으로 옮겼다. 직접 끓인 된장국에 반찬 서너 가지, 흰 쌀밥으로 정갈하게 차려진 식탁 앞에서 누구도 먼저 말을 꺼내지 못했다. 밥상을 다 차린 제이가 마지막으로 식탁에 앉았다. 그녀는 식구들의 표정을 휘 둘러보았다. 도로타가 앞치마를 들어 슬쩍 눈가를 훔치자 옆에 앉은 임실장이 도로타의 옆구리를 쿡 찔렀다. 수저를 들지 않고 눈치만 보며 머뭇거리는 식구들의 모습에 그녀가 상큼하게 따져 물었다.

"왜 모두들 아무 반응이 없어? 다들 배가 안 고픈 거야? 아침 먹지 말고 오랬는데 나 몰래 뭐 먹은 거 아니지?"

에이든이 먼저 수저를 들었다. 외국인 특유의 풍부한 제스처를 하며 "와우", "그레이트", "뷰티풀"을 남발했다.

"얼른 먹자."

고 여사도 국을 떠서 입에 넣었다. 그리고 부드럽게 미소 지었다.

"맛있다. 우리 딸, 이제 시집가도 되겠네."

"시집은 이미 나한테 온 거 아닌가?"

옆에 앉은 도로타가 발로 내 종아리를 툭 치며 "분위기 파악 좀 해요."라고 속삭였다.

"정말 맛있어?"

제이가 엄마에게 물었다.

"그럼. 엄마가 지금까지 먹어본 음식 중에 제일 맛있어."

고 여사의 입은 웃고 있었지만 고여 있는 눈물은 떨어지기 일보 직전이었다. 제이는 엄마의 마음을 달래주려고 일부러 밝게 웃었다.

"눈물까지 글썽일 정도로 그렇게 감동적인 맛이라니. 성공이다!"

"다음에 또 해줄 수 있니? 네가 해준 음식이 먹고 싶을 것 같아."

"그럼, 당연하지. 나 요리에 소질이 있나 봐. 더 맛있는 거 많이 해줄게. 엄마."

어린아이처럼 즐겁게 웃던 제이는 맞은편에서 훌쩍거리는 도로타를 나무랐다.

"도로타, 그만 울고 밥 먹어."

도로타는 훌쩍이며 "이걸 아까워서 어떻게… 아가씨가 직접 지으신 밥을 아까워서… 아까워서…."라는 말만 되풀이했다.

제이가 손수 지은 밥이 아까워서 감히 뜨지 못하는 도로타의 심정을 이해할 수 있었다. 처음으로 받은 밥상이었다. 그녀가 어떤 마음으로 밥을 지었는지 이 자리에 앉아 있는 사람 모두가 알고 있었다. 식구들에게 고마운 마음을 전하는 제이의 마지막 인사였다. 그 마음이 담긴 밥은 단순히 쌀에 물을 붓고 열을 가한 결과물과는 다른 것이었다. 차마 먹어 치우기에는 아까운 그녀의 반쪽 심장이 었다.

제이는 감정이 충만한 표정으로 미소 지으며 말했다.

"그동안 내 뒤치다꺼리하느라 고생들 많았어. 내 손으로 따뜻한 밥 한 끼를 해 먹일 수 있는 식구들이 있어서 정말 감사하고 든든해. 앞으로도 잘 부탁해."

제이의 말에 도로타의 훌쩍이는 소리가 더 커졌고 임 실장도 냅킨으로 눈가를 두드렸다. 남들은 감동을 받거나 말거나, 울거나 말거나 맛있게 밥을 먹고 있던 나에게 문득 시선이 쏠렸다. 숟가락이 공중에 멈췄다.

"뭘 봐요. 밥 먹는 거 처음 봐? 다들 밥상 차려놓고 제사 지내는 거야 뭐야. 은제이, 너 귀신이냐? 아직 안 죽은 거 맞잖아. 왜 안 먹어? 잡채 맛있네. 이것도 우리 엄마한테 배운 거야?"

이번엔 도로타가 내 정강이를 걷어차며 "말 조심해욧!" 하고 소리쳤다.

식사는 순조롭게 끝났다. 기회가 된다면 또 해보고 싶다는 그녀의 얼굴에는 요리에 대한 알 수 없는 자신감과 뿌듯함이 배어 있었다. 맛있게 먹는 식구들 모습을 보면서 무한한 기쁨과 행복을 느꼈다는 제이에게 중요한 사실을 일깨워 주었다.

"먹는 게 끝이 아니야. 요리의 끝은 설거지야."

싱크대 위는 온갖 조리 도구와 쓰다 남은, 형태를 알 수 없게 다져놓은 재료와 숨 막히는 열정의 흔적이 뒤섞여 핵폭탄 맞은 꼴을 하고 있었다. 팔레트 속 물감을 모두 뒤섞으면 흙색이나 굳은 똥색이 되듯 한 번에 너무 많은 것이 섞이면 망하는 것이다.

나는 싱크대 앞에 서서 끝도 없는 설거지를 해치웠다. 도대체 믹서기는 왜 나온 걸까? 아까 먹은 음식 중에 갈아 만든 게 있었나? 무릎으로 툭 건드리자 스윽 문이 열린 식기 세척기 앞에 쪼그려 앉아 내 존재에 대한 의심과 허무에 사로잡혀 있을 때 등 뒤에서 제이의 목소리가 들렸다.

"교복은 뭐야? 어제 어머님께 들었어. 옆집 여학생 교복. 그거나 입히려고 구해놓은 거야?"

"어, 버킷리스트라며."

무심코 대답했다.

"그런 말 한 적 없는데?"

실수였다. 다이어리에 적힌 걸 보고 그녀가 말한 거라 착각했다.

"역시 내 다이어리 봤구나?"

이제는 아니라고 잡아떼도 소용이 없을 것 같아서 사실대로 털어놓았다.

"앞에만 슬쩍 봤어."

"까맣게 지워놓은 것도 너고."

노려보는 그녀의 두 눈과 마주쳤다. 나는 오히려 당당하게 큰소리쳤다.

"이름도 모르는, 다시는 만날 일 없는 남자랑 뭘 해? 아주 미쳤지? 그딴 걸 버킷리스트라고 적어놓냐? 어이가 없어서 지웠다. 왜?"

퉁명스러운 내 말에 그녀는 군더더기 하나 없이 또랑또랑한 목소리로 대꾸했다.

"그럼 섹스를 누구랑 하니? 모르는 사람이랑 하는 게 제일 낫다고 봐, 난."

뭐? 노골적인 단어 언급에 어이가 없어서 고무장갑을 낀 손으로 머리를 쓸어 넘겼다. 이마 위로 주르륵 물이 흘렀다.

"그걸 왜 모르는 사람이랑 해? 그게 모르는 사람이랑 하는 아이 엠 그라운드 같은 거냐?"

"난 핸디캡이 있잖아. 사랑하는 사람이랑 했다가는 심장이 빠르게 뛰다 못해 하늘로 훨훨 날아갈지도 몰라. 모르는 사람이랑 아무 감정 없이 해야 육체적인 쾌락만 느낄 수 있지."

나는 고개를 절레절레 흔들었다. 애랑은 상식적인 대화가 안 된다. 육체적인 쾌락이라니.

어쩌다 이런 주제로 대화를 하게 됐는지 모르겠지만 우리 두 사람은 '섹스'에 대한 개념을 정의하느라 서로 티격태격했다. 당연히 사랑하는 사람이랑 해야 한다는 내 말에 그녀는 진부하다는 표정을 지으며 나에게 따져 물었다.

"넌 여태껏 사랑하는 사람이랑만 했니?"

"네가 남자를 잘 몰라서 그러나 본데 남자는 사회적 동물이야. 남자에게 있어서 육체적 반응이란 '사랑'이라기보다 '건강'이라는 표현이 더 맞거든? 나는 사랑은 모르지만 일단 건강하잖냐."

내 말에 무슨 지렁이나 바퀴벌레라도 본 듯 얼굴을 찡그린 그녀는 '우웩' 토하는 시늉을 했다. 그러면서 정작 본인은 심장 보호를 위해 모르는 사람이랑 아무 감정 없이 섹스를 해야 한다고 우겼다. 문득 제이에게 갖다 주라며 차칸이 건넸던 종이 가방을 떠올렸다. 그냥 눈 딱 감고 선물할 걸 그랬나? 별생각 없이 그냥 한번 물어나 봤다.

"나한테 아무 감정 없다면, 나랑 해도 되잖아."

도대체 어디서 그런 말이 나왔는지 알 수 없었다. 그런 생각이 내 마음속에 있었다는 것도 몰랐다. 하지만 말은 이미 밖으로 나왔고 그녀는 들은 것이 확실했다.

곧 노련한 닌자가 표창을 던지듯 제이는 조리대 위에 놓여 있던 포크를 가만히 집어 나에게 던졌다. 포크는 내 어깨에 맞고 떨어졌다.

그녀는 대화를 깔끔하게 마무리 지었다.

"아무튼 내일 교복 갖고 와."

설거지를 마치고 2층으로 올라갔을 때 그녀는 잠들어 있었다. 창가에 놓인 화분에는 솜털 같은 새싹들이 새파랗게 올라와 있었다. 다시 주방으로 내려와, 바 테이블에 앉았다. 도로타가 아이스크림을 건넸다. 플레인 아이스크림 위에 딸기잼을 푹 떠 올리며 물었다.

"쟨 요즘 낮잠을 왜 저렇게 많이 자요? 죽으면 평생 자게 될 잠이라더니."

"아가씨께서 드시는 약은 치료를 위한 약이 아니라 고통을 줄여주는 약이에요. 하염없이 잠을 자도록 하는 거죠. 아가씨에겐 잠을 자는 게 훨씬 도움이 돼요. 남은 9일 동안 최대한 이렇게 누워 계신다면 무사히 수술받을 수 있을 거예요."

"잠잘 때 빼고는 멀쩡한 것 같아서 아픈 애인지 아닌지 헷갈린다니까요."

아이스크림을 한 입 물고 아까 포크가 꽂힐 뻔한 어깨를 손으로 문질렀다.

"그만큼 정신력이 강한 분이랍니다."

"난 아직도 제이가 죽을 거라는 게 믿기지 않아요. 실감 나지 않는다고 해야 하나? 그래서 별로 슬프지도 않고, 죽는다고 해도 눈물은 안 날 것 같아요."

"아주 훌륭한 마인드예요. 아가씨도 죠지의 눈물은 원하지 않으시니까요."

"하여간 피도 눈물도 없는 독한 기집애. 사람 마음을 인정사정없이 걷어차고 언제 그랬냐는 듯 시치미 뚝 뗀다니까. 9억 갚으라면서 눈 하나 깜짝 안 해. 그래놓고 뛰어들 건지 말 건지는 왜 물어봐? 진심이 뭔지 도저히 모르겠어."

도로타를 붙잡고 온갖 푸념을 늘어놓으며 중얼중얼 하소연을 했다. 보살 같은 미소를 머금은 도로타는 주방 정리를 하다 말고 바쁘게 움직이던 손을 멈췄다. 안타까운 얼굴로 물끄러미 나를 보는 눈빛에 모든 답을 다 알고 있는 출제자와 같은 담담한 광채가 서려 있었다.

한참 동안 나를 보던 도로타는 주변에 아무도 없는 걸 확인한 뒤 묘한 자부심을 띤 채 조용하지만 확실한 목소리로 말했다.

"미스터 전, 아가씨를 절대 믿지 마세요."

그날 밤, 나는 펜트하우스 거실에서 에이든에게 심폐 소생술과 심장 충격기 사용법을 배웠다. 제이에게 조금이라도 도움이 될 수 있다면 뭐라도 하고 싶었다. 죽어가는 그녀를 보며 기둥처럼 서 있는 건 한 번이면 족했다. 그런 비참함은 두 번 다시 느끼고 싶지 않았다. 모순적이게도, 에이든의 명치를 일정한 힘과 속도로 압박하는 내내 제이에게 이걸 써먹는 상황이 오지 않기를 간절히 바랐다.

2층에서 내려오다 말고 나를 발견한 제이는 귀신이라도 본 듯한 표정으로 물었다.

"뭐 하는 거야 지금?"

"보면 몰라? 이거 배우고 있잖아."

그녀는 딱 잘라서 그럴 필요 없다고 말했다.

"제대로 모르면서 사용하면 더 위험해. 어차피 에이든이랑 늘 같이 있으니까 네가 배울 필요 없어."

내가 느꼈던 기분을 짐작도 하지 못하는 그녀의 말에 울컥 속이 상했다. 뭐라도 해보려는 소심한 노력까지 가볍게 취급당하는 것 같아 화도 났다. 300만 원은커녕 열흘에 3,000원어치도 해내지 못하는 스스로에게 실망하지 않기 위해 오기로라도 배울 작정이었다.

"에이든 하는 거 보니까 별거 없던데, 뭘. 그냥 이거 붙이고 버튼 누르면 끝."

"봤어?"

제이의 목소리가 날카롭게 울렸다.

"벌써 두 번째잖아."

"봤냐고!"

"옆에 있었으니까. 당연히 봤…."

대답이 끝나기도 전에 화난 표정으로 다시 계단을 올라가는 제이를 영문도 모른 채 뒤쫓아 갔다. 계단을 올라가면서 다음 생에 다시 태어난다면 반드시 여자로 태어나겠다는 결심을 했다. 여자로 태어나지 않는 이상 죽었다 깨어나도 여자를 이해할 수 없을 것만 같았기 때문이다.

"야, 왜 또. 뭐가 문제인데?"

침대에 누워 이불을 뒤집어쓴 그녀는 벌떡 일어나 앉더니 다짜고짜 따져 물었다.

"왜 허락도 없이 봐?"

약간은 내 정신 상태에 대해서도 의문이 생겼다. 정말 이런 여자를 사랑한다고? 확실해? 성격으로 따지자면 이렇게까지 답 없는 여자도 처음이었다. 뭘 봤냐고 따지는 건지 모르겠지만 내가 본 건 그녀의 일기장밖에 없었다.

"일기장 앞부분밖에 안 봤다니까!"

그러자 그녀의 말이 가관이었다.

"내 가슴 봤잖아!"

또 뭔 개소리냐고 받아치려다 입을 다물었다. 그렁그렁한 눈으로 나를 노려보는 오롯한 얼굴에 할 말을 잃었다.

"언제 보여줬어야지. 본 적도 없는 걸 봤냐고 따지면 어쩌라고."

"AED 할 때 옆에 있었다며. 그럼 다 봤을 거 아니야!"

그녀는 다시 이불을 뒤집어썼다. 할 말이 없었다. 수명이 20년은 단축된 기분이었다. 터키산 수제 카펫 위에 서서 혀로 볼 안쪽을 훑었다. 그러게… 내가 죽일 놈이네.

"옷 벗긴 놈은 딴 놈인데 왜 나한테 뭐라 하냐. 진짜 황당하다."

제이는 끝내 훌쩍이기 시작했다. 침대에 걸터앉았다. 어차피 달래지지도 않을 거 제풀에 그칠 때까지 기다리기로 했다. 가슴에 뚜껑이 달려 있으면 열었다 닫았다 하기 편할 거라는 막말을 지껄일 땐 언제고. 의사에게 보여줘도 아무렇지 않은 가슴을 나한테는 그렇게나 보여주기 싫었던 거냐. 내 눈을 뽑을까?

한참을 훌쩍이던 그녀는 코맹맹이 목소리로 물었다.

"흉터 봤지?"

"그게 뭐 어때서."

"보여주기 싫었단 말이야."

심장 충격기를 작동할 때 가슴 가운데에 나 있는 수술 자국을 보았다. 붉은 비단을 입은 은빛의 지네. 가슴 한가운데 품은 빛 무늬 조각. 웨딩드레스든 영화 촬영할 때 입었던 드레스든, 모든 드레스가 목까지 올라와 있었던 이유는 추워서가 아니라 흉터 때문이었다는 걸 이제 깨달았다. 그러나 심폐 소생술을 할 당시에는 눈앞에서 벌어지고 있는 상황 자체가 워낙 위급하고 경황이 없어서 흉터에 놀랄 정신은 없었다.

"그게 뭐가 중요해."

"나한텐 중요해. 가장 큰 비밀이었는데."

"비밀 지켜줄게."

그녀의 비밀을 지켜주겠다고 약속하면서 훌쩍이는 어깨를 끌어안았다. 그러자 오히려 더 큰 소리로 꺽꺽 서럽게 울며 이젠 그럴 필요가 없다고 했다.

"5억 명이 알아도 상관없어. 너한테만 비밀이었단 말이야."

그 흉터가 나에게만 비밀이었다는 사실에 저절로 웃음이 나왔다. 그녀를 믿지 말라는 도로타의 충고도 완전히 잊어버리고 말았다. 그 말을 잊은 건 실수였지만 어쨌든 웃는 내 얼굴을 보고 눈물을 그친 제이는 "혹시라도 심장이 멈추면 살려낼 생각하지마. 부끄러워서 다시 죽어버릴지도 모르니까."라고 말하고 내 가슴을 퍽퍽 쳐댔다.

31
작별 인사

행복하게 떠날 수 있길.
그리고 다시 돌아오지 않길.
— 프리다 칼로

교복이 담긴 종이 가방을 들고 펜트하우스로 들어서는 순간 평소
와 다르게 조용한 집 안 분위기에 심장이 내려앉았다. 으리으리한
거실이 오늘따라 냉담해 보였다. 어둠과 적막이, 오래 비워둔 가옥
의 먼지처럼 바닥에 깔려 있었다. 거실과 주방을 둘러보고 2층으로
뛰어 올라가 봤지만 아무도 없었다. 임 실장은 전화를 받지 않았고
제이의 휴대폰은 그녀의 방 침대 위에서 울렸다. 텅 빈 집 안에 울
리는 벨 소리는 소름이 끼칠 정도로 을씨년스러웠다.

　무작정 택시를 잡아타고 병원으로 향했다. 병원 안으로 뛰어 들
어가며 에이든의 연락을 받았다. 새벽녘 욕실에 쓰러져 있는 제이를
도로타가 발견했다고 한다. 조금만 늦었더라면 큰일 날 뻔했다고.

VIP 병실에는 고 여사와 임 실장 그리고 에이든이 해가 저물어가는 뒤뜰의 항아리처럼 어떤 말이나 생명력 없이 앉아 있었다. 정작 병실에 있어야 할 환자는 중환자실에 빼앗긴 상태였다.

제이를 만나기 위해 중환자실에 들어간 건 이번이 두 번째였다. 살짝만 쥐어도 부러질 것 같은 투명한 손목에는 더 이상 바늘을 꽂을 곳도 없어 보였다. 찌르는 듯한 고통이 그대로 전해졌다. 병실에 떠 있는 푸른빛의 조명은 핏기 없는 제이의 얼굴을 더욱 창백하게 만들었다. 짧은 면회는 처음과 마찬가지로 멍하니 얼굴만 보다가 끝이 났다.

주인 없는 병실에서 꼬박 하루를 보냈다. 잃어버린 오늘에 대한 상실감을 씻기 위해 에이든과 함께 밖으로 나갔다.

우리 두 사람은 서로에게 할 말이 없었다. 차가운 바람에 머리를 식히며 멀리 보이는 자동차 불빛만 응시했다. 제이의 첫 키스 상대. 그녀의 심장을 고치기 위해 의대에 진학했고, 심장병에 관해 연구했다는 그는 제이를 만나러 14시간을 날아왔다. 그런 그와 함께 있으면 알 수 없는 패배감이 들었다.

"여기까지 찾아와서 이러는 거 보면 제이를 많이 좋아했나 보네요."

내 물음에 에이든은 주저 없이 대답했다.

"사랑했어요. 물론 지금도 제이를 사랑해요."

다른 남자 입에서 나온 그 말이 이렇게 씁쓸하게 들릴 줄은 몰랐다. 그녀가 사는 세상으로 들어가는 문밖에는 "관계자 외 출입 금지"라는 팻말이 붙어 있었고 나는 언제나 '관계자 외'였다. 현기증이 나려는 걸 간신히 참았다. 에이든은 말을 덧붙였다.

"제이를 두고 당신이랑 경쟁할 생각 없어요. 지금은 그녀를 살려내는 게 우선이니까."

"살려낸 다음엔?"

하나 마나 한 질문이었다.

"제이와 얘길 끝냈어요. 우리 약혼할 겁니다. 수술 후엔 함께 미국으로 갈 거예요."

제이가 중환자실에서 나온 건 이틀이나 지난 후였다. 몸에는 알 수 없는 기계 장치들이 달려 있었고, 얼굴은 만지면 부서져 버릴 빛바랜 꽃잎 같았다. 그녀는 천천히 눈을 뜨고 병실을 둘러보았다. 그 모습마저 감격스러웠다.

"나 보여? 정신이 들어?"

"전세계."

며칠 새 더 야윈 손을 잡고 얼굴에 비볐다. 가엾은 그녀 모습에 가슴이 아파 더듬더듬 목소리가 떨렸다.

"어, 나 여기 있어."

하얗게 마른 입술로 무언가 말을 하려는 제이 입가에 귀를 가져갔다.

"내 방… 창가에 있는 화분 좀… 부탁할게. 물은 3일에 한 번 주고… 햇빛과 바람이… 적당한 장소에 놓으면 돼. 예쁜 꽃을… 피울 수 있게… 잘 보살펴 줘."

꺼져가는 목소리가 그녀의 것이 아닌 것 같아 가슴이 덜컥 내려

앉았다.

"나 꽃 같은 거 잘 못 키워. 네가 해. 꽃 피면 나 보여준다며. 같이 보자."

"아마… 예쁠 거야."

살며시 희미한 미소가 어리는 것 같더니 다시 눈을 감았다. 약하게 뛰는 심장이 모니터에 조그마한 산을 그렸다. 아직은 죽지 않았다. 지난번 병원에 실려왔을 때와는 분위기가 달랐다. 수군수군 들락거리는 의사들은 둘째 치고 제이의 얼굴에서 빛이 점점 사라져가는 것이 눈에 보였다.

혼절한 고 여사는 옆방에서 진정제를 맞고 있었다. 혹시라도 그래프가 멈출까 봐 불안한 마음에 밤새 모니터를 지켜보았다. 새벽을 지나 창으로 해가 보일 무렵 간신히 뛰고 있던 미약한 그녀의 심장이 조금씩 안정을 찾아갔다. 한숨 자고 난 그녀는 밤사이 회복한 듯 얼굴빛이 한결 화사해졌다. 나를 보는 얼굴에 아련한 미소가 걸렸다.

"난 운이 좋은 것 같아… 느닷없이 죽진 않았으니까. 이렇게… 마지막 인사할 시간이 남아 있다는 건… 기적이야."

그녀의 목소리를 들으니 살 것 같았다.

"마지막 인사? 혹시 플랜 A인지 뭔지 그걸 할 생각이라면 그건 이미 망한 계획이라고 알려줄게."

내 입에서 플랜 A라는 말이 나올 줄은 몰랐는지 당황한 그녀는 천천히 눈만 깜박거렸다. 그걸 알고 있었던 사람은 제이와 에이든 둘밖에 없었다.

"에이든… 배신자."

지난밤, 수술 후 제이와 함께 미국으로 떠날 거라는 에이든의 말에 나는 한참이나 말을 잇지 못했다. 정적 끝에 희미하게 웃으며 꼭 그랬으면 좋겠다는 한마디를 겨우 꺼냈다.

"꼭 그랬으면 좋겠어요."

의외의 대답이었는지 당황한 에이든이 다시 물었다.

"제이와 내가 미국으로 떠나도 괜찮아요?"

나는 고개를 끄덕였다.

"수술 후에 제이가 살아 있을 수만 있다면 누구랑 어디를 가든 상관없어요."

진심이었다. 그녀가 살아 있을 수만 있다면, 그럴 수만 있다면 그녀를 포기할 수 있었다. 에이든은 긴장이 풀렸는지 허탈하게 웃으며 나에게 악수를 청했다. 얼떨결에 그 손을 잡았다.

"사실은 당신을 떼어내기 위한 제이의 계획이었어."

기가 막혔다. 에이든은 허심탄회하게 털어놓고는 속이 시원하다는 표정을 지었다.

"제이는 마음속 깊이 당신을 걱정하고 있어요."

깃털보다 가벼운 제이 손을 손바닥 위에 올려놓고 다정하게 쓰다듬으며 짐짓 을러댔다.

"누구랑 뭘 해? 약혼? 내가 무슨 신발 바닥에 붙은 껌도 아니고. 하여튼 떼어내는 방법도 가지가지다. 오기가 생겨. 자꾸 그러면 지구 끝까지 쫓아갈 거야."

그녀는 오른손을 나에게 내어주고 반듯하게 누워 천장을 응시했다.

"오늘은 살아 있지만… 나 이제 곧 죽을 거야. 할 수 있을 때 하고 싶어, 작별 인사."

"죽는다는 말을 '배고프다' 혹은 '졸리다'처럼 남발하는 사람은 너밖에 없을 거다. 작별 인사는 내일 해도 되니까 지금은 좀 쉬어."

간호사가 들어와 제이의 상태를 체크하고 가벼운 식사를 준비해주었다. 고 여사도 정신이 들었는지 임 실장의 부축을 받고 병실로 들어왔다. 아름다운 얼굴에 그늘이 가득했다.

나도 일단 한시름 놓고 병실을 나왔다. 꼬박 앉아서 밤을 새웠더니 몸이 찌뿌둥했다. 눈도 충혈되었는지 깜박일 때마다 뻑뻑했다.

배 기사님과 해장국 한 그릇을 사 먹고 집으로 돌아가 뜨거운 물에 샤워를 했다. 그리고 침대에 쓰러지듯 누웠다. 몇 시간만 자고 일어나 병원으로 가야지 생각했다.

눈을 뜬 건 다음 날 오후 3시가 넘어서였다.

"헉!"

꿈에 제이가 나왔다. 하얀 드레스를 입고 하늘로 올라가는 모습이 생생했다. 그러다가 곧 작은 빛이 되어 어두운 밤하늘 속으로 사라졌다. 덜컥 불길한 예감이 스쳐 휴대폰을 확인했지만 걸려온 전화는 없었다.

부랴부랴 씻고 병원으로 달렸다. 마른침을 꿀꺽 삼키며 병실 문을 열었을 때, 제이는 임 실장과 테이블에 앉아 보드게임을 하고 있었다. 카드를 손에 든 채 깔깔깔 웃다 말고 나를 보며 눈을 가늘게 떴다.

"병실 문을 열기 전에 노크하는 건 가장 기본적인 매너야. 그것도 몰라?"

병실 안에는 커피 향이 솔솔 풍겼다.

"하아, 다행이다. 아직 안 죽어서."

진심 가득한 내 말에 질색하는 반응이 돌아왔다.

"보통 그런 식으로 인사를 하니? 안녕하냐고 물어야 정상이잖아."

제이 옆에 털썩 앉아 테이블 위에 놓여 있는 오렌지 주스를 벌컥벌컥 마셨다. 임 실장은 커피를 가져오겠다는 핑계로 자리를 피해주었다. 하루 안 봤다고, 그새 얼굴을 잊어버릴 뻔했다. 하얀 얼굴에 검푸른 눈동자. 입술엔 뭔가를 발랐는지 촉촉하다. 양 갈래로 땋은 머리가 귀여워서 한쪽 가닥을 손으로 잡고 흔들어 보았다.

"여고생이야?"

"긴 머리가 거추장스럽다고 했더니 엄마가 땋아줬어."

"귀엽네."

귀엽다는 말에 그녀는 잔뜩 눈을 흘겼다. 이유는 모른다. 묻지도 않았다. 죽기 전에 남은 버킷리스트를 실행해야 한다며, 그녀는 오늘 '작별 인사'를 할 예정이라고 했다. 그러고서는 정말로 어색한 표정으로 나를 마주 보고 "그동안 고마웠어. 잘 가."라고 말하고 킥킥 웃었다.

나는 그녀의 인사를 지적했다.

"가는 쪽에서 남는 쪽에게 인사를 할 땐 '잘 가.'가 아니라 '잘 있어.'라고 해야지."

"교복은? 가져왔어?"

며칠 전 가지고 나왔다가 중환자실로 들어가는 바람에 다시 집에 갖다 놓았다. 어차피 지금 상태로는 입고 나가지도 못한다. 교복 입고 병원을 어슬렁거리다 죽으면 역대급 병원 괴담이 탄생할지도 모를 일이었다.

"나중에 날씨 따뜻해지면 입고 나가자. 지금은 추워서 안 돼."

"아니, 지금 해야 해. 당장."

"수술 끝난 다음 천천히 해도 늦지 않아."

"수술받을 생각 없어. 상황이 조금 나아지면 퇴원할 거야."

그녀가 말한 '상황'이라는 게 나아질 수도 있는 건가 의문이 들었다. 병원에 얌전히 있다가 수술받는 게 지금으로서는 최선이었다.

나는 지난 며칠간 심장병에 관해 조금 공부를 했다. 그 전까지는 내 혈관에 붙어 있는지도 몰랐던 상대정맥, 하대정맥, 관상동맥 같은 생소한 혈관의 이름들을 이번 기회에 무작정 외워버렸다. 지식백과든 블로그든 닥치는 대로 심장 이식 수술에 관한 정보를 수집했다. 심장 이식 수술은 아마존에서 해외 직구로 샀던 블루투스 스피커보다 후기가 좋았다.

"생각보다 간단하고 안전한 수술이던데?"라고 그녀를 안심시켰다.

"현대 의학에서 간단하고 안전한 심장 수술 같은 건 없어."

"다음에 다시 태어나면 문어로 태어나든가. 문어는 심장이 3개

라더라. 이번 생은 어쨌거나 심장이 하나니까 고쳐서 써야지. 수술받고 교복 입어."

"오늘 입을 거야. 가져와."

"제주도 방어회만 맛있는 게 아니다? 구룡포 과메기 먹어봤냐? 끝내주거든. 그것도 먹으러 가야지. 사르르 녹는다는 그 표정으로 과메기 녹여 먹는 명장면 유튜브에 올리면 1억 뷰 찍을지도 몰라."

"수술대 위에서 죽는 건 내가 원하는 죽음이 아니야. 난 우아하게 죽고 싶어."

우아하게 죽고 싶다는 정신 나간 소리를 또 한 번 들어야 했다. 속이 쓰려와서 없던 위궤양이 생길 것 같다. 죽네, 사네 하면서 수술 안 받겠다고 우기는 건 우리 할머니 고집이랑 똑같다. 주변 사람들을 마냥 애타게 만들면서 속을 뒤집어 놓을 심산인 것이다.

"변기 물에 코 박고 죽고 싶냐? 욕실에서 쓰러졌다는 애가 우아 같은 소리 하고 있네. 버텨봐야 소용없어. 심장 한 번만 더 멈추면 네 동의고 뭐고 없이 그냥 확 떼어내고 바꿔 달아버릴 테니까."

냉소적인 내 말에 그녀는 손톱으로 칠판 긁는 소리에 반응하듯 몸서리를 쳤다.

"내 죽음을 방해할 생각이라면 더 이상 병원에 찾아오지 마!"

죽는다는 소리도 지겹다. 딱히 다른 재주도 없지만 죽음을 방해하고 말고 할 재주는 더더욱 없어서 코웃음이 나왔다.

"침대 대신 관짝 하나 갖다 놔줄까? 자려면 아예 관에 들어가서 눕지 그래?"

내 농담에 제이는 가만히 나를 보았다.

"말이 지나쳐."

"뭐가 지나쳐? 더한 말도 할 수 있어."

"그만하고 싶어."

제이는 지친 걸음으로 침대에 누웠다. 늘 해왔던 작고 사소한 말다툼마저 이제는 이어갈 수 없을 만큼 숨이 차고 어지러운 것이다.

병실은 한쪽 벽 전체가 창이었다. 그녀가 누워 있는 침대에서는 시야에 아무것도 들이지 않고 하늘을 지칠 때까지 감상할 수 있었다. 창을 향해 웅크린 작은 등과 어깨를 볼 수 있다는 건 나를 기쁘게 하는 동시에 슬프게 했다. 죽음을 앞둔 여자를 사랑하게 되었다는 것은 이런 것인가? 평소 한 번도 느껴보지 못했던 수많은 감정들을 한꺼번에 맞는다는 것. 인간이 느낄 수 있는 가장 극적인 감정의 과녁이 된 것 같았다.

여전히 창밖을 보며 그녀가 나지막이 말했다.

"지금 한 말과 행동이 어쩌면 우리의 마지막 말과 행동이 될지도 몰라. 너랑은 아름답게 작별하고 싶어."

마지막이니 뭐니 하는 말버릇이 또 나왔다. 진절머리가 났다.

"아름답게 작별하는 건 뭔데? 설마 내가 웃으면서 너한테 '잘 가. 다음 생에 만나자.' 이렇게 할 거라 생각하는 거 아니지? 지금이 우리의 마지막이라는 걸 알면서도 넌 나한테 할 말이 곱게 죽고 싶다는 말밖에 없어?"

다른 말을 기다렸다. 내 모든 걸 무장 해제시킬 한 마디 말이 남아 있을 거라고 생각했다. 그녀는 그 예쁜 목소리로 내 심장을 갈

가리 찢어놓았다.

"웃으면서 작별하고 싶었는데 그건 곤란하게 됐다. 그동안 고마웠어. 잘 가."

리허설의 리허설. 지금까지 들었던 말 중 제일 의미 없는 말이었다. 감정이라고는 전혀 섞여 있지 않은 "고마웠어. 잘 가." 아까 연습했던 것보다 더 어색했다. 눈물을 참는 그녀를 보는 게 힘들었다. 병실 문을 쾅 닫고 밖으로 나와버렸다.

우리는 극도로 예민했다. 기분은 하루에도 수십 번씩 성층권과 맨틀을 오갔다. 무엇이 서로를 위한 일인지 알지 못했다. 그만큼 절박했다. 나는 택시를 타야 한다는 것도 잊고 하염없이 걸었다. 저물어 가는 태양에 빌딩 사이가 벌겋게 물들었다. 숨을 쉴 때마다 하얀 입김이 뿜어져 나왔다. 문득 오늘 아무것도 먹지 못했다는 사실이 떠올랐다. 내장이 텅 빈 듯 공허했다.

걷다 보니 엠파이어 호텔 앞이었다. 도로타가 집 안 정리를 하고 있었다. 나는 제이 방으로 올라가 창가에 놓인 화분을 챙겼다. 어느새 파란 새싹들이 손가락 한 마디만큼 올라와 있었다. 잘도 키웠다 싶어서 기특했다.

혹시라도 추위에 얼까 봐 품속에 넣고 끌어안았다. 집으로 돌아와 침대 옆에 화분을 놓아두고 영상 장비를 챙겼다. 시간이 없었다. 그렇게 다투고 나왔어도 다시 병원으로 달렸다.

제이와 함께하며 생긴 버릇이었다. 오늘이 마지막인 것처럼 할 수 있는 모든 것을 최대한 하는 것.

병실 안으로 들어섰을 때 그녀는 저녁 식사를 마친 후였다. 커다란 카메라 가방을 들고 들어서는 내 얼굴 위로 그녀의 따가운 시선이 느껴졌다.

"왜 또 왔어? 병실 문이 부서져라 닫고 나갈 땐 언제고?"

묻는 말에 대답도 하지 않고 테이블을 끌어다 빔 프로젝터를 설치하고 노트북을 켰다. 널찍하고 하얀 병실 벽은 프로젝터를 쏘기 안성맞춤이었다. 나는 최대한 무심하게 대답했다.

"호러 엽기 영화 편집 끝났어. 너 죽기 전에 봐야지."

병실 불을 껐다. 벽 전체에 커다란 화면이 잡혔다. 쇼팽의 '즉흥 환상곡'에 맞춰 빨간 드레스를 휘날리는 제이가 등장했다. 예봉산 정상이라는 게 믿기지 않을 정도로 환상적인 분위기는 CG가 만들어 낸 결과물이었다. 끝없이 펼쳐진 푸른 하늘과 제이의 빨간 드레스는 인생은 짧고 뭐 그런 정도의 예술이었다. 예상외의 결과라는 듯 놀란 표정으로 스크린을 응시하던 제이는 매우 심각하게 물었다.

"내가 저렇게 생겼어?"

"어, 대단히 잘난 줄 알았나 본데. 생긴 대로 나온 거야."

"우와, 예쁘다."

스스로에게 반했다는 듯 넋이 나간 표정으로 중얼거리는 제이를 보자 피식 웃음이 나왔다.

"그런 뜻이었나?"

빨간 드레스의 제이가 심장병으로 죽고 하얀 드레스의 제이로 부활했다. 하얀 드레스를 입은 제이는 한 남자와 사랑에 빠졌다. 화면에는 셔츠를 풀어헤치고 누워 있는 내가 보였다. 카메라에 심장이 쿵쾅거리는 것까지 담기지는 않았다. 제이는 심장 대신 석류를 베어 먹었고, 쏟아지는 별빛 아래서 우리의 영혼은 하나가 되었다. 키스 신이 병실 벽 가득히 채워졌다. 병실엔 삐빅거리는 기계 소리가 울려 퍼졌다. 이거 정상적으로 작동하는 건가?

"너… 심장 괜찮아? 맥박 수 엄청 올라가는데?"

모니터에는 매우 급하게 뛰는 제이의 심장이 고스란히 그려졌다. 진심으로 걱정돼서 묻는 내 말에 제이는 정색했다.

"아주 괜찮으니까 걱정 마. 원래 이래. 평소에도 이렇거든?"

두 번 물어봤다가는 눈빛에 찔려 죽겠다 싶어서 내버려 두었다. 15분도 안 되는 짧은 영화는 끝이 났다.

"어때? 만족해?"

"뭐, 나쁘지 않아."

나는 베개 옆에 USB를 던져주었다.

"USB 여기 있으니까. 저승 가서 염라랑 같이 보면 되겠네."

그녀가 눈을 흘겼지만 나는 "왜? 너 죽드립 좋아하잖아." 하며 노트북을 덮어 가방에 챙겼다.

"죽드립은 뭐야?"

"툭하면 죽는다는 드립."

주섬주섬 영상 장비들을 가방에 넣고 테이블을 제 위치에 끌어다 놓은 뒤 그녀가 누워 있는 침대에 걸터앉았다.

"네가 다시 오는 바람에 작별 인사를 또 해야 하잖아."

투덜거리는 그녀를 무작정 안았다. 반쯤 누운 채로 나에게 안긴 그녀의 몸은 마른 나뭇가지 같았다. 앙상한 몸에서 달콤한 향기와 따뜻한 체온이 느껴졌다. 조금만 힘을 주면 부서질 것 같아서 힘껏 안을 수조차 없었지만 공허한 가슴을 채우는 방법은 이것밖에 생각나질 않았다.

내 팔 안에 갇혀 가슴을 밀어내는 두 주먹에는 힘이 전혀 실려 있지 않았다.

그녀의 목덜미에 얼굴을 묻었다. 부드럽고 가녀린 몸이 내 안에 스며드는 듯했다. 볼을 맞대고 머리카락에 입술을 비볐다. 처음엔 조심스럽게 그러고는 절절하게 그녀를 느꼈다. 그녀를 통해 나를 느꼈다. 겪어보니 그렇다. 사람은 밥만으로 살 수 없었다.

심전도를 측정하는 기계에서 날카로운 경고음이 울렸다.

32
고백

탈진대 재 그것조차
마저 탐이 옳소이다.
— 이은상 「사랑」

어느 날 아침 제이가 몽롱한 눈으로 말했다.

"어젯밤에 이상한 꿈을 꾸었어."

나는 김에 밥과 멸치와 잣을 넣고 돌돌 말아 제이의 접시에 놓아주며 제발 그녀의 꿈 이야기가 짧기를, 이왕이면 꿈에 내가 등장했기를 바라며 물었다.

"무슨 꿈인데?"

"있지…."라고 말을 시작하는 건 그녀의 습관이었다. "있지!" 혹은 "있지이." 하는 말투에 따라 이어질 말을 대충 예측할 수 있었다. 누군가를 잘 안다는 건 이런 건가? 어떤 행동이나 말을 할 때 다음의 반응과 대답을 미리 짐작할 수 있다는 거. 뜸 들이듯 말을 끄는 '있지'는 남들이 다 아는 얘기이거나 혹은 별 얘기 아닐 가능성이 높았다.

"울창한 숲속을 걷고 있었어. 아니, 사실은 뛰고 있었어. 꿈속에서는 뛰면 안 된다는 사실을 가끔 잊어버리거든. 나뭇잎들이 매우 우거져서 바닥은 축축하고 어두웠지만 초록 잎들 사이로 반짝이는 햇살이 한 줄기 내려오고 있었지. 내 꿈이지만 정말… 뭐라고 설명하기 어려울 정도로 아름다웠어. 한참을 달리다가 누구를 만났는지 알아? 내가 고백하려 했던 날 수술실에서 죽음을 맞이한 내 첫사랑. 그 오빠가 거기에 서 있는 거야."

"…."

"얼굴은 그대로인데 머리카락이 허리까지 찰랑거렸어. 그래서 내가 물었지. '오빠, 하늘나라에는 미용실이 없어?' 그랬더니 그냥 웃더라고. 빙글빙글 웃던 모습이 희미해지고, 나는 또다시 달리기 시작했어. 이번엔 커다란 호수가 나왔어. 호수에는 오리 배가 떠 있었는데 가까이 다가온 오리 배에 아빠가 타고 있지, 뭐야. 너무 반가워서 나도 타려고 첨벙첨벙 물속으로 들어갔는데 아빠는 나를 남겨두고 그냥 가버렸어. 아빠가 손을 흔들면서 나한테 이렇게 소리쳤어. '마카롱!'"

"마카롱? 다음에 여주 올 때 마카롱 챙겨오라는 뜻인가?"

"들어봐. 숲속을 걷다 보니 작은 빨래터가 나왔어. 나는 입고 있던 원피스를 벗어서 빨기 시작했어. 열심히 빨고 있을 때 등 뒤에 누군가 서 있는 느낌을 받았어. 엄마 냄새처럼 익숙하고 기분 좋은 살 냄새가 났어. 매우 따뜻하고 포근한 기운이 빨래터 전체를 감쌌어. 뒤를 돌아봤는데 너무 눈이 부셔서 처음엔 누구인지 알아볼 수가 없는 거야. 어느 정도 시간이 지나자 눈앞이 선명해졌고 앞에서 있는 사람의 정체를 드디어 확인할 수 있었지. 나를 향해 부드럽게 미소 짓고 있는 그 사람은 바로… 나였어. 어떻게 생각해?"

김에 뜨거운 밥을 쌌더니 김이 자꾸 눅눅해졌다.

"그만 떠들고 얼른 먹기나 해."

짧지도 않고 내가 등장하지도 않는 꿈 얘기는 그냥 개꿈처럼 들렸다. 제이 입에 김밥을 넣었지만 우물거리며 끝나지 않은 꿈 얘기를 이어갔다.

"이거… 무슨 예지몽 그런 걸까?"

"그런 얘기는 정신 병리학 박사들이나 심리학자들과 상의해 보는 게 좋을 것 같으니까, 김 눅눅해지기 전에 빨리 먹어."

죽은 사람이 꿈에 나타나 손을 내밀면 절대 따라가지 말라는 할머니 말씀이 기억났다. 저승으로 데려가기 위한 거라나. 믿지 않으면서도 제이가 오리 배를 타지 않았다는 사실에 안도했다. 죽은 첫사랑과 돌아가신 아버지의 매너에 감탄하면서 참기름과 소금으로 범벅이 된 손가락을 빨았다.

"꺅! 더러워!"

그녀가 질색하든지 말든지 다시 김밥을 쌌다.

나는 매일 병원으로 출근했다. 병원에서의 일주일은 무섭고 아찔한 속도로 흘렀다. 제이의 상태 역시 시간과 비례하여 나빠졌다. 하워드 교수의 입국은 하루밖에 남지 않았다. 그녀는 여전히 병원

밖으로 나가고 싶어했지만 열 걸음만 걸어도 호흡이 가빠져 바닥에 주저앉았다.

"교복은?"

그 와중에 내 얼굴이 교복이라도 되는 양 나만 보면 교복을 찾아댔다. 남은 버킷리스트 중 하나인 '교복 데이트'를 하기 위해서는 병실 밖으로 나가야만 한다. 밖으로 나가려는 제이를 말리느라 매일 진땀을 뺐다. 수술을 마친 후에 해도 충분하다는 내 말은 들리지도 않는지 교복을 내놓으라고 생떼를 부렸다.

"교복은 수의가 아니야. 죽은 뒤에 교복 입고 화장터로 갈 생각 없어. 지금 입고 싶다고!"

테이블 위에 있는 딸기 접시를 가져와 제이 입에 딸기를 넣었다. 제발 입 좀 다물라고. 그녀가 원하는 교복 데이트는 사실 별거 없었다. 교복을 입고 뭘 할 거냐는 내 질문에 떡볶이를 먹겠다는 대답이 나왔다. 역시 교복 데이트는 수술 후로 미루는 게 낫겠다는 생각이 들었다. 고작 떡볶이 하나에 목숨을 걸 수는 없으니까.

"콜라랑 프렌치프라이를 먹고 문구점에 가서 귀여운 볼펜을 잔뜩 살 거야."

"겨우 그게 죽기 직전에 하고 싶은 일이야?"

목숨 간당간당한 애가 교복 입고 콜라 먹는 게 소원이라니 환장할 노릇이었다. 내일 하워드 교수가 입국한다는 사실 때문인지 그녀는 오늘 나가겠다고 작정한 듯 매달렸다. 어울리지 않게 애원하는 표정이 내 마음을 흐슬부슬하게 만들었다. 제이를 어떻게 데리고 나가야 할지 막막했다. 예전처럼 몰래 데리고 나가기엔 위험 부담이 컸다. 만약 무슨 일이 생기면 나도 같이 관에 들어가야 할지도 모를 일이었다.

어쩔 수 없이 고 여사와 담당 의사를 설득하는 방법을 택했다. 구구절절한 과정은 말할 것도 없었다. 무릎을 꿇은 걸로 말 다 했다. 에이든이 동행하고 휠체어를 타는 조건으로 3시간 외출을 허락받았다.

제이는 임 실장의 부축을 받아 나갈 준비를 했다. 깨끗하게 몸을 씻고, 예쁘게 머리를 빗고, 화장을 했다. 교복을 입은 그녀는 한참이나 거울 앞에 서 있었다.

"뭐 해?"

"작별 인사. 그동안 싸우느라 고생 많았다고, 고마웠다고 나에게 작별 인사 중이야."

밝은 웃음이 왠지 서글퍼 보였다.

"하여간 인사성 하나는 겁나 밝아요."

"나는 이 순간 이후로 거울을 보지 않을 거야. 부스스한 머리, 핏기 없는 초췌한 얼굴, 병원복 입은 나를 기억하고 싶진 않아. 교복 입은 예쁜 내 모습을 마지막으로 기억하고 싶어."

그녀는 문득 이렇게 감상적인 분위기에 빠지면 우울해하곤 했다. 내색한 적은 없지만 자신의 운명을, 건강하지 못한 육체를, 기다려 주지 않는 시간을 때때로 원망하는 것 같았다. 그래서 나는 그녀가 감상적으로 변하려고 하면 일부러 초를 쳤다.

"그랬다가 살아서 돌아오면 쪽팔려서 거울 어떻게 보려고 그래. 적당히 하고 여기 앉아봐."

제이 앞에 휠체어를 가져왔다. 그녀는 교복 입은 나를 새삼스럽다는 듯이 훑어보았다.

"왜? 반했어? 오빠, 교복 잘 어울리지? 아씨, 난 왜 고등학생 같냐? 술집 가면 민증 검사 하겠는데? 심각하게 동안이네. 그치?"

제이는 대꾸 없이 휠체어에 앉았고 나는 조심스럽게 휠체어를 밀었다. 배낭에 각종 응급 의료 장비들을 챙겨 넣은 에이든이 뒤를 따랐다.

거리는 젊은이들로 활기차게 북적거렸다. 교복을 입은 학생들뿐만 아니라 갓 졸업한 신입생, 데이트하러 나온 20대 초중반의 젊은 남녀들 사이로 휠체어가 지나갔다. 500미터를 걷는 동안 시내를 활보하는 또 다른 휠체어는 단 한 대도 보지 못했다.

휠체어에 앉은 제이는 밝은 표정으로 시내를 구경했다. 휠체어를 밀면서 인도 사방에 설치된 입간판과 가판대, 마주 오는 커플을 요리조리 피하는 건 마치 고전 오락실 게임을 하는 것과 비슷했다.

떡볶이를 먹으러 가기 전 내가 제이를 데려간 곳은 슈즈 멀티 브랜드 숍이었다. 그녀가 신고 있는 하이힐은 교복과 전혀 어울리지 않았다. 휠체어에서 내린 제이가 천천히 매장 안으로 들어와 앉았고, 나는 신발로 가득 찬 진열대를 둘러본 후 빨간 컨버스 척테일러를 골라 제이 앞에 쪼그려 앉았다. 직접 구두를 벗기고 신발을 신겨주었다.

"어때? 사이즈 맞아? 일어나서 걸어봐."

그녀는 컨버스를 신고 거울 앞으로 걸어갔다. 배시시 웃는 얼굴을 보고 즉시 계산을 했다. 신고 온 구두는 종이 가방에 담았다. 이제야 학생 같았다.

"고마워."라고 말하며 웃는 제이는 사랑스러웠고 그런 그녀를 볼 때마다 나는 괴로웠다.

떡볶이 가게는 만원이었다. 떡볶이, 어묵, 김말이, 오징어 튀김 등을 주문하고 가장 구석진 자리에 앉았다. 제이가 입고 있는 검정롱 패딩과 매우 흡사한 패딩 차림의 학생들이 가게 대부분을 차지하고 있었다. 제이는 자신이 입고 있던 패딩을 내려다보고 킥킥 웃었다. 정수기에서 물을 떠다가 제이 앞에 한 잔 놓아주었다.

"떡볶이 좋아해? 의외네. 죽기 전에 먹고 싶은 음식이 떡볶이라니."

"한 번도 안 먹어봤어. 맛이 궁금해서 먹으러 온 거야. 교복 입은 학생들은 떡볶이를 먹는다고 하길래. 나도 진짜 학생처럼 보이고 싶었거든."

대답이 단순해서 놀랐다. 맛도 모르는 떡볶이를 먹으러 나오기 위해 목숨을 건 제이보다 그런 그녀를 데리고 나오기 위해 고 여사에게 무릎을 꿇은 내 자신이 한심해서 인류가 지겨워졌다.

주문한 음식이 나왔다. 길쭉한 이쑤시개에 말랑말랑한 떡볶이를 찍어 제이 손에 건넸다. 매운 음식을 잘 먹을 거라는 기대는 하지도 않았다. 맵다고 난리 칠 걸 대비해 물도 미리 한 컵 떠놓았다. 제이는 기대에 가득 찬 눈빛으로 먹음직스럽게 떡볶이를 입에 넣었다.

반응은 상상했던 것보다 더 최악이었다. 입에 넣자마자 씹기도 전에 그대로 다시 나오는 떡볶이를 내 손으로 받아 들었다. 침으로 범벅이 된 떡볶이가 손바닥 위에 있다는 사실도 잊고 나는 가까운 편의점으로 달렸다. 콜록콜록, 기침을 해대며 눈물, 콧물 쏟는 제이에게 편의점에서 사온 츄파춥스를 물렸다.

혹시라도 심장이 멎을까 봐 에이든이 백 팩을 열어놓고 초긴장 상태로 제이의 맥박과 호흡을 체크하는 동안 나는 물과 얼음을 날랐다. 상황이 어느 정도 진정되었을 때 에이든과 나는 서로를 마주 보고 허탈하게 웃었다. '난 도저히 안 되겠어. 그냥 너 가져.' 서로에게 양보하는 웃음이었다.

떡볶이 가게에서 나와 휠체어를 밀었다. 팬시점으로 들어간 제이는 귀엽다고 꺅꺅거리며 볼펜을 원하는 만큼 골라 담았고, 동전 지갑이나 손거울 같은 걸 구경했다. 새해 다이어리를 계산한 후 햄버거 가게에 가서 콜라와 감자튀김을 먹었다. 세 시간은 빠르게 흘렀다. 우리는 마지막 코스인 놀이터로 향했다.

휠체어와 에이든을 벤치에 남겨둔 제이는 그네가 있는 쪽으로 천천히 걸었다. 교복 데이트의 마지막 코스는 남자 친구와 놀이터에서 키스하는 것이었지만 그것만큼은 하고 싶지 않았다. 여기에서 심장 충격기를 꺼내고 싶은 마음은 없었기 때문이다. 그녀 역시 마지막 버킷리스트는 아껴둘 생각인 것 같았다. 우리는 말없이 먼 산을 보았다. 붉어진 해를 받은 그림자가 길어졌다.

"오늘 하루도 즐거웠어. 고마워."

이제는 무덤덤해진 작별 인사였다. 가만히 마주 서 있던 제이는 나에게 악수를 청하듯 손을 내밀었다. 내민 손을 슬쩍 잡아당겼더니 힘없이 품 안으로 끌려왔다. 끌려온 김에 두 팔로 안아버렸다.

그녀는 한쪽 얼굴을 내 가슴에 대고 심장 박동 소리에 귀를 기울였다. 빠르게 두근거리는 심장 소리를 들켜도 상관없었다. 반항 없이 안겨 있는 제이 정수리에 느긋하게 턱을 올렸다.

"웬일로 가만히 안겨 있어?"

"그냥, 추워서."

"내 심장 뛰는 거 느껴져?"

"응."

"꺼내 먹을 생각은 하지 말고."

"응."

"죽지 마."

그녀가 내일 죽는다고 해도 죽음을 막기 위해 내가 할 수 있는 건 없었다. 그녀의 말처럼 우리는 오늘 이 순간, 할 수 있는 일에 최선을 다하면 되는 것이었다. 저 산에 걸린 해가 완전히 모습을 감추기 전에 내가 해야 할 일을 해내고 싶었다.

등 뒤로 서서히 자막이 올라가기 시작했다. 오늘의 영화는 끝이 났고, 후회나 아쉬움은 남기지 않기로 했다. 제이를 안은 팔에 더욱 힘을 주었다. 나는 최선을 다해 말했다.

"사랑해."

33
단 하나의 버킷리스트

진정한 아름다움은
자신의 인생을 사랑하는 데 있음을
기억했으리라.
— 킴벌리 커버거 「지금 알고 있는 걸 그때도 알았더라면」

어떤 이유에서였는지 모르겠지만, 오늘 아침 그녀는 나에게 노트북을 챙겨오라고 하더니 심장 이식 수술 동영상을 같이 보자고 했다. 침대 위로 올라가서 나란히 앉았다. 노트북을 가운데 두고 유튜브 검색으로 찾아낸 동영상을 재생시켰다. 그 흔한 블러 처리도 없는 날것의 수술 장면을 생생하게 감상했다.

제이는 눈 하나 깜짝하지 않고 매우 열심히 동영상을 시청했다. 의사라는 직업은 바느질 솜씨가 뛰어나야 한다는 걸 새삼 느끼며 끝없이 이어지는 가위질과 바느질에 감탄했다. 고상한 클래식 배경 음악이 인상 깊었다.

"이걸 왜 보자고 했어?"

내 질문에 그녀는 당연하다는 듯이 대답했다.

"수술받으려면 수술이 어떻게 진행되는지 알아야 할 거 아니야."

오전에 인천 공항에 입국한 하워드 박사는 엠파이어 호텔에 짐을 푼 후 곧장 제이를 만나러 왔다. 병원 측에서도 그를 반겼다. 그는 누워 있는 제이의 상태를 꼼꼼히 체크했다.

"How do you feel today?"(오늘 기분 어때?)

"Pretty good."(아주 좋아요.)

"지금 당장 죽는다고 해도 이상하지 않을 만큼 심각한 상태에 놀랐다. 이미 판막 수술을 세 번이나 받았다는 그녀의 심장은 기능을 거의 상실했다. 살아 있는 게 기적이다."

에이든이 통역해 준 하워드 박사의 말이었다.

팔뚝에 털이 수북하게 난 하워드 박사는 바느질과 거리가 멀어 보였지만 이 상황에 내가 믿을 수 있는 유일한 사람이었다.

오후에 잠시 집으로 돌아갔던 나는, 그날 밤 느지막이 제이를 찾아갔다. 하루 종일 이런저런 검사를 받느라 고단했을 텐데도 제이는 잠들지 못한 채 희미한 불빛 속에 오도카니 앉아 있었다. 묻고 싶은 말이 많은데 아무 말 하지 않는 그녀에게 뭐부터 물어봐야 하는지 몰라서 망설였다. 성공할 확률, 살아날 확률이 얼마나 되는 건지 정확히 알고 싶었다. 은근슬쩍 물었다.

"검사는 잘 마쳤어?"

"이 시간에 웬일이야? 오늘은 오지 말라니까. 나 피곤해."

"의사가… 뭐래?"

그녀는 허공을 응시하며 무덤덤한 목소리로 말했다.

"프렌치 키스를 할 때 혀를 너무 깊이 집어넣지는 말래. 분위기를 확 깰 수도 있다고."

초조하게 입술을 뜯던 나는 제이 말에 동작을 멈췄다.

"뭐라고?"

"서로 적극적이면 오히려 자극이 반감될 수도 있으니까. 이왕이면 둘 중 한 명이 리드하고 나머지 한 명은 자연스럽게 혀의 흐름을 따라가는 게 가장 중요하다고 하더라."

전기 충격기를 이마에 붙인 건가. 어째서 애가 점점 실성해 가는 것 같지? 생사를 앞두고 정신이 오락가락할 수도 있다고 생각했다. 나는 제이 손을 가만히 잡았다. 여린 손가락 사이사이로 내 손가락을 하나씩 얽으며 깍지를 꼈다. 어떤 것도 대신해 줄 수 없는 마음에 안타까움만 가득했다.

그녀는 들릴락 말락 한 목소리로 겨우 말을 이었다.

"겁이 나. 오늘이 지나면 내일이 오지 않을 것 같아서 눈을 감기 싫어. 죽는 게 겁이 난다기보다 더 이상 살지 못한다는 게 겁나. 늘 보던 것들을 볼 수 없고, 듣던 것들을 들을 수 없고, 아무도 없는 어둠 속에 나 혼자 갇히게 될까 봐 무서워. 죽음을 미룰 수 있다면 최대한 미루고 싶어. 나 갑자기 왜 이렇게 약해진 걸까?"

그녀가 느끼는 두려움의 깊이를 반도 가늠할 수 없었다.

"약해진 게 아니라 정상으로 돌아온 거야. 죽음을 두려워하는 건 당연해. 수술실에 들어가는 건 살기 위해 들어가는 거지 죽으러 가는 게 아니잖아. 그러니까 겁낼 거 없어. 눈 딱 감고 잠깐만 버티면 돼. 미루고 미루다가 먼 훗날에 나랑 같이 죽자. 그러면 어둠 속에 혼자 있지 않아도 되잖아."

그녀는 새벽 밤하늘처럼 반짝이는 눈으로 내 눈을 마주 보았다.

"있지. 이건 유언 비슷한 거야. 잘 들어. 나 죽어도 절대 울지 않겠다는 약속 꼭 지켜. 취직도 하고, 나보다 더 예쁜 여자 만나서 연애도 하고, 결혼도 하고. 나에 대한 기억은 전부 잊어버려. 알았지?"

그녀의 목소리는 울먹울먹 떨렸다. 그 목소리에 가슴이 메었다.

"응, 알았어. 그 대신 너도 약속 하나 해. 넌… 날 잊지 마. 죽어도 잊지 마. 나랑 함께 했던 모든 일을 하나도 빠짐없이 기억해야 해. 난 널 잊을 테니까 네가 기억해."

제이 손을 내 심장이 두근거리는 곳에 갖다 대었다. 이 순간 서로의 심장이 같은 리듬에 맞춰 뛰고 있다는 것을 느낄 수 있었다. 그 후로 괜찮다는 말만 되풀이했다. 괜찮아. 괜찮아. 다 괜찮아. 그 말밖에는 생각이 나질 않았다.

제이는 나에게 다이어리를 내밀었다. 어제 팬시점에서 산 다이어리였다.

"선물이야."

"네가 쓰려고 산 거 아니야?"

주니까 받기는 하는데 아무리 봐도 나 주려고 산 것 같진 않았다. 분홍색 바탕에 귀여운 발레리나 토끼, 하트와 꽃이 표지를 가득 메운 다이어리였다.

"앞으로의 1년을 잘 계획해 봐. 올 한 해 이루고 싶은 일이 무엇이든 여기에 적으면 이루어질 거야. 이건 마법의 다이어리거든."

"마법이라니, 내가 14살 소녀도 아니고."

"원하는 걸 글로 적고 간절히 바라면 돼."

"그래? 그럼 내 패딩 돌려주는 걸 제일 먼저 적어야겠다. 죽을 거면 돌려주고 죽어."

나를 가늘게 흘겨본 그녀는 코끝을 찡긋했다.

"미안하지만 그건 이루어지지 않아. 역시 겨울엔 추우니까 패딩을 수의로 입을래."

"화장터에 들어가면 더워. 패딩 필요 없을걸."

"그건 그래. 우히히히."

이런 대화가 웃긴지 눈물이 나도록 신나게 웃는 그녀를 보며 나도 따라 웃었지만 울고 싶은 걸 참느라 울대가 아팠다.

아침 7시. 수술실에 들어가기 전 수술 준비를 마치고 누워 있는 제이에게 한 사람씩 응원의 말을 건넸다. 고 여사는 의연한 태도로 딸의 손을 잡았다.

"아가야, 좋은 꿈 꾸렴. 잠에서 깨어나면 모든 건 달라져 있을 거야. 엄마는 여기에서 기다릴게. 꼭 엄마 옆으로 다시 돌아와야 해. 사랑한다."

소금 꽃이 핀 것처럼 하얗게 마른 입에 얇은 호스를 물고 누워 있는 제이의 모습은 내가 보기에도 가슴이 무너져 내릴 만큼 처참했다. 그녀는 하늘색 모자를 쓰고, 가느다란 전선과 호스들이 사방으로 꽂혀 있는 침대 위에서 홑이불 하나 덮은 채 추위에 덜덜 떨었다. 얼음장 같은 팔과 다리는 떨림이 멈추질 않았다. 그래도 울지 않고 씩씩하게 자신의 엄마를 위로했다.

"엄마, 걱정 마. 잘 다녀올게. 도로타, 나 괜찮으니까 엄마 좀 잘 돌봐드려."

제대로 움직여지지 않는 혀 사이로 목소리가 아슬아슬하게 새어 나왔다. 도로타는 휘청이는 고 여사를 부축해 병실 옆에 딸린 침실로 들어갔다. 나는 선물받은 분홍색 발레리나 토끼 다이어리를 꺼냈다. 제이는 천천히 눈동자를 움직여 나를 보았다. 어제 밤새 다이어리에 나름대로 정성 들여 쓴 버킷리스트를 눈앞에 들이밀었다.

"버킷리스트. 내가 죽기 전에 하고 싶은 것들을 적어왔어."

글씨를 알아볼 수 있는지 어떤지 몰라서 직접 읽어주었다.

"물론 여기 있는 모든 것들을 너랑 함께 할 거야. 너 수술 성공하면, 나랑 데이트해. 일단 놀이터부터 가자. 교복 데이트 때 못 했던 거 먼저 해야지. 날씨 따뜻해지면 놀이공원 가서 무서운 놀이 기구도 탈 거고, 너 데리고 예봉산 등산도 갈 거야. 등산할 때 마시는 막걸리가 제일 끝내주거든. 정상에서 패러글라이딩 어때? 네가 좋아하는 빨간 드레스 입고 한번 뛰어내려 보자. 그리스 어느 해변에 가서 결혼식도 다시 올릴 거야. 전에 못 했던 사랑의 맹세 기똥차게 해줄게. 감동의 눈물 펑펑 쏟아야 할 거다. 야경이 보이는 근사한 곳에서 밤새 취할 때까지 마시고 놀 거야. 네가 원했던 육체적 쾌락의 끝을 제대로 보여줄게. 너 닮은 딸도 낳아야 하고, 나 닮은 아들도 낳아야지. 아무도 없는 무인도에서 하루 종일 뒹구는 것도 내 버킷리스트야. 아이 러브 뉴욕 티셔츠를 입고 노을이 질 때쯤 해변에 앉아 우리의 미래에 대해 얘기할 거야. 20년 후, 30년 후를 상상하면서 밤하늘의 은하수를 보는 거지. 그게 내 소원이야. 이거 마법의 다이어리라며. 원하는 걸 적고 간절히 바라면 이루어진다고 그랬잖아. 믿어보려고."

그녀의 눈가를 따라 소리 없이 흘러내린 눈물방울이 어느새 베개를 흠뻑 적셨다. 심장이 할 수 없는 일을 눈이 대신하려고 애쓰는 양, 말로는 다 할 수 없어 하염없이 눈물만 흘리는 제이의 이마에 입을 맞추었다.

수술실로 들어가기 직전까지도 속삭였다. 괜찮을 거라고, 아프지 않을 거라고, 사랑한다고. 같은 말을 수없이 반복했다. 나를 보는 눈빛이 무엇을 의미하는지 알 수 없었다. 제이는 천천히 반지를 빼내어 내 손에 쥐여주었다. 그리고 겨우 알아들을 수 있는 목소리로 말했다.

"미안해."

제이를 들여보낸 후 나는 수술실 앞에 꼼짝없이 앉아 있었다. 미안하다는 제이의 마지막 말이 무슨 뜻인지 생각하느라 머리가 아파왔다. 작별 인사는 언제나 '고마워.'였는데 어째서 미안하다는 말을 한 걸까. 맡기고 간 반지를 손바닥 위에 올려놓았다. 새끼손가락에 끼워보려 했지만 손톱 끝에 걸려서 맞지 않았다. 잠시만 기다리면 제이를 볼 수 있었다. 궁금한 건 그때 물어봐도 된다.

길지 않은 수술이라고 했다. 그런데 뭔가 이상했다. 6~7시간이면 끝난다는 수술이 8시간이 지나도 끝나지 않았다. 벌써 시간은 오후 4시였다. 함께 기다리던 에이든은 나를 데리고 밖으로 나갔다. 밥을 먹자고 했다. 하루 종일 굶었어도 밥 생각은 전혀 없었다.

에이든이 커피를 사서 나에게 건넸다. 초조함에 입이 바짝 말랐지만 한 모금도 넘어가지 않았다. 어딘지 모르게 불안해 보이는 에이든의 태도가 나를 더 조마조마하게 했다.

휴대폰을 손에 들고 서성이던 그의 전화가 울렸다. 그는 전화를 받자마자 병원 안으로 뛰어 들어갔다. 나는 뜨거운 커피가 손등에 다 쏟아진 것도 모른 채 무작정 에이든을 따라 뛰었다.

그를 따라 도착한 곳은 수술실 앞이 아닌 제이가 있던 병실 앞이었다. 병실 안으로 들어가려는 나를 경호원 두 명이 막았다. 왜 막는지 이유도 몰랐다.

"왜 막아? 왜? 제이는? 제이야! 제이야!"

필사적으로 들어가려는 나와 막아서는 경호원들 사이에 몸싸움이 벌어졌다. 양쪽에서 두 명이 나를 결박했고 나는 사정없이 문짝을 발로 걷어찼다. 어떻게 된 상황인지 설명이 필요했다. 그것보다 제이를 봐야 했다. 무사한 얼굴을 봐야 내가 살 수 있을 것 같았다.

에이든은 망연자실한 얼굴로 벽에 기대앉아 고개를 숙였다. 문열라고 고래고래 소리를 질러대자 병실에서 임 실장이 나왔다. 얼굴은 눈물로 젖어 있었다.

"임 실장님, 제이 나왔어요? 어떻게 됐어요? 봐야 해요. 나 좀 들여보내 주세요."

"죄송해요. 전세계 씨에게 절대로 보여주지 말라는… 아가씨의 유언이라."

"유언이라니. 살았는지 죽었는지 봐야겠어요. 내 눈으로 봐야겠어."

살짝 열린 문틈으로 도로타와 고 여사의 흐느낌이 새어 나왔다.

"왜…."

나는 그 자리에 힘없이 주저앉았다. 눈앞이 암흑이었고 몸이 천천히 나락으로 떨어지는 기분이었다. 믿을 수가 없었다. 텅 빈 머리로 어떻게든 사태를 파악하려 애썼다.

이건 현실이 아니야. 현실일 리가 없다.

에이든은 넋이 나간 듯 중얼거리는 나를 부축했다. 집에 데려다주겠다는 말에 손을 뿌리쳤다. 제이를 봐야 했다. 내 눈으로 직접 보지 않고서는 죽었다는 사실을 절대로 믿을 수 없었다. 악에 받쳐 경호원에게 달려드는 나를 에이든이 말렸다.

그는 내 어깨를 잡고 소리쳤다.

"제이는 마지막 모습을 당신에게 보여주고 싶지 않다고 했어! 제이의 의사를 존중해요!"

사랑했다며. 어째서 보지도 않고 죽었다는 말을 쉽게 하는 건지 이해가 되지 않았다. 엄청난 혼돈 속에 갇혀 눈과 귀가 먹먹해졌다. 「트루먼 쇼」의 주인공처럼, 처음부터 나를 홀딱 속인 일련의 쇼라면 차라리 통쾌하게 웃어넘길 수 있을 텐데. 비현실적인 현실은 받아들이기 힘들었다.

"성공 확률이 50%라는 건 제이를 설득하기 위한 거짓말이었어요. 사실은 2%도 되지 않았어."

마치 질 거라 예상했던 게임 한 판을 끝낸 듯 담담한 그의 말에 분노가 치솟았다.

"제이를 속였어?"

"어쩔 수 없었어요. 수술받지 않아도 어차피 그녀는 죽었을 거예요."

에이든의 멱살을 잡아 벽에 밀쳤다.

"제이 살려내."

"더 이상 고통은 없을 거예요."

제이가 죽었다는 사실을 미처 흡수하기도 전에 끊어질 듯한 고통이 밀려왔다.

"살려내!"

"의사는 신이 아니에요."

34
그녀가 남긴 것

그의 눈 속 깊은 곳에 비친 나 자신을 볼 수 있었어요.
그런데 그가 죽었으니 아, 이젠 그럴 수 없잖아요.
—파울로 코엘료 「연금술사」

제이가 죽은 지 한 달이 지났다.

그녀는 눈에 발자국도, 세상에 이름도, 우주에 흔적도 남기지 않았다. 지금 심정을 말할 것 같으면 너무 아무렇지 않아서 내가 생각했던 것만큼 그녀를 대단하게 사랑하지 않았는지도 모른다는 착각마저 들 정도였다.

죽은 제이의 모습을 보지 못해서, 제이가 죽었다는 사실을 믿을 수 없어서 눈물도 안 나왔다. 슬픔을 느끼는 뇌의 한 영역이 고장 난 것 같았다. 단단한 얼음 호수에 돌을 던지는 것 같았다. 깨지고 금이 가도 녹을 줄을 몰랐다. 그녀를 사랑하는 일이 그랬다. 어쩌면 힘에 겨웠다.

나는 그녀를 가질 수 없었지만 그녀와 시간을 함께했다. 그것은 명백한 사실이었으며 사랑하기에 충분한 이유가 되었다. 그러나 시간은 나를 남겨둔 채 흘러가 버렸다. 지난겨울 그녀와 함께했던 짧고 굵은 시간은 한 편의 악몽처럼 느껴졌고, 꿈에서 깬 지금은 꿈속에서 헤맬 일말의 이유도 남아 있지 않았다.

제주도엔 청매화가 피었다는 뉴스를 보았다. 캔 맥주를 사기 위해 편의점으로 나오지 않았다면 오늘이 밸런타인데이라는 것도 몰랐을 것이다. 3주 만에 외출이라 그런지 바깥 풍경이 확연히 달라져 있었다. 눈으로 하얗게 덮여 있던 골목 구석구석은 반쯤 녹은 눈에 젖어버린 담배꽁초와 쓰레기들로 가득했고, 앙상한 가지들은 눈꽃을 털어내고 한층 더 볼품없이 초라해졌다.

2월의 하늘은 텁텁하고 볼거리가 하나도 없었다. 겨울과 봄 사이의 계절은 나만큼이나 초췌했다. 온 세상이 무채색으로 보였다. 회색이거나 옅은 회색이거나 짙은 회색이거나. 네 캔에 만 원짜리 세계 맥주를 품에 안고 편의점 유리에 붙어 있는 밸런타인데이 포스터를 물끄러미 보았다. 도대체 저 두 개의 둥근 봉우리와 계곡, 날렵하게 모아진 모서리가 심장의 어디와 닮았다는 건지. 하트 무늬를 디자인한 사람은 심장을 실제로 본 적이 없는 게 분명했다.

심장 이식 수술 동영상을 보고 나서 '문어 대가리' 같다는 감상 소감을 전달하자 '하트는 인간이 디자인한 것 중 가장 완벽한 무늬'라며 대칭이니 비율이니 곡선이니 하는 말을 늘어놓던 제이가 떠올랐다.

진열대에 한가득 쌓여 있는 초콜릿 박스들과 바구니도 발길을 잡았다. 역시 초콜릿은 녹여 먹기보다 무지막지하게 씹어 먹어야 어금니 사이에 다 끼고 맛있다. 문득 제이가 초콜릿 먹는 장면을 상상했다. 두 눈을 감고 사르르 녹는다는 표정을 지으며 오래오래 음미할 그녀의 얼굴이 그려지자 가슴 한편이 아려왔다.

이런 식이었다. 맹세코 나는 괜찮은데, 불쑥불쑥 나타나 자신의 존재를 각인시키는 제이 때문에 멀쩡하게 뛰던 심장이 이따금 멈추곤 했다. 내 것이기도 하고 아니기도 한 기억의 수렁에 빠져서.

맥주 캔이 든 봉지를 들고 집으로 돌아와 현관문을 열었다. 제이가 죽고 일주일간 나와 연락이 되지 않자 자유로와 차칸은 내 오피스텔 도어 록을 강제로 뜯었다. 뜯긴 도어 록은 귀찮아서 다시 달지 않았다. 문은 잠그지 않아도 상관없었다. 누가 들어오든 나가든 뭘 훔쳐가든 그런 것들은 중요하지 않았다. 이미 중요한 무언가를 잃어버린 채 살고 있었으므로.

집 안에 들어서자 자유로가 와 있었다. 자유로는 거의 매일 오피스텔에 들러, 내 상태를 확인했다. 도대체 무슨 상태를 확인하겠다는 건지. 2주 내내 지나는 길에 들렀다는 핑계를 대고 있지만 녀석의 집과 일터는 오피스텔과 완전히 반대쪽에 있었다. 유로는 현관에 들어서는 나를 보고 눈살을 찌푸렸다.

"어우, 집이 왜 이렇게 추워. 보일러 안 돌렸어?"

나는 냉장고에서 물을 꺼내 마신 뒤 창가에 놓인 제이의 화분에게도 물을 조금 주었다. 밤새 목이 말랐을 것이다. 전기 포트에 미지근하게 물을 데워서 홍차를 우렸다. 은은하고 향긋한 홍차 향이 기분 좋게 퍼졌다. 침대에 앉아 있던 자유로가 찻잔을 받으려 손을 내밀었지만 홍차는 새싹들을 위한 것이었다.

얼마 전 새싹에서 손톱 크기만 한 떡잎이 나왔다. 그게 손댈 수 없을 만큼 사랑스러워서 얘만 보면 나도 모르게 웃음이 났다. "호." 하고 입으로 바람을 불면 옆으로 쓰러졌다. 그랬다가도 다시 생기 발랄하게 제자리를 찾는다.

야리야리한 새싹이 참 도도하게도 생겼다. 누구 닮았니? 어쩜 그리 예쁘니? 조록조록 홍차를 먹여주면 좋아서 잎을 포르르 떤 다. 나도 모르게 웃음이 났다. 등 뒤에서 한숨 반 소리 반 섞인 목 소리가 들렸다.

"와… 저 새끼 어떡하냐…. 전세계, 그러지 말고 이제 일도 끝났 으면 당분간 집에 내려가 있는 건 어때? 내가 어머니께 전화 드려?"

유로는 포장해 온 도시락을 테이블 위에 꺼내놓으며 나에게 본가 로 내려가 있으라고 했지만 그것마저 귀찮았다. 혼자 있고 싶었다.

"전화하지 마."

"아무것도 안 해도 상관없는데 밥은 좀 먹어."

"배가 안 고파."

침대로 풀썩 다이빙한 후 이불을 뒤집어썼다. 배가 고프지 않다 는 건 사실이었다. 음식을 입에 넣으면 모래를 씹는 것처럼 껄끄러 웠다. 침샘이 고장 났는지 침이 고이질 않아 안 그래도 병원에 가 볼 생각이었다. 유로는 내 등에 대고 신경질적으로 물었다.

"너 지금 한 달 내내 이러고 있는 거 알아?"

머리가 지끈지끈 울렸다.

"상관없잖아."

"넌 네 인생을 살아야지. 제이 죽었다고 세상이 멈춘 거 아니거든?"

"그냥 좀 이러고 있자. 다 귀찮아. 딱히 할 것도 없고."

한 달 전, 제이가 죽었다는 얘기를 꺼냈을 때 자유로와 차칸은 근처 병원과 장례식장을 죄다 뒤졌다. 그러나 어디에서도 그녀를 찾을 수 없었다. 제이의 전화는 없는 번호였고 임 실장의 전화기는 꺼져 있었다. 엠파이어 호텔로 찾아갔다. 엘리베이터를 탔지만 펜트하우스로 가는 'P' 버튼은 눌러지지가 않았다. 몇 번을 눌러도 고장 난 것처럼 먹통이었다. 프런트 직원에게 물어보자 펜트하우스는 현재 비어 있는 상태라고 했다.

그녀를 만났던 일이 꿈이었는지 아니면 이 상황이 꿈인 건지 구별이 되지 않았다.

"이거… 꿈이야?"

자유로는 손으로 내 뒤통수를 갈겼다.

"어때? 아프냐?"

"아니…. 감각이 없어. 이거 진짜 꿈이야?"

"와, 이 새끼 미쳤네. 야, 칸쵸. 전세계 이상해. 완전 미친놈 같아. 병원 데려가 봐야 하는 거 아니야?"

유로와 칸은 나를 진심으로 걱정했다. 제이 때문이 아니라는데도 믿지를 않는다. 나는 정말 괜찮았다. 그녀가 보고 싶지도, 슬프지도 않았다. 그냥 모든 게 귀찮을 뿐이다. 무기력한 내 모습이 나조차도 한심했지만 그래도 어쩔 수가 없었다. 어떤 의욕도 생기지 않았다.

냉소 섞인 유로의 목소리가 들려왔다.

"걔가 너한테 남긴 게 이거밖에 없어?"

그녀가 남긴 건 그녀 모양의 커다란 구멍이었다. 그녀가 박혀 있던 자리에 커다란 구멍이 남았다. 바람이 불 때마다 시리고 추워서 이불 밖으로 나갈 수가 없다. 사랑이라는 말에는 온도가 있었고 그걸 빼앗기면 춥고 암담한 상태에 빠지게 된다는 걸 알았다.

조금만 덜 사랑할 걸 그랬다. 너무 열심히 그 시간을 살지 말 걸 그랬다. 세상 사람들이 '사랑, 사랑' 하길래 엄청나게 대단한 건 줄 알았는데. 알고 보니 후유증밖에 남는 게 없는 시시한 정신병이었다.

이 권태로움은 대체 뭘까. 어떤 것에도 구속받지 않는 완벽한 자유로움 속에서 느껴지는 뭔지 모를 답답함과 불안. 어디든 갈 수 있고 무엇이든 할 수 있었지만, 어디에도 가고 싶지 않고 무엇도 하고 싶지 않았다.

제이가 머물다 간 자리에는 뭔지 모를 뜨거운 냄새가 남아 있었다. 그 냄새에는 환각 작용이 있어 무의식에 푹 잠겨 있을 때는 우리가 여전히 함께 있는 것 같은 환상에 빠지기도 했다.

자유로가 돌아간 후, 나는 꿈을 꾸었다. 제이는 나에게 오로라를 보러 가자고 했다. 우리는 손을 잡고 하얀 눈 속을 걸었다. 아무 말 없이 매우 오래 걸었다. 북극의 하늘은 짙은 보랏빛이었다. '이쯤이면 오로라를 볼 수 있을 거야.' 제이는 걸음을 멈추고 먼 곳을 응시했다. 아지랑이처럼 스멀스멀 피어오르는 오로라가 눈에 가득 들어왔다. 진한 보라색 하늘에 형광 물결이 넘쳐흘렀다. 새벽 별들을 거슬러 넘실거리는 기이한 네온 빛을 보는데, 내 가슴이 두근거렸다.

너무 아름다워서, 그다음에는 이 풍경이 너무 비현실적이어서, 어느 순간 내가 꿈을 꾸고 있다는 사실을 명백하게 깨달아버려서, 내 앞에 웃고 있는 제이를 보면서도 제이가 죽었다는 것을 알 수 있어서 가슴이 먹먹했다.

오후의 자각몽은 지독하게 달콤했다. 깨지 않으려 끝까지 꿈의 자락을 잡고 매달렸다. 꿈과 현실 어디쯤을 헤매고 있을 때 쿵쿵쿵 현관문을 두드리는 소리와 동시에 문밖에서 우렁차게 내 이름을 부르는 목소리가 들려왔다.

"전세계 씨!"

나는 즉각적으로 현실에 내동댕이쳐졌다.

"전세계 씨! 우체국이요!"

현관문을 열었다.

"등기요. 여기 사인 좀."

집배원이 건네주는 작은 상자를 들고 방 안으로 들어왔다. 올 것이 없는데 어디에서 온 걸까.

보낸 사람을 확인하는 순간 찬물을 뒤집어쓴 것처럼 정신이 번쩍 들었다. '고은아', 제이의 어머니였다. 나는 떨리는 손으로 다급하게 상자를 열었다. 손이 심하게 떨려서 상자를 뜯는 손길이 더디기만 했다.

상자 안에는 제이의 영상이 담긴 USB와 다이어리가 들어 있었다. 하늘색 가죽으로 된 겉표지를 제외하고 다이어리 속지는 마치 물에 푹 젖었다 말린 것처럼 우글우글했다. 후루룩 넘겨봤지만 온

통 여백뿐. 날짜만 적혀 있는 페이지가 대부분이었다.

노트북을 켜고 USB를 꽂았다. 동영상을 재생시키자 화면 가득 빨간 드레스를 입은 제이가 등장했다. 그녀가 연출하고 내가 촬영한 단편 영화였다. 15분짜리 영상을 보면서 촬영했던 당시를 떠올렸다. 푸른 초원과 파란 하늘이 맞닿은 곳에서 죽고 싶다던 그녀는 결국 병원의 수술실에서 죽었다. 생전에 가장 꺼리던 장소였다.

그녀는 나에게 죽고 싶을 정도로 멋진 풍경을 만나는 날이 올 거라고 했다. 먼 훗날 원하는 멋진 장소에서 생의 마지막을 맞게 된다면 그녀에게 미안할 것 같다. 넌 그러지 못했는데 난 이곳에 있구나. 죽는 그 순간까지도 그녀를 떠올리게 되겠지. 예봉산 정상에서 빨간 드레스를 휘날리던, 쏟아지는 별빛 아래에서 마주 선, 하얀 드레스에 석류를 뚝뚝 흘리던 제이. 얽혀 있던 기억의 조각들이 헤집고 나왔다.

수술실에 들어가기 직전 하염없이 울던 그녀의 얼굴을 떠올렸다. 그때 손을 잡아주지 못한 게 마음에 걸렸다. 수술이 끝나고 나오면 수고했다며 잡아주고 싶었는데 역시나 해야 할 일을 미루면 안 되는 거였다. 지난 기억에 빠져 허우적대고 있을 때 영상은 끝이 났다. 허공으로 흩어져 있던 초점을 찾아 모았다. 모니터 창을 닫으려 마우스에 손을 올리는 순간 USB에 들어 있던 두 번째 영상이 자동으로 재생되었다.

"세계 오빠."

제이였다. 말갛게 예쁜 얼굴로 병실 소파에 앉은 그녀가 화면에 나타났다. 나는 홀린 듯 노트북에 눈을 고정했다. 뜻밖의 영상 편지에 심장은 몸 밖으로 튀어나오기 일보 직전이었다. 화면 속 제이는 청량한 목소리로 나에게 인사했다.

"오빠. 하하하. 오빠라고 부르려니 어색하네. 그냥 부르던 대로 부를게. 전세계! 네가 이 영상을 본다는 의미는… 수술실 밖으로 나오는 내 마지막 모습을 보지 못했다는 뜻일 거야. 나를 잊어달라고 해놓고 내가 주인공인 영화를 남기고 가다니 나 정말 웃기지? 다른 뜻은 없어. 혹시 누군가 내 영화를 보게 된다면 왠지 죽어서도 부끄러울 것 같아서 너에게 맡기는 게 제일 낫겠다 싶었어. 영상을 다 본 후에 USB는 폐기해도 좋아."

그녀는 잠시 말을 멈추고 시선을 창밖으로 돌렸다. 눈물을 참고 있었다.

"우리 처음 버킷리스트를 시작하던 날 기억나? 전나무 숲에서 내가 너에게 기적을 경험한 적 있냐고 물었지. 세상에는 두 가지 삶이 있다고 해. 기적이 존재하지 않는다고 믿는 삶과 모든 것이 기적이라고 믿는 삶. 너에게 꼭 전하고 싶은 얘기가 있어. 언젠가 먼 훗날… 기적을 마주하게 되는 날이 오면… 그땐 놀라지 말고, 웃어줘."

웃고 있는 제이의 코끝이 빨갛다.

"삶은 하나의 아름다운 놀이라고 생각해. 놀이에는 항상 규칙이 있지만 진정한 재미는 그 규칙을 위반하는 것에서 나오는 거 아니겠어? 무언가에 얽매이지 말고 재미있게 놀이를 즐겼으면 좋겠어. 우리는 삶을 구경하러 온 구경꾼들이 아니니까."

일부러 밝은 척 웃는 제이의 얼굴이 뿌옇게 흐려졌다.

"먼저 죽어본 선배로서 충고하는데, 절대로 사는 걸 미루지 마. 네가 내일로 미룬 오늘 하루는 내가 너무도 살고 싶었던 하루였다는 걸 기억해."

가슴이 먹먹했다.

"약속 꼭 지켜! 울지 말고. 씩씩하게 밥 잘 먹고. 내 핑계 대고 빈둥빈둥 침대에 누워만 있는 거 아니지? 툭툭 털고 나가서 하고 싶은 일을 찾아. 지금 당장! 그리고 예쁜 여자 만나서 데이트도 하고 오늘이 마지막인 것처럼 뜨겁게 포옹하고 입 맞추고 작별해. 이 영상이 끝나는 순간부터 나는 완전히 잊는 거야. 알았지?"

내 눈에서 기어코 뜨거운 눈물이 후드득 떨어졌다.

"이제 진짜 마지막 인사야. 덕분에 행복한 기억 가득 안고 갈 수 있어서 정말 고마워. 비록 100일의 계약은 다 채우지 못했지만. 함께 했던 50일 잊지 못할 거야. 작별 인사를 할 때마다 미처 말하지 못한 한 마디 때문에 늘 아쉬웠는데. 끝까지 그 말만큼은 하지 않을래. 그 말을 해버리면 나 너무 살고 싶을 것 같아서. 그럼 내가 너무 불쌍하잖아. 하하. 안 되겠다. 빨리 끝내야겠다."

그녀는 다급하게 말을 마무리 지었다.

"전세계, 건강하게 잘 지내. 내가 선물한 다이어리가 마법의 다이어리라는 거 의심하지 말고. 그럼 안녕!"

눈물 고인 얼굴로 활짝 웃으며 손 키스를 마구마구 날리는 제이. 나는 손끝으로 화면 속 제이의 볼을 더듬었다. 영상은 끝이 났고 창은 닫혔다. 그 순간, 물을 가득 담고 있던 댐이 무너져 내리듯 모든 것이 한꺼번에 터져 나왔다. 노트북을 부서지도록 힘껏 가슴에 끌어안았다.

"흐흐흑. 제이야… 제이야… 으흐흐흑…. 아아… 제이야!"

그제야 그녀가 죽었다는 사실이 내 모든 감각을 휩쓸었다. 그녀의 부재가 가슴속 깊이 스며들어 무감각했던 영역을 깨웠다. 소나기처럼 굵게 쏟아지는 눈물을 닦을 생각도 하지 못하고 괴로워했다. 절절하게 이름을 불렀지만 대답은 없었다. 그렇게 울고 말았다. 태어나 처음으로 오열했다. 목이 메어서 들이마시는 숨이 꺽꺽 끊겼다. 마냥 슬펐다. 고장 난 줄 알았는데 사실은 참고 있었던 거였다. 내 몸이, 내 마음이 나를 참담한 슬픔에서 지켜내느라 꾸역꾸역 참고 있었던 것이다.

"으아아아… 왜… 흐흐흑… 왜…."

난생처음 심장에 깊숙이 박혀버린 한 사람 때문에 이렇게 무너져 버릴 내가 두려웠던 거다. 이건 정말 너무하다는 생각이 들었다. 이럴 줄 알았다면 그날 그 자리에 나가는 게 아니었는데. 다 큰 성인 남자의 몸에서 쏟아지는 눈물은 나도 처음 보는 낯선 것이라 어떻게 해야 할지 몰랐다. 그 눈물들을, 나로서는 어떻게 할 수가 없었다. 이 모든 것이 지나가기만을 기다릴 뿐이었다.

"제이야…. 으흐흐흑…."

약하게 떨리던 심장 소리, 투명한 눈빛, 차가운 손끝, 따뜻한 체온, 내 이름을 부르던 목소리. 어떤 거라도 좋으니 하나만은 남기고 갔으면….

영상을 반복 재생시켰다. 눈물이 바닥을 드러낼 때까지 그녀를 그렸다. 밤을 새워 울었는데도 시원하지가 않았다. 물에 젖은 솜처럼 몸도 마음도 묵직하게 가라앉았다. 홍수가 휩쓸고 간 자리에는 황량한 풍경만이 남아 있었다.

새벽녘이 되었을 때 침대에 누워 붉어진 눈으로 다이어리를 펼쳤다. 다이어리 앞부분에는 제이의 버킷리스트가 적혀 있었고 우글우글한 종이에는 물 자국 같은 얼룩이 있었다. 이걸 왜 보낸 거지? 누워서 후루룩 다이어리를 넘기는데 얼굴 위로 작은 메모지가 떨어졌다.

-제이가 부탁한 건 USB 하나였지만, 다이어리도 함께 보낼게.
제이의 선택을 이해할 수 있을 거라 믿는다.-

고 여사의 메모였다. 다시 한번 다이어리를 넘겨보았다.

비어 있는 페이지를 자세히 들여다보니 희미한 연필 자국이 보였다. 벌떡 일어나 불빛에 비춰 보았다. 미처 지워지지 않은 글씨 자국들이 가득 눈에 들어왔다. 이게… 뭐야? 나는 다이어리를 챙겨 들고 밖으로 나갔다.

아침 6시. 자고 있는 자유로를 흔들어 깨웠다.

"이거 어떻게 복원하지? 어? 야, 일어나 봐!"

자유로는 있는 힘껏 짜증을 내며 잠에서 깨어났다.

"하아… 전세계… 미친놈아. 지금 시간이 몇 신데."

"글씨 지워진 거 이거 어떻게 볼 수 있냐고."

"그걸 왜 나한테 물어. 인터넷 검색해 봐."

"제이가… 다이어리를 남겼어."

귀찮다는 듯 이불을 뒤집어쓰고 있던 유로가 번쩍 눈을 떴다.

나와 자유로는 칸이 일하는 스튜디오로 향했다. 부스스하게 슬리퍼를 끌고 나온 칸은 컴퓨터와 연결된 자외선 카메라로 다이어리를 찍어 파일로 저장했다. 저장한 파일을 포토샵으로 조정하자 비어 있던 흰 종이 위에 파란 글씨들이 마법처럼 나타났다.

우리의 예쁜 추억이 그에게 아픈 기억으로 남을까 두렵다.

죽어가는 여자의 일기장에 사랑에 관한 이야기만 가득하다면 웃을 수도 있겠지.

나는 죽기 전 그에게 사랑한다는 고백을 할 수 있을까.

얼핏 보이는 글만으로도 심장은 이미 십만 번을 다 뛴 것 같았다. 칸은 파일들을 프린트했고, 나는 제이의 다이어리와 20쪽 분량의 A4 용지를 챙겨서 집으로 돌아왔다. 침대에 기대앉자마자 첫 페이지를 읽었다.

35
제이의 일기장

파도가 바다의 일이라면
너를 생각하는 건 나의 일이었다.
— **김연수「파도가 바다의 일이라면」**

20XX년 12월 XX일

신문 광고를 낸 건 2주 전. 걸려온 전화 대부분은 '폰팅'이라든가 '즉석 만남'이라는 묘한 뉘앙스의 단어를 뱉어내는 능글능글한 목소리들뿐이었다. 얼마 줄 거냐고 묻는 그 소름 끼치는 질문에 전화를 끊어버리고 광고를 즉각 중단했다. 이런 식으로 남자 친구를 구하는 건 역시 어리석은 방식이었지만 다른 방법도 없었다.

닥터 오가 엄마에게 하는 말을 들었다. 3개월. 내 심장이 버틸 수 있는 시간은 최대 100일 남짓이고, 그 전에 심장 이식 수술을 받지 못하면 가망이 없다고 했다. 엄마는 꼬박 이틀 밤을 지새우며 울었다. 엄마에게도 기분 전환이 필요한 것 같고 나에게도 혼자만의 시간이 필요해서 여행을 보내드렸다. 지금부터 나는 내 인생의 마지막을 준비할 예정이다. 매우 비장하게!

20XX년 12월 XX일

그의 전화를 받은 건 어제. 책상에 앉아 버킷리스트 작성을 거의 마쳐갈 때 즈음이었다. 휴대폰에서 흘러나오는 목소리는 낮고 나른했다. 얼굴도 모르는 그 목소리에 이상하게도 심장이 두근거렸다. 우리는 약속을 잡았다.

약속 장소에 나타난 그는 솔직히 말하자면 Terrible(끔찍해)! 약속 시간을 30분이나 늦은 것도 모자라 트레이닝팬츠에 푹 눌러 쓴 후드 티라니. 집 앞에 쓰레기라도 버리러 나온 사람처럼 정말이지 매너라곤 찾아볼 수 없었다.

이마를 덮은 헝클어진 앞머리 사이로 약간은 장난스러운 눈빛이 까맣게 빛났다. 모델이라고 해도 믿을 만큼 큰 키에 입체적인 콧날, 과감하게 올라간 입꼬리는 유쾌한 기운이 감돌았지만 슬리퍼 사이로 삐져나온 발가락은 도무지 용서할 수 없다.

매력적인 외모와 다르게 껄렁껄렁 태도와 헝클어진 모습 사이에는 뭔가 모순되는 점이 있었다. 얼빠진 남자들에게서 흔히 볼 수 있는 허세나 비굴함 대신 솔직함이 느껴졌다. 대충 걸쳐 입은 후드 티와 트레이닝팬츠도 잘 어울렸지만 슈트를 입은 모습은 어떨지 궁금했다.

그나저나, 어째서 그 남자에 대해 이렇게 자세하게 쓰고 있는 거지?

20XX년 12월 XX일

역시 슈트가 잘 어울렸다. 의심 가득한 그를 놀리는 건 매우 재미있었다. 그는 나에게 이런 계약을 맺은 이유가 뭐냐고 물었다. 자세히 설명하고 싶지는 않았다. 내가 심장병 환자라는 것과 살날이 얼마 남지 않았다는 것에 대해.

시한부라는 사실을 알게 된 대부분의 사람들은 어쩔 줄 몰라 하며 진심 어린 동정의 말을 건넸다. 그러면 나는 내가 죽는다는 사실이 괜히 미안해지곤 했다. 그래서 적당히 얼버무렸다. 세계 평화와 인류의 행복을 위한 일을 할 거라고. 그의 표정이 점점 심각해졌다. 모든 감정이 얼굴에 고스란히 드러나는 순진함에 웃음이 났다. So cute!

20XX년 12월 XX일.

제주도에 다녀온 저녁부터 몸이 좋지 않았다. 혼자 있는 동안 그와 함께한 시간을 반복적으로 떠올렸다. 사다리에서 떨어진 순간, 제주도 백사장에서 그에게 안겼던 순간. 그는 내 눈을 오랫동안 들여다보았다. 왜 그랬을까? 궁금해. 가슴이 울렁거렸다.

닥터 오는 엄마에게 나를 입원시키는 게 좋을 것 같다는 말을 했다. 병원이라면 지긋지긋해. 만약 지금 병원으로 들어가게 되면 다시는 살아서 나오지 못할 것만 같은 예감이 든다.

이런저런 생각에 잠들지 못하고 그에게 전화를 걸었다. 할까 말까 망설인 건 나도 모르는 이유에서였다. 와달라는 내 말에 달려온 그를 보고 매우 기뻤다. 옷차림을 보고 놀라긴 했지만 그건 그의 사생활이니까.

심장이 아프다는 이야기를 했다. 그에게만큼은 모든 걸 털어놓아도 괜찮을 것 같았다. 왜냐하면, 아무 생각도 없어 보였기 때문이다. 멍한 표정으로 "그랬구나, 그랬었구나." 중얼거리는 그의 말은 신기하게도 그동안 내가 들었던 어떤 대단한 위로의 말보다 더 큰 위로가 되었다.

그가 내 눈앞에 얼굴을 가져왔다. 그건 조금 위험했다.

급하게 그를 돌려보냈다. 엄청난 Play boy가 분명해.

20XX년 12월 XX일

도시락 100개를 완성! 그리고 그와 다퉜다.

지금 내가 가진 것들 대부분은 죽은 뒤에 필요 없는 것들이다. 죽은 뒤에 유일하게 가지고 갈 수 있는 건 '기억'밖에 없다. 되도록 내가 가진 모든 걸 내주고 아름다운 기억을 남기는 것이 버킷리스트의 meaning(중요성, 가치)이다. 죽을 때 가져갈 기억이 아름답다면 그보다 행복한 죽음은 없을 테니.

그는 이런 내 마음을 모른다. 내가 하는 일은 노동이 아니라 사랑이라는 것을. 사랑만 하기에도 너무 벅차서 다른 걸 할 수조차 없는데. 사랑이 뭔지 알기나 하냐는 그의 질문에 마음이 아팠다. 나는 사랑을 하기 위해 살아가고 있고, 사랑만이 내가 살아 있는 이유라고 생각한다.

심장이 말을 듣지 않았다. 결국은 보여주고 싶지 않은 내 모습을 보이고 말았다. 마음처럼 움직이지 않는 내 몸이, 내 심장이 너무 원망스러웠다. 나를 보는 그의 눈빛이 싫었다. 보이지 않는 어떤 존재를 본 듯한 그 눈빛은 나를 이 세상 사람이 아닌 것처럼 느끼게 했다. 이런 모습을 보이느니 차라리 죽는 게 나을지도 모른다는 생각마저 들었다.

눈물은 참았다. 일일이 울어버리면 끝도 없었다. 남은 시간 동안 매일 울기만 할 수는 없으니 울지 않기로 했다. 다시 한번 위로받고 싶었다. 용기 내서 손을 내밀었다. 그의 손은 크고 따뜻했다.

20XX년 12월 XX일

아침에 장미꽃을 들고 찾아온 그는 내 마음을 또다시 울렁이게 했다. 전에 한 번도 느껴본 적 없는 기쁨이었다. 알 수 없는 울렁임과 두근거림을 표현할 적당한 단어를 사전에 검색해 보았다.

[설레다 : 마음이 가라앉지 아니하고 들떠서 두근거린다.]

확실히 나는, 그를 기다리면서 설레었다. 그를 만난 후 매일 묘한 두근거림을 느꼈다. 엄마와의 만남으로 그가 상처를 받은 건 아닌지 걱정되었다. 그리고 다시는 나를 보려고 하지 않을 것 같아서 밤새 잠을 설쳤다. 다시 와줘서 진심으로 기뻤다. 우리는 손을 잡고 놀이공원 데이트를 했다. 그의 손은 따뜻해서 잡고 있으면 그 온기가 내 마음 깊은 곳까지 가득 퍼진다.

20XX년 12월 XX일

내 첫사랑 얘기를 듣는 그의 표정이 너무 재미있어서 이를 닦다 말고 웃음이 터졌다. 눈썹이 애벌레처럼 꿈틀꿈틀했다. 난 그의 첫

사랑이 더 궁금해.

그는 정말로 내가 하고 싶은 일을 하라고 했다. 버킷리스트에 있는 것들은 가짜가 아니다. 다만 진짜를 빠트렸을 뿐이다. 나는…
사랑이 하고 싶다.

20XX년 12월 XX일

선물을 포장하다가 포장지에 손을 베였다. 그는 내 손가락에 밴드를 붙이고 입김을 불었다. 그 순간 심장이 멈추는 기분이 들었다. 그의 입술이 내 손끝에 닿았을 때, 잔잔한 울렁임은 거대한 파도처럼 나를 덮쳤다.

키스하고 싶어. 주체할 수 없을 정도로 두근거리는 심장을 움켜쥐고 도망치듯 방으로 올라와 버렸다. 나는 그를 사랑할 수 없다. 너무 깊이 빠져버리면 안 된다. 머리로는 그렇게 생각했지만 마음은 하나도 진정이 되지 않아 가슴이 터질 것만 같았다.

20XX년 12월 XX일

새벽 6시. 오늘은 산타 행사를 하러 병원에 갈 예정이다. 어제 그렇게 올라와 버린 나 때문에 그 역시 혼란스러울 것 같다. 아마 나를 엄청나게 변덕스러운 여자라고 생각하겠지. 이유를 설명할 수 없으니 아무 일도 없었던 것처럼 행동하는 수밖에. 오늘도 파이팅!

오전에 산타 행사를 무사히 마치고 돌아왔다. 선생님들도 모두 건강하게 잘 지내시고, 무엇보다 산타를 엄청난 호응으로 반겨주셔서 뿌듯했다. 산타가 누구냐는 물음에 남자 친구라고 대답해 버렸다. 내가 왜 그랬지?

평소엔 바보 같은 표정을 지으면서도 다른 사람들 앞에서는 전혀 그렇지 않아서 신기했다. 꽤나 진지하고 어딘지 모르게 섬세한, 캐럴을 부르는 목소리는 마치 달콤한 캐러멜이 녹아내리는 것 같았다. 나는 너무 긴장되어서 그와 눈이 마주칠 때마다 가사를 잊어버렸다. 그래서 최대한 눈을 마주치지 않고 가사를 더듬어 가며 불렀는데 잘했는지 어떤지는 모르겠다.

노래를 마치고 웃는 그의 모습은 조금 clawsome(짱이다). 여자들의 시선이 온통 그에게 쏠려 있었다. 이럴 바에는 수염을 쓰고 있는 게 훨씬 나았다.

오후에는 정말 바빴다. 결혼식을 하기로 마음먹었다. 그를 만나기 전까지 버킷리스트에는 없었던 일정이다. 나에게 시간이 얼마 남지 않았다면, 정말로 죽기 전에 꼭 해보고 싶은 한 가지를 하라면 나는 어쨌든 결혼식을 하고 싶다. 신랑 역할도 있으니 장소만 섭외하면 되는 일이었다.

주디가 여기저기 전화를 걸어 결혼식을 당장 할 수 있는 가장 가까운 교회를 알아보았다. 내가 입고 싶었던 드레스를 찾느라 서울 시내에 있는 모든 드레스 숍에 전화를 걸었다. 당나귀까지 섭외 완료!

20XX년 12월 23일

우리의 결혼식 전날. 진짜 결혼식도 아닌데 잠이 오질 않는다. 드레스 피팅을 마치고 그와 극장에 갔다. 영화는 세 편 모두 새드 엔딩이었다. 어떤 이유로든 완전한 사랑은 없었다. 시작하기 전에 끝이 났고, 시작한 후에 끝이 났다. 결혼하기 전에 헤어졌고, 결혼한 후에 헤어졌다. 죽기 전에 이별했고, 죽음으로써 이별했다. 영원한 사랑은 존재하지 않았다. 그게 너무 슬펐다.

그와 걸으며 이런저런 이야기를 나누었다. 알랭 드 보통의 책 《왜 나는 너를 사랑하는가》에 나온 '달걀 프라이' 이야기를 해주었다. 혹시라도 그가 나를 이상한 여자로 볼까 봐 사실은 겁이 났다. 너무 제멋대로인 내가 조금은 비정상으로 보일 수도 있으니까.

사람은 누구나 자신만의 세계가 있고 착각 속에 빠져 살아가고 있지만 기꺼이 그걸 이해하고 함께해 주는 사람으로 인해 정상적인 삶을 살아갈 수 있다는 걸 그가 알아주길 바랐다.

나는 찢어질까 봐 혹은 노른자가 새어 나올까 봐 어디에도 앉지 못하는 달걀 프라이다. 상처받을까 봐 사랑하지 못하고 죽을까 봐 내일을 약속하지 못하는 겁쟁이. 한순간의 꿈속에서라면 사랑을 하고 영원을 약속할 수 있을 텐데.

나의 토스트가 되어주길 = XXX

여기에서는 절대로 그의 이름을 밝히지 않겠다.

20XX년 12월 25일

일기장을 펼치는 순간, 누군가 내 버킷리스트에 손댄 흔적을 발견했다. 까맣게 지워져 있는 건 내가 큰맘 먹고 써놓은 항목이었다. 물론 실제로 할 생각은 없었지만.

누굴까? 주디나 도로타가 내 물건에 손댔을 리는 없고, 엄마 역시 그럴 분이 아니다. 내가 아는 사람 중에 이런 짓을 할 사람은 한 사람밖에 없다. 정말이지 능청스럽고 뻔뻔한 남자다. 이건 왜 지웠 대? 설마 내 일기를 모두 본 건 아니겠지? 그랬다면 죽은 뒤에 처녀 귀신이 되어서 평생 괴롭혀 줄 테다.

우리는 어제 결혼식을 올렸다. 그가 내 손에 반지를 끼울 때 나는 우는 것밖에 할 수가 없었다. 사랑이었다. 무너져 가는 내 심장이 그걸 증명했고, 더 이상 나 자신을 속일 수 없었다. 나의 맹세는 거짓이고 진실이었다.

사랑을 깨닫게 된 순간이 내 인생에 가장 고통스러운 순간이었다는 걸 그는 알까? 끝이 정해진 사랑만큼 애달픈 사랑이 또 있을까. 그 끝은 나의 죽음이라는 사실이 나를 힘들게 했다. 행복해서 죽기 싫다는 말은 진심이었다.

그의 부모님을 뵈었다. 나에겐 매우 큰 의미였다. 웃음이 너그러우신 아버지와 다정다감하신 어머니. 이렇게 온유한 집안에서 자란 그는 절대로 나쁜 사람일 리가 없다(비록 여자를 울리는 데 있어서 프로이긴 하지만…). 문득 돌아가신 아빠가 그리웠다. 잠시나마 그와 한 가족이 되는 꿈을 꾸었다.

그의 방은 나에게 '성지'와도 같았다. 철저한 그의 영역에 들어선 기분은 말로 설명할 수 없었다. 마치 내가 매우 특별한 순례자가 된 것처럼 그 방을 관람했다(관람했다는 표현이 맞는지 모르겠다. 사실은 '가차 없이 뒤졌다.'라든가 '인정사정없이 파헤쳤다.'라고 표현해야 맞다).

어릴 적 사진을 보았다. 우리가 조금 더 일찍 만났더라면 어땠을까? 우리에게 주어진 시간이 100일이 아닌, 10년이었다면 조금은 덜 조급하고 더 가까워질 수 있었을 텐데. 얼마 전까지만 해도 나와 전혀 상관없었던 하나의 '세계'가 합쳐졌다. 그가 소유한 모든 것, 그의 과거와 기억까지 전부 알고 싶어졌다.

20XX년 12월 27일

병원에 왔다. 내 방 침대에서 잠이 들었는데 눈을 떠보니 병원이었다. 언제라도 잠드는 순간이 내 마지막 순간이 될 수 있다는 사실을 다시 한번 뼈 부러지게(?) 느꼈다. 다 죽어가는 끔찍한 몸뚱이로 사랑 타령이라니. 주제도 모르고 연애나 꿈꾸는 내가 정말 한심하고 부끄러웠다.

이제는 그도 확실히 알았을 것이다. 나는 환자이고, 곧 죽을 거라는 걸.

중환자실에 누워 있는 내 모습을 보여주고 싶지 않았는데 결국 밑바닥까지 들키고 말았다. 산송장과 다름없는 소름 끼치는 모습에 아마 정이 떨어졌겠지. 울고 싶지만 울 수조차 없다. 약해지면 무너져 버릴 것 같아서. 강하게 끝까지 내 생명을 붙잡고 싶다.

평범한 사람이 되고 싶다. 그냥 평범한 사람이 되고 싶다. 나는 왜 이렇게 태어났을까? 나는 왜 이렇게 죽어야 할까? 다시 태어난다면 내가 가진 모든 것을 포기하고 오직 건강한 생명력만 가지고 태어나고 싶다. 들판의 풀꽃으로 태어나도 좋다. 밟히고 꺾여도 절대 죽지 않는 강인한 생명력으로 숨 쉬고 싶다.

그와 단둘이 있고 싶어서 엄마와 주디에게 자리를 피해달라고 부탁했다. 엄마는 그를 진심으로 걱정했다. 아빠가 돌아가신 후 엄마는 세상 모든 것을 잃은 깊은 슬픔과 상실감에 빠졌다고 한다. 사랑하는 사람을 잃은 고통을 직접 겪었기에 차마 그에게 손을 내밀 수 없는 엄마의 마음을 나는 이해할 수 있었다. 나 역시 그가 나 때문에 아파하거나 슬퍼할 것을 원치 않는다. 그는 강한 남자니까. 절대 그럴 일은 없을 것이다.

20XX년 12월 28일

어젯밤 악몽을 꾸었다. 늘 같은 꿈이다. 죽은 나를 보았다. 기계에 매달린 수십 구의 시체들 사이에 내가 있었다. 피부는 검푸르게 변했고, 긴 머리는 소름 끼치게 늘어졌다. 내 몸은 썩어들어 갔다. 악취가 났고, 입술 사이로 구더기가 기어 나왔다. 나 좀 빨리 불에 태워줬으면 좋겠다는 생각이 들었다. 가슴 한가운데 길게 나 있는 흉터가 툭 벌어졌다. 심장이 있어야 할 곳은 텅 비어 있었다. 누가 내 심장을 훔쳐갔다. 내 심장을 돌려달라며 목놓아 울었다. 그러나 너무 끔찍해서 목소리조차 나오지 않았다.

나를 깨운 건 그였다. 그는 다정한 목소리로 나를 달랬다. 젖은 내 머리칼을 넘기는 섬세한 손길에 목으로 울컥울컥 눈물이 넘어갔다. 옆에서 밤새 나를 지킨 그 덕분에 편안하게 잠을 잘 수 있었다.

20XX년 12월 29일

그가 가져온 검정 롱 패딩은 나를 혼란에 빠트렸다. 옷으로 전혀 인정할 수 없지만 패딩을 입으면 그의 냄새가 났다. 시원한 귤밭 냄새와 남자 냄새가 섞인 마약 같은 그 향기는 자꾸자꾸 패딩을 입고 싶게 만들었다. 도저히 용납할 수 없는 옷인데도 나는 검정 롱 패딩과 사랑에 빠졌다는 걸 인정해야만 했다.

밤에 주디에게 지퍼를 올려달라고 한 후 패딩을 입고 침대에 누 웠다. 이렇게 잠을 자면 그에게 안긴 것 같아서 절대 악몽을 꾸지 않을 자신이 있었다. 포근하고 따뜻해. 이건 마치 안식을 찾은 기 분이었다.

20XX년 12월 30일

난생처음 클럽에 가보았다. 아직까지 흥분이 가라앉질 않는다. 그의 친구들을 만났다. 매우 유쾌하고 에너지가 넘쳤다. 어떤 것도 두려울 게 없어 보였다. 그들은 젊고, 아름답고, 건강했다. 내가 백 만 가지의 죽는 방법을 알고 있다면 그들은 삶을 재미있게 사는 방 법을 적어도 천만 가지 이상 알고 있을 것 같았다.

그에 대해 몰랐던 사실도 알게 되었다. 바보 같은 구석이 있다고 생각했는데 다른 사람들 앞에서는 뭐랄까, 조금 냉정한 타입이었 다. 수많은 여자들의 관심을 받았지만 정작 그는 누구에게도 관심 이 없었다.

칸이 나에게 물었다. "전세계한테 돈 줬어?" 그래서 대답했다. "응. 3억." 그랬더니 하하핫 웃으며 "만약 전세계가 널 울린다면 난 전세계의 목을 조를 거야."라고 했다. 무슨 뜻이었는지 모르겠지만 나도 같이 웃어버렸다.

함께 있어 주겠다는 그를 돌려보내고 말았다. 클럽에는 예쁘고 멋진 여자들이 많던데. 오늘 밤 그는 다른 여자와 사랑에 빠질 수도 있겠지. 또다시 심장이 아파온다.

20XX년 12월 31일

정말 곤란해! 내 심박수가 그래프로 고스란히 그려지는 건 정말이지 Unfair(불공평해)! 그의 말 한마디에 내 심장이 두근거린다는 걸 너무 명확하게 알 수 있었다. 노골적으로 즐기고 있는 말투는 나를 놀리는 게 확실해. 얄밉지만 미워할 수 없다. 싱긋 웃는 미소가 심장을 멎게 한다. 내 심장이 이토록 고장 나는 건 너 때문이야!

20XX년 1월 2일

해를 보고 왔다. 그의 뺨에 붉은 손자국이 났다. 너무 많은 일이 있었다. 그래서 멍하게 침대에 누워 있으면 그와 함께 했던 일들이 고구마 줄기처럼 주르륵 딸려 올라온다. 그는 제법 능숙하게 나를 돌보았다. 핏기 없는 얼굴로 쓰러져도 놀라지 않았다. 침착하게 나에게 약을 먹이고 안정을 취할 수 있도록 배려했다. 나의 보호자로서 매우 합격이다. 그와 함께 있으면 안심하고 어디든 갈 수 있을 것만 같다.

죽기 전 하고 싶은 일이 뭐냐는 내 질문에 '곧 죽을 여자와 연애하는 거'라고 말해서 순간 심장이 덜컥 내려앉았다. 식은땀이 날 정도로 위험했다. 그건 나를 사랑한다는 고백이었다. 그가 나에게 다정하게 대해줄 때 사랑은 아닐 거라고 애써 부인했다. 사실은 알고 있었다. 모른 척하고 싶었을 뿐이다.

그 멍청한 남자가 왜 나를 사랑하는 건지 이해할 수 없었다. 내가 죽을 거라는 걸 알면서, 끔찍한 내 모습을 몇 번이나 실제로 봤으면서. 어떻게 나 같은 여자를 사랑할 수가 있지?

나를 사랑하는 건 나를 더 비참하게 만들 뿐이었다. 사랑해 달라고 말할 수 없었다. 그 대신 나를 잊어달라고 했다.

'예전에 심장병 걸린 여자를 만난 적이 있었어. 별거 아니야. 100일도 안 되는 짧은 시간이었고, 그 여자는 죽었어.'

그의 입에서 나올 말을 상상하면 견딜 수 없이 슬프다.

낯선 모텔 방 침대에 누워서 그를 느꼈다. 나를 누르는 무게를, 뜨거운 체온을, 심장 소리를…. 그가 몸을 일으키는 순간 서글퍼졌다. 홀로 누워 있는 적막함이 무서워서 눈물이 났다. 사실은 무척이나 안기고 싶었다. 그 몸에 갇힌 채 죽고 싶었다.

20XX년 1월 XX일

일주일 동안 그를 생각하며 목도리를 짰다.

한 코, 한 코 뜰 때마다 그의 얼굴을 떠올렸다.

그립고, 그립다.

20XX년 1월 XX일

그가 가져다준 책을 천천히 읽었다.

'인간의 몸을 가득 채운 물기는 수증기가 되어 하늘로 올라간다. 그것이 비의 일부가 되어 누군가의 어깨에 떨어질지도 모른다.'

만약 내가 한 방울의 빗물이 되어 그의 어깨에 내린다면, 한 번쯤은 하늘을 올려다봐 줄까?

20XX년 1월 XX일

꽃씨를 심었다. 나는 꽃 피는 걸 보지 못할 것이다. 이 꽃은 그에게 남기는 나의 분신이었다. 나를 닮은 꽃이 피었으면 좋겠다. 꽃을 볼 때마다 나를 떠올리도록.

20XX년 1월 XX일

프리 허그로 그와 다퉜다. 그는 어린아이처럼 질투가 많다. 광장에서 프리 허그를 하고 있을 때 우연히 소아 병동 레지던트 닥터 진을 만났다. 예나의 수술이 잘 끝났는지 궁금했다. 봄날 밖에서 만나면 아이스크림 사주겠다는 약속을 못 한 것이 마음에 걸려서 예나에게 내 전화번호를 전해달라는 부탁을 하려던 찰나에 그가 끼어들었다.

사실은 그의 질투가 기뻤다. 나를 사랑하지 말라고 소리치고 싶었지만, 그가 떠날까 봐 불안했다. 계약이 끝나버리면 다시는 보지 못하게 될까 봐. 동정도 연민도 연극도 아니었다. 사랑은 하는 사람보다 받은 사람이 더 잘 안다. 그의 진심을 느낄 수 있었다. 그래서 더 밀어냈다. 빈틈없이 막아야야 했다.

생명이 얼마 남지 않은 여자를 사랑하게 된 그가 너무 가엾어서 자꾸만 눈앞이 흐려졌다. 울지 않으려 할수록 울음을 참기가 어렵다. 그는 내 눈물샘의 열쇠를 가졌다.

20XX년 1월 XX일

영화 촬영을 시작했다. 그는 내 시나리오를 보고 호러, 엽기라고 놀렸지만 내 모든 소망과 염원을 담은 리얼 러브 스토리라는 걸 알아줬으면 좋겠다. 생에 가장 아름다운 내 모습을 남기고 싶다.

20XX년 1월 XX일

1박 2일을 예정했던 기차 여행은 무참히 실패하고 말았다. SHIT! HEART! 버티려고 하면 할수록 점점 약해지는 건 심장이 아니라 내 마음인 것 같아. 커다란 비닐 팩에 들어가 진공 포장을 당하는 기분이랄까.

예정에 없던 여행과 예정에 없던 키스 신. 그건 자살 행위나 다름없었다. 충분한 마음의 준비도, 애써 붙잡고 있던 냉정도 소용이 없었다. 그의 입술이 내 코언저리에 닿았을 때 너무 긴장한 나머지 심장이 멈춰버리는 줄 알았다.

나 이렇게 죽는 건가? 눈을 감고 그의 입술을 한참이나 기다렸다. 그러나 결국 닿지 않았다. 뭘 기대한 건지. 왜 실망한 건지. 어쩌면, 심장이 멈추더라도 그의 입술이 닿기를 바랐다. 바보 같은 욕심이었다.

기차 안에서 그는 나에게 고해 성사를 했다. 죄질이 심하게 불량했지만, 용서는 내 몫이 아니었으니 미뤄두었다. 어쨌든 호수에 빠진 건 호수의 잘못이 아니라 빠진 사람의 잘못이다. 호수는 거기 있었고 다가간 건 나니까. 그게 너무 억울해서, 남 얘기 같지가 않아서 처절하게 응징했다. 내 주먹이 너무 약했나? 맞으면서 싱글벙글 웃는 사람은 처음 봤다. 그는 내 주먹세례를 받으면서 웃고 있었다.

20XX년 1월 XX일

감사합니다! 하느님! 나 이제 살 수 있을지도 몰라.

영월에 다녀온 다음 날 집에 손님이 왔다. 5년 만에 보는 에이든은 변한 게 없었다. 펜실베니아 의대에 진학하여 심장병에 관해 연구했고, 새 학기부터는 서울대에 편입할 예정이라고 했다.

더욱 놀라운 소식은 드디어 심장 공여자가 나타났다는 것! 최소 대기 시간이 1년은 더 걸릴 거라고 했었다. 내 심장으로 버티기에 1년은 너무 긴 시간이라 포기할 수밖에 없었는데. 이건 기적이었다. 엄마와 부둥켜안고 눈물을 펑펑 쏟았다. 너무 기뻐서 정신이 하나도 없었다. 하마터면 그에게 말해버릴 뻔했다.

정밀한 검사를 위해 병원에 입원하기로 했다. 그에게는 휴가를 주겠다고 했고 앞으로 3일간 병원에서 집중 치료를 받을 예정이다.

20XX년 1월 XX일

병원에 있는 동안 많은 생각들이 엉켰다가 풀어졌다가 반복했다. 수술에 대한 걱정보다 그에 대한 걱정이 앞섰다. 에이든에게는 내 모든 속마음을 털어놓을 수 있었다. 에이든은 나의 걱정과 불안을 이해하며 많은 조언을 해주었다. 그리고 진심으로 내 사랑을 응원했다. 분명히 남들처럼 평범한 사랑을 할 수 있을 거라고, 그에게 사실대로 말하라며 나를 다독였지만 나는 그를 위한 것이 무엇인지 알고 있었다. 내가 그의 인생에서 사라지는 것이 어쩌면 더 나을지도 모른다.

심장 이식 수술 후의 생존율은 1년에 80%, 5년에 65%, 10년에

45%라고 보고되어 있다. 수술의 성공 여부를 장담할 수 없을뿐더러 성공한다고 하더라도 각종 후유증과 합병증에 시달릴 수 있다. 5년 뒤 혹은 10년 뒤 또다시 생사의 기로에 서서 죽음을 준비해야 하는 나로서는 그와 미래를 약속할 수 없다.

지옥 같은 내 삶 속에 그를 끌어들이고 싶지 않다. 병간호에 시간을 낭비하기에는 그의 청춘이 아깝다. 그는 빛나는 인생을 살 가치가 있는 남자이다. 건강하고 생명의 에너지가 넘치는 여자와 사랑에 빠졌으면 좋겠다. 늘 죽음의 기로에 서서 방황하는 나 같은 여자는 그에게 짐이 될 뿐이다.

우리가 함께한 시간은 고작 한 달 남짓. 잊고자 마음만 먹으면 송두리째 잊을 수 있는 짧은 시간이다. 그를 보내주기로 결심했다. 결심이 흔들릴 수도 있지만 마음을 굳게 먹을 생각이다. 수술에 대해 그에게는 절대 말하지 말아달라고 에이든과 식구들에게 부탁했다. 그와의 마지막을 준비해야 한다.

20XX년 1월 XX일

병원에 다녀오는 길에 호텔 로비에서 나를 기다리고 있던 그와 만났다. 사실은 너무 보고 싶었지만 서 있기조차 힘들 정도로 고통스러웠다. 심장에서 시작된 통증은 온몸으로 퍼졌고 그의 얼굴마저 흐릿하게 만들었다.

겨우 에이든의 부축을 받았다. 당장 눕지 않으면 쓰러질 듯 숨이 가쁘고 어지러웠다. 다짜고짜 화를 내는 그의 목소리가 빙글빙글 맴돌았다. 계약을 끝내자는 말에 심장이 덜컥 내려앉았다. 정신을 차릴 새도 없이 그의 입술이 내 입술에 닿았다.

눈을 떠보니 또다시 병원이었다. 너무 어지러워서 몸을 일으킬 수가 없다. 아침에 마신 오렌지 주스를 병실 바닥에 모두 토했다. 화장실까지 거리가 멀어 엄마의 부축을 받았다. 세수를 하고 거울을 보았다. 눈 주위가 푹 꺼져 있고 초점이 흐렸다. 창백한 입술은 멍이 는 낙엽처럼 메말라 있었다. 이게 진짜 내 얼굴인가 싶어서 한참이나 들여다보았다. 내 모습은 마치 〈유령 신부〉에 나오는 에밀리 같았다. 끔찍해.

그에게 이런 모습은 절대 보여줄 수 없어. 하지만 어떤 식으로 그와 끝을 내야 하는지 모르겠다.

20XX년 1월 XX일

에이든이 약속을 어겼다. 기어코 그를 불러내서 수술에 관한 얘기를 한 것 같았다. 에이든의 행동도 이해가 되었다. 지난 며칠간 나는 우울증에 시달렸다. 수술받을 수 있다는 소식을 처음 들었을 땐 매우 들뜨고 기쁜 마음이었지만 그를 떠나야겠다고 결심한 순간부터 기쁨은 사라지고 절망과 우울만 남았다. 살아난다고 해도 그는 없을 테니….

수술도 받기 싫고 약도 먹기 싫고 버킷리스트도 하기 싫다. 그냥 이 모든 걱정과 고민과 괴로움이 오늘 밤 끝났으면 좋겠다. 에이든에게 이 말을 했더니 그를 불러낸 것 같다(에이든은 외모랑 다르게 겁쟁이 타입인 듯).

정말 치사하다. 계약을 깨는 것도 모자라 어떻게 반지를 공격할 수가 있는 건지. 그것만큼은 알아도 끝까지 모른 척했어야지. 내보물 1호였는데. 도로타에게 반지를 찾아오라고 시켰지만 찾지 못하고 그냥 올라와 버렸다. 영영 잃어버린 걸까?

20XX년 1월 XX일

버킷리스트 마지막 장을 시작했다. 감사한 분들께 드릴 편지를 썼다. 요즘 들어 몇 번이나 심장이 덜커덕거렸다. 아마도 수명이 거의 다했다는 뜻이겠지. 수술받기 전에 죽을 수도 있는 엄청난 위기가 닥쳤다. 언제 죽는다고 해도 이상하지 않을 내 몸은 더 이상 내 것이 아니었다.

그에게 마지막 인사는 하지 않기로 했다. 내 상태도 매우 나쁘고, 그를 마주 보고 어떤 이별의 말도 꺼낼 수 없을 것 같아서 호텔 출입을 금지했다. 그리고 에이든에게 부탁했다. 언제라도 기회가 된다면 주저 없이 플랜 A를 진행해 달라고. 그가 나를 체념하고 떠날 수 있게.

기다린다는 그의 문자를 받고, 편지 쓰기에 집중할 수가 없었다. 점점 심해지는 통증에 손에 잡히지도 않는 심장을 잡아보려 가슴을 움켜쥐었다. 이대로 쓰러지면 다시는 그의 얼굴을 볼 수 없을 것만 같았다. 지금이 마지막이라면 그를 봐야 했다. 도로타에게 패딩을 가져오라고 했다. 1층으로 내려가서 그를 만났다. 차갑게 얼어 있는 주제에 바보같이 웃는 모습을 보니 화부터 났다. 그를 데리고 집으로 올라왔다. 어지러웠다.

그가 하는 말들이 귀로 들어와 가슴 한가운데 쌓였다. 체한 것처럼 속이 울렁거렸다. 쓰러지지 않으려고 주먹을 꽉 쥐었다. 손바닥에 손톱이 파고들었다. 그는 내 왼손 네 번째 손가락에 반지를 끼웠다. 잃어버린 줄 알았는데….

그가 나를 안았다. "마음을 숨기지 못해서 미안해." 그 말에 정신이 아득해졌다. 이제는 죽어도 괜찮다는 생각이 들었다.

심장이 쿵쿵 한 발자국씩 계단을 내려가는 느낌이 났다. 어두운 바닥까지 끝도 없이 계속 내려갔다. 눈앞이 흐려지고 구토가 나왔다. 그 순간 묵직했던 영혼이 믿기 어려울 정도로 가벼워지더니 몸에서 빠져나와 공중에 높게 떠올랐다. 소파에 쓰러져 있는 내가 보였다. 나를 흔들며 소리치는 그의 모습도 보였다.

'드디어 죽었구나.' 하는 벅찬 감동. 모든 고통이 끝났다는 안식과 함께 말로 표현하지 못할 해방감이 밀려왔다. 죽음이란 이렇게 홀가분하고 쉬운 것이었나. 이럴 줄 알았으면 진작 죽을걸.

죽었다는 기쁨도 잠시, 마개가 뽑힌 욕조 속 거품처럼 검은 구멍속으로 순식간에 빨려들어 갔다. 깊은 심연에 가라앉듯 몸이 서서히 잠겼다. 그곳엔 아무것도 없었다. 무한한 공간에 나는 혼자였다.

우주 한가운데서 길을 잃었다. 사방은 암흑이었고, 어느 방향으로 얼마나 가야 하는지 몰랐다. 어디에 도착하게 될지, 누구를 만나게 될지 두려웠다. 별이 된다는 건 이런 건가? 수십만 혹은 수백만 광년을 홀로 견뎌야 하는 것. 앞으로 나아가도 같은 자리. 뒤로 나아가도 같은 자리. 존재하는 걸 끝낼 수가 없었다. 이곳에서는 죽는 방법을 몰랐다.

발버둥을 쳤다. 어둠을 뚫고 환한 빛이 들어왔다. 나는 아직 살아 있었다.

20XX년 1월 XX일

오전 10시가 넘도록 그가 나타나지 않았다. 출근 시간을 어긴 적이 없는데 감기에 걸린 게 분명하다. 어제 한 시간 넘게 밖에 서 있었던 탓이다. 도로타에게 보양식을, 에이든에게 약 처방을 부탁했다. 그의 집 주소는 죠세프가 알고 있었다.

말도 안 돼! 집 문 앞에서 쫓겨났다. 호텔에서 쫓아낸 것에 대한 복수인가? 병문안 간 사람을 집 안에 발도 못 들이게 하다니! 겨우 뒷모습만 보고 돌아와 버렸다. 괜찮은 걸까. 걱정돼.

20XX년 1월 XX일

양평에 다녀왔다. 너무 많이 울어서 열이 올랐다. 미국으로 간다는 거짓말을 했다. 냉이를 캐러 오겠다는 세상에서 가장 소박하고 아름다운 약속을 지키지 못하게 되었다.

남몰래 키워왔던 꿈이었다. 그의 집 뒷마당에서 어머니와 호미를 잡는 일. 그 작은 일도 허락되지 않는 운명이 가혹해서 나를 숨 쉬게 하는 공기마저 원망스러웠다. 냉이를 캐고 싶었다. 그게 다였다.

20XX년 1월 XX일

식구들에게 밥을 해 먹일 수 있어서 기뻤다. 내 마음이 충분히 전달되었으면 좋겠다.

내 버킷리스트를 까맣게 지워놓은 건 역시 그였다. "나랑 해도 되잖아."라니. 어쩜 그렇게 쉽게 말할 수가 있는 거지? 숭고한 내 첫 경험을 '햄버거 먹을래? 피자 먹을래?' 메뉴 고르듯 말하는 그에게 포크를 던져버렸다. 손에 나이프가 잡히지 않아서 다행이었다.

실제로 다른 누구와 할 생각은 없지만, 섹스를 한다면 그와 하게 되는 걸까. 나 정말 미쳤나 봐.

20XX년 1월 XX일

손에 힘이 없어서 연필을 잡기가 힘들다. 밤을 새운 듯한 그의 초췌한 모습에 고맙고, 미안한 마음이다. 그에게 내 화분을 맡겼다. 처음부터 그의 것이었으니까.

플랜 A는 에이든의 배신으로 실패했다. 다만, 그의 심장이 뛰는 소리를 들었다.

20XX년 1월 XX일

그가 나에게 얼마나 헌신하고 있는지 느낄 수 있었다. 목이 마른 것 같다는 생각이 들 때쯤이면 그의 손에 물컵이 들려 있었고 눈이 부시다 싶으면 그는 얇은 커튼으로 빛을 가렸다. 볼이 간지러울 것 같으면 내 볼에 붙어 있던 먼지를 떼었고 졸음이 쏟아지기 시작하면 조명을 어둡게 낮추고 내 머리칼을 부드럽게 쓸어 넘겨주었다.

내 심장 박동에, 내 숨소리에 귀를 기울였고 조금이라도 이상이 생기면 간호사를 불러 직접 확인했다. 내가 마구 울먹이며 얘기해도 내 말을 다 알아들었다. 신기했다. 그의 시선은 언제나 나를 향했다. 내 마음을 다 아는 듯한 그의 눈을 바라보는 게 조금은 힘들었다.

눈물을 너무 참으면 가슴에 응어리가 진다는 걸 처음 알았다. 한 가운데 커다란 우물이 생긴 것처럼 쏟아내지 못하고 고인 눈물은 가슴을 먹먹하게 했다.

20XX년 1월 XX일

살려달라는 기도보다 마지막 순간까지 그를 사랑하게 해달라는 기도를 한다. 수술에 성공한다고 해도 나는 매일을 내일 죽을 것처럼 살 거고 그 사람은 결국 지치고 말 것이다. 아이를 낳고 싶다고 말한 적 있지만 사실은 낳을 수 없다. 내 병은 유전이니까. 혼자 남겨지는 슬픔은 외로움 그 이상이겠지. 그 사람에게 그런 고통을 남겨주기 싫다.

나를 만났었다는 사실조차 잊고 미래를 약속할 수 있는 여자를 만나 오래오래 건강하고 행복하게 살았으면 좋겠다. 그 사람을 위해 내가 해줄 수 있는 건 그것뿐이다.

20XX년 1월 XX일

교복 데이트는 성공적이었다.

그의 고백을 들었다.

사랑해.

20XX년 1월 XX일

다시 태어나면 그의 눈물로 태어나고 싶다.

작자 미상의 어느 시처럼,

그의 가슴에서 잉태되어

그의 뺨에서 살고

그의 입술에서 죽고 싶다.

20XX년 1월 XX일

심장 이식 수술 동영상을 보았다. 영상을 통해서는 어떤 아픔이
나 고통도 느낄 수 없었다. 그의 불안이 고스란히 전해졌지만 결코
자신의 불안을 드러내지 않으려 노력했다.

내 몫까지 그가 대신해 주고 있어서 나는 오히려 침착할 수 있
었다.

하워드 박사가 나에게 물었다.

"수술이 끝난 후 가장 먼저 하고 싶은 건 뭐야?"

나는 별다른 고민도 하지 않고 바로 답했다.

"프렌치 키스요."

내 마지막 버킷리스트였다. 하워드 박사는 내가 프렌치 키스에
성공할 확률이 99%라고 했다. 수술 후 꼭 그와 키스하라며 키스하
는 방법까지 알려주었다.

내일이면 나는 그를 떠난다. 운명이라면 다시 만날 수 있겠지.
부디 그가 행복했으면 좋겠다.

20XX년 1월 XX일

눈을 감을 때마다 기도한다. 삐빅 울리는 기계 소리가 내가 들

는 마지막 소리가 아니길. 수술실의 환한 조명이 내가 보는 마지막 풍경이 아니길. 누워 있는 수술대 위가 내가 잠드는 마지막 장소가 아니길.

앞으로 두 시간 뒤, 이미 망가질 대로 망가진, 이제는 쓸모가 없어진 내 심장을 몸에서 떼어낸다. 내 심장에 담은 한 사람도 함께.

플랜 A는 에이든의 배신으로 실패했지만 플랜 B는 반드시 성공해야 한다. 그래야 그가 나를 체념할 수 있을 테니까.

엄마는 그를 걱정했다. 그렇게까지 할 필요가 있냐고 물었지만 내 결심은 확고했다. 그를 위한 마지막 선물이다. 에이든과 주디가 부디 연기를 잘해줘야 할 텐데. 비밀을 참지 못하는 도로타가 가장 걱정이다.

전세계, 사랑해. 그리고 내 모든 거짓말을 용서해.

마지막 일기

다시 오지 않는 아련한 날들
가슴속에서 일렁이며 계절을 뛰어넘는다.
— 「우리의 계절은」

A4 용지를 들고 있던 손이 부들부들 떨렸다.

그녀의 일기를 읽는 동안 몇 번이나 숨이 멎었다. 사고를 관장하던 세포들은 생각하기를 거부한 채 달아났고, 그나마 남은 이성은 진정제를 뿜어댔다. 나는 말할 수 없이 망연자실한 채로 빚다 만 찰흙 덩어리처럼 굳어갔다.

일기장에 쓰인 파란 글자들은 허물어진 심장에 비스듬히 내리꽂히는 총탄처럼 지난 시간들을 모조리 파헤쳤다. 우리의 첫 만남부터 수술실에 들어간 그날까지. 내가 잊기로 하고 그녀가 기억하기로 한 그 모든 것들을 낱낱이 눈앞에 늘어놓았다. 그녀에 대한 원망이 깊은 한숨과 함께 눈물을 타고 뚝뚝 떨어졌다. 끝까지 사람 속을 하얗게 태운 그녀 덕분에 충분히 엿을 먹은 기분이었다.

내가 사랑한 여자는 사랑해 달라고 말도 못 하는 멍청이였다. 사랑이 많다는 것은 나눠줄 사랑이 많다는 뜻이기도 하지만 그만큼 갈구하는 사랑의 양도 많은 거라는 걸 전에는 미처 몰랐다. 우리는 서로를 사랑했다. 그건 내 세계를 바꾸기에 충분했다. 나는 그녀에게 사랑받았고, 선택받았고, 인정받았다. 지구에서 내가 아는 가장 매력적이고 사랑스러운 여자를 죽고 싶게, 죽기 싫게 만들었던 그런 남자다.

내가 수렁에 빠진 건 운이 없어서가 아니었다. 다만 그녀를 사랑했기 때문이었다.

천만다행이었다. 더 이상 내가 나를 혐오하지 않아도 되었다. 그녀와의 약속을 지켜야 했고 언젠가 만나게 될 기적을 준비해야 했다. 살아갈 이유가 생겼다.

그녀의 마지막 일기는 나에게 방아쇠를 당겼다. 머리에 무언가를 퍽 하고 맞은 듯한 충격을 받았다. 기억하고 싶지 않은 그날을 다시 한번 떠올렸다. 병실 앞에서 경호원이 나를 막았고 나는 그녀가 죽은 모습을 보지 못했다. 그것부터 연극이었다는 걸 이제야 알았다.

제이가 병실에 있었을 리가 없었다. 수술실에서 나온 제이는 당연히 중환자실로 들어갔을 터였다. 병실엔 고 여사와 임 실장만 있었던 게 분명하다. '한통속'이라는 말은 이럴 때 쓰는 말이다. 완전히 속았다.

문밖에서 에이든은 혼신을 다해 연기를 펼쳤고, 그 당시 '판단'이라는 걸 할 겨를이 없었던 나는 제이가 죽었다는 말을 고스란히 믿었다. 아니, 사실은 아무도 제이가 죽었다고 말하지 않았다. 어영부영 그렇게 끝이 난 것이었다. "아가씨를 믿지 마세요."라고 했던 도로타의 말이 무슨 뜻이었는지 완전히 이해되었다.

지금 돌이켜 보면 그녀는 언제라도 곧 죽을 것 같았지만 수술실에 들어가기 전까지 절대로 죽지 않았다. 아직 할 일이 남아 있다고 했을 때 삶도 그녀에게 기회를 주는 것 같았다. 그리고 할 일이 끝나지 않은 지금까지도 여전히 살아 있을 것이다.

제이와 함께했던 50일은 내 삶의 지평을 넓혀준 다시 없을 경험이었다. 그녀 덕분에 삶과 죽음에 대해 진지하게 마주할 수 있었고 내 마음과 영혼이 성장할 수 있었다. 환희의 기억들은 머릿속에 차곡차곡 저장하기에도 버거울 정도였다.

사랑할 때 지표가 되는 건 사랑한 기간이 아니라 '상대방의 인생에 얼마나 강렬한 획을 그었는가'일 것이다. 내 인생을 말하자면 그녀를 만나기 전과 후로 정확하게 나뉜다. 남은 생을 다 살아보지 않고도 장담할 수 있었다.

나의 연인이자 스승이었던 그녀는 버킷리스트를 통해 삶에서 가장 중요한 것을 가르쳐 주었다. 그건 바로 자신이 어디에 있든 어떤 상황에 놓여 있든 사랑을 나누어야 한다는 것이었다. 그녀가 나에게 남기고 간 것은 구멍이 뻥 뚫린 심장이 아니라 사랑으로 꽉 채워진 마음이었다.

가진 것이 많아서 줄 것도 많은 여자, 눈물만큼 웃음도 많은 여자, "이런 건 매우 사소한 문제야."라고 입버릇처럼 말하던 여자, 세상의 모든 것을 음미하는 여자, 우리가 함께하는 매분 매초의 시간을 소중히 여기고, 즐겁게 죽음을 준비하는 여자. 우아함의 극치였다. 그런 그녀의 꿈은 애처로울 만큼 작고 소박했다. 자연사(自然死). 그것이 그녀의 꿈이었다.

나는 곧장 차를 몰아 여주로 달렸다. 제이와 한번 와본 적 있는 '별빛 정원'은 그녀 아버지의 유골이 안치된 곳이었다. 만약 그녀가 죽었다면 거기 있을 거라는 생각이 들었다. 차에서 내려 납골당 안으로 들어갔다. 그날과 똑같이 서늘한 기운이 느껴져 몸을 움츠렸다. 제이 아버지의 유골함 앞에 섰다. 그리고 그 옆을 보았다. 역시나 제이의 유골함은 없었다. 나는 유골함 앞에 꾸벅 인사를 했다.

"안녕하세요, 또 뵙네요. 제이, 거기서 잘 지내요?"

대답을 기다리는 건 아니지만 잠시 뜸을 들였다.

"그 전에 묻고 싶은 게 있어요. 제이… 어디 있어요?"

누군가와 연결되어 있다는 느낌은 깊은 바닷속에서 호스로 산소를 공급받는 것과 같았다. 제이는 내 옆에 없었고 어디에 있는지도 모르지만, 그녀와 연결되어 있다는 생각에 숨통이 트였다. 우리는 우주의 영향권 안에 있었다. 그녀가 존재한다는 사실만으로도 내 영혼은 미래로 내달리기 시작했다.

무엇을 해야 하는지 모를 땐 일단 하고 싶은 것부터 하는 것이 순서라는 그녀의 말에 따라 내가 하고 싶은 일을 찾고, 사랑을 나누기로 했다.

가장 먼저 한 일(혹은 사랑)은 계약금 3억 원을 들고 병원을 찾아 간 것이었다. 병원에 들어서자 작년 크리스마스에 제이와 함께 왔 던 걸 기억하는 병원 관계자가 나를 반겼다. 잠시 후 파노라마 뷰 가 펼쳐진 응접실에 앉아 은은한 커피 향기를 맡으며 이사장과 마 주 보았다. 뜸 들일 것도 없었다.

"심장병 아이들 치료에 도움이 되었으면 좋겠습니다."

제이 이름이 적힌 봉투를 내밀었다. 이사장은 고맙다며 악수를 청하고 아득한 첫사랑 얘기를 꺼내듯 만면에 웃음을 띤 채 느긋하 게 이야기를 시작했다.

"제이가 처음 병원에 온 건 정확히 10년 전이네요. 11살 때 호 흡 곤란으로 응급실에 실려왔는데 심장 판막에 염증이 생겨서 응 급 수술을 해야 했어요. 다급한 마음에 번쩍 안아 올렸는데 허허, 숙녀 몸에 허락 없이 손대지 말라며 따끔하게 쏘아붙이는 통에 수 술실 들어가기도 전에 진땀을 뺐지요. 깃털처럼 가볍고 연약한 몸 으로 아프다는 투정 한번 없이 견디고, 이겨내고. 강했어요. 참 강 했어. 수술 직전에 그 애가 뭐라 했는지 아직도 기억나요. '닥터 밤, 눈을 감더라도 마음은 닫지 말아요.' 수술을 제대로 해내라는 일종 의 채찍이 얼마나 야무진지. 지금 생각해도 제이다웠어요."

그는 거기까지 말하고선 옛 기억에 빠진 것처럼 한참이나 창밖 의 먼 곳을 응시했다. 그러다가 커피를 한 모금 마시고 분위기를 전환하듯 현재로 돌아왔다.

"얼마 전 수술 끝나고 나서 그동안 감사했다며 직접 쓴 편지 하 나하나 선생님들께 돌리고 갔어요. 내가 그 편지를 받고 얼마나 감동했는지…. 제이가 지금까지 매년 기부해 왔고, 올해도 미국 가기 전에 사용하던 물건들 경매에 내놓은 걸 전부 기부하고 갔지요. 안 그래도 제이 이름으로 재단을 하나 만드는 게 좋겠다는 생각을 병원 측에서도 하고 있었는데. 이렇게 또….”

대충 짐작은 하고 있었지만 적나라하게 사실을 확인한 순간이다. 거짓말하는 스케일이 남다르다.

“제이가… 수술 끝나고 편지를 돌렸다고요?”

“심장 이식 수술이 성공적이었어요. 한 달 반 정도 입원했다가 얼마 전에 미국으로 갔는데 모르고 계셨어요?”

세렌디피티

만날 운명이라면 만나게 돼요.
— 영화 「세렌디피티」

1년 뒤, 나는 출국장 앞에서 두 친구의 배웅을 받았다.

무거운 짐은 부쳤고, 검은색 배낭 하나를 등에 멨다. 배낭에 든 거라고는 여권과 탑승권 그리고 카메라가 전부였다. 내가 찾은 일이었다.

제이의 호러 엽기 영화를 촬영하고 편집하면서 영화 제작에 관심이 생겼다. 지난 1년간 아카데미에 등록하고 강연을 들으며 영화를 배웠다. 이번에 단편 영화제 출품할 것도 찍고 여행도 하고 머리도 식힐 겸 뉴욕행을 결심했다.

"전세계, 너 없으면 쓸쓸해서 어떡하냐. 이제야 고백하지만 고등학교 3학년 때 학교에 너 게이라고 소문낸 거 나야. 수영장에서 네 옷 훔친 것도 나고, 너 처음 딱지 떼던 날 옷장에 숨어서 구경한 건 내가 아니라 자유로였어. 나는 침대 밑."

그딴 얘길 지금 왜 하는데? 다 알고 있거든?

"어디에 있든 나 잊지 말고 건강해라. 네가 그리울 땐 하늘을 볼게. 저 멀리 태평양 너머의 하늘. 내 영혼의 파트너를 민나면 안부 전해주고."

나올 필요 없다는 말에 굳이 따라 나온 차칸은 내가 어디 저승쯤 가는 걸로 알고 있다. 2주 뒤면 돌아올 짧은 여정이었다. 태평양이 어느 방향인지도 모르면서 하늘하늘한 분홍색 꽃무늬(심지어 노란색으로 수놓인) 셔츠를 펄럭거리며 공항 천장을 향해 팔을 휘둘렀다.

자유로는 아메리카노에 꽂힌 빨대를 빨며 잔소리를 쏟아냈다.

"뉴욕이 서울 바닥만 한 줄 알아? 서울 바닥에서도 김 서방 찾기는 겁나 어렵잖아. 죽은 여친 찾으러 뉴욕 간다는 새끼는 살다 살다 처음 본다. 걔가 너 오길 기다리는 것도 아니고. 죽었다고 거짓말까지 하고 도망간 여자를 어디 가서 찾아? 못 찾을 거다."

"난 '찾는다'에 내 3번 척추를 걸게. 핥아도 좋아."

"절대 '못 찾는다'에 오금을 건다."

차칸과 자유로는 '찾는다, 못 찾는다'로 티격태격하며 각각 척추와 오금을 걸었다. 미친놈들.

큰 기대를 하고 떠나는 것은 아니었다. 다만 내 의지가 나를 그곳으로 이끌었다. 산티아고가 사막을 찾아 떠날 때 이런 기분이었을까? 확실하진 않지만 그곳에 답이 있을 것 같은 강한 이끌림. 찾는 것을 찾지 못하더라도 분명 또 다른 의미가 있을 거라고 내 직감이 말한다.

　유로의 어깨에 손을 올리고 진지하게 당부했다.

　"갔다 올 테니까. 3일에 한 번 물 주는 거 잊지 말고."

　제이가 맡기고 간 화분에서 꽃이 폈다. 그녀를 닮아 우아한 보라색 꽃이었다. 얼마 전 화분을 들고 꽃 가게에 가서 이름을 물어보았다.

　'어머, 예쁘게도 잘 키우셨네. 리시안셔스예요. 물 주고 온도 잘 맞춰주면 1년 내내 피는 꽃이라 인기가 많죠. 꽃말도 영원한 사랑의 맹세라는 뜻이 있어서 결혼하는 신부들 부케로도 많이 쓰이고요.'

　꽃도 꼭 저 같은 걸 골랐다. 영원한 사랑의 맹세라니.

　자유로 말이 맞았다. 내일 죽을 사람이 꽃씨를 심는다는 건 본인이 꽃을 보기 위한 것이 아니라 누군가에게 남겨주기 위한 것이었다. 그녀는 처음부터 꽃 피는 걸 볼 생각이 없었다. 꽃은 나를 위한 것이었다.

　물만 주어서는 안 된다. 제이의 꽃은 맹물 대신 얼그레이나 캐모마일을 좋아하고, 하루에 10분 이상은 사랑스러운 눈길로 봐주어야 한다. 아침에 일어나면 품에 안아주고, 잠들기 전에는 노래 한 곡 불러주면 좋아서 꽃잎을 팔랑거린다. 사람이 밥만으로 살 수 없듯이 꽃도 물만으로는 살 수 없다고 자유로에게 줄줄이 읊었더니 팔짱을 끼고 삐딱하게 나를 보며 혀로 알사탕을 물었다.

　옆에 있던 차칸은 내 어깨에 손을 올리고, "잘 먹을게."라고 했다. 꽃을 따 먹는 건 차칸의 독특한 취향이었다. 순간 싸움이 날 뻔했다. 차칸 멱살을 잡으려는 내 손을 자유로가 막으면서 들고 있던 커피가 바닥에 쫙 쏟아졌다. 쏟아진 커피는 내 신발과 바지에 사정없이 튀었다. 역시 혼자 왔어야 했는데. 한숨이 절로 나왔다. 라운지 안으로 들어서기 위해 발걸음을 돌렸다. 등 뒤에서는 "쉑쉑버거 사와!" 하는 차칸의 명랑한 목소리가 들렸다.

사실 뉴욕 맨하튼에 있다는 얘기만 들었고 정확한 주소는 모른다. 만날 운명이라면 만나지겠지. 이렇듯 무책임한 생각으로 여기까지 왔다. 장장 14시간의 비행 끝에 공항 출입구를 빠져나갔다. 그리고 그게 끝이었다.

나는 공항의 자동문 앞에 황망하게 서 있었다. 목적은 있지만 목적지는 없었다. 삶은 놀이와 같아서 규칙이 있다고 했다. 규칙을 어기는 게 삶의 재미랬다. 즐기랬다. 그녀가 그랬다.

첫날에는 타임스 스퀘어에서 시간을 보내고 둘째 날에는 박물관이나 센트럴 파크에서 사진을 찍으며 돌아다녔다. 바쁘게 일하는 뉴요커들과 구경하는 관광객들로 넘쳐나는 뉴욕은 열정이 가득한 곳이었다. 반면에 그 수많은 사람들 속에서 한 사람을 찾아야 하는 나는 오히려 냉정해야 했다.

오후에는 야경을 보기 위해 록펠러 센터 전망대로 올라갔다. 정면에 보이는 빌딩 이름이 하필이면 엠파이어 스테이트 빌딩이었다. 제이의 호텔 이름이 여기에서 온 건가 싶었다. 해가 지기 전부터 해가 진 후까지 주경, 석양, 야경의 3단 변신을 넋 놓고 감상했다. 가부좌를 틀고 앉아서 눈을 감았다. 온 신경을 집중하며 제이와의 만남을 머릿속에 그렸다. 눈부신 노을 속을 걸어오는 그녀의 모습을 간절히 상상했고, 있는 힘을 다해 텔레파시를 전송했다.

옆에 있던 한 무리의 여자들이 나를 보고 킥킥 웃었다.

"한국인이세요? 사진 찍어드릴까요?" 하고 묻는 말에 "뚜이부치."라고 대답하고 자리에서 일어났다.

뉴욕에 온 지 7일째 되는 날. 허드슨 강변의 노을을 영상에 담기 위해 1시간 전부터 해가 떨어지기만을 기다렸다. 강변 벤치에 앉아 다 식어가는 아메리카노의 온기에 손을 녹였다. 뉴욕이 서울보다 더 추워 몸이 저절로 움츠러들었다.

제이와 함께 일몰과 일출을 본 후로 되도록 하루에 한 번은 태양을 보려고 노력했다. 일찍 일어나는 날은 떠오르는 태양을 보았고, 그걸 놓친 날은 저무는 태양을 보았다. 하루를 무사히 살아냈구나 하는 안도감과 함께 오늘의 남은 태양을 남김없이 소유했다.

그리고 보면 제이는 구석구석 없는 곳이 없었다. 내 기억 속, 습관 속, 삶 속 어디에나 있었다. 사람이 사람에게 이렇게 깊이 스며들 수 있는 건가. 겪어본 당사자로서도 놀라울 따름이었다. 이응으로 시작해서 이응으로 끝나는 하루는 나의 나침반이었다.

강변 전체가 붉게 물들기 시작했다. 카메라 앵글을 맞췄다. 일렁이는 물결 위로 태양이 비쳤다. 흩뿌려진 솜사탕색 하늘이 점점 보라색으로 짙어졌다. 강물 전체가 뜨거운 용암 같았다. 시야에 들어온 피사체 중 노을빛으로 물들지 않은 건 없었다.

어린 왕자처럼 활화산 하나와 장미꽃 한 송이가 전부인 작은 별에 산다면 해가 지고 난 후 앉아 있던 의자를 앞으로 조금만 당겨 앉아 또다시 해가 지는 걸 볼 수 있을 텐데.

카메라의 줌을 최대한 당겨 아름다움을 깔끔하게 재단했을 때 앵글 안으로 한 여자가 걸어 들어왔다. 황금색 털이 부드럽게 반짝이는 골든 리트리버의 목줄을 잡고 유유히 강변을 걷는 여자. 노을이 자신의 것인 양 온몸으로 가득 맞으며 급할 것 없다는 듯 걸음을 옮기는 그녀는 내 영화 속 주인공처럼 당당하게, 거리낌 없이 앵글 안을 유영했다.

나는 천천히 카메라를 내렸다. 이런 거짓말 같은 우연은 없다며 속으로 주문을 외듯 중얼거렸다. 그녀가 아닐 거다. 기대는 하지 말자. 진정해 보려고 노력했지만 두근대는 심장은 터지기 직전이었다. 그 많은 옷은 어쩌고 하필이면 빌어먹을 검정 롱 패딩에 빨간 척테일러라니. 걸음이 빨라졌다. 한 발 한 발 가까워질수록 그녀의 모든 것이 기억 속에서 생생하게 살아났다.

손가락 사이를 빠져나가던 머리카락의 감촉, 눈을 깜박이는 속도, 영어 악센트가 섞인 귀여운 말투, 가늘게 떨리던 심장 박동 소리. 내 모든 감각이 그녀에 대한 기억으로 넘쳐흘렀다.

몇 걸음 남지 않았을 때 골든 리트리버의 목줄을 잡아끄는 여자의 상큼한 목소리가 들렸다.

"얼른 와, 죠지."

기준치 이상의 탄산. 혀가 얼얼했다. 단숨에 달려가 꼭 안고 싶었지만 충동을 억눌렀다. 떨리는 목청으로 겨우 그녀의 이름을 불렀다.

"은제이."

점점 멀어지던 발걸음이 멈췄다. 천천히 뒤를 돌아보는 그녀와 눈이 마주쳤다. 놀란 눈동자 가득히 붉은 태양이 담겼다. 그녀는 주춤 한 걸음 뒤로 물러섰다. 믿을 수가 없다는 표정이었다.

"여기 어떻게… 네가… 왜… 여기….'

'언젠가 기적을 마주하게 되면 놀라지 말고, 웃어줘.'

영상 속 제이의 대사는 모조리 외웠다. 제이가 말한 기적이 바로 이 순간이라는 걸 알지만 웃지는 못했다. 웃음도 울음도 지금은 방해가 될 뿐이었다. 그녀가 내 앞에 있다는 사실을 받아들이는 것만이 지금 내가 최선을 다해 할 수 있는 일이었다.

내가 한 걸음 앞으로 다가서면 그녀는 한 걸음 뒤로 물러섰고, 또 한 걸음 다가가면 다시 한 걸음 물러섰다. 컹컹. 골든 리트리버가 할 일은 해야겠다는 듯 심드렁하게 짖었다.

"여기가 천국이야? 죽은 애가 왜 여기 있어?"

제이의 눈은 금세 비에 젖은 듯 물기가 어렸다.

그제야 실감이 났다. 네가 나를 사랑했다는 거, 나만큼 아프고 괴로웠을 거라는 거, 날마다 나를 그리워했을 거라는 거, 여전히 나를 잊지 못했다는 거. 눈물에 젖어 우글우글해진 다이어리는 제이의 사랑이 얼마나 힘겨웠는지, 얼마나 많은 눈물을 쏟았는지 나에게 알려주었다.

성큼 한 발짝 다가가 그녀의 얼굴을 감쌌다. 나를 올려다보는 두 눈에 눈물이 고였다. 깊은 곳에서부터 차오른 눈물은 볼을 따라 흘러내려 내 손을 적셨다.

"전세계….'

"마지막 소원 들어주러 왔어."

한마디 말에 쏟아져 내리는 눈물은 한여름 장마처럼 그칠 줄 몰랐다. 제이를 품에 가득 안았다. 그리웠던 체온이 나를 녹였다. 설렘과 감격에 젖어 제이 머리카락 속에 깊이 얼굴을 묻었다.

1년 만의 재회였다. 늘 외롭고 공허하던 가슴에 온유한 빛이 담겼다. 내 왼쪽 가슴은 제이의 눈물로 흠뻑 젖었다. 골든 리트리버는 지루하다는 듯이 발치에 엎드렸다. 노을이 짙어지자 수천 개의 크리스마스 전구가 켜진 듯 뉴욕 시티 전체에 조명이 켜졌다.

"마법의 다이어리… 맞네."

그녀를 바라고 먼길을 달려온 내 진심을 알았을까. 간절하고 사무친 내 마음을 읽었을까. 제이는 빨갛게 부은 눈, 코, 입으로 나를 마주 보았다.

"나 여기 있는 거 어떻게 알았어?"

"직감."

"내가 살아 있다는 거 알고 있었어?"

"어."

"어떻게…."

"자, 이제 사랑한다고 실컷 말해. 첫눈에 반한 남자 여기 있잖아."

눈이 두 배나 커진 제이는 자신의 귀를 의심하듯 갸우뚱했다. 못 들은 척하는 것 같아 쐐기를 박아주었다.

"다시 태어나면 내 눈물로 태어나고 싶다며."

그녀는 눈물이 쏙 들어간 눈으로 나를 노려보더니, 앙칼지게 따져 물었다.

"그게 무슨 소리야?"

나는 태연한 얼굴로 대답했다.

"내가 알아? 쓴 사람이 알지."

"내 다이어리 훔쳐간 게 너야?"

나를 만났다는 사실보다 더 믿을 수 없다는 듯 충격과 공포에 휩싸인 얼굴이었다.

"훔친 거 아니고 선물받은 거거든?"

"누구한테 선물을 받아? 그리고 일기라면 도로타가 다 지웠을 텐데?"

"자, 마지막 버킷리스트 해야지. 하워드 박사가 하는 방법까지 자세히 알려줬다며. 이제 심장 충격기는 필요 없는 거 맞지?"

제이는 맞닥뜨린 상황을 부정하려는 듯 고개를 절레절레 흔들더니 시원하게 웃고 있는 내 정강이를 정통으로 퍽 걷어차고 휙 소리나게 뒤돌아 가버렸다. 리트리버는 귀찮다는 듯이 끙끙거리며 주인의 뒤를 따랐다.

차이고도 웃음이 나는 건 어쩔 수 없었다. 욱신거리는 정강이를 손으로 비비며 제이를 뒤쫓아 갔다. 몇 걸음 만에 따라 잡힌 그녀는 마주 보고 뒤로 걷는 내 얼굴을 다시 한번 쏘아보았다. 발그레하게 얼굴이 달아오른 것이 노을 때문인지 부끄러움 때문인지 알 수 없었지만, 삐친 듯한 표정은 물고 빨고 싶을 정도로 귀여웠다.

"개 이름이 죠지야? 나랑 닮았어?"

"말 걸지 마."

"너 죽었으면 멀쩡한 패딩 하나 불태워 버릴 뻔했다. 이제 그만 돌려주지 그래?"

"따라오지 마."

"세계 오빠! 약속 꼭 지켜!"

제이의 성대모사를 하자 걸음을 멈추었다.

"보여줄까? 네가 보낸 영상 편지 내 휴대폰에 있는데."

"정말 변한 게 하나도 없다니까!"

두 볼에 홍시를 매단 그녀는 빠른 걸음으로 멀어졌다. 나는 웃으며 느긋하게 뒤를 따랐다.

"궁금한 게 있는데. 에이든 어디 있는지 혹시 알아? 내가 그 새끼한테 볼일이 좀 있거든. 뭐? 2프로? 그딴 연기에 속다니. 의사는 신이 아니야? 그럼 의사는 죄다 사기꾼이냐?"

제이는 "죠지. 물어!"라며 골든 리트리버의 목줄을 느슨하게 풀었다. 꼬리를 살랑살랑 흔들며 다가온 녀석은 내 바지에 침만 잔뜩 묻혔다.

6개월 후, 그리스 스키아토스 해변.

나는 셔츠 소매를 걷어 올리고 파라솔 아래 앉아 얼음을 와그작와그작 깨물었다. 오존층 없이 내리쬐는 햇볕은 정수리가 벗겨질 듯 뜨거웠다.

"좀 적당한 날씨에 결혼식을 하면 안 돼? 한겨울에 당나귀를 타질 않나, 하필 가장 더운 한여름에 해변이 웬 말이냐고. 모래 뜨거워서 지금 발바닥 화상 입게 생겼어."

"그만 투덜거려."

제이는 파란색 웨딩드레스를 입고 하얀 부케를 들었다. 그 모습이 웃겨서 웃음이 났다.

"포카리스웨트여, 뭐여. 큭큭큭."

"거울 안 봤니? 커플 룩이거든?"

나는 내가 입고 있는 하얀 셔츠와 파란 슬랙스를 보았다. 곱고 뜨거운 모래알이 발가락 사이를 간질였다. 그녀는 가슴이 푹 파인 드레스를 과감히 골랐다. 흉터는 중요하지 않다고 했다. 덕분에 살아 있으므로.

하객은 지나가는 관광객 대여섯 명. 우리 두 사람은 작열하는 태양의 나무 그늘 아래 마주 보고 섰다.

"자, 이제 경건하게 시작하자. 사랑의 맹세 준비해 왔지?"

제이는 지난번 교회 결혼식에서는 하지 못했던 영원한 사랑의 맹세를 꼭 들어야겠다며 3개월 전부터 일주일 간격으로 알람을 맞춘 듯 나에게 준비를 시켰다. 준비를 하긴 했지만 별거 없었다. 한껏 기대하는 표정으로 심호흡하는 제이의 날숨이 끝나기도 전에 내 입 밖으로 맹세가 튀어나왔다.

"사랑해."

그녀는 입을 다문 내 얼굴을 뚫어지게 보며 "그게 다야?"라고 물었다. 무언가 할 말을 기다리듯 나를 올려다보았다. 인심 쓰듯 한 마디 더 던졌다.

"맹세해."

"그리고?"

한 톤 높아진 제이 목소리에는 당장 다른 걸 내놓지 않으면 이 결혼식을 엎어버리겠다는 의지마저 담겨 있었다.

나는 셔츠 단추를 하나하나 풀었다. 그리고 왼쪽 가슴을 열었다. 그곳엔 타투가 새겨져 있었다.

'장기 기증을 희망합니다.'

"필요하면 내 거 꺼내서 써."

병원에 3억 원을 들고 찾아갔던 날. 제이가 심장 이식 수술에 성공했다는 얘길 듣고 그 자리에서 장기 기증을 신청했다. 가진 게 없어서 나눠줄 것도 없었던 나는 제이 덕분에 알게 되었다. 이미 충분히 많은 것을 가지고 있으며 마음만 먹으면 얼마든지 나눌 수 있다는 것을. 그리고 그 모든 건 사랑이라는 것도.

"혹시라도 심장 망가지면 내 심장 꺼내 먹으라고. 이젠 네 거니까."

하여튼 울보. 제이는 눈물이 흘러내리지 않도록 눈을 크게 떴다. 화장이 번지면 안 된다며 눈가를 파닥파닥 부채질했다.

"프렌치 키스를 할 때 둘 다 적극적이면 오히려 반감된다고, 두 사람 중 한 사람이 리드하고 다른 한 사람은 혀의 흐름을 따라가라고 했어. 오빠가 리드할래? 아니면 내가 할까?"

그게 뭐가 중요하니. 나는 한 팔에 쏙 들어오는 제이의 허리를 끌어안았다.

프렌치 키스. 키스 장인의 혀끝에서 피어난 인류 역사상 가장 길고 아름다운 키스라 자부할 수 있겠다.

드디어 제이의 마지막 버킷리스트가 완벽하게 이루어졌다.

우리는 서로의 반짝이는 눈을 마주 보며 웃었다. 장난스러운 제이의 표정과 달리 나는 나름 진지한 목소리로 말했다.

"자, 이제부터 내 버킷리스트를 이룰 차례야. 뭐부터 할까? 등산? 스카이다이빙? 아니다. 육체적 쾌락의 끝을 보여줄 첫날밤부터 시작하자. 심장 나대지 않게 잘 챙겨."

《어느 날, 너의 심장이 멈출 거라 말했다》 끝.

★ 작가의 말

먼저, 블로그에 취미 삼아 연재했던 글이 엮여 이렇게 멋진 책으로 탄생할 수 있게 된 것은 독자님들의 응원 덕분이라고 생각합니다. 많은 사랑 보내주신 나의 애인들과 독자님들께 진심으로 감사드리며 이 책을 바칩니다.

저는 쓰면서 울고 웃었고, 여러분은 읽으면서 울고 웃으셨다면 더 바랄 것이 없겠습니다.

죽음을 앞둔 주인공의 가슴 찡한 사랑을 통해 '내일 죽더라도 오늘은 사랑하자.'라는 생각을 전달하고자 했는데, 성공했는지는 모르겠네요.

역시나 배고픈 사람에게 빈 도시락을 건네주며 '사랑 가득 담았어요.'라고 말했다가는 뺨을 맞을 수도 있겠습니다. 사랑만으로는 살 수 없는 세상이긴 하지만 사랑이 없으면 무엇으로 살 수 있을지 그것 또한 모르겠습니다. 밥은 배를 부르게 하고 사랑은 가슴을 벅차게 하므로 둘 다 필요한 것 같습니다.

어려운 것보다 쉬운 것이 좋고, 진지한 것보다 가벼운 것이 좋고, 이왕이면 재미있는 것을 좋아하는 저에게 《어느 날, 너의 심장이 멈출 거라 말했다》 속 '죽음'에 관한 이야기는 가볍지도, 별로 재미있지도 않은 이야기였습니다. 그래서 최대한 우아하게 죽음을 준비하고, 최대한 유쾌하게 사랑을 고백하며 '죽음'보다는 사랑에 빠지는 과정, 인생의 단물을 모으는 과정에 집중할 수 있도록 그려보았습니다.

저는 사춘기 시절 이불을 뒤집어쓰고 많이 울었습니다. 아침이면 밥 먹고, 학교 가고, 씩씩하게 잘 놀다 들어와서도 밤만 되면 죽기 싫어서 숨죽여 울었던 기억이 납니다. 언젠가는 죽어야 한다는 명백한 사실이 너무 무섭고 두려워서 지금도 가끔은 잠 못 들 때가 있습니다.

애써 살아있는 기분을 느끼지 않으면 살아 있는지 어떤지 모르는 상태가 되어버려서 잠을 자다 말고 창문을 열어 흙냄새를 맡는다든가, 공책에 일기를 쓰는 등 '살아 있음'을 확인하곤 합니다. 죽음의 공포를 없앨 수 있는 방식은 '상상'이었고, 사랑에 관한 이야기를 상상하다 보면 죽음은 어느새 멀리 날아가 버렸습니다.

특히 설렘은 내일을 기대하게 만드는 황홀한 묘약이기도 합니다. 사랑이 없다면 떠오르는 태양 앞에서 아무런 감정이 일지 않고, 푸른 바다에 가라앉는 해를 보면서도 코끝이 찡해지지 않는 무감각을 경험하게 될 테니까요. 지구의 풍경은 한 사람이 아닌 두 사람이 함께 보라고 만들어 놓은 풍경인 경우가 더 많은 것 같습니다.

제 블로그의 소개 글은 〈똥만 남긴 채 죽을 수는 없잖아〉입니다. 죽음의 공포가 찾아온 밤마다 상상한 사랑 이야기를 글로 써서 올렸더니 이렇게 멋진 이야기가 남아버렸습니다. 죽는 건 여전히 무섭지만 죽기 전에 똥이 아닌 무엇 하나 남길 수 있어서 매우 뿌듯합니다.

죽는 날까지 이불 속에서 벌벌 떨 수는 없는 관계로, 앞으로도 죽음을 도구 삼아 아름다운 사랑 이야기들을 잔뜩 남겨보려 합니다. 이렇게 놀라울 정도로 죽음을 이용하고 있는 나 자신이 몹시 훌륭하게 생각되며 훗날 죽게 된다면 아프지 않게(참을 수 있는 고통을 포함해서) 비극적이지 않게 죽었으면 하는 바람입니다.

아무것도 정해져 있지 않은 내일. 그것이 궁금해서 오늘을 살게 됩니다.

오늘을 열심히 살고, 사랑하고, 죽는다는 것을 기억한다면, 내일은 어쩌면 기적을 마주하게 될지도 모를 일입니다.

그런 의미로, 내 인생의 남주 한상원과 우리가 함께 찾아낸 보물 건희, 서희. 사랑하는 내 가족들에게 무한한 사랑과 감사를 전합니다.

2021년 겨울의 문턱에서

클로에 윤

어느 날, 너의 심장이 멈출 거라 말했다

2021년 12월 15일 초판 1쇄 | 2024년 5월 22일 14쇄 발행

지은이 클로에 윤
펴낸이 이원주, 최세현

편집 강소라 **디자인** 윤민지 **교정·교열** 이민영
마케팅 양근모, 권금숙, 양봉호, 이도경 **온라인홍보팀** 신하은, 현나래, 최혜빈
디지털콘텐츠 최은정 **해외기획** 우정민, 배혜림
경영지원 홍성택, 강신우, 이윤재 **제작** 이진영
펴낸곳 팩토리나인 **출판신고** 2006년 9월 25일 제406-2006-000210호
주소 서울시 마포구 월드컵북로 396 누리꿈스퀘어 비즈니스타워 18층
전화 02-6712-9800 **팩스** 02-6712-9810 **이메일** info@smpk.kr

쌤앤파커스(Sam&Parkers)는 독자 여러분의 책에 관한 아이디어와 원고 투고를 설레는 마음으로 기다리
고 있습니다. 책으로 엮기를 원하는 아이디어가 있으신 분은 이메일 book@smpk.kr로 간단한 개요와 취
지, 연락처 등을 보내주세요. 머뭇거리지 말고 문을 두드리세요. 길이 열립니다.